BETÄUBTER WILLE

Anna Lena Diel

ANNA LENA DIEL

BETÄUBTER WILLE

1. Auflage September 2020

ISBN 978-3-96698-412-6

Postfach 4616, 24046 Kiel
www.annalenadiel.de, kontakt@annalenadiel.de

Lektorat: Jessica Weber www.buchgezeiten.eu
Umschlaggestaltung: Claudia M. Müller Illustration
Buchsatz: Anna-Lena Diel
Druck und Bindung: BookPress, Olsztyn, Polen

Für Petra und Jürgen.
Danke!

1

IRMA

Montag, 19. November 2029, 19.20 Uhr

Der Hackbraten war inzwischen kalt. Irma stand vor dem Panoramafenster ihres Wohnzimmers und hielt sich das Handy ans Ohr. Ihr Blick glitt über den von Ahorn und Buchen umsäumten Garten. Kahle Äste wiegten sich im Wind. Eine große Silbermöwe stand auf dem Rasen, der sich von der Hitze des vergangenen Sommers noch immer nicht ganz erholt hatte. Die gelben Augen des Vogels schienen Irma abschätzig zu mustern.

Aus dem Telefon erklang ein langgezogenes Tuten. Reglos wartete sie ab. Es tutete erneut, dann noch einmal und noch einmal.

Mit einem Seufzen nahm sie das Smartphone vom Ohr.

»Ach, mein Junge ...« Schmunzelnd schüttelte sie den Kopf. »Typisch.«

Eigentlich hatte Ben schon vor zwei Stunden hier sein wollen, wie immer an ihren gemeinsamen Abenden. Er mochte es, von ihr bekocht zu werden. Und sie liebte es, ihn im Haus zu wissen. Dann war es fast wie früher, nur dass sie heute nicht mehr über irgendwelchen Zahlen brütete, Bilanzen erstellte oder Abläufe durchging, sondern in der Küche hantierte. Ein Hobby, dem sie nun mehr Zeit widmen konnte, seit sie im Ruhestand war. Leider hatte sie viel zu selten Besuch und für sich allein zu kochen, machte ihr keine Freude. In der Regel schmierte sie bloß schnell ein Brot oder aß einen Joghurt.

Irma ging in den Flur, nahm ihren Mantel von der Garderobe, schlüpfte in ihre Schuhe und ließ das Handy in die Handtasche gleiten. Draußen empfingen sie ein kühler Wind und der Geruch von nassem Asphalt. Sie schlang den Mantel enger um sich und folgte den beschaulichen Wohnstraßen bis zur Feldstraße, wo die Scheinwerfer vorbeifahrender Autos durch die Schwärze des Abends schnitten. Neben Irma reckten sich steinerne Mauern und akkurat geschnittene Hecken in die Höhe, dahinter leuchteten die Fenster der Einfamilienhäuser. Zwei Krähen suchten auf dem Bürgersteig nach vom Baum gefallenen Nüssen. Irma machte einen kleinen Bogen, um die Vögel nicht zu stören. Dennoch flogen sie krächzend auf.

Sie kam an die Kreuzung, überquerte die Feldstraße, bog in die Lornsenstraße ein und betrat eine andere Welt. Statt Hecken und Mäuerchen ragten rote Backsteinfassaden von Mehrfamilienhäusern zum schiefergrauen Himmel hinauf. Fünf bis sechs Stockwerke. Manche schmucklos und glatt, andere mit dem träumerischen Charme der vor dem Zweiten Weltkrieg errichteten Altbauten.

Vor dem Haus mit der Wohnung ihres Sohnes stieg sie die fünf Stufen bis zur Eingangstür hinauf und drückte auf den entsprechenden Klingelknopf. Sie wartete, doch nichts geschah. Sie presste den Finger ein zweites Mal darauf, schließlich ein drittes Mal.

Als noch immer nicht das Summen des Türöffners ertönte, zog sie kopfschüttelnd ihren Schlüsselbund hervor, suchte den richtigen Schlüssel heraus und betrat den Hausflur. Ihre Schritte hallten zur hohen Decke hinauf, als sie in den ersten Stock emporstieg. Unter ihrer rechten Hand spürte sie das lackierte, vom Alter rissig gewordene Holz des Treppengeländers. Sie machte sich gar nicht erst die Mühe, an der Wohnungstür erneut zu klingeln. Der Schlüsselbund in ihrer Hand klimperte, das Schloss knackte. Sie schob die Tür auf, woraufhin ihr ein seltsam süßlicher Geruch entgegenschlug.

»Ben?«

Ihr Ruf hallte durch die Stille der dunklen Wohnung. Sie streckte die Hand aus und drückte auf den Lichtschalter. Über ihrem Kopf flammte die Deckenleuchte des Flures auf. Zögernd trat Irma ganz ein und schloss die Tür hinter sich.

»Hallo?«

War er vielleicht noch im Institut? Zuzutrauen wäre es ihm. Wie ein zerstreuter Professor, dieser Junge.

Doch etwas schien nicht zu stimmen. Irmas Magen ballte sich zusammen. Dieser Geruch, was war das? Es roch so entsetzlich, als läge eine halb verweste Ratte unter den Altbaudielen.

»Ben?«

Mit klopfendem Herzen setzte Irma einen Fuß vor den anderen. Sie spähte in die erste Tür zu ihrer Rechten. Im Schlafzimmer war niemand. Im gegenüberliegenden Arbeitszimmer ihres Sohnes brannte zwar die Schreibtischlampe, die Monitore waren jedoch dunkel und der Stuhl leer. Irma ging weiter, traf weder in der Küche noch in Josefines Arbeitszimmer jemanden an. Der Geruch wurde schlimmer. Auch das Badezimmer war leer. Schließlich stand Irma vor der angelehnten Wohnzimmertür. Alles in ihr sträubte sich dagegen, diesen letzten Raum zu betreten. Ihre Hand zitterte, als sie die Finger an das Holz legte und die Tür langsam aufschob. Von draußen drang das Licht der Straßenlaterne herein, fiel auf Sofa, Bücherwand und Esstisch. Irma machte einen halben Schritt vor. Ihr Fuß stieß gegen etwas. Als sie nach unten sah, fiel ihr Blick auf einen Hammer. Dann gewahrte sie den Schemen, der auf dem hellen Berberteppich lag. Ihr entwich ein Quieken. Sie stolperte zurück, prallte gegen den Sessel. Mit geweiteten Augen starrte sie dorthin, wo einst das Gesicht gewesen war. Offenes Fleisch glänzte nass im hereinfallenden Straßenlicht. Die Gesichtszüge waren verschwunden, als hätte jemand immer und immer wieder mit einer stählernen Faust darauf eingeschlagen. Bleiche Knochensplitter ragten hervor.

Ein Wimmern entrang sich ihrer Kehle. Sie versuchte, weiter vor dem Leichnam zurückzuweichen, stieß gegen den

Türrahmen und verlor das Gleichgewicht, kam stolpernd wieder auf die Beine. Panisch rannte sie den Flur entlang, riss die Wohnungstür auf.

»Hilfe!«

Ihr Ruf hallte im Treppenhaus wider.

»Hilfe! Polizei!«

Türen wurden aufgerissen. Warmes Licht fiel auf die Stufen, aufgeregte Stimmen, Schritte.

Irma sank auf die Knie, presste die Fäuste gegen das Gesicht und schrie.

2

ARTHUR

Montag, 19. November 2029, 21.35 Uhr

Gesichter pressten sich an Fensterscheiben. Passanten blieben stehen und gafften zu den in zweiter Reihe stehenden Streifenwagen und dem uniformierten Beamten, der vor dem Hauseingang wachte. Daneben parkten zwei Transporter der Spurensicherung. Straßenlaternen und das aus den Fenstern sickernde Licht erhellten das Kopfsteinpflaster. Der Himmel war schwarz. Kein einziger Stern war zu sehen. Dann und wann riss die Wolkendecke auf und gab mit Glück einen kurzen Blick auf den fast vollen Mond frei, bis der treibende Wind erneut Wolkenmassen vor die blasse Himmelsscheibe schob.

Arthur warf die Tür seines Wagens hinter sich zu und hatte den Eindruck, einen Teil seiner selbst im Fahrzeug zurückzulassen, um wieder in die Rolle des Kriminalkommissars zu schlüpfen. Sein erster Arbeitstag nach der Freistellung und dann gleich das.

Er straffte die Schultern, ignorierte die Fragen des auf ihn zuhastenden Reporters, schob sich durch die Traube der Neugierigen. Düster und massiv ragte die Front aus aneinandergepressten Mehrfamilienhäusern vor ihm auf und starrte mit erhellten und doch blicklosen Fenstern in die Novembernacht. Aus dem Nichts kamen Arthur ein paar Verse von Rilke in den Sinn.

Die Menschen sind furchtbar vom Licht entstellt,
das von ihren Gesichtern träuft,
und haben sie nachts sich zusammengesellt,
so schaust du eine wankende Welt
durcheinandergehäuft.

Es überraschte ihn, dass er sich noch immer an diese Zeilen erinnern konnte. Es war lange her, dass er sie gehört oder gelesen hatte. Ein Lächeln streifte sein Gesicht, dann wurde er wieder ernst.

Er nickte dem Kollegen an der Absperrung im Hauseingang zu, trat ein und stieg in die erste Etage hinauf. Ein Mann kam ihm von oben entgegen, vermutlich ein Nachbar. Erklärend hob er zwei halb volle Mülltüten. »Nur schnell noch rausbringen.«

»Um zehn Uhr abends?«, fragte Arthur, woraufhin der Mann rot anlief und an ihm vorbeieilte. Arthur ließ ihn ziehen. Der Kollege unten würde die Personalien des Mannes für eine eventuelle spätere Befragung aufnehmen.

»Arthur.«

Eilige Schritte hallten aus dem Erdgeschoss zu ihm herauf. Er wandte sich um und entdeckt seine Kollegin Charlotte, die sich gerade den letzten Rest eines belegten Brotes in den Mund schob. Ihre kinnlangen Haare waren feucht und noch im Gehen band Charlotte sie hastig zu einem Zopf.

Arthur lächelte. »Anscheinend hatte nicht nur ich schon die Hausschuhe an, als der Anruf kam.«

Charlotte verdrehte die Augen und schluckte den Bissen hinunter. »Ich habe meine Hausschuhe schon vor Jahrzehnten abgeschafft. Lohnt sich nicht. Wann habe ich schon mal Gelegenheit, sie anzuziehen?«

Sie hatte Arthur erreicht und gemeinsam nahmen sie die letzten Stufen bis zum ersten Stock, wo sie an der Wohnungstür von einer Kollegin von der Streife begrüßt wurden. Charlotte zeigte ihre Dienstmarke vor. Die Frau reichte ihnen weiße

Einwegschutzanzüge, Gesichtsmasken, Schuhüberzieher und Handschuhe, welche sie rasch überstreiften.

»Die Spurensicherung ist schon bei der Arbeit«, informierte sie die junge Kollegin.

Charlotte betrachtete das Holz der Eingangstür. »Nirgends Einbruchspuren zu erkennen«, stellte sie fest. Arthur nickte bestätigend. Das war ein vielsagendes Detail.

Als sie alle Schutzmaßnahmen ergriffen hatten, um den Tatort nicht durch ihre Anwesenheit zu kontaminieren und neue Spuren zu setzen, betraten sie die Wohnung.

Altes Holz, verputzte Wände, schwarzweiße Bilder und eine hohe Decke vermittelten den Eindruck von Ordnung, Geschichte und Leben, welche nun durch Metallkoffer und Taschen der Kollegen vom Erkennungsdienst verunstaltet wurde. Schnelle Blicke in die angrenzenden Zimmer sprachen von zwei sehr unterschiedlichen Personen, die in dieser Wohnung lebten. Die eine Hälfte chaotisch, unachtsam, die andere penibel, aber geschmackvoll. Arthur sah achtlos auf dem Boden liegende T-Shirts neben sorgsam arrangierten Bildern an makellos weißen Wänden.

Jede Lampe in der Wohnung brannte. Schon im Flur schlug ihnen jener leicht süßliche und unverwechselbare Geruch entgegen, bei dem sich noch immer Arthurs Magen zusammenzog.

Das Wohnzimmer war das Zentrum aller Aufmerksamkeit. Hier war der Geruch fast übermächtig. Das Zimmer war erfüllt von fokussierter Betriebsamkeit. Drei Mitarbeiter der Spurensicherung bewegten sich in weißen Einweganzügen und Mundschutz durch den Raum. Mit ihren blau behandschuhten Händen lasen sie Staubkörnchen auf, stellten Fingerabdrücke sicher und rieben jeden Quadratzentimeter auf DNA-Nachweise ab. Die Analyse und Auswertung der gesicherten Spuren würde Tage in Anspruch nehmen. Neben ihnen mühte sich eine Frau mit dem Stativ des 3-D-Scanners ab.

Im Zentrum des Raumes kniete der Sachverständige des Instituts für Rechtsmedizin neben einem Leichnam. Charlotte blieb stehen. Ihr scannender Blick huschte durch den Raum. Arthur hielt ebenfalls inne und nahm die Atmosphäre des Raumes in sich auf. Ein mit Sorgfalt eingerichtetes Wohnzimmer: Ecksofa, Lammfell, Bücherregal und eine Papierleuchte, die von der knapp drei Meter hohen Decke herabhing. In der Mitte des Zimmers lag das Opfer. Auf dem hellen Teppich prangte ein dunkler Fleck aus eingetrocknetem Blut. Als Arthurs Blick auf den Leichnam fiel, spürte er ein leichtes Flattern in der Brust.

Gewalt, dachte er. *Zorn ... Verzweiflung.*

Sein Blick wanderte weiter, richtete sich auf die Wand hinter dem Opfer. Jemand hatte die Bilder herabgerissen und achtlos auf den Boden geworfen. Zersplittertes Glas lag neben zerbrochenen Rahmen. Statt ihrer prangte ein blutrotes Zeichen auf der weiß verputzten Wand. Ein auf der Seite liegendes Oval, von dem aus ein länglicher Fortsatz an der rechten Seite nach unten deutete. In Kombination mit der Leiche war seine erste Assoziation, dass jemand dieses Zeichen mit Blut auf die Wand geschmiert hatte. Erst auf den zweiten Blick erkannte er, dass es sich um Farbe handeln musste. Blut wäre längst braun geworden.

»Arthur, Charlotte.« Stefan Vogt vom Kriminaldauerdienst kam auf sie zu und hob zur Begrüßung die Hand.

Mit einem Kopfnicken deutete Charlotte auf den Leichnam. »Was wissen wir bisher?«

Vogt verzog das Gesicht. »Bei dem Opfer handelt es sich vermutlich um Benjamin Nessau, dreißig Jahre alt. Seine Mutter fand ihn vor zwei Stunden.«

Arthur trat an den Toten heran, bis von dem am Boden knienden Rechtsmediziner ein warnendes Grunzen erklang. Offenbar war dieser mit seiner Arbeit noch nicht fertig. Aus dieser geringen Distanz war die rohe Gewalt fast körperlich spürbar. Sie sickerte von dem zerstörten Fleisch auf wie grauer Dunst. Von dem Gesicht war lediglich eine zerstörte Ruine übrig geblieben. Fleisch, Knochen, selbst angegraute Gehirnmasse konnte Arthur erkennen.

»Hier war jemand wirklich sehr, sehr wütend«, murmelte er.

Der Rechtsmediziner, den Arthur nun als Professor Dr. med. Jared Pfeiffer erkannte, lachte auf. »Das kannst du laut sagen. Keine Ahnung, wie oft der Täter auf das Opfer eingeschlagen hat. Das herauszufinden wird Fummelarbeit.«

Charlotte nickte, als würden Jareds Worte eine Annahme bestätigen. »Können Sie schon eine Einschätzung zum Todeszeitpunkt geben?«

Professor Pfeiffer stieß ein Schnalzen aus und nickte dann. »Die Vor-Ort-Proteinabbaubestimmung ist schon durch. Laut der Abbaurate liegt unser Junge seit achtzig bis dreiundachtzig Stunden hier.«

Charlottes Augenbrauen zogen sich zusammen, während sie offenbar die Zeitangabe im Kopf überschlug. »Also wurde er in etwa Freitagmittag umgebracht.«

»Genau.«

»Hat man ihn in dieser Position aufgefunden?«, fragte Arthur an Vogt gewandt.

»Jop«, bestätigte dieser. »Zumindest nach Aussage der Mutter. Sie wollte anscheinend nach ihrem Sohn schauen, weil dieser nicht wie verabredet zum Essen gekommen war.«

Schweigend betrachtete Arthur den Leichnam. Das Opfer trug ein T-Shirt, auf dem das Logo einer Science-Fiction-Serie prangte, die seit Jahrzehnten über die Bildschirme flimmerte. Star Trek oder so. Arthur hatte sich nie sonderlich für derartige Unterhaltung interessiert. Das Shirt hatte ein paar kleine Löcher und die Farbe war ausgeblichen. Oft getragen. Dazu hatte der Tote eine schwarze Jogginghose an und verschiedenfarbige Socken. Er sah aus wie jemand, der eben noch vor dem Fernseher gesessen hatte. Suchend sah er sich um und deutete dann auf den großformatigen Bildschirm neben dem Bücherregal.

»War der an?«, fragte er.

Vogt schüttelte den Kopf. »Nee.«

Charlotte sah sich ebenfalls im Raum um. »Ermordet wurde er in diesem Zimmer.«

Von Professor Pfeiffer kam ein amüsiertes Schnaufen. »Unübersehbar.«

Sämtliche Möbelstücke waren mit Blutspritzern gesprenkelt: das Sofa, der Tisch, der Fernseher, die Bücherregale. Selbst auf der Heizung klebten sie.

Arthur räusperte sich. »Wie sicher sind wir uns, was die Identität des Opfers angeht?«

»Dies hier ist seine Wohnung«, meinte Vogt. »Papiere hatte er natürlich nicht bei sich. Ein DNA-Abgleich mit den Spuren auf der Zahnbürste wird Gewissheit schaffen.«

»Weitere Auffälligkeiten?«

»Sie meinen abgesehen von dem da?« Vogt deutete auf das rote Symbol an der Wand.

»Ja, abgesehen vom Offensichtlichen.«

»Nein, bisher nicht.«

Arthur richtete sich auf, umkreiste die Leiche in einem weiten Bogen und trat an die Wand. Jemand hatte die Farbe mit einem dicken Pinsel aufgetragen. Hier und da waren Nasen herabgelaufen. Einige Tropfen waren auf den polierten Dielenboden gefallen und hatten Flecken hinterlassen.

Hastig, dachte er. *Entschlossen ... Zielgerichtet.*

»Kennt jemand dieses Zeichen?«, fragte Charlotte in den Raum hinein.

»Wir wissen nicht, was das ist«, sagte Vogt. »Ich bin mir zwar sicher, es schon einmal gesehen zu haben ...«

Arthur legte den Kopf schräg und grub in seinem Gedächtnis. »Mir kommt es auch bekannt vor.«

Nachdenklich trat Charlotte von der Wand zurück und sah sich um. »Haben wir die dazugehörige Farbe und Pinsel gefunden?«

»Standen gleich hier.« Vogt deutete in die Ecke neben dem Bücherregal. »Haben sie sichergestellt.«

Arthur ging zum Fenster, von wo aus er den ganzen Raum im Blick hatte. Er betrachtete die Leiche, dann die Wand und wieder die Leiche.

Charlotte deutete auf das Symbol. »Wenn wir wissen, was das da ist, wird uns das vermutlich erheblich weiterbringen. Solange wir die Botschaft nicht verstehen, stochern wir bloß herum. Und wenn ihr mich fragt, fühlt sich die Scheiße hier nach richtig viel Ärger an.«

Arthurs Blick schweifte durch das Zimmer. Erst jetzt nahm er die unzähligen technischen Spielereien wahr, wie die indirekte Beleuchtung hinter dem Fernseher, welche vermutlich passend zum Programm die Farbe wechselte. Daneben jene Box, die darauf hindeutete, dass auch in dieser Wohnung ein digitaler Assistent wie Alexa oder Siri beheimatet war. Der Lichtschalter neben der Tür besaß eine Dimmfunktion, selbst die Heizungsthermostate verfügten über eine digitale Anzeige und waren mit Sicherheit programmierbar. Unter dem Fernseher war ein ganzes Regalbrett vier verschiedenen Spielkonsolen vorbehalten. Arthur erkannte sogar einen alten N64. Gleich daneben lagen zwei VR-Brillen. Auf der Kommode am Fenster thronte eine Flugdrohne neben einem alten Plattenspieler. Arthur wettete, dass irgendwo in der Wohnung ein Putzroboter ruhte.

Solche Kleinigkeiten passten zu einem Menschen, der ein Star-irgendwas-Shirt trug. Gleichzeitig wurde das Wohnzimmer von einem Bücherregal beherrscht, welches fast die gesamte Wand gegenüber der Tür einnahm. Dunkles Holz, irgendwie altmodisch. Die Bücher standen dicht an dicht. Beim näheren Hinsehen offenbarte sich das inhaltliche Chaos. Fachbücher drängten sich neben Science-Fiction-Romanen und populärwissenschaftlichen Werken über alles Mögliche: eingewanderte Tierarten, der Zerfall von Zivilisationen, antike Verschlüsselungstechniken, künstliche Intelligenz, Seekriege der Hanse, Gehirndoping, eine Biografie von Elon Musk. Die Interessen der Bewohner schienen breit gefächert und offen für jedes beliebige Thema zu sein. Als sein Blick über einen Gedichtband von Rilke wanderte, musste er lächeln. Zwar wirkte das Buch so neu, als habe sein Besitzer nicht einmal darin geblättert, dennoch schätzte Arthur seine Anwesenheit. Zudem standen in seinem eigenen Bücherregal ebenfalls Dutzende ungelesene Exemplare, für die er in den letzten Jahren einfach keine Zeit gefunden hatte.

Er betrachtete die von der Wand gerissenen Bilderrahmen. Statt dekorativen Motiven präsentierten sie Urkunden und Ausschnitte aus seriös wirkenden Zeitschriften. Er trat näher und erkannte, dass es sich um Artikel aus Wissenschaftsmagazinen handelte.

»Arthur.«

Der Klang seines Namens riss ihn aus den Gedanken und ließ ihn leicht zusammenzucken. Fragend sah er Charlotte an. Zwischen ihren Augenbrauen stand eine steile Falte und Arthur fühlte sich ertappt. Schon am Nachmittag hatte sie sich darüber beschwert, dass er unkonzentriert sei.

»Ich sagte, dass wir auch die Leute aus den Häusern gegenüber befragen sollten.«

»Ja, natürlich.« Arthur nickte. »Was ist mit der Mutter?«

Vogt deutete mit dem Kinn Richtung Wohnungstür. »Ein Kollege vom Kriseninterventionsteam hat sie nach Hause gebracht. Die war vorhin noch nicht vernehmungsfähig.«

Charlotte hob eine Augenbraue. »Nach Hause?«

»Sie wohnt gleich um die Ecke. Erschien mir humaner, als sie im Schlafzimmer oder Treppenhaus warten zu lassen.«

»Ich würde gern mit ihr sprechen«, sagte Arthur.

»Darauf hatte ich gehofft«, erwiderte Charlotte. »Und was hältst du von dem hier?« Mit einem Kopfnicken deutete sie auf den Leichnam, neben dem der Rechtsmediziner noch immer kniete.

Arthur rieb sich das Kinn. Wieder wanderte sein Blick vom Opfer über die blutgesprenkelte Einrichtung bis zum Symbol an der Wand.

»Ich könnte mir vorstellen, dass wir mehr als einen Täter haben.«

»Wie kommst du denn darauf?«

Er wies auf die Leiche. »Ich sehe dort viele Emotionen. Rohe, brutale Gewalt. Es ging nicht bloß darum, ihn zu töten. Da war etwas Persönliches im Spiel. Bei diesem Symbol hingegen ... es wurde zwar schnell, aber mit ruhiger Hand gemalt.«

»Nun, der Täter hat seine Emotionen offenbar am Opfer ausgelassen.«

Arthur zupfte sich an der Unterlippe und wiegte den Kopf. »Mir kommt es vor, als würde ich auf unterschiedliche Handschriften blicken.«

»Handschriften?« Charlotte schnaufte.

Arthur ließ sich von ihrer Skepsis nicht beeindrucken. Stumm betrachtete er das dargebotene Ensemble und ließ es auf sich wirken.

Kopfschüttelnd wandte sich Charlotte Vogt zu: »Konnten Sie schon die Nachbarn befragen?«

»Bisher nur die im Haus«, meinte Vogt. »Niemand hat etwas gesehen oder gehört. Der Nachbar direkt nebenan ist trotzdem ganz heiß darauf, mit Ihnen zu sprechen. So ein alter Kauz, der alle Geschehnisse im Haus genau im Blick hat.«

Charlotte nickte knapp. »Gut, den nehme ich mir gleich mal vor.«

3

IRMA

Montag, 19. November 2029, 22.00 Uhr

»Frau Nessau?«

Irma blickte auf. Neben ihr an der Küchenarbeitstheke stand ein Mann mit ernstem Blick. Er mochte Mitte, vielleicht Ende dreißig sein. Sie hatte gar nicht gehört, dass jemand geklingelt hatte. Suchend sah sie sich nach Heise um, dem Mann vom Kriseninterventionsteam, der sie nach Hause gebracht und ihr ein paar Pillen zur Beruhigung angeboten hatte. Sie konnte ihn jedoch nirgends entdecken.

»Ich bin Kriminaloberkommissar Arthur Morgenroth.« Der Mann hielt ihr die Hand entgegen. Sein warmer Blick ruhte auf ihr.

Irma versuchte sich an einem Lächeln, bemerkte aber selbst, dass es zur zähnefletschenden Grimasse geriet. »Verzeihen Sie, aber im Moment kann ich Ihre Hand nicht schütteln.«

Zum Beweis hob sie die eigenen Hände, die mit Teig beklebt waren. Vor ihr auf der Arbeitsfläche lag ein dicker Klumpen, drumherum locker verteiltes Mehl.

Zwar lächelte der Kommissar, doch seine Augen tasteten besorgt über das Chaos aus benutzten Schälchen mit Milchresten und Eierschalen. »Darf ich fragen, was das wird?«

»Nach was sieht es denn aus?«

Morgenroth legte den Kopf schräg, betrachtete erst den Teig, dann die noch auf ihren Einsatz wartenden Zutaten. »Kuchen?«

Irma lachte auf. Es klang viel zu schrill und sie beendete es abrupt. »Zimtschnecken. Meine Spezialität. Möchten Sie vielleicht einen Kaffee? In der Kanne müsste noch welcher sein. Ich hatte gerade einen für Herrn Heise gemacht. Bedienen Sie sich ruhig, nur keine falsche Scheu. Becher sind dort oben, Milch steht im Kühlschrank. Nehmen Sie Zucker? Der ist dort drüben, in der kleinen, blauen Dose.«

Irma sah zu, wie sich der Kommissar einen Becher nahm und sich Kaffee einschenkte. Am Rande registrierte sie, dass er anscheinend Linkshänder war.

»Backen Sie auch?«, fragte Irma, während sie den Teig weiter knetete.

Morgenroths Lippen verzogen sich zu einem Lächeln, das seine Augen jedoch nicht erfasste. »Mir wird ständig vorgeworfen, dass mein Kuchen zu trocken seien.«

»Butter«, sagte Irma. »Dann nehmen Sie nicht genügend Butter. Bloß nicht geizig sein. Zu wenig Zucker kann ein Kuchen vertragen, aber ohne Fett ist er bloß trocken und geschmacklos.«

»Werde ich mir merken.«

Irma formte den Teig zu einer handballgroßen Kugel, legte ihn in eine bereitstehende Schüssel und deckte diese mit einem Geschirrtuch zu. »So, der muss jetzt ein wenig gehen. Solange werde ich die Füllung zubereiten. Haben Sie schon einmal Zimtschnecken gemacht?«

Sie eilte zum Spülbecken und wusch sich den Teig von den Fingern. Ihre Hände zitterten noch immer und sie verabscheute diese zur Schau gestellte Schwäche.

Der Kommissar blieb an der Arbeitsfläche gelehnt stehen und nippte an seinem Kaffee. »Zu meiner Schande muss ich gestehen, dass ich mich dieser Herausforderung noch nicht gestellt habe.«

»Ach, Zimtschnecken sind ein Kinderspiel, wenn man nur das richtige Rezept hat. Kommen Sie, ich zeige es Ihnen.«

Sie trocknete die Hände ab, stellte eine zweite Schüssel auf die Küchenwaage und ließ Rohrzucker hineinrieseln.

Morgenroth räusperte sich. »Frau Nessau ... ehrlich gesagt, bin ich nicht zum Backen hier.«

Das Zittern von Irmas Händen verstärkte sich, die Tüte mit dem Zucker entglitt ihr fast, die Zahl auf der Küchenwaage sprang von zweihundertneunzig auf dreihundertzwanzig. »Ach, verdammt!«, fluchte sie. »Das war zu viel. Können Sie mir bitte einen Teelöffel reichen? Ja genau, die Schublade neben Ihnen. Danke schön.«

Sorgsam füllte sie ein wenig von dem Rohrzucker zurück, bis die Waage das gewünschte Gewicht anzeigte.

»Frau Nessau, leider ist es trotzdem -«

»Reichen Sie mir doch bitte mal das Glas mit dem Cashewmus.«

Morgenroth seufzte, tat jedoch, worum sie ihn bat.

»Das ist meine Geheimzutat.« Sie zwinkerte ihm zu, dann lachte sie grell auf. »Wobei, so geheim ist sie gar nicht. Habe es aus einem Kochbuch. Danach noch ein wenig Zimt. Und Butter. Wie gesagt, bloß nicht zu geizig mit der Butter sein.«

Sie rammte den bereitliegenden Esslöffel in das Glas mit dem Mus. Eine Hand legte sich auf ihre. Sie erschauerte, ahnte, was jetzt kam.

»Frau Nessau, Ihr Sohn ist tot.« Morgenroths Stimme war sanft. »Ich will den Mörder finden. Doch dafür brauche ich Ihre Hilfe.«

Das Zittern ihres Körpers wurde stärker. Poltern fiel das Glas mit dem Cashewmus auf die Arbeitsfläche und rollte durch das verwischte Mehl.

»Ich weiß«, brachte sie hervor und rieb sich die Augen. »Ich weiß.«

Morgenroth hob in einer besänftigenden Geste die Hände. »Bitte entschuldigen Sie, ich wollte Ihnen nicht zu nahe treten. Aber um die Tat zu rekonstruieren, ist es wirklich wichtig, dass Sie mir schildern, was Sie gesehen haben.«

Eine Gestalt erschien in der Türöffnung. Heise. »Kann ich helfen?«

»Nein, nein.« Irma holte bebend Luft. »Alles in Ordnung.«

»Sicher? Falls Sie doch eine Tablette zur Beruhigung -«

»Danke.« Sie hätte ihn am liebsten angeschrien, dass er sich seine Tabletten sonst wohin schieben könne, erinnerte sich aber daran, dass er es nur gut meinte, und zwang sich zu einem Lächeln.

»Okay.« Heise zögerte. »Aber falls Sie doch -«

»Dann wende ich mich an Sie, ich weiß.«

Morgenroth nickte Heise auffordernd zu, woraufhin sich dieser nach einem letzten zweifelnden Blick umwandte und die Küche verließ.

Irma schniefte. »Was ich gesehen habe? Können Sie sich das nicht denken? Ich kam rein und fand meinen einzigen Sohn in einer Blutlache vor. Tot.«

Morgenroth nickte. »Ich kann verstehen, dass es hart ist, das alles zu beschreiben, aber ohne Ihre Hilfe könnten uns wichtige Details entgehen. Bitte, gehen wir doch ins Wohnzimmer und setzen uns.«

Irma verschränkte die Arme vor der Brust und lehnte sich mit dem Rücken gegen den Kühlschrank. Ihre Hände zitterten noch immer, viel schlimmer war jedoch das kaum wahrnehmbare Beben ihres Körpers, das so tief ging, dass es selbst das Innerste ihrer Zellen zu erschüttern schien. Ihr Sohn, ihr einziger Sohn, das Zentrum ihrer Welt. Tot. Der Hammer vor ihren Füßen. Das Gesicht ...

Morgenroth nickte ergeben. »In Ordnung, dann halt hier.«

»Bitte ...« Sie hob abwehrend die Hand. »Ich ... ich kann das einfach nicht.«

»Frau Nessau, wann haben Sie das letzte Mal mit Benjamin gesprochen?«

»Ich ... ich weiß nicht. Dienstag. Oder Mittwoch? Warten Sie, wir hatten telefoniert. Ich schaue eben in meinem Handy.« Irma wollte zur Kommode neben der Haustür laufen, wo sie ihr Handy stets ablegte, sobald sie ihr Heim betrat. Morgenroth hielt sie zurück.

»Keine Eile, das können wir später nachtragen. Worum ging es in Ihrem Gespräch?«

»Ich weiß nicht. Nichts Besonderes. Ob er heute zum Essen vorbeikommt. Bestimmt hat er von seiner Arbeit erzählt.« Ein Schluchzen unterbrach ihre Worte. Sie bedeckte ihren Mund mit der Hand, atmete tief ein und aus, konzentrierte sich darauf, dieses Beben unter Kontrolle zu bringen. Morgenroth stand ihr gegenüber, betrachtete die auf der Arbeitsfläche verteilten Backzutaten und nippte an seinem Kaffee. Sein ganzes Wesen strahlte Ruhe und Geduld aus, wofür sie ihm unendlich dankbar war. Sie fühlte sich so fragil wie ein Kartenhaus.

Mit einem Ruck drückte sie den Rücken durch. »Haben Sie noch Kaffee? Darf ich nachschenken?«

Morgenroth sah sie lange an, dann nickte er und hielt ihr mit leicht verkniffenem Gesicht seinen halb vollen Kaffeebecher hin. »Gern.«

Irma hatte den Verdacht, dass Morgenroth nicht so der Kaffeetyp war und allein ihr zuliebe das Angebot annahm. Erleichtert, ihren Fingern etwas zu tun zu geben, nahm Irma den Kaffeebecher entgegen, eilte zur Maschine, stieß dann einen halblauten Fluch aus, weil die Kanne leer war. Sie stellte den Becher beiseite, öffnete die Maschine und riss den gebrauchten Kaffeefilter heraus, um ihn in den Abfalleimer zu schleudern. Die schnelle Bewegung ließ sie schwindeln.

Oje, nicht das schon wieder.

Das wurde in der letzten Zeit immer schlimmer. Sie hielt inne, klammerte sich an der Kante der Arbeitsplatte fest.

»Frau Nessau, ist alles in Ordnung?« Sorge lag in seiner Stimme.

Irma winkte ab. »Nur ein leichter Schwindel.«

»Wollen Sie sich setzen?«

»Nein, nein. Geht schon wieder.«

Morgenroth beobachtete sie mit wachsamem Blick. Irma zwang sich zu einem Lächeln und richtete sich auf.

Der Kommissar nickte kaum merklich. »Hat er am Telefon oder vielleicht zuvor etwas Ungewöhnliches erwähnt? Dass jemand ihn bedrohe oder so?«

»Nein, natürlich nicht. Mein Ben kann keiner Fliege etwas zuleide tun. Einen großen Freundeskreis hatte er zwar nie, aber Feinde? Nein, nicht mein Ben.« Plötzlich huschte ein Bild vor ihrem inneren Auge vorbei. Sie zuckte zusammen.

»Frau Nessau?«

»Ben, er ... vor einem Monat, da hatte er ein blaues Auge«, murmelte sie und lachte freudlos auf. »Ben und ein blaues Auge, das passte einfach nicht zusammen. Er hat sich noch nie geprügelt und Sport ist auch nicht so seins. Als ich ihn darauf angesprochen habe, behauptete er, im Bad ausgerutscht zu sein.«

Sie beobachtete, wie Morgenroth sich etwas in einem Büchlein notierte.

Irma zwang sich, die Arbeitsplatte loszulassen, und schob einen neuen Filter in die Maschine. Dann öffnete sie den Schrank, in dem sich der Kaffee befand.

»Und zu dem heutigen Abendessen hatte er zugesagt?«, erkundigte sich Morgenroth.

»Ja, hat sich sogar extra Hackbraten gewünscht. Meinte, den hätte er schon seit Ewigkeiten nicht mehr gegessen. Früher ...« Wieder stieg ein Schluchzen ihre Kehle hinauf und schüttelte sie so heftig durch, dass ihr die Dose mit dem Kaffee entglitt. Scheppernd fiel sie zu Boden und verteilte ihren Inhalt über die Fliesen.

»Das war sein Lieblingsessen«, wimmerte Irma. »Ich habe es ihm unzählige Male gekocht. Doch nun ...« Sie barg das Gesicht in den Händen. »Das alles ist einfach nicht wahr. Es muss ein Albtraum sein. Oh bitte!« Wieder wurde ihr schwindelig. Sie wankte.

Eine Hand legte sich auf ihre Schulter, dirigierte sie aus der Küche hinaus ins Wohnzimmer und auf das Sofa. Irma ließ es zu, rang um Fassung.

»Hier, bitte.« Morgenroth hielt ihr ein Taschentuch hin. Sie nahm es entgegen und betupfte die Augenwinkel. Er ließ sich ihr gegenüber auf den zitronengelben Sessel sinken.

»Entschuldigen Sie«, murmelte Irma, »aber das alles hier ...«

»Schon gut, ich verstehe das.«

»Haben Sie Kinder?«

»Nein.«

»Dann verstehen Sie es auch nicht.«

Morgenroth sah sie an. Stille senkte sich über den Raum. Sie hörte Heise husten. Irma knüllte das Taschentuch zusammen. »Ich wäre für Ben gestorben. Jederzeit und ohne Zögern.«

Der Kriminalkommissar sah sie ruhig an. »Wollen Sie den Mörder Ihres Sohnes hinter Gittern sehen?«

»Was ist das für eine Frage? Natürlich!«

»Dann helfen Sie mir. Erzählen Sie mir, was heute Abend passiert ist.«

»Ich ... natürlich.« Sie straffte die Schultern und versuchte, zu abstrahieren, sich selbst von außen zu betrachten, wie sie telefonierend hier im Wohnzimmer gestanden hatte. Dennoch war ihre Erzählung stockend und durchsetzt von Pausen, in denen sie versuchte, ihr inneres Gleichgewicht wiederzufinden. Morgenroth hörte aufmerksam zu, hakte hier und da nach und fragte nach Details.

»War die Wohnungstür abgeschlossen oder stand sie offen?«

»Ich ... ich weiß nicht. Doch, ja natürlich, sie war zu. Was bedeutet das? Hatte der Mörder einen Schlüssel?«

»Ist Ihnen etwas Ungewöhnliches aufgefallen?«

»Ich ... nein, nicht wirklich. Es war dunkel, nur im Arbeitszimmer meines Sohnes brannte Licht.«

»Wohnt Ihr Sohn allein?«

»Nein, nein. Er ist seit fünf oder sechs Jahren mit Josefine zusammen.«

»Aha?« Morgenroth notierte sich etwas. »Wissen Sie, wo sich Josefine derzeit aufhält?«

»Nein. Oh mein Gott! Meinen Sie, ihr ist etwas zugestoßen?«

»Das kann ich derzeit nicht sagen. Haben Sie ihre Telefonnummer?«

»Ja, natürlich. Ist in meinem Handy gespeichert. Aber mein Ben ... wieso habe ich ihn gefunden und nicht Josefine? Er liegt da nicht erst seit heute Morgen -«

Abrupt verstummte sie und ein Schauer rann ihre Arme hinab. Sie sah geradezu vor sich, wie sie mit dem Handy am Ohr am Panoramafenster stand und versuchte, Ben zu erreichen. Mit plötzlicher Klarheit wurde ihr bewusst, dass ihr Sohn in jenem Moment nicht mehr gelebt hatte. Dass er vermutlich schon tot gewesen war, als sie heute Morgen die Bettdecke beiseite geschlagen hatte und ins Badezimmer gegangen war. Himmel, vermutlich war er auch schon tot gewesen, als sie gestern auf dem Sofa gesessen und gelesen hatte.

»Wir werden nach ihr suchen. Wo liegt Ihr Handy?«

»Kommode im Flur, neben der Haustür«, raunte Irma.

Morgenroth bat Heise, das Gerät zu holen. Er reichte es Irma, diese suchte Josefines Nummer heraus und der Kommissar notierte sie.

»Fahren Sie bitte fort«, forderte er sie auf. »Sie betraten also die Wohnung, fanden aber nur leere Zimmer vor. Am Schreibtisch Ihres Sohnes brannte Licht. Ist Ihnen sonst noch etwas aufgefallen?«

»Nein. Also ... natürlich der Geruch.« Sie erschauerte und verstummte.

Wo war Ben nur gerade? Lag er noch in der Wohnung oder hatten sie ihn schon in einen schwarzen Sack gesteckt, um ihn in die Rechtsmedizin zu fahren, wo Skalpell und Knochensäge bereitlagen?

Sie sprang auf. »Verdammt, ich wollte doch Kaffee machen. Herr Heise, möchten Sie auch noch einen?«

Morgenroth seufzte, doch sie ignorierte ihn und auch den aufkommenden Schwindel, eilte in die Küche und bemerkte erst jetzt die Bescherung am Boden. Überall lag Kaffeepulver.

»Mist.« Sie wandte sich um und strebte zur Abstellkammer im Flur, riss die Tür auf und kehrte mit Handfeger und Schaufel bewaffnet in die Küche zurück.

Heise trat ihr in den Weg. »Lassen Sie mich das ruhig machen.« Er nahm ihr beides aus der Hand, kniete sich nieder und begann, die Bescherung aufzufegen.

Morgenroth war ihr in die Küche gefolgt und betrachtete Irma aus mitfühlenden Augen.

»Haben Sie jemanden, der heute Abend bei Ihnen sein kann?«, fragte er.

»Nein.«

»Einen nahen Verwandten oder eine gute Freundin, die -«

»Nein.«

»Okay.« Er sah zu Heise, der sich soeben erhob und den aufgefegten Kaffee in den Mülleimer kippte.

»Ich bleibe noch ein wenig«, sagte dieser.

Irma schüttelte den Kopf. »Danke, ich brauche nichts. Wirklich.«

»Es macht mir nichts aus«, erklärte Heise.

»Nein. Vielen Dank, aber ich möchte jetzt ein wenig allein sein.«

»Sind Sie sich sicher? Möchten Sie nicht zumindest etwas zur Beruhigung nehmen?«

»Ich brauche nichts«, zischte sie. Sein ewiges Nachfragen ging ihr auf die Nerven.

»In Ordnung«, sagte Morgenroth. »Wir werden die Vernehmung hier beenden. Ich möchte Sie jedoch bitten, in den nächsten Tagen für eventuelle weitere Fragen erreichbar zu sein. Ruhen Sie sich aus.«

»Vielen Dank.« Irma zwang sich zu einem Lächeln, obwohl sie selbst merkte, dass ihre bemüht freundliche Miene einer Grimasse glich. Morgenroth erwiderte ihren Blick ruhig, dann nickte er kaum merklich.

»Gut, wir lassen Sie dann allein. Ich möchte Sie jedoch darauf hinweisen, nicht über das zu sprechen, was Sie am

Tatort gesehen haben. Im Zuge der Ermittlungen halten wir bestimmte Details zurück.«

Irma verstand nicht ganz, was der Kommissar damit ausdrücken wollte, und blinzelte zu ihm auf.

»Das Symbol an der Wand beispielsweise«, erklärte Morgenroth. »Oder dass es sich bei der Tatwaffe um einen Hammer -«

Irma zuckte zurück, presste sich eine Hand gegen die Stirn, als ob sie so die unerwünschten Bilder vertreiben könnte. »Bitte«, hauchte sie.

»Entschuldigen Sie, das war unsensibel von mir. Jedenfalls behalten wir diese Details für uns. Denn wenn jemand davon weiß, können wir uns sicher sein, dass er an der Tat beteiligt war.«

Irma nickte. »Verstehe.«

»Mein Beileid zu Ihrem Verlust.«

»Danke«, erwiderte Irma steif und herablassender, als sie beabsichtigt hatte. Sie versuchte, die Wirkung ihres Tonfalls mit einem gezwungenen Lächeln zu relativieren.

Morgenroth nickte ihr zu, wandte sich dann herum und ging. Heise verabschiedete sich ebenfalls, versicherte ihr, dass sie ihn jederzeit anrufen könne. Irma musste ihn fast zur Haustür hinausschieben.

Dann fiel die Tür endlich ins Schloss. Sie war allein. Irma ging ins Wohnzimmer zurück, ließ sich auf den Sessel sinken. Einen Moment saß sie reglos da, dann wurde ihr Atem schneller. Sie keuchte auf und begann, haltlos zu schluchzen.

4

ARTHUR

Dienstag, 20. November 2029, 08.05 Uhr

Als Arthur das geräumige Besprechungszimmer am Ende des Flures betrat, hatte er alle Mühe, ein Gähnen zu unterdrücken. Er nickte den vier Kollegen zu, die schon am ovalen Tisch saßen, und ließ sich auf einen der freien Stühle sinken.

Vor den Fenstern war es noch dunkel, doch über den Dächern zeichnete sich der erste Morgenschimmer ab. Ein neuer, grauer Tag zog auf und Arthur wünschte sich nichts sehnlicher, als sich hinzulegen. Die halbe Nacht hatten sie am Tatort verbracht, waren danach die sichergestellten Spuren durchgegangen, um sich anschließend dem Papierkram zu widmen. Nicht eine Minute hatte er geschlafen. Schon jetzt spürte er eine leise Verzweiflung in seinen Eingeweiden flattern. Eine Begegnung mit seinem Bett lag jedoch unendlich weit in der Zukunft. Wer brauchte schon mehr als zwei oder drei Stunden Schlaf, wenn es Neuro-Enhancer gab, die einem halfen, wacher, konzentrierter und besser gelaunt zu sein? Sie verwandelten einen in kleine, eifrige Ameisen, die nichts lieber taten, als ihre Lebenskraft der Arbeit aufzuopfern.

Zwar besaßen sie alle den üblichen Arbeitsvertrag zu je vierzig Stunden pro Woche, dennoch wurde erwartet, dass man in der heißen Phase nach einem Mord durcharbeitete. Die Überstunden konnte man später abbummeln. Zumindest in der Theorie.

Jemand trat an ihn heran. Als er aufblickte, sah er in die hellen Augen von Charlotte. Ihr war die durchwachte Nacht nicht anzumerken. Natürlich nicht. Sie hatte auch keine Hemmungen, sich alle paar Stunden irgendwas einzuwerfen. Auffordernd hielt sie ihm eine kleine Pillendose entgegen. Ein leichtes Rütteln ließ die Tabletten im Inneren klappern.

Arthur schüttelte den Kopf. »Danke, habe selbst welche.«

Missbilligung huschte über Charlottes Gesicht. Sie steckte die Dose wieder ein. »Dann nimm welche. Du siehst scheiße aus.«

Andreas Ziegler, Erster Kriminalhauptkommissar und Leiter des Kommissariats 1, stürmte mit ausgreifenden Schritten in den Besprechungsraum.

»Guten Morgen.« Ziegler blickte die anwesenden Kieler Kommissare ernst an und rückte die Brille auf seiner knochigen Nase zurecht. »Ich hoffe, ihr habt ein paar Lichasil eingeworfen. Heute erwartet uns ein arbeitsreicher Tag. Wie ihr alle sicherlich schon mitbekommen habt, wurde gestern ein Toter aufgefunden. Charlotte?«

Ziegler lehnte sich vor und griff nach der Kaffeekanne, um sich einzuschenken. In Zeiten von Lichasil brauchte man zwar kein Koffein mehr, bei Ziegler schien es jedoch Gewohnheit zu sein. Selten sah man ihn ohne einen Becher.

Charlotte nahm Platz, jedoch nicht ohne Arthur einen letzten, mahnenden Blick zuzuwerfen. Schließlich schlug sie ihr Notizbuch auf und wandte sich ihren Kollegen zu. »Gestern Abend ging gegen neunzehn dreißig ein Notruf in der Zentrale ein. Eine Leiche wurde gefunden. Gemäß der ersten Vor-Ort-Proteinabbaubestimmung des Rechtsmediziners wurde das Opfer am Freitag, dem sechzehnten November, zwischen elf und vierzehn Uhr ermordet. Todesursache: wiederholte Schläge mit einem stumpfen Gegenstand auf das Gesicht.« Charlottes Stimme war wie immer so kühl und sachlich, als würde sie über ein mathematisches Problem referieren und nicht von dem gewaltsamen Ableben eines Menschen berichten. Früher hatte Arthur dies befremdlich, vielleicht sogar ein wenig abstoßend gefunden. Heute schätzte er sie für ihre Klarheit, die half, sich auf die wesentlichen Fakten zu konzentrieren.

»Bei dem Opfer handelt es sich mutmaßlich um Benjamin Nessau«, fuhr Charlotte fort. »Er wohnt zusammen mit seiner Freundin Josefine Krist in jener Wohnung, in der wir das Opfer aufgefunden haben. Eine optische Identifikation des Toten ist unter den gegebenen Umständen nicht möglich und Papiere trug er keine am Körper. Gewissheit erhalten wir erst mit einem DNA-Abgleich des in der Wohnung sichergestellten Materials. Das Labor ist schon dran, mit dem Ergebnis ist spätestens morgen zu rechnen. Trotzdem würde ich derzeit von der These ausgehen, dass es sich tatsächlich um Benjamin Nessau handelt.«

Charlotte hielt inne, schien im Geiste ihre Notizen durchzugehen. »Die Spurensicherung ist noch vor Ort. Eine Befragung der Nachbarn im Haus und jenen von gegenüber brachte bisher keine weiteren Erkenntnisse, wir haben aber auch noch nicht alle Nachbarn angetroffen. Soweit wir wissen, hat niemand etwas gesehen oder gehört. Eine Frau im Haus gegenüber meinte, ihr sei aufgefallen, dass in der Nacht von Donnerstag auf Freitag ein Fenster auf Kipp stand. Zudem berichtete ein weiterer Nachbar aus dem Haus, dass die Lampe in Benjamins Arbeitszimmer seit mehreren Nächten brannte, allerdings habe er sich keine großen Gedanken gemacht, da dies schon öfter vorgekommen sei. Benjamin war anscheinend ein Nachtmensch. Ein Nachbar aus demselben Haus berichtete, dass er Benjamin letzten Dienstag getroffen hätte. Der Mann wollte gerade zur Arbeit aufbrechen, als Benjamin von draußen hereinkam.«

»Wann ist der Nachbar denn zur Arbeit gefahren?« Mit in Falten gelegter Stirn drehte Ziegler seinen Kaffeebecher in den Händen.

Charlotte blätterte in ihrem Notizbuch. »Gegen halb acht.«

»Und Benjamin kam gerade von draußen rein? Entweder er ist ein Frühaufsteher oder er war die ganze Nacht unterwegs. In jedem Fall ungewöhnlich genug, dass wir dem nachgehen sollten.«

Arthur machte sich einen Vermerk. »Ich hake nachher mal bei der Technik nach, ob wir schon die GPS-Daten von Benjamins Handy einsehen können.«

Charlotte nickte knapp. »Und ich werde versuchen, die übrigen Nachbarn abzuklappern.«

»Das können Roger und Jonna machen.« Ziegler wandte sich den beiden Kollegen zu. Jonna Eschbach richtete sich unwillkürlich ein wenig auf, während Roger Maring schief grinste. Er sah so müde aus, wie Arthur sich fühlte. Die Ringe unter seinen Augen sprachen von mehr als nur einer durchwachten Nacht, jedoch aus anderen Gründen. Er war vor nicht einmal drei Wochen zum zweiten Mal Vater geworden und das Kind gehörte offenbar zur unruhigen Sorte.

»Die Bergstraßen-Geschichte kann warten«, meinte Ziegler. »Die Zeugenbefragungen sollten so schnell wie möglich abgehakt werden, bevor die Leute anfangen, Details zu vergessen.«

Die beiden Angesprochenen nickten.

»Was ist mit der Freundin? Wie hieß sie gleich?« Rat suchend sah Ziegler Charlotte an.

»Josefine Krist.« Sie nickte in Arthurs Richtung und er übernahm.

»Von Frau Nessau haben wir Frau Krists Handynummer erhalten und ich habe sie noch gestern Abend erreicht. Sie ist seit Freitag bei ihren Eltern in Münster.«

»Soso.« Ziegler kratzte sich am Kinn. »Seit wann ist unser Opfer gleich tot?«

»Auch seit Freitag«, sagte Arthur. »Josefine ist morgens gegen sechs Uhr in den Zug nach Hamburg gestiegen, um von dort aus nach Münster weiterzufahren. Nur wenige Stunden danach starb Benjamin Nessau. Josefine selbst wollte erst kommenden Samstag nach Kiel zurückkehren, will sich aber schon heute in den Zug setzen.«

Ziegler wiegte den Kopf. »Am Freitagmorgen fährt sie und gegen Mittag stirbt ihr Freund. Das liegt zu nahe beieinander, um ein Zufall zu sein.«

»Denke ich auch«, meinte Charlotte. »Da hat jemand abgewartet, bis Josefine die Wohnung für längere Zeit verlässt.«

»Hat dieser Benjamin Nessau noch weitere Verletzungen außer den Hammerschlägen?« Ziegler sah nachdenklich zur Decke auf. »Vielleicht haben die Täter auf Josefines Abwesenheit gewartet, um mehr Zeit mit Herrn Nessau verbringen zu können. Wurde er gefoltert?«

Charlotte schüttelte den Kopf. »Am Tatort ist nichts Derartiges aufgefallen. Allerdings wäre auch nicht viel Zeit geblieben, um ihm Schmerzen zuzufügen. Er starb wenige nur Stunden, nachdem seine Freundin abgereist war.«

»Tja ... Vielleicht hat Benjamin Nessau keinen großen Widerstand geleistet und schon nach dem ersten Piksen alles verraten, was die Täter wissen wollten.«

»Die Obduktion wird Klarheit schaffen.« Charlotte wischte über das vor ihr liegende Tablet und hob den Bildschirm an, sodass ihre übrigen Kollegen ihn sehen konnten. Es zeigte das rote Symbol an der Wohnzimmerwand.

»Was ist denn das?« Roger beugte sich vor. »Ist das Blut?«

»Nein, Farbe«, erklärte Charlotte. »Wir haben Dose und Pinsel sichergestellt. Beides offenbar gerade erst gekauft. Wir werden nachprüfen, wo der Täter sie herhaben haben könnte. Vielleicht helfen uns die Fingerabdrücke weiter. Was das Symbol selbst darstellen soll, ist noch ungeklärt. Damit müssen wir uns auch befassen.«

Jonna betrachtete das Foto mit gerunzelter Stirn. »Mir kommt es irgendwie bekannt vor.«

»Das klärt ihr bitte zeitnah«, brummte Ziegler. »Arthur, du schaust dir das persönliche Umfeld des Opfers an. So viel Brutalität. Da steckt eine Geschichte hinter.«

»Klar.« Arthur unterdrückte das Bedürfnis, sich die Augen zu reiben. »Ich fange mit den Kontakten in seinem Handy an.«

Charlotte legte den Kopf schräg und dachte einen Moment nach. »Und wie passt das Symbol hinein? Damit wollte der Täter doch etwas mitteilen.«

»Das eine muss das andere nicht ausschließen.« Ziegler seufzte. »Die Obduktion?«

Charlotte schaute auf ihr Smartphone. »Soll um neun starten. Ich müsste gleich los.«

»Gut.« Ziegler schnaufte. »Die Pressesprecher sitzen schon an einer Mitteilung. Eine Konferenz ist für heute Nachmittag anberaumt. Ich will den Ball noch flach halten. Ganz passend, dass wir das mit dem Übergriff in der Kaistraße abschließen konnten, das werden wir dann auch gleich bekannt geben. Wäre trotzdem gut, wenn wir dann schon das eine oder andere Ergebnis hätten.«

Charlotte verzog den Mund zu einem schmallippigen Lächeln. »Dann werde ich den heutigen Tag wohl ausnahmsweise mit Arbeiten verbringen.«

Ziegler winkte ab. »War doch nur so ein Spruch. Ich weiß doch, dass ich dir so etwas nicht extra zu sagen brauche. Okay, was machen die Ermittlungen im Brandt-Fall?«

Thiess, ein ergrauter Kollege mit sorgsam gestutztem Seemannsbart, schlug die vor ihm liegende Akte auf und begann, die letzten Fortschritte darzulegen.

Nach der Besprechung kehrte Arthur in sein Büro zurück und setzte sich an den Schreibtisch. Charlotte erschien im Türrahmen. Sie hatte sich ihre Jacke unter den Arm geklemmt und kaute an einem Müsliriegel.

»Ich muss gleich los«, meinte sie. Anstatt sich jedoch herumzudrehen, ruhte ihr kühler Blick unverwandt auf ihm. Er wich ihr aus, tippte gegen die Maus und ließ den Monitor erwachen.

Charlotte verlagerte ihr Gewicht auf das andere Bein. Die Jacke unter ihrem Arm raschelte leise. Im Flur erklangen Schritte, irgendwo klingelte ein Telefon. Sekunden verstrichen und seine Kollegin sah ihn einfach nur an.

»Was?«, fragte er.

»Ist mit dir alles in Ordnung?«

»Klar.«

»Sicher? Du siehst scheiße aus. Richtig müde. Außerdem wirkst du abwesend. Und was ist da in dem Becher? Seit wann trinkst du Teefanatiker Kaffee?«

Arthur fühlte sich ertappt, wich ihr aus und rief ein Dokument auf dem Rechner auf. Trotzdem spürte er ihren scannenden Blick auf sich ruhen, mit dem sie jedes noch so kleine Detail erfasste.

»Ich habe Gefallen daran gefunden«, log er. »Hat etwas Nostalgisches.«

»Aber du hast noch genug Lichasil, oder? Kaffee allein hält dich nicht wach.«

»Ja«, erwiderte Arthur genervt und sah seine Kollegin an. Charlotte musterte ihn mit halb zusammengekniffenen Augen. Ein Außenstehender hätte nur Kälte in ihrem Blick gesehen, doch Arthur arbeitete lang genug mit ihr zusammen, um auch die Sorge darin zu erkennen.

»Ja«, sagte Arthur erneut. Dieses Mal mit Nachdruck.

Charlotte betrachtete ihn noch einen Moment, dann sackten ihre Schultern herab. »Tut mir leid, aber du wirkst unkonzentriert. Deine Neuro-Enhancer scheinen nicht zusammenzupassen. Wenn man Lichasil nimmt, dürfte man bei Weitem nicht so müde sein, wie du gerade aussiehst. Vielleicht beißen sie sich mit deinen Stimmungsaufhellern. Ruf deinen Advisor an und lass deinen Cocktail überprüfen.«

Arthur massierte sich die Stirn. »Beginnt nicht gleich die Obduktion?«

Sie seufzte leise. »Bis später.«

5

CHARLOTTE

Dienstag, 20. November 2029, 09.00 Uhr

Als Charlotte die Kellerräume der Rechtsmedizin betrat, schlug ihr jener unverwechselbare Geruch entgegen, der dieser Institution stets anhaftete und sich innerhalb kürzester Zeit sowohl ihren Haaren als auch ihrer Kleidung anhaften würde. Im Anschluss an die Sektion war eine Dusche unerlässlich.

Der Institutsleiter, Professor Dr. med. Pfeiffer, kam auf sie zu. Er trug schon einen grünen Kittel und hatte seine Dreadlocks unter eine Haube gestopft. »Frau Drey, gut, dann können wir ja anfangen. Der Herr Staatsanwalt ist auch schon hier.«

Im Vorraum schlüpfte Charlotte in den blauen Kittel, streifte passendes Schuhwerk über und griff sich Mundschutz und Handschuhe aus dem Regal. Dann betrat sie den Obduktionssaal. Auf einem der drei Metalltische ruhte eine mit einem Tuch abgedeckte Leiche. Am Kopfende lagen die Instrumente bereit: Zangen, Scheren und Pinzetten.

Ein junger Mann trat ihr entgegen, von dem sie dank der Schutzkleidung nicht viel erkennen konnte.

»Hannes Thorald«, stellte er sich vor.

»Charlotte Drey. Ihre erste Obduktion?«

Der Staatsanwalt trug zwar schon einen Mundschutz, trotzdem konnte Charlotte erkennen, dass er dahinter lächelte. »So offensichtlich?«

»Sie wirken nicht gerade glücklich. Keine Sorge, man gewöhnt sich schnell daran.«

Charlotte begrüßte auch den zweiten anwesenden Rechtsmediziner. Professor Pfeiffer schaltete sein Diktiergerät ein, das um seinen Hals hing. »Wir haben den zwanzigsten November 2029. Es ist jetzt zehn nach neun und wir beginnen mit der Obduktion des Leichnams, welcher gestern in der Lornsenstraße in Kiel aufgefunden wurde und bei dem es sich mutmaßlich um Benjamin Nessau handelt, was durch einen DNA-Abgleich noch bestätigt werden muss.« Er nannte die anwesenden Personen und während er sprach, bedeutete er seinem Assistenten mit einem Wink, das Tuch von dem Toten zu nehmen. Dieser tat, wie ihm geheißen, und entblößte das zerstörte Gesicht von Benjamin Nessau.

Thorald sog scharf die Luft ein und trat einen Schritt vom Sektionstisch zurück.

»Ja, kein schöner Anblick«, stimmte Pfeiffer fröhlich zu. Charlotte stand unbeeindruckt neben dem Tisch und ließ ihren Blick über den nackten Körper schweifen. Außer der grausigen Wunde am Kopf konnte sie auf den ersten Blick keine weiteren Verletzungen feststellen. Wenn Benjamin gefoltert worden war, dann auf subtile Weise.

Pfeiffer beugte sich über den Sektionstisch und sprach dabei deutlich in sein Mikrofon. »Männlicher Leichnam, Ende zwanzig, Anfang dreißig. Körperbau normal, weder übergewichtig noch sonderlich sportlich. Der Leichnam ist schon einige Tage alt. Livores am Rücken sind nicht mehr wegzudrücken, Rigor mortis abgeklungen.« Er beugte sich vor und schnupperte. »Zersetzungsprozess im Anfangsstadium. Die Vor-Ort-Bestimmung der Proteinabbaurate geht von einem Todeszeitpunkt gegen Freitagmittag aus. Wir werden eine weitere Probe der Skelettmuskulatur entnehmen, um das Ergebnis im Labor zu bestätigen.«

Thorald lehnte sich zu Charlotte. »Proteinabbaurate?«

Sie nickte. »Nach dem Tod zersetzt sich das Gewebe der Muskulatur auf immer gleiche Weise. Anhand der noch vorhandenen nativen Proteine und der Konzentration der Abbauprodukte kann man heutzutage sehr viel genauer auf den Todeszeitpunkt schließen als noch vor zehn Jahren.«

Professor Pfeiffer zwinkerte ihnen zu. »Ihre Ursprünge hat diese Methode übrigens in der Fleischindustrie. Da versuchte man zu bestimmen, wie lange Fleisch abhängen muss, bis es zart ist.«

Thorald rückte den Mundschutz zurecht. Er wirkte blasser als zuvor, doch sein Interesse war unübersehbar. »Und der Abbau dieses Proteins -«

»Proteine«, korrigierte Pfeiffer. »Mehrzahl. Indem man mehrere Proteine untersucht, die in unterschiedlichen Zeiträumen abgebaut werden, kann man das PMI ... also das Postmortem-Intervall -«

»Die Leichenliegezeit«, erläuterte Charlotte.

»Ja, genau. Die Leichenliegezeit.« Pfeiffer lachte leise. »Entschuldigen Sie meine Fachausdrücke. Ich bin es gewohnt, mit Leuten zu sprechen, die sich schon hinreichend in die Materie vertieft haben. Jedenfalls: Die Untersuchung mehrerer Proteine erlaubt eine genauere Bestimmung der Leichenliegezeit, woraus man wiederum auf den Todeszeitpunkt schließen kann. Noch immer nicht minutengenau, doch es erlaubt uns, ein Fenster von wenigen Stunden anzugeben.«

»Und dieser Abbau läuft immer gleich ab?« Thorald war einen Schritt näher getreten, hielt aber noch immer respektvollen Abstand.

»Der Abbau ist natürlich temperaturabhängig«, erläuterte Pfeiffer. »Je wärmer es ist, desto schneller geht der Abbau vonstatten. Bei null Grad kommt er dann nahezu zum Erliegen. Deshalb kühlen wir die Leichen auch, Sie verstehen. Aber auch das Alter des Verstorbenen und sein BMI, also der Body-Mass-Index, haben Einfluss auf die Abbaurate. Ein wirklich, wirklich spannendes Feld, vor allem, wenn man es mit den Methoden von vor zehn Jahren vergleicht. Da hatten wir nur recht ungenaue Instrumente zur Verfügung wie die Temperatur, das Stadium der Rigor mortis -«

»Der Totenstarre«, erklärte Charlotte.

Pfeiffer fuhr unbeeindruckt fort: »Die Livores -«

»Totenflecken.«

»Oder auch die Erregbarkeit des Auges und die Stimulation bestimmter Muskeln.« Pfeiffer zuckte mit den Schultern. »Das hat aber nur ausgereicht, um innerhalb der ersten vierundzwanzig Stunden nach dem Tod eine genaue Bestimmung des Todeszeitpunktes durchführen zu können. Für die Tage danach standen damals keine zuverlässigen Methoden zur Verfügung.«

Thorald wirkte leicht überfordert mit all diesen Erklärungen. »Gab es da nicht auch etwas mit Insekten?«

Der Professor nickte fröhlich. Ihm schien diese kleine Vorlesung Spaß zu machen. »Ja, genau. Die Entomologie. Kurz nach dem Tod beginnen diverse Insekten, ihre Eier in das Fleisch des Toten zu legen. Wenn sie dann nach ungefähr sieben Tagen schlüpfen, kann man anhand der Art und der Entwicklungsstadien Rückschlüsse auf die Leichenliegezeit ziehen. Wie auch bei der Proteinabbaurate ist dieser Prozess von der Temperatur abhängig.«

Professor Pfeiffers Assistent räusperte sich und deutete mit vielsagendem Kopfnicken auf den Leichnam zwischen ihnen.

»Stimmt.« Pfeiffer schnippte mit den Fingern. »Da wartet noch jemand.«

Er beugte sich über den Verstorbenen und nahm ihn zunächst stumm in Augenschein. Auch Charlotte betrachtete den Körper und ließ das zerstörte Gesicht auf sich wirken. Wie oft musste der Täter zugeschlagen haben, um eine solch verheerende Zerstörung hervorzurufen?

Professor Pfeiffer begann mit der äußeren Leichenschau. Er ging methodisch vor, schenkte jedem kleinsten Detail Aufmerksamkeit. Charlotte folgte seinen Handgriffen mit gespannter Konzentration.

»Könnte man ihm mit Absicht Schmerzen zugefügt haben?«, fragte sie.

Pfeiffer runzelte die Stirn, sah aber nicht auf. »Sie meinen Folter?«

»Genau. Anscheinend hat der Mörder absichtlich einen Zeitraum ausgewählt, in dem er lange mit dem Opfer allein sein konnte.«

»Hm.« Der Rechtsmediziner tauschte einen Blick mit seinem Assistenten. »Nun ja, er hat noch alle Fingernägel und auf den ersten Blick sehe ich nichts. Waterboarding vielleicht, aber der Körper weist auch keine Spuren einer Fesselung auf.«

»Es könnte auch nicht über einen langen Zeitraum erfolgt sein. Nur wenige Stunden.«

Pfeiffer zuckte mit den Schultern. »Bei manchen reicht auch schon die Androhung von Schmerzen aus. Ich halte nach Einstichen von Nadeln und Spritzen sowie nach Verbrennungen von Elektroschockpistolen oder ungewöhnlichen Blutergüssen Ausschau.«

Er beugte sich vor und betrachtete ein Bein des Toten. »Rechtes Knie ist aufgeschürft«, diktierte er in sein Mikrofon. »Wunde ist schon älter, schätzungsweise fünf oder sechs Tage vor dem Todeszeitpunkt.«

Er setzte die äußere Begutachtung fort, während sein Assistent ihm zur Hand ging und schließlich half, den Leichnam zu drehen, um auch die Rückseite zu begutachten. Anschließend brachten sie ihn in seine ursprüngliche Position zurück. Die Minuten verstrichen, wurden hier und da unterbrochen von Pfeiffers Schilderungen. Charlotte stand neben dem Tisch und hatte die Hände hinter dem Rücken verschränkt. Thorald hielt sich im Hintergrund. Stocksteif stand er an der Wand, neben ihm lehnte die Leiter, welche die Rechtsmediziner ab und zu benötigten, um eine der Leichen von oben zu fotografieren. Der Staatsanwalt brachte keinen Ton hervor, doch die Blässe in seinem Gesicht sagte alles.

Ohne auf Auffälligkeiten gestoßen zu sein, erreichte Pfeiffer die Arme des Toten. Mit gerunzelter Stirn nahm er die Haut in Augenschein.

Charlotte beugte sich vor, verfolgte seine Bewegungen mit den Augen. »Keine Abwehrverletzungen. Keine Spuren von Fesselungen oder Ähnlichem.«

Pfeiffer nickte. »Da haben Sie recht. Jörn, sichere bitte das Material unter den Fingernägeln.«

Er widmete sich dem Schädel, betrachtete die Zerstörung und stieß ein Schnaufen aus. »Ich wage nicht einmal zu schätzen, wie oft man auf den armen Kerl eingeschlagen hat. Selbst mit den Scans aus dem Computertomographen dürfte es schwierig werden.«

Mit behandschuhten Fingern tastete er behutsam den hinteren Teil des Schädels ab. »Keine Verletzungen.«

»Der Täter hat also nur von vorn zugeschlagen.« Charlotte kaute auf der Unterlippe und stellte sich das Szenario vor. Benjamin Nessau, der in seinem Wohnzimmer stand. Ihm gegenüber eine weitere Person, die so plötzlich angriff, dass Benjamin keine Chance hatte, die Arme hochzureißen, um den Hammerschlag abzuwehren. Hatte der Täter den Hammer zunächst hinter dem Rücken gehalten? Oder hielt er ihn in der Hand, doch Benjamin hatte keine böse Absicht vermutet? Oder hatte Benjamin den Täter gar nicht erst zu Gesicht bekommen, bevor es zu spät war? Hatte er sich versteckt?

Schließlich richtete sich Pfeiffer auf und erklärte, dass die äußere Leichenschau abgeschlossen war. »Wir kommen jetzt zu der inneren.«

Er ließ sich ein Skalpell reichen, setzte an der rechten Schulter an und führte den Schnitt bis zum Brustbein. Der Leichengeruch intensivierte sich, trotzdem atmete Charlotte weiterhin durch die Nase. Beim Atmen durch den Mund hätte sie trotz des Mundschutzes das Gefühl gehabt, unsichtbare Leichenpartikel würden sich auf ihre Zunge legen.

Rippen knackten, als Pfeiffer sie mit einer stabilen Schere durchtrennte. Von Thorald erklang ein unterdrücktes Würgen. Ein Blick in seine Richtung zeigte, dass er noch blasser geworden war. Er hatte jedoch die Arme vor der Brust verschränkt und sein breitbeiniger Stand schien mitzuteilen, dass er keinesfalls klein beigeben würde. Charlotte nickte ihm aufmunternd zu.

Routiniert setzte Pfeiffer die Sektion fort. Organe wurden entnommen und untersucht. Pfeiffer fand jedoch keine Auffälligkeiten. Blut- und Gewebeproben wurden beiseitegestellt, um sie ins Labor zu überführen. Charlotte war gespannt, was der toxikologische Befund ergeben würde. Vielleicht rührten die fehlenden Abwehrverletzungen daher, dass Benjamin zum Zeitpunkt seines Todes alkoholisiert war, unter Drogen stand oder man ihn sogar betäubt hatte.

Nach zwei Stunden war die Sektion abgeschlossen. Charlotte verabschiedete sich, ging zu ihrem Wagen und fuhr geradewegs nach Hause, um sich dort unter die Dusche zu stellen.

Mathias war nicht daheim, ebenso ihre Tochter Klara, was Charlotte mit einem Anflug des Bedauerns zur Kenntnis nahm. Seit dem Frühstück am Vortag hatte sie ihre Familie nicht mehr gesehen und sie rechnete nicht damit, dass sich dies so bald ändern würde. Kein Wunder, dass ihre Tochter Mathias als Hauptbezugsperson ansah. Ein echtes Papakind.

Das nachlässig gemachte Bett streifte sie nur mit einem kurzen Blick und schob den Wunsch beiseite, sich hineinzulegen. Zwanzig Minuten später schloss sie frisch geduscht die Haustür hinter sich und eilte zum Dienstwagen.

6

IRMA

Dienstag, 20. November 2029, 11.30 Uhr

»Bitte, setzen Sie sich doch.« Irma deutete auf das Sofa.

Die Advisorin mit der sanften Stimme und den großen Brillengläsern stellte ihren Koffer auf dem Boden ab und folgte der Aufforderung. »Vielen Dank.«

Irma blieb stehen. »Tee? Kaffee? Etwas Gebäck? Ich habe frisch gebackene Zimtschnecken da.«

»Machen Sie sich keine Umstände«, sagte ihr Gast und entblößte perfekte Zähne. »Ich bin schließlich hier, um *Ihnen* zu helfen. Setzen Sie sich doch zu mir und dann reden wir über Ihre gegenwärtige Situation und was wir dagegen unternehmen können.«

Irma nahm zögernd in dem zitronengelben Sessel Platz. Die Hände klemmte sie zwischen die Oberschenkel, hatte jedoch den Eindruck, dass die Frau das Zittern längst gesehen hatte. Irma wollte sie nicht hier haben, war jedoch zu höflich, um sie hinauszukomplimentieren.

Die Advisorin legte ihren Koffer neben sich auf das Polster, öffnete ihn und entnahm ein Tablet, das sie auf den Couchtisch legte und mit einem Wischen aktivierte.

»Dann lassen Sie uns beginnen. Mein Name ist Cataleya und ich bin hier, um Ihnen durch diese schlimme Lebensphase zu helfen.«

Irma rutschte unruhig auf dem Polster hin und her und betrachtete den Inhalt des noch immer geöffneten Koffers.

Unzählige Medikamentenverpackungen. Die meisten weiß, einige blau, andere gelb, wenige grün. »Wie gesagt, ich habe keinen Termin ausgemacht.«

»Ja, ich weiß. Aber wenn jemand etwas derart Schlimmes wie Sie gestern erleben musste, dann wird automatisch ein Advisor vorbeigeschickt. Krisenintervention. Sie müssen nicht nervös sein. Seien Sie einfach ganz offen und wir finden schon den richtigen Cocktail. Ich verspreche Ihnen: In spätestens zwei Wochen ist alles überstanden und Sie sind wieder ganz die Alte.«

Sie lächelte warm, was Irmas Unwohlsein nur weiter verstärkte. Überdeutlich spürte sie das Gewicht der flachen Metalldose in der Tasche ihres Blazers.

Cataleya blickte auf ihr Tablet und las etwas. Mit jeder verstreichenden Sekunde wurden die Runzeln auf ihrer Stirn tiefer. Schließlich sah sie auf. Irritation stand in ihrem Gesicht. »Sie hatten noch nie eine Beratung?«

Irma zuckte mit den Schultern. »Ich hatte nie den Bedarf.«

Das Lächeln kehrte in Cataleyas Gesicht zurück, wirkte nun aber gezwungen, während sie offenbar die Information verdaute. »Es ist ganz normal, wenn im Alter die Konzentration ein wenig nachlässt. Das muss Ihnen nicht peinlich sein, dafür sind wir Advisoren schließlich da. Wir helfen Ihnen, die passenden Enhancer zu finden, mit denen Sie Ihre geistige Leistungsfähigkeit optimieren können.«

»Ich hatte nie das Gefühl, dass ich etwas optimieren müsste.« Irma rang die Hände. Ihr Blick glitt durch den Raum, blieb am Panoramafenster und dem im Sonnenschein liegenden Garten hängen.

Cataleya lachte leise. »Das sagen die meisten, die noch nie Enhancer genommen haben. Sie glauben gar nicht, wie viele es noch immer gibt. Doch wer erst einmal erfahren hat, wo sein tatsächlicher Leistungshorizont liegt, der wird nie wieder auf Enhancer verzichten wollen.«

Irma blickte auf den Teppich zwischen ihren Füßen.

»Aber um diese Fragen kümmern wir uns später«, flötete Cataleya. »Erst einmal wollen wir schauen, was Ihnen helfen kann, mit diesem schrecklichen Verlust umzugehen, den Sie gestern erlitten haben.«

Mit leiser Stimme, mehr zu sich selbst als zu dieser Frau, murmelte Irma: »Früher sagte man, dass es bloß Zeit bräuchte.«

Wieder lachte Cataleya. In Irmas Ohren klang es unaufrichtig und künstlich. Eine lebende Werbetafel. Dennoch hätte Irma liebend gern nach den gelben Schachteln in dem Koffer gegriffen. An Ben zu denken, tat so unendlich weh. Es schien Irma von innen her aufzufressen. Sie konnte es sich jedoch nicht erlauben, Tabletten zu nehmen. Wieder bewegte sie sich unruhig.

»Ja, so dachte man früher wirklich.« Cataleya schob die große Brille auf der Nase hoch. »Und einige Jahre zuvor wurde von einer Frau in Ihrer Position erwartet, wochen-, wenn nicht sogar monatelang Schwarz zu tragen. Die Zeiten ändern sich, Frau Nessau. Sie werden besser. Medizin und Technik entwickeln sich weiter, um uns das Leben zu erleichtern. Vor zweihundert Jahren wurde noch ohne Betäubung operiert. Kaum vorstellbar. Heute muss niemand mehr leiden, sei es nun physisch oder psychisch.« Sie wischte erneut über ihr Tablet. »Lassen Sie uns beginnen. Als Erstes werde ich Ihnen einige Fragen stellen, die Sie mir bitte ehrlich beantworten.«

Stumm saß Irma auf ihrem Sessel, den Rücken durchgedrückt und die Hände wieder zwischen die Oberschenkel gepresst.

»Also, Frau Nessau. Haben Sie schon vor diesem schrecklichen Erlebnis Phasen von tiefer Niedergeschlagenheit erlebt, die länger als einen Tag andauerten?«

Irma runzelte die Stirn. »Nein.«

Cataleya tippte auf das Display. »Haben Sie schon vor diesem Erlebnis Phasen gehabt, in denen Sie sich länger als einen

Tag energie- und antriebslos fühlten? Tage, an denen Sie sich selbst nach kleinsten Anstrengungen schon hinlegen mussten?«

»Nein.«

Tippen. »Haben Ihnen Unternehmungen keinen Spaß mehr gemacht, die Ihnen zuvor Freude -«

»Hören Sie, ich bin nicht depressiv«, ging Irma dazwischen. »Ich trauere um meinen Sohn, mehr nicht.«

Cataleya nickte. »Selbstverständlich. Aber da Sie noch nie einen Advisor zurate gezogen haben, sieht das Protokoll diesen Fragebogen vor. Nur zur Sicherheit. Sie ahnen ja nicht, wie viele Menschen Züge einer tief sitzenden Depression aufweisen, ohne davon zu wissen.«

»Ja, das ist tatsächlich schwer zu glauben«, erwiderte Irma trocken.

Cataleya sah wieder auf ihr Tablet. »Haben Sie vor diesen schrecklichen Erlebnissen unter Schlafstörungen gelitten?«

Irma seufzte. »Ich glaube, das hier bringt nichts. Es tut mir leid, dass Sie extra hergefahren sind, aber ich habe keinen Bedarf an irgendwelchen Tabletten.«

»Sicher, das denken die meisten, aber wenn sie erst -«

»Nein, wirklich.« Lächelnd erhob Irma sich. »Ich lehne eine Behandlung ab.«

Cataleya sah aus, als könne sie nicht fassen, was Irma ihr soeben eröffnet hatte. »Davon würde ich Ihnen dringend abraten! Das Risiko ist groß, nach einem solchen Schicksalsschlag in eine chronische Depression zu verfallen. Manche haben den Schmerz selbst nach einem Monat noch nicht verarbeiten können. Ich glaube, Sie verstehen nicht ganz, wie Enhancer funktionieren. Sie unterdrücken die Emotionen nicht, sondern fangen sie bloß ab und verhelfen dem Patienten zu einer effektiveren Verarbeitung des Erlebten. Ich garantiere Ihnen -«

»Danke, ich brauche Ihre Pillen nicht.«

»Frau Nessau, aus ärztlicher Sicht ist davon abzuraten, diese -«

»Ich weiß Ihre Bemühungen wirklich zu schätzen, doch ich habe meine Entscheidung getroffen.«

Durch die großen Brillengläser sah Cataleya Irma lange an. Schließlich seufzte sie, wischte kurz auf ihrem Tablet und drehte den Bildschirm zu Irma.

»Ich brauche Ihren Fingerabdruck zur Bestätigung, dass Sie die Beratung auf eigene Verantwortung abbrechen. Die Behandlung bleibender psychischer Schäden wird damit nicht mehr von der Krankenkasse gedeckt.«

Irma verzog den Mund zu einem schmallippigen Lächeln, während sie sich dachte, dass Cataleya so bestimmt die meisten Verweigerer doch noch dazu bekam, irgendwelche Pillen anzunehmen.

Irma drückte ihren Zeigefinger auf das dafür vorgesehene Feld. Ein Glockenton erklang. Cataleya packte das Tablet weg und schloss den Koffer. Noch immer mit diesem aufgesetzten Grinsen im Gesicht reichte sie Irma eine Visitenkarte.

»Falls Sie es sich doch noch anders überlegen.«

»Danke.« Irma nahm die Karte entgegen und begleitete Cataleya zur Haustür.

Draußen auf den Stufen stehend wandte sich die junge Frau ein letztes Mal um. »Ich wünsche Ihnen trotz allem eine rasche Genesung.«

Irma schloss die Tür. Erst, als sie den Schlüssel herumgedreht hatte, fauchte sie: »Ach, schieben Sie sich Ihre Wünsche sonst wohin!«

Endlich war sie wieder allein. Sie sog die Luft in ihre Lunge und zwang sich, die angespannten Schultern herabsacken zu lassen. Mit geschlossenen Augen stand sie da, konzentrierte sich auf ihren Atem und lauschte der Stille des Hauses. Irmas Finger zitterten und plötzlich spürte sie wieder jenes Beben tief in ihrem Inneren.

Abrupt wandte sie sich um, eilte in die Küche und riss die Schranktür auf. Im Nu standen Mehl, Zucker und Backpulver auf der Arbeitsfläche.

Ben … warum hatte man ihrem Sohn nur etwas derart Schreckliches angetan? Irma konnte sich auf diese Frage keine Antwort geben, und doch war sie das Einzige, woran sich ihr Bewusstsein einigermaßen gefahrlos klammern konnte.

Irma wandte sich dem Kühlschrank zu und holte Eier und Milch heraus.

Fragen, Gedanken und Erinnerungen vermengten sich zu einem Strudel, drohten sie einzusaugen. Sie riss den Küchenschrank mit der Rührschüssel auf und knallte diese auf die Arbeitsplatte. Dabei nahm sie aus dem Augenwinkel die Dose mit den Zimtschnecken wahr. Brauchte sie wirklich noch einen weiteren Kuchen? Egal, irgendeinen Abnehmer fand sie stets für ihre Leckereien. Zur Not würde sie zu Ben rübergehen …

Mit der Küchenwaage in der einen und dem Messbecher in der anderen Hand erstarrte sie mitten in der Bewegung.

Nein. Ben würde ihr nie wieder Kuchen abnehmen.

Mit einem Schrei schleuderte sie die Gegenstände von sich. Der Messbecher zersprang in tausend Scherben und die Küchenwaage gab ein hässliches, metallisches Knacken von sich und schlitterte über die Fliesen.

»Warum nur?«, wimmerte sie. Vor ihren tränennassen Augen verschwamm die Küche. Mit einer ärgerlichen Bewegung wischte sie mit dem Ärmel über ihr Gesicht, ging in die Abstellkammer und holte Handfeger und Schaufel. Anstatt jedoch die Scherben aufzufegen, stand sie stocksteif auf der Türschwelle und starrte durch einen Tränenschleier auf die Bescherung. Sie sah nicht die Küche vor sich, sondern einen weißen Berberteppich, in dessen Zentrum …

Wer hatte ihm das nur angetan? Und warum? Sicherlich, er war sein Leben lang ein Außenseiter gewesen. Zur Schulzeit hat er allein durch seine Andersartigkeit unerwünschte Aufmerksamkeit auf sich gezogen und auch in späteren Jahren war er angeeckt. Aber das war doch kein Grund, jemanden umzubringen. Oder?

Die Tür zur Wohnung ihres Sohnes war am Vortag verschlossen gewesen, dessen war sich Irma sicher. Was bedeutete das? Wie war der Mörder in die Wohnung gekommen? War es jemand, den Ben kannte? Aber wenn es jemand war, der Ben so sehr hasste, dass er ihm den Tod wünschte, hätte Ben ihn dann in die Wohnung gelassen?

Irma schwirrte der Kopf. Feger und Schaufel entglitten ihren Fingern und polterten zu Boden. Sie drehte sich herum und schlich wie in Trance zurück ins Wohnzimmer, ließ sich mit geschlossenen Knien und durchgestrecktem Rücken auf den Sessel sinken.

Wie gut kannte sie eigentlich die Menschen, mit denen Ben sich umgab?

Kaum, musste sie sich eingestehen. Zu Schulzeiten hatte sie natürlich immer ganz genau Bescheid gewusst, aber mittlerweile hatte sie keine Ahnung, mit was für Leuten er seine Zeit verbrachte. Wie sie ihn kannte, war der Freundeskreis ohnehin nicht groß und beschränkte sich vor allem auf die Arbeit, ehemalige Kommilitonen und ein oder zwei bunten Vögel aus seinen Rollenspiel-Runden.

Sicher war sie sich jedoch nicht.

Und plötzlich war da etwas, an dem sich ihr zittriger Verstand festklammern konnte. Etwas, das sinnvoller war, als Kuchen zu backen, den ohnehin niemand essen würde. Aber durfte sie das? Wäre es nicht eine Einmischung in polizeiliche Ermittlungen?

Egal.

Kurz entschlossen stand Irma auf, eilte in den Flur, stieg in Schuhe und Mantel, nahm ihr Handy von der Kommode und ließ es in ihre Handtasche gleiten.

Trotz der kühlen Temperaturen hatte der Sonnenschein die Bewohner ihres Stadtteils nach draußen gelockt. Eltern schoben Kinderwagen vor sich her und Passanten schlenderten mit in den Taschen vergrabenen Händen die Straße entlang. Irmas Schritte fraßen die Meter und kurz darauf stand sie vor dem Wohnhaus ihres Sohnes. Sie steckte den Schlüssel ins Schloss, trat ein und stieg mit klopfendem Herzen und weichen Knien in den ersten Stock hinauf. Wieder dieser Schwindel. Sie klammerte sich am Treppengeländer fest, hob erst das eine Bein, dann das andere. Schließlich stand sie vor der Tür. Ihre Hände zitterten. Sie hatte Mühe, den Schlüssel ins Schloss zu bekommen. Endlich steckte er, sie holte gerade Luft, um den Mut zu fassen, ihn herumzudrehen, da wurde die Wohnungstür aufgerissen.

Mit einem erstickten Schrei wich sie zurück, hatte im ersten Moment die irrationale Vorstellung, Bens Mörder gegenüberzustehen. Stattdessen sah sie einer Frau ins Gesicht, die weiße Schutzkleidung trug und sie skeptisch musterte.

»Wer sind Sie?«, fragte die Frau.

»Ich, also …« Irma holte Luft, straffte sich und musterte ihr Gegenüber. Vermutlich war die Frau von der Polizei. Spurensicherung oder so. »Ich bin die Mutter des Verstorbenen«, erklärte Irma. »Dies hier ist meine Wohnung. Ich … ich wusste nicht, dass Sie hier noch beschäftigt sind. Ich … also … ich bin bloß hier, weil, nun ja …« Fahrig strich sie sich eine Strähne hinters Ohr. »Ich wollte nur irgendwas von ihm haben, wissen Sie? Um …« Sie schluchzte auf und musste plötzlich mit den Tränen kämpfen. Ihr Vorwand, weshalb sie in die Wohnung ihres Sohnes wollte, war zwar vorgespielt, ihre Trauer jedoch mitnichten. Hastig fischte sie ein Taschentuch aus ihrer Handtasche und tupfte sich die Augen ab. »Etwas, an dem ich mich festhalten kann. Ein Erinnerungsstück.«

Die Züge der Mitarbeiterin der Spurensicherung wurden weich. »Das verstehe ich, trotzdem dürfen Sie die Wohnung derzeit nicht betreten.«

»Wann darf ich denn?«

»Es wird noch etwas dauern, vielleicht sogar einige Tage. Tut mir wirklich leid.«

»Kann ich nicht irgendwas Unwichtiges mitnehmen?«, bettelte Irma, obwohl sie genau wusste, dass die Frau dies nicht zulassen konnte. Aber es schadete nicht, ihre kleine Notlüge ein wenig auszubauen. »Ein T-Shirt vielleicht? Oder eine dieser hässlichen Figuren, die im Regal seines Arbeitszimmers stehen?«

Die Frau schüttelte bedauernd den Kopf. »Das geht wirklich nicht, so leid es mir auch tut. Zudem möchte ich nun Ihre Personalien überprüfen.«

Mit einem schweren Seufzen zog Irma ihr Portemonnaie aus der Handtasche und reichte der Frau ihren Personalausweis. Diese studierte ihn, notierte sich etwas und gab ihn dann Irma zurück. »Wir melden uns, wenn die Wohnung freigegeben ist und Sie hineinkönnen. Tut mir wirklich leid.«

Irma nickte und steckte das Portemonnaie zurück. »Ich verstehe. Viel Erfolg noch.«

»Mein aufrichtiges Beileid.«

Irma wandte sich zum Gehen und gewahrte, dass die zweite Wohnungstür dieser Etage einen Spaltbreit offen stand. Im selben Moment, als ihr Blick darauf fiel, wurde die Tür mit einem Knacken geschlossen.

Irma kaute nachdenklich auf ihrer Unterlippe. Der alte Winkelmann war ihr nicht fremd. Ben hatte öfters über seinen neugierigen Nachbarn geklagt, woraufhin sich Irma genötigt gesehen hatte, das eine oder andere Wort mit dem Mann zu wechseln. Vielleicht hatte er ja etwas gesehen oder gehört. Sicherlich hatte die Polizei ihn längst befragt, dennoch wollte Irma diese Chance nicht verstreichen lassen. Kurz entschlossen drückte sie auf den Klingelknopf. Die weiß gestrichene Altbautür besaß keinen Spion, in der oberen Hälfte befanden sich in den Kassetten jedoch Glasscheiben, welche mit einer dunkelblauen Gardine verhängt waren. Durch den Stoff hindurch meinte Irma, eine Bewegung zu erkennen. Ruhig wartete sie ab und tupfte sich dann und wann die Augenwinkel.

Nichts tat sich. Stattdessen öffnete sich ein Stockwerk über ihr eine Wohnungstür. Stimmen hallten durch das Treppenhaus.

»Vielen Dank für Ihre Zeit. Falls Ihnen noch etwas einfällt, dann melden Sie sich bitte umgehend bei uns.«

»Natürlich. Wirklich schrecklich, was da unten passiert ist. Wie lange lag die ... lag Benjamin eigentlich dort?«

»Zu den laufenden Ermittlungen können wir leider keine Aussage machen. Noch einmal vielen Dank für Ihre Zeit, ich muss jetzt weiter.«

»In Ordnung, viel Erfolg.«

Die Tür schloss sich. Schritte kamen näher. Rasch, bevor der Polizist ihr Gesicht sehen konnte, wandte Irma sich um und eilte nach unten auf die Straße. Sie wollte nicht, dass jemand sie fragte, weshalb sie im Flur herumlungerte. Winkelmann konnte sie auch nachher noch aufsuchen.

7

ARTHUR

Dienstag, 20. November 2029, 12.15 Uhr

Blasser Sonnenschein fiel durch das Fenster und malte ein schräges Rechteck auf den Boden. Durch die offene Bürotür drangen die Stimmen seiner Kollegen. Er hörte, wie Charlotte im Büro gegenüber telefonierte. Arthur rieb sich die Augen und versuchte, sich auf den Bericht zu konzentrieren, den er soeben abtippte. Er hatte Probleme, den Blick zu fokussieren, die Buchstaben sprangen hin und her. Seufzend griff er nach seinem halb vollen Kaffeebecher, nippte daran und bemühte sich, nicht das Gesicht zu verziehen. Er mochte keinen Kaffee, schon gar nicht so einen starken. Trotzdem zwang er das Gebräu hinunter. Er musste wach bleiben. Gedankenverloren schaute er zum Fenster hinaus.

Sofort erschienen die Erinnerungen an das zerstörte Gesicht. Die Brutalität, mit der der Täter vorgegangen war, ließ ihn erschauern. Übertöten nannte man es im Fachjargon der Polizei, wenn der Täter selbst dann noch sein Opfer malträtierte, wenn dieses längst tot war. Meist waren in solchen Fällen starke Gefühle im Spiel. Jemand hatte seine Wut an Benjamin Nessau ausgelassen. Woher kam dieser Hass? Was hatte Benjamin getan, um diesen Tornado an Gewalt heraufzubeschwören?

Ein Klopfen ließ ihn aufmerken. Thiess stand in der offenen Tür.

»Entschuldige, dass ich störe. Frau Krist ist hier.«

»Na dann, schick sie mal her.«

Thiess nickte und entfernte sich, während Arthur zu Charlotte rüberging. Seine Kollegin saß am Schreibtisch und raufte sich die Haare.

»Die Freundin ist da«, meinte Arthur. »Willst du dabei sein?«

Ruckartig hob Charlotte den Kopf und blinzelte mehrmals, als habe er sie aus ihren Gedanken gerissen. »Klar.« Mit einem frustrierten Schnaufen schaltete sie den Monitor aus, schnappte sich ihr Notizbuch und folgte ihm in sein Büro, wo sie sich auf einem der Besucherstühle niederließ.

»Schon was Neues herausgefunden?«, fragte er.

Charlotte verzog das Gesicht und winkte ab.

Schritte kamen näher, kurz darauf betrat eine gertenschlanke Frau das Büro. Sie war adrett gekleidet und ihre Haltung auffallend gerade. Ihre blonden Haare hatte sie zu einer strengen Frisur hochgebunden. Allein die dunklen Ringe unter ihren Augen durchbrachen die förmliche Erscheinung. Arthur reichte ihr die Hand.

»Frau Krist? Ich bin Kriminaloberkommissar Morgenroth. Dies hier ist meine Kollegin Kriminalhauptkommissarin Drey. Vielen Dank, dass Sie so schnell herkommen konnten. Bitte, setzen Sie sich doch.« Er deutete auf den noch freien Stuhl neben seinem Schreibtisch. »Möchten Sie etwas trinken?«

»Wasser, wenn Sie haben.« Die Stimme von Josefine Krist war klar, aber zittrig. Während Arthur zum brusthohen Aktenschrank trat und die Wasserflasche und ein sauberes Glas nahm, hob Josefine ihre Handtasche auf den Schoß und kramte eine Pillendose hervor, aus der sie sich zwei Tabletten auf die Hand schüttete. Arthur reichte ihr das Glas.

»Danke.« Sie legte die Tabletten auf die Zunge und spülte sie mit einem großen Schluck herunter. Charlotte lehnte sich derweil auf ihrem Stuhl zurück und betrachtete mit vor der Brust verschränkten Armen ihren Gast.

»Ein Wachmacher.« Josefine lächelte entschuldigend. »Als ich es erfahren habe, bin ich so schnell hergekommen, wie ich konnte. Ist es wirklich wahr? Ben ist …« Sie holte bebend Luft und setzte erneut an. »Kann ich ihn sehen?«

Arthur ließ sich auf seinem knirschenden Stuhl nieder und schüttelte bedauernd den Kopf. »Das ist derzeit nicht möglich.«

Josefine straffte den Rücken. Ihre Hände lagen flach auf den schlanken Oberschenkeln. Sie wirkte wie ein unter Spannung stehender Bogen, der kurz davor stand, zu zerbrechen.

»Was hat man ihm angetan?«, flüsterte sie.

»Frau Krist, es sieht aus, als habe jemand Ihren Freund angegriffen und getötet.«

Josefine schluckte hart. »Wer …« Ihre Stimme versagte und sie senkte den Blick.

»Das versuchen wir gerade herauszufinden«, erklärte Arthur sanft. »Wann haben Sie das letzte Mal mit Benjamin gesprochen?«

»Donnerstagabend.« Josefine hielt inne und biss sich auf die Unterlippe. Arthur empfand Mitleid für diese Frau, die in einer solchen Situation versuchte, trotz allem Haltung zu bewahren. Vor zehn Jahren wäre es in einem solchen Moment normal gewesen, Trauer zu zeigen. Heute war schon eine einzelne Träne eine unzumutbare Peinlichkeit für das Umfeld.

»Gesehen habe ich ihn zuletzt am Freitag«, begann Josefine. »Er war wie immer die halbe Nacht wach und ist vermutlich erst ins Bett gefallen, kurz bevor mein Wecker geklingelt hat.« Sie atmete bebend ein und lächelte gezwungen. »Er lag in Boxershorts und löchrigem Shirt im Bett. Hätte ich gewusst, dass dies das letzte Mal war, dass ich ihn sehe …«

Erneut brach sie mitten im Satz ab. Mit gesenktem Blick schien sie um Fassung zu ringen.

»Haben Sie sich nicht darüber gewundert, dass Sie das ganze Wochenende über nichts von ihm gehört haben?«, erkundigte sich Arthur.

Sie hob in einer ratlosen Geste die Arme. »Das war nichts allzu Ungewöhnliches. Er konnte sich so sehr in seine Arbeit vertiefen, dass er vergaß zu essen.« Sie lächelte zaghaft. »Wir beide konnten das. Telefonate und schnulzige Nachrichten waren ohnehin nie unser Ding. Ich ... ich hatte mir nichts dabei gedacht. Oh Gott, meinen Sie, wenn es mir früher aufgefallen wäre, hätte man Ben ...«

Arthur schüttelte den Kopf. »Er war sofort tot. Selbst wenn Sie noch am Freitag jemanden verständigt hätten, wäre es unmöglich gewesen, ihn zu retten.«

Josefine wischte sich über die Augenwinkel und nickte abgehackt, wirkte zittriger denn je.

»Sie hätten nichts tun können«, wiederholte Arthur.

Obwohl sie sich offensichtlich alle Mühe gab, ihre Miene unter Kontrolle zu halten, zeichneten sich kurz hintereinander unterschiedlichste Gefühle darin ab. Erleichterung, Scham, Trauer. Durch die jahrelange Arbeit bei der Mordkommission hatte Arthur gelernt, sich emotional von den Angehörigen zu distanzieren. Ansonsten wäre er nicht in der Lage gewesen, seine Ermittlungen fortzuführen. Doch in diesem Moment schwappten Josefines Gefühle auf ihn über. Das schwarze Loch in seiner Brust, das er erst vor Kurzem so mühsam geschlossen hatte, drohte aufzureißen.

Hastig konzentrierte er sich wieder auf die Fakten. »Sie wollten bis nächsten Samstag bei Ihren Eltern bleiben, richtig?«

»Ja, genau. Donnerstag hat mein Vater Geburtstag. Da ich letztes Jahr schon nicht da sein konnte, wollte ich mir dieses Mal ein wenig mehr Zeit nehmen. Außerdem wurde mein Bruder gerade befördert. Das wollten wir auch feiern.«

»Besuchen Sie Ihre Eltern oft?«

Sie schüttelte den Kopf. »Vielleicht alle drei Monate. Münster ist nicht gerade um die Ecke. Aber in letzter Zeit war ich wirklich nicht oft da, zuletzt im Juli.«

»Dürfen wir diese Angabe anhand der Standortkoordinaten Ihres Handys überprüfen?«

Josefine legte den Kopf schräg und zeigte ein halb trauriges, halb amüsiertes Lächeln. »Fragen Sie mich gerade nach meinem Alibi?«

»Routine.«

»Sicher, prüfen Sie alles ruhig nach.«

Arthur holte ein entsprechendes Formular aus der Schublade und legte es vor die junge Frau. Diese lachte schniefend auf. »Papier? Wie nostalgisch.«

Sie unterschrieb, ohne dem Text sonderliche Beachtung zu schenken, und gab es an Arthur zurück. Er legte das Formular beiseite und räusperte sich.

»Wir möchten Benjamins Umfeld näher beleuchten und bräuchten hierfür Ihre Hilfe. Vermutlich kannte niemand Benjamin so gut wie Sie.«

Josefine hob erneut ihre Handtasche auf den Schoß und wühlte darin. Arthur wartete ab, bis sie eine schmale Schachtel fand und eine einzelne, dieses Mal gelbe Tablette aus einem Blister herausdrückte und sie herunterschluckte. Arthur erkannte diese Tabletten sofort. *Meine Sonnenscheinbonbons*, hatte Hanna sie immer genannt.

Josefine atmete tief durch und straffte ihre Schultern. »Was möchten Sie wissen?«

Arthur lehnte sich ein wenig vor, um eine vertrauensvolle Atmosphäre zu schaffen. »Sie waren schon lange mit Benjamin zusammen, oder?«

»Sechs Jahre.« Sie rieb sich über die linke Hand, an der ein schmaler Ring prangte. »Wir hatten unsere Hochzeit schon geplant. Nächstes Jahr im Mai.«

»Was für ein Mensch war er?«

»Unfassbar intelligent.« Sie lachte traurig auf. »Aber auch unfassbar faul. In der Uni hatte er eher durchschnittliche Noten, weil er sich für die meisten Fächer nicht interessierte. Doch in den Modulen, die seine Aufmerksamkeit weckten, dort brillierte er.«

»Sie haben gemeinsam studiert?«

»Medizin mit Schwerpunkt auf Neurowissenschaften.«

Arthur hob eine Augenbraue. »Da haben Sie sich kein einfaches Gebiet ausgesucht.«

»Das stimmt, aber gibt es etwas Faszinierenderes als unser Gehirn?«

»Vermutlich nicht«, gab Arthur zu und fügte an: »Über uns ein Universum. In uns die Unendlichkeit.«

Josefine blinzelte mehrmals, schien nicht zu wissen, was sie darauf erwidern sollte, während sich Charlottes Lippen zu einem Schmunzeln verzogen.

Arthur winkte ab, leicht peinlich berührt. Heutzutage konnten die wenigsten etwas mit Gedichten oder philosophisch angehauchten Zitaten anfangen. »Nicht so wichtig. Haben Sie inzwischen Ihr Studium beendet?«

»Ja, vor drei Jahren.«

»Wo ist Ben angestellt?«

»An der medizinischen Fakultät, hier an der Uni. Bereich Neurowissenschaften. Er arbeitet mit Professor Bernhard zusammen. Vielleicht haben Sie diesen Namen ja schon mal gehört. Ben hat letzten Monat promoviert und besitzt nun einen Doktortitel.«

»Beeindruckend.«

Josefine schniefte und wischte sich hastig über die Augenwinkel. »Ben war ein Genie. Und das sage ich nicht einfach nur so. Er war wirklich überragend. In den letzten drei Jahren hat er neun Paper mitveröffentlicht. Drei davon erschienen sogar in renommierten Wissenschaftsmagazinen.«

»Arbeiten Sie auch an der Uni?«

Sie blickte auf ihre Knie. »Nein, leider nicht. Für mich war keine Stelle frei, aber ich bin in Hamburg bei Vilma untergekommen. Dort beschäftige ich mich mit der Alzheimerforschung.«

Arthur nickte anerkennend. »Klingt ebenfalls beeindruckend. Zurück zu Ben. Neurowissenschaften, das ist ein breites Feld. Mit was genau hat er sich beschäftigt?«

»Sein Spezialgebiet sind Transplantationen von Erinnerungen. Damit hat er sich schon in seiner Masterarbeit befasst. Mit den Ergebnissen hat er zusammen mit Professor Bernhard sein erstes Paper geschrieben.«

»Transplantationen von Erinnerungen?« Arthur brauchte einen Moment, um ihre Worte zu verarbeiten. »Können Sie mir das erläutern?«

Josefine zuckte mit den Schultern und ihr Blick schweifte für einen Moment ins Leere. Dann richtete sich ihre Aufmerksamkeit wieder auf Arthur. »Nun, eigentlich ist es genau das, was der Name schon sagt: Man versucht, erlernte Inhalte aus dem Gehirn zu extrahieren und in einen anderen Verstand zu implementieren.«

Arthur nickte langsam, während er die Informationen verdaute.

»Wie in *Total Recall*«, warf Charlotte ein.

Josefines Mundwinkel hoben sich zu einem automatischen Lächeln, das ihre Augen jedoch nicht erfasste. »Ja, auf lange Sicht soll es möglich sein, ganze Lernpakete herunterladen zu können. Derzeit ist die Forschung noch im Tierversuchsstadium. Man ist beispielsweise in der Lage, einem Affen Zeichensprache beizubringen. Implantate im Gehirn des Tieres zeichnen die Veränderungen der Neuronen auf. Anschließend wird dieses Wissen über weitere Implantate in ein anderes Affengehirn eingesetzt.«

Charlotte taxierte Josefine mit ihrem durchdringenden Blick. »Kann man so etwas auch schon beim Menschen machen?«

»In der Theorie schon, allerdings lässt sich niemand gern zu Forschungszwecken Implantate ins Gehirn setzen. Außerdem würden sämtliche Ethikkommissionen Amok laufen.« Sie grinste schief.

»Waren diese Forschungen geheim?« Arthur strich sich über die Unterarme, wo sich eine Gänsehaut gebildet hatte. Die Vorstellung, derart tief in einen menschlichen Verstand eingreifen zu können, war beklemmend.

Josefine legte den Kopf schräg. »Wie meinen Sie das?«

»Könnte es sein, dass jemand interessiert war, zu erfahren, mit was sich Benjamin befasste?«

Noch immer schien sie nicht zu verstehen, worauf Arthur hinauswollte. Ratlos sah sie ihn an. »Nun ja, sicherlich. Diese Forschungen erregen weltweit Interesse.«

»Nein, ich meine, ob jemand versucht haben könnte, Benjamin unter Zwang Informationen zu seinen Arbeiten zu entlocken.«

Josefines Augen weiteten sich, dann lachte sie hohl auf. »Sie meinen, wie in einem Agentenfilm mit Folter oder so? Nein, das waren keine Forschungen dieser Art.«

»Okay.« Arthur machte sich eine Notiz. »Und wie sollte es weitergehen? Wollte er in Kiel bleiben?«

Josefine presste die Lippen aufeinander und ihr war deutlich anzumerken, wie sehr ihr die Frage zusetzte. Sie atmete mehrmals ein und aus, bis es ihr gelang, weiterzusprechen. »Eigentlich sollte es an den Hot Spot der Neurowissenschaften gehen. Silicon Valley, Neuralcom. Als er sich dort beworben hat, haben sie ihn quasi mit offenen Armen empfangen. Nächstes Jahr sollten wir unsere ...« Sie blinzelte hektisch und wirkte, als würde sie im nächsten Moment in Tränen ausbrechen.

Arthur sah sie mitfühlend an. »Vielen fällt es schwer, die neuen Gegebenheiten als Realität anzuerkennen.«

Josefine schluckte mehrmals hart. »Entschuldigen Sie. Ich kann immer noch nicht fassen, dass er wirklich ... Wir wollten doch gerade ... Ich hoffe, das klingt jetzt nicht herzlos, aber ...« Sie schniefte. »Ich muss nicht nur damit klarkommen, dass der Mann, mit dem ich mein Leben verbringen wollte, nicht mehr da ist. Ohne ihn liegt mein Leben in Trümmern.« Sie holte tief Luft, straffte sich und wischte sich über die Augenwinkel. »Wir wollten gemeinsam bei Neuralcom anfangen. Eine ganz große Sache. Neuralcom ist gewissermaßen der heilige Gral in der Welt der Neurowissenschaften. Wer dort mal gearbeitet hat, dem stehen alle Türen offen. Aber meine Stelle ist an Benjamins gekoppelt. Jetzt, da er …« Ein zittriges Lächeln strich über ihr Gesicht. »Gestern war noch alles in Ordnung. Und heute stehe ich vor diesem riesigen Scherbenhaufen. Ben war so ein großes Talent. Er hätte die Welt verändert. Wieso hat man ihm das nur angetan?« Flehend sah sie Arthur an, als erwarte sie, dass er ihr eine Antwort darauf geben könnte.

»Jemand wie Benjamin hatte sicherlich viele Neider.«

»Was? Ben?« Sie lachte auf. Es klang hohl und leer. »Er war die gutmütigste Seele, die ich kenne. Freundlich, geduldig, natürlich ein wenig eigenartig. Verschroben, kann man sagen. Mit seinem Verhalten hat er so manche irritiert. Aber deswegen bringt man doch niemanden um. Er war ein guter Mensch.«

Arthur hob die Schultern. »Man kann nie sagen, was in den Köpfen vor sich geht. Hatte er denn viele Freunde?«

Josefine wischte sich mit dem Handrücken über die Augen. »Er lebte vor allem für seine Arbeit, hat sich ab und zu mit einer Handvoll Freunde zu Pen and Paper getroffen. Sie wissen schon: diese Fantasyspiele, wo man mit Papier und Würfeln um einen Tisch herumsitzt und Abenteuer erlebt.«

Charlotte lehnte sich vor. »Könnten Sie uns eine Liste mit seinen Bekannten geben?«

»Ich kann es versuchen, aber ehrlich gesagt kenne ich die wenigsten mit vollem Namen. Vermutlich wird Ihnen Bens Handy eher weiterhelfen. Sie haben es doch sichergestellt, oder?«

Arthur nickte. »Dennoch wäre es nett, wenn Sie uns jene Namen nennen könnten, die Ihnen einfallen.«

»Natürlich.«

Arthur schaute in sein Notizbuch. »Können Sie uns etwas zu dem blauen Auge sagen, das Ben vor ungefähr einem Monat hatte?«

Josefine zuckte mit den Schultern. »Er meinte, dass er im Bad ausgerutscht und mit dem Kopf auf das Waschbecken geknallt sei.« Mittlerweile zitterte sie am ganzen Körper. »Entschuldigen Sie, dass ich so neben mir stehe. Ich hätte die Enhancer schon vorhin nehmen sollen. Sie wirken bestimmt gleich.«

Arthur legte die Hände aneinander. »Nach einem solchen Verlust ist Trauer ganz natürlich.«

»Geht schon.« Mit einem gezwungenen Lächeln sah sie ihn erwartungsvoll an. »Haben Sie noch weitere Fragen?«

»Können Sie mir schildern, wie Sie und Benjamin die letzte Woche verbracht haben? Gab es Auffälligkeiten? Hat Benjamin sich vielleicht seltsam verhalten?«

Sie schüttelte den Kopf. »Ich war tagsüber bei der Arbeit und Ben ... nun ja, er ging seinen Forschungen nach. Er hatte keine typische Arbeitszeit, Sie wissen schon, nine to five. Professor Bernhard hat ihm da freie Hand gelassen, Ben kam und ging, wie er es wollte. Oft hat er nachts gearbeitet und die Tage verschlafen. Wenn ich nach Hause kam, wusste ich eigentlich nie, ob er am Schreibtisch sitzt, in der Uni ist oder vielleicht noch im Bett liegt.«

»Am Tatort gab es etwas sehr Auffälliges. Ich möchte, dass Sie sich das einmal ansehen. Moment ...« Er suchte auf dem Rechner das entsprechende Bild heraus und öffnete es. Die Aufnahme zeigte die Wohnzimmerwand mit dem leuchtend roten Symbol. »Kennen Sie dieses Zeichen?«

Josefine stieß ein erschrockenes Keuchen aus und wich so weit zurück, wie es die Rückenlehne ihres Stuhles zuließ. »Das ... nein! Das kann einfach nicht sein.«

»Sie kennen es?«

Josefine nickte heftig. »Natürlich! Jeder kennt es.«

Arthur tauschte einen Blick mit Charlotte, die stumm die Schultern hob. Er wandte sich wieder Josefine zu. »Zu unserer Schande müssen wir gestehen, dass wir es nicht zuordnen können.«

Ihn traf ein ungläubiger Blick. »Liberty of Mind? Wirklich nicht?«

Arthur runzelte die Stirn. »Liberty ... «

»Eine Gruppierung in den USA. Ziemlich radikal und extrem gefährlich. Sind gegen jede Form von neuronaler Leistungssteigerung und Modulation.«

Charlotte schien ein Licht aufzugehen. Sie richtete sich auf. Arthur hingegen war noch ratlos. Trotzdem ahnte er schon jetzt, dass dieser Fall ziemlich heiß werden würde, sollte Josefine recht haben.

»Religiöse Spinner.« Josefine schüttelte den Kopf. »Sie sind gegen jede Verwendung von Lichasil, Itentax und sogar Antidepressiva. Neuro-Enhancer kämen nicht in Gottes Plan vor, es sei ein Frevel, sie zu nehmen. Sie wollen, dass wir das Rad der Zeit um zehn Jahre zurückdrehen, um Müdigkeit und Unkonzentriertheit allein mit Koffein zu bekämpfen, wie in der angeblich so guten alten Zeit.«

Arthurs Blick zuckte zu seinem Kaffeebecher.

Josefine wischte sich über den Mund und starrte das Foto an. »Sie verteufeln Hirn-Computer-Schnittstellen und alles, was damit zu tun hat. Aber ... die agieren doch nur in den USA, oder? Ich habe noch nie gehört, dass die auch in Deutschland aktiv seien.«

Arthur sah zu Charlotte. Seine Kollegin kaute auf ihrem Kugelschreiber herum. Ihrem Blick nach, schien sie das Gleiche zu denken wie Arthur.

Scheiße.

Charlotte wandte sich an Josefine. »Sie sind sich wirklich sicher, dass dieses Symbol zu dieser Gruppierung gehört?«

»Hundertprozentig!«

Arthur verzog das Gesicht. Wenn Josefines Einschätzung der Wahrheit entsprach, wovon er im Moment ausging, würde das ihre Ermittlungen in eine ganz neue Schiene lenken. Eine, von der er nicht begeistert war. Politisch aufgeladene Fälle waren schwierig.

»Gut, Frau Krist. Im Moment haben wir keine weiteren Fragen. Ich bedanke mich für Ihr Kommen. Sie haben uns wirklich weitergeholfen.«

Sie streckte ihren Rücken durch und nickte. »Natürlich. Und wie soll es jetzt weitergehen? Was werden Sie unternehmen?«

»Wir ermitteln in unterschiedlichste Richtungen«, erwiderte Arthur. »Haben Sie vor, die nächsten Tage in Kiel zu bleiben? Es kann sein, dass wir bei weiteren Fragen erneut auf Sie zukommen.«

»Ja, selbstverständlich.«

»Wissen Sie schon, wo Sie heute übernachten? In Ihrer Wohnung arbeitet derzeit noch die Spurensicherung.«

»Ich habe ein Zimmer im Atlantic Hotel reserviert.«

Arthur stand auf. »Dann kommen Sie, ich begleite Sie nach unten.«

8

CHARLOTTE

Dienstag, 20. November 2029, 12.50 Uhr

Charlotte saß an ihrem Schreibtisch, als Arthur zurückkehrte. Sie hatte sich zurückgelehnt und klickte mit einem Kugelschreiber, während sie auf ihrem Smartphone einen englischen Zeitungsartikel las. Arthur ließ sich auf einen Stuhl fallen.

»Ziegler wird das nicht gefallen.« Charlotte legte das Handy beiseite. »Zu seinem Glück hat die Pressekonferenz schon begonnen. Damit haben wir Zeit, die Info zu verdauen, bevor wir erneut vor die Reporter treten müssen. Ich habe eben in die Datenbank geschaut.« Mit dem Kugelschreiber deutete sie auf den Monitor. »In Deutschland ist Liberty of Mind noch nicht polizeilich erfasst worden. Gab also noch keine Zwischenfälle. In den USA scheint es anders auszusehen. Habe einige Zeitungsberichte gelesen.«

»Was steht drin?« Arthurs Kiefer spannten sich an. Er schien ein Gähnen zu unterdrücken. In der Hand hielt er seinen Kaffeebecher, dessen Inhalt inzwischen sicherlich kalt geworden war. Charlotte ließ es unkommentiert. Dennoch machte sie sich Sorgen. Vielleicht war ein solcher Fall noch zu viel für ihn. Immerhin war er erst seit gestern wieder zurück. Sie hoffte auf Besserung, sobald der Advisor Arthurs Cocktail nachjustiert hatte.

»Ich habe die Suchbegriffe *Liberty of Mind* und *Wissenschaftler* eingegeben«, erzählte sie. »Bin sofort fündig geworden. Anscheinend muss man sich diesen Verein als eine Art Ku-Klux-Klan vorstellen, nur dass sie es nicht auf Schwarze, sondern auf Wissenschaftler und Ärzte abgesehen haben, die sich mit Neuro-Enhancern und dergleichen befassen. Auch Advisoren sind ihr Ziel, genauso wie Politiker, die sich für Enhancer aussprechen.«

»Und darunter soll man sich was vorstellen?«

Charlotte hob die Schultern. »Im besten Fall demolieren sie Autos, Häuser, manchmal Wohnungen, Labore oder Arztpraxen. Sie überfallen aber auch Leute und schlagen sie zusammen. Es gibt sogar Tote. Online sind sie ziemlich präsent. Diverse Profile in allen möglichen sozialen Medien, wo sie regelmäßig ihre *Erfolge* posten.« Sie hob die Hände und krümmte jeweils Zeige- und Mittelfinger, um Anführungszeichen darzustellen.

»Aha?« Arthur sah sie skeptisch an. »Und die lässt man frei herumlaufen? Kann ich mir nicht vorstellen. Irgendjemand Reiches zieht doch wieder Vorteile daraus, dass ein solcher Verein existiert.«

»Frag nicht mich. Ich kann dir auch nur erzählen, was in den Zeitungen steht. Da drüben wird ohnehin viel heißer über Enhancer diskutiert als bei uns. Auf der einen Seite stehen die krassen Befürworter. Auf der anderen die Traditionalisten, die am liebsten wieder die Verhältnisse aus den Fünfzigern hätten. Unser Fall sieht auf den ersten Blick jedenfalls nach dem Schema von Liberty of Mind aus.« Sie seufzte schwer. »Scheiße.«

»Warum in Kiel?«, gab Arthur zu bedenken. »Warum nicht in Berlin, München oder meinetwegen Hamburg? Warum machen sie so etwas in einem Kaff wie Kiel?«

»Gelegenheit? An jemanden wie Benjamin heranzukommen ist leichter als an renommierte Forscher.«

»Aber Benjamin war doch nur ein kleines Licht. Klar, anscheinend ein Genie, aus dem vielleicht viel hätte werden können. Aber Aufmerksamkeit erregt man mit seiner Ermordung nicht. Für mich passt das alles nicht ins Bild.«

Charlotte lehnte sich auf ihrem Stuhl zurück. Wenn sie in Arthurs Gesicht blickte, schien seine Müdigkeit auf sie abzufärben, was natürlich unmöglich sein konnte. Sie hatte erst vor einer Stunde Lichasil eingenommen, die nächste Tablette wäre in fünf fällig. Aus Erfahrung wusste sie, dass sie mit diesen regelmäßigen Abständen locker zwei, vielleicht sogar drei Tage mit nur wenigen Stunden Schlaf durcharbeiten konnte. Und die ersten Tage nach einem Mordfall konnten kriegsentscheidend sein. Je mehr Zeit verstrich, umso mehr Spuren verwischten und die Erinnerungen der Zeugen verblassten.

»Silicon Valley.« Arthur stierte ins Leere, schien in Gedanken versunken zu sein. Dann schnaufte er und schüttelte den Kopf. »Was hältst du von Josefine?«

»Du sprichst von dem Zufall, dass sie genau dann zu ihren Eltern fährt, wenn ihr Freund ermordet wird?«

»Genau. Ist schon irgendwie praktisch.«

»Wir werden ihr Alibi überprüfen. Sie schien aber ehrlich erschüttert über Benjamins Tod zu sein. Vor allem sehe ich kein Motiv. Immerhin ist ihre Stelle bei Neuralcom an die ihres Freundes gekoppelt.«

Arthur nickte langsam. »Von Kiel ins Silicon Valley, das nenne ich mal einen Aufstieg. Okay, da die Arbeit derart zentral in seinem Leben war, sollten wir diesem Institut einen Besuch abstatten.«

»Vor allem, wenn Liberty of Mind mit im Spiel ist.«

»Du denkst, dass auch andere in Gefahr sein könnten?«

Charlotte blies die Wangen auf.

»Puh.« Wieder rieb Arthur sich die Augen. »Nein, das wird Ziegler ganz und gar nicht gefallen. Gut, ich frage dann mal in der Technik nach, ob ich mir inzwischen Benjamins Handy ansehen kann.«

»Mach das und lass auch das Bewegungsprofil von Josefine überprüfen. Ich werde Ziegler abfangen, wenn er gleich aus der Pressekonferenz kommt. Und dann nehme ich mir mal das Arbeitsumfeld unseres Genies vor. Liberty of Mind und ein Neurowissenschaftler ... Ich bin schon gespannt.«

9

IRMA

Dienstag, 20. November 2029, 14.10 Uhr

Langsam stieg Irma die Treppenstufen hinauf. Ohne sich sonderlich anzustrengen, konnte sie Geräusche und Wortfetzen aus Bens Wohnung vernehmen. Die von der Spurensicherung waren anscheinend noch immer dort.

Sie stellte sich vor die Tür des Nachbarn und drückte auf die Klingel. Dann wartete sie. Schon bald konnte sie in der Wohnung schlurfende Schritte hören. Durch die blaue Gardine hinter den Glasscheiben in der oberen Türhälfte schimmerte ein wenig Licht. Über den Stoff glitt ein Schatten, dann wurde die Tür geöffnet. Ein faltiges Gesicht musterte Irma aus zunächst zu Schlitzen verengten Augen, die sich jedoch im nächsten Moment vor Erstaunen weiteten.

»Frau Nessau.« Winkelmanns Stimme war kratzig wie Schmirgelpapier. »Sie sind es. Herrje, wie geht es Ihnen? Sie waren gestern ja wirklich von der Rolle. Na ja, ist ja auch kein Wunder.«

Sie nickte verkniffen. »Dürfte ich reinkommen?«

Der Alte sah unentschlossen aus. Irma rang sich ein Lächeln ab, damit Winkelmann nicht dachte, sie wollte ihn, wie schon so oft, wegen seiner ständigen Schnüffelei anfahren. Früher hat sie sich immer über ihn aufgeregt, nun war sie froh über den neugierigen Nachbarn. Wenn jemand etwas mitbekommen hatte, dann er.

Irma tupfte sich die Augenwinkel ab. »Ich wollte nur fragen, ob Ihnen vielleicht etwas aufgefallen ist.«

»Natürlich, natürlich«, schnarrte er und zog die Tür ganz auf. »Kommen Sie nur herein. Mein Beileid wegen Ihres Verlustes. Wirklich, wirklich schrecklich, was da geschehen ist. Kommen Sie, lassen Sie die Schuhe ruhig an. Hier ist das Wohnzimmer. Möchten Sie einen Tee? Kaffee vielleicht? Irgendwo müsste ich noch Kekse haben.«

»Gern einen Kaffee.« Irma holte die kleine Geschenktüte aus ihrer Handtasche, zögerte kurz, weil es ihr mit einem Mal unpassend vorkam. Aber was sollte sie sonst damit anfangen? Sie zwang sich ein Lächeln auf und reichte Winkelmann ihr Mitbringsel. »Wenn Sie die hier auf einen Teller tun könnten ...«

»Oh, Zimtschnecken.« Winkelmann grinste und humpelte in die Küche, während Irma sich in dem vollgestellten Wohnzimmer umblickte, dessen dunkle Eichenholzregale mit eingestaubtem Nippes und Büchern zugestellt waren. Ein uralter Röhrenfernseher stand in der Ecke. Irma war überrascht, dass solche Dinger überhaupt noch existierten.

»Die Polizei war auch bei mir«, berichtete Winkelmann. »Sogar gestern schon, was aber kein Wunder ist, ich habe sie ja auch gerufen. Haben mich tausend Sachen gefragt. Habe ihnen geholfen, wo ich konnte, und versprochen, dass ich immer erreichbar wäre, falls sie noch mehr Fragen haben.«

Irma ließ sich auf das altmodische, beigefarbene Sofa sinken, dessen Rückenlehne mit gehäkelten Deckchen behängt war. Als sie sich umschaute, entdeckte sie überall derartige Tüchlein: auf dem Wohnzimmertisch, auf dem Fernseher, unter den Blumentöpfen auf der Fensterbank. Die blassrosa Wände gaben dem Wohnzimmer etwas altmodisch Feminines. Unwillkürlich erwartete Irma, dass sogleich die Ehefrau des Mannes erschien. Soweit sie wusste, lebte er jedoch allein.

In der Küche klapperte Geschirr. Eine Kaffeemaschine fauchte und übertönte Winkelmanns Worte, der unentwegt vor sich hin plapperte. Als er ins Wohnzimmer zurückkehrte, balancierte er ein Tablett, auf dem zwei Teetassen auf ihren

Untertassen klirrten. Die Zimtschnecken lagen in einer kleinen Schale. Goldrandgeschirr mit Rosen. Irma war schon auf den Beinen, um ihm seine Fracht abzunehmen, doch er wehrte ab.

»Nein, nein, Sie sind mein Gast. Nach all dem, was Sie erleben mussten. Schrecklich, wirklich.« Als er die Tasse vor ihr abstellte, zitterten seine verkrümmten Hände so sehr, dass etwas Kaffee auf die Untertasse schwappte. Er schien es zwar zu bemerken, kümmerte sich jedoch nicht weiter darum, sondern ließ sich auf den Sessel fallen, dessen Rücken- und Armlehnen ebenfalls mit Häkelkunst verziert waren.

»Schrecklich, wirklich schrecklich«, murmelte er. »Und so was genau nebenan. Ich meine, ich saß hier die ganze Zeit, während auf der anderen Seite der Wand Ihr Sohn ... Bitte entschuldigen Sie, das ist pietätlos. Ich stehe aber auch immer noch unter Schock. Wirklich schrecklich.«

»Was hat die Polizei Sie gefragt?« Irma war ein wenig unsicher, wie sie dieses Gespräch lenken sollte.

»Hach, alles Mögliche!« Der Alte winkte ab. »Ob ich Benjamin gut kannte, wie lange ich hier schon wohne, wann ich Benjamin das letzte Mal getroffen habe. Ob ich was gesehen oder gehört hätte. Nein, habe ich ihnen gesagt. Nichts, es war ruhig wie immer. Sie wissen ja, dass unser Haus ein sehr ruhiges ist. Keine Studenten und so, abgesehen von Ihrem Sohn und seiner hübschen Freundin, aber die haben sich ja immer vorbildlich verhalten.«

Irma ersparte sich, Winkelmann darauf hinzuweisen, dass Ben längst kein Student mehr war.

»Hach, die Josefine.« Winkelmann schüttelte bekümmert den Kopf. »So eine hübsche Deern, wirklich. Und nett war sie auch immer, hat mir oft geholfen, meine Einkäufe hochzutragen. Wo ist das arme Mädchen denn jetzt? Drüben ist die Polizei ja noch immer zugange.«

»Bei ihren Eltern«, sagte Irma. Morgenroth hatte sie noch am Vortag darüber informiert, dass ihrer Schwiegertochter in spe nichts zugestoßen sei.

»Ja, das ist auch sicherlich besser so. Hat sie jemanden, der sie trösten kann.« Er nickte gewichtig. »Gut, dass sie nicht hier war. Meine Güte …«

»Wollte die Polizei noch mehr von Ihnen wissen?« Irma nippte an ihrem Kaffee. Ziemlich starkes Gebräu, selbst für ihren Geschmack.

»Ja, eine ganze Menge. Wie oft ich zu Hause sei, ob ich viel mitbekäme, was so im Haus geschieht. Alles, habe ich gesagt. Ich bekomme alles mit. Was soll ich denn sonst auch machen? Sitze hier allein in der Wohnung. Kommen Sie nur erst einmal in mein Alter, da ist jeder Gang vor die Tür eine Herausforderung. Die Gelenke, das Herz, die Lunge … Der Verschleiß macht sich überall bemerkbar.« Er seufzte und lehnte sich vor. Mit der einen arthritischen Hand ergriff er seine Tasse, mit der anderen die Untertasse. Seine Hände zitterten, ein paar Tropfen schwappten über den Rand, wurden aber von der Untertasse aufgefangen. Mit gespitzten Lippen trank er zwei Schlucke, bevor er beides wieder abstellte. »Und was ich alles in der Wohnung angefasst habe, wollten sie wissen. Meine Herren, habe ich gesagt, ich wusste ja nicht, dass das ein Tatort ist. Die gute Frau Nessau hat ja so geschrien, ich wollte doch nur nach dem Rechten schauen. Waren trotzdem verstimmt. Tatort verunreinigt und so. Konnte ich ja nicht wissen.«

Im selben Moment klingelte das Handy in der Handtasche, die Irma neben dem Sofa abgestellt hatte. Sie nahm es heraus und lehnte den Anruf ohne hinzusehen ab.

»Wollen Sie nicht rangehen?«, fragte Winkelmann.

»Nein, nicht so wichtig«, meinte Irma. »Und Sie haben wirklich nichts gehört?« Unwillkürlich trat ihr das grausame Bild vom Gesicht ihres Sohnes vor Augen. Sie konnte kaum glauben, dass ein solcher Akt von Gewalt geräuschlos vonstattengegangen war.

»Nee, nichts.« Winkelmann schüttelte den Kopf. »Aber man bekommt ja allgemein nicht so viel mit, was in den anderen Wohnungen passiert. Die Wände sind wirklich dick, wissen

Sie? Nur wenn sich jemand im Treppenhaus bewegt, da hört man jedes Hüsteln. Oh, und andersherum natürlich auch. Wenn ich aus der Wohnung trete, kann ich hören, wie Ihr Sohn Fernsehen guckt oder wenn er telefoniert.«

»Aha?« Eine seltsame Art von Neid ergriff von Irma Besitz. Sie würde nie wieder mit ihrem Ben sprechen können, das Einzige, was ihr blieb, waren Erinnerungen. Und dieser Mann besaß welche, an die Irma nie herankam.

»Was hat er denn am Telefon erzählt?«, fragte sie.

Winkelmann zuckte unbestimmt mit den Schultern und wich ihrem Blick aus. »Ich bin immer gleich weitergegangen. Ich lausche doch nicht.«

Bestimmt nicht.

Irma verdrehte innerlich die Augen. Anstatt es auszusprechen, zwang sie sich zu einem Schmunzeln. »Wirklich? Sehr anständig von Ihnen, ich selbst kann mich ja nicht so beherrschen. Wissen Sie, meine Nachbarin sitzt andauernd mit dem Handy am Ohr auf ihrer Terrasse und telefoniert so laut, dass die ganze Umgebung über ihre Liebesprobleme Bescheid weiß. Wenn es warm genug ist, lasse ich das Küchenfenster auch mal ein wenig länger offen stehen.« Sie zwinkerte ihm zu.

»Nee, ich lausche nicht«, wiederholte er stur.

»Haben Sie denn vielleicht im Vorbeigehen etwas aufgeschnappt?«

Der Alte kratzte sich am Ohr, zuckte dann mit den Schultern. »Nichts Besonderes, wirklich nicht. Mal schien es um die Arbeit zu gehen, mal um andere Sachen. Irgendwelche Filme oder Serien.«

Ein wehmütiges Lächeln hob ihre Mundwinkel, als sie sich daran erinnerte, wie Ben damals in seinem Jugendzimmer vor dem Bildschirm gesessen und mit seinem Freund Emil stundenlang über irgendwelche Spiele gefachsimpelt hatte. Das würde er nie wieder tun. Der Schmerz über diese Erkenntnis stach wie ein Dolch in ihre Brust. Irma versuchte, sich nichts anmerken zu lassen.

»Alles in Ordnung?« Winkelmann beugte sich vor. Offenbar waren Irmas Bemühungen, ihre Trauer zu unterdrücken, nicht sonderlich erfolgreich.

»Schon gut«, sagte sie mit einer solch belegten Stimme, dass sie sie kaum als ihre eigene wiedererkannte. Sie räusperte sich, während Winkelmanns trübe Augen unentwegt auf ihr ruhten.

»Es ist schlimm, jemanden zu verlieren, den man liebt«, sagte der Alte und etwas in seiner Stimme und seinem Blick verriet Irma, dass er aus Erfahrung sprach. Erneut kamen ihr die zahllosen gehäkelten Decken sowie die rosa Tapete in den Sinn.

Winkelmann streckte die faltige Hand aus und tätschelte Irmas Knie. »Irgendwann lernt man, mit dem Schmerz zu leben.«

Sie zwang sich zu einem Lächeln. »Danke.«

Sicherlich meinte der Alte es nur gut, trotzdem wollte Irma seine Ratschläge nicht hören und schon gar nicht seine Hand auf ihrem Knie spüren.

Winkelmann nickte und richtete sich wieder auf. In diesem Moment klingelte Irmas Handy erneut. Verärgert, weil es sich vermutlich nur um einen Anruf ihrer Freundin Brigitte handelte, angelte Irma nach dem Gerät, um es stumm zu schalten. Als ihr Blick auf den Namen des Anrufers fiel, erstarrte sie.

Harald!

An Bens Vater hatte sie gar nicht gedacht. Ein heißer Schreck durchfuhr sie. Hatte die Polizei Harald schon informiert oder lastete diese Bürde auf ihren Schultern?

Sie hob den Blick und sah Winkelmann an, der sie aus seinen nebligen Augen musterte.

»Entschuldigen Sie«, brachte Irma hervor. »Dieser Anruf …«

Winkelmann machte eine auffordernde Bewegung mit der Hand. »Gehen Sie ruhig ran, ich kann warten.«

Das Telefonat in Hörweite dieses neugierigen Alten anzunehmen, war für Irma unvorstellbar. Sie erhob sich und legte das noch immer klingelnde Handy in ihre Handtasche.

»Herr Winkelmann, haben Sie vielen Dank für Ihre Zeit. Ich muss jetzt allerdings los. Nein, bleiben Sie ruhig sitzen, ich finde allein zur Tür.«

Trotz ihrer Worte stemmte sich der Alte ächzend in die Höhe. »Nein, nein, ich bringe Sie hinaus, gar kein Problem. Tut mir wirklich leid, dass ich Ihnen und der Polizei nicht weiterhelfen konnte. Schreckliche Sache, wirklich schrecklich. Und wenn man bedenkt, dass es gleich hinter dieser Wand hier passiert ist. Schrecklich. Aber kommen Sie doch ruhig morgen noch einmal vorbei, ich kann Ihnen dann ja berichten, was die Polizei nebenan so macht. Die sind dort recht laut, wissen Sie?«

Irma ersparte sich nachzufragen, wie Winkelmann die Leute von der Spurensicherung hören konnte, wenn doch die Wände so dick waren. Sie sah vor sich, wie der Alte mit krummem Rücken und angehaltenem Atem an seiner halb geöffneten Wohnungstür lauschte.

»Ja, vielleicht«, brachte sie hervor. In diesem Moment verstummte das Klingeln ihres Smartphones. »Es schadet sicherlich nicht, wenn Sie Augen und Ohren offen halten. Bitte entschuldigen Sie, ich muss da jetzt dringend zurückrufen.« Sie schlüpfte aus der Wohnung und eilte die Treppe hinab.

10

IRMA

Dienstag, 20. November 2029, 14.45 Uhr

Die Sonne schien noch immer, als sie auf den Fußweg vor Bens Wohnhaus trat, aber ein eisiger Wind empfing sie. Mit Händen, die fast so sehr zitterten wie die von Winkelmann, kramte sie das Handy heraus.

Sie hob das Gerät ans Ohr. Ein langgezogenes Tuten erklang. Wie immer beim Telefonieren setzten sich ihre Beine von allein in Bewegung, lenkten sie in die Richtung ihres Hauses.

»Hallo, Irma.«

Harald klang ernst. Ein Schauer rann ihr über den Rücken.

»Hallo«, brachte sie mit erstickter Stimme vor. »Hat man dich schon ...«

»Ja. Noch gestern Abend. Was zum Teufel ist bei euch passiert?«

Irma verzieh ihm den harschen Ton. Wenn er angespannt war, klang er oft gröber, als er beabsichtigt hatte. Sie holte Luft, dann begann sie, mit leiser Stimme zu berichten. Harald sagte die ganze Zeit über kein Wort. Als sie geendet hatte, herrschte Schweigen in der Leitung.

»Wann ist die Beerdigung?«, fragte er schließlich.

»Ich weiß nicht.« Irma hatte die Feldstraße erreicht, blieb stehen und drückte auf den Knopf der Fußgängerampel. »Solange die Polizei Ben noch nicht freigegeben hat, kann ich nichts Genaueres sagen. Das Bestattungsinstitut ist schon verständigt. Ich habe denen gesagt, dass sie einfach irgendwas

Feierliches planen sollen. Geld spielt keine Rolle, Sarg und Deko sind mir egal. Ich ... ich kann mich im Moment einfach nicht darum kümmern.«

»Verstehe.« Seine Stimme klang belegt. »Wäre es dir recht, wenn ich das übernehme? Mir würde es schon etwas bedeuten.«

Ein schlechtes Gewissen überkam Irma. Selbst wenn es ihr egal war, ob auf Bens Sarg weiße Rosen oder gelbe Sonnenblumen lagen, so musste das nicht für seinen Vater gelten.

»Ich fände es sogar schön«, brachte sie hervor.

»Gut.«

Schweigen. An Haralds Ende hörte sie das entfernte Rauschen einer Straße.

Er räusperte sich. »Magst du mir die Nummer des Bestatters geben?«

»Ich schicke sie dir gleich.«

»Danke. Kommst du zurecht?«

Irma hörte die Unsicherheit in seiner Stimme und konnte es ihm nicht verdenken. Seit dreizehn Jahren tauschten sie bloß Geburtstagsglückwünsche und Weihnachtskarten aus. Mit einer derart persönlichen Frage überschritt Harald eine Grenze.

»Mach dir keine Sorgen«, erwiderte Irma und schob ihren Exmann in sein angestammtes Territorium zurück. Um nicht allzu unhöflich zu wirken, setzte sie nach: »Aber danke der Nachfrage.«

Sie tauschten noch ein paar höfliche Floskeln aus, dann beendeten sie das Telefonat mit dem Versprechen, demnächst voneinander zu hören.

Irma legte auf und starrte auf das Display herab, welches nach wenigen Sekunden schwarz wurde. Plötzlich nahm sie den Verkehr, die Bewegung um sie herum überdeutlich wahr. Autos und Fahrräder strichen an ihr vorbei. Eine Frau mit Kinderwagen redete auf ein Kleinkind ein, das mit vorgeschobener Unterlippe neben ihr hertrottete.

Irma straffte sich, schüttelte den Kopf, um ihre Gedanken zu ordnen, drückte erneut auf die Ampel und eilte kurz darauf über die Straße.

Sie aktivierte ihr Smartphone, rief die Anrufliste auf und hielt sich das Gerät ans Ohr. Zehn Sekunden verstrichen, fünfzehn. Nach einer halben Minute legte sie mit einem Schnauben auf. Sie hatte Dutzende Male versucht, Josefine zu erreichen. Vielleicht wusste sie ja irgendwas, vielleicht hatte sie in der letzten Woche etwas Verdächtiges gesehen oder beobachtet. Doch Bens Verlobte ging einfach nicht ran.

Frustriert schleuderte Irma das Smartphone in ihre Handtasche. So kam sie nicht weiter. Aber was dann? Sollte sie zu seinem Institut fahren und dort nachfragen? Als trauernde Mutter würde man ihr vielleicht Zugang zu seinem Schreibtisch gewähren, wenn sie vorgab, nur auf seinem Stuhl sitzen zu wollen, um sich ihrem toten Sohn ein wenig näher zu fühlen. An den Computer würden sie Irma jedoch nicht lassen und auf den kam es schließlich an.

Ihre melancholische Stimmung wurde noch schlimmer, als sie in ihr Haus trat und die Tür hinter sich schloss. Das Möwengeschrei wurde abgeschnitten, ebenso die im Wind raschelnden Hecken. Die Stille schlug ihr entgegen wie eine massive Wand. Sie hörte nur ihren eigenen, viel zu schnellen Atem. Wie in Trance streifte sie Mantel und Schuhe ab, legte das Handy auf die Kommode und ging auf steifen Beinen ins Wohnzimmer.

Ben sie würde ihn nie wieder in den Arm nehmen können, nie wieder mit ihm sprechen, nie wieder in sein seltsam verlegenes Grinsen blicken.

Der Schmerz, den sie verspürte, erreichte Dimensionen, von deren Existenz Irma nicht einmal etwas geahnt hatte. Sie hatte beide Eltern zu Grabe getragen, doch nichts kam dem nahe, was sie jetzt empfand.

Die Uhr an ihrem Handgelenk gab ein Piepsen von sich. Geistesabwesend kramte Irma die winzige Metalldose aus der

Tasche ihres Blazers und nahm eine weiße und eine blaue Tablette, bevor sie die Dose wieder wegsteckte.

Ach, Ben …

Sie trat an die Panoramascheibe und blickte in den Garten. Sofort fiel ihr Blick auf den weißen Klecks mitten auf dem Rasen. Die Silbermöwe war zurück. Neben ihr lag etwas Graues. Die Möwe beugte sich vor, pickte mit dem Schnabel dagegen und der faustgroße Gegenstand rollte ein paar Zentimeter weiter.

Ohne Ben erschien ihr Leben sinnlos und leer. Manchmal hatte sie bedauert, nur ein Kind zu haben. Damals war es eine durchdachte Entscheidung gewesen. In die Rolle als Hausfrau hatte sie einfach nicht hineingepasst. Stattdessen hatte sie sich auf den Ausbau ihrer Eventagentur gestürzt. Sie war stolz auf das, was sie erschaffen hatte.

Ohne ihren Sohn hatte jedoch nichts davon Bedeutung.

Vor ihrem inneren Auge erschien Bens Gesicht. Das Zahnlückenlächeln an seinem ersten Schultag. Die tränennassen Wangen, als er vom Baum gefallen war und sich den Knöchel verstaucht hatte. Das stolze Grinsen, als er beim Wissenschaftswettbewerb in der Schule den ersten Preis gewann. Der starre Blick und die mahlenden Kiefer, während er auf den flackernden Fernseher starrte und Chips in sich hineinschaufelte. Der leicht wehmütige Zug um seine Mundwinkel, als er an seinem Abschlussball noch immer keine Freundin hatte. Dann das glückselige Strahlen, als er in ihrer Haustür stand und verkündete: »Mama, darf ich vorstellen: Das ist Josefine.«

Schlussendlich die Ruhe und Zufriedenheit, als er die Doktorandenstelle an der Uni bekam und sich endlich tagein, tagaus mit dem beschäftigen konnte, was ihn wirklich interessierte. Mit Ende zwanzig war er dort angekommen, wo er hingehörte. In die Welt der Wissenschaft, der Forschung, der Fragen, der Neugier und der puren Lust am Entdecken und Grübeln. Eine Welt, die Irma selbst nie hatte betreten dürfen, weshalb sie sich umso mehr für ihren Ben gefreut hatte. Nun lag er auf einem kalten Metalltisch, bedeckt mit einem weißen Laken …

Energisch schüttelte sie den Kopf, um das Bild loszuwerden. Nein, das ging nicht, sie konnte nicht einfach herumsitzen und sich in ihrer Trauer verlieren. Sie brauchte Ablenkung, etwas Sinnvolles, mit dem sie ihren ruhelosen Gedanken einen Ankerpunkt geben konnte. Zu Bens Wohnung zurückzugehen würde nichts bringen, solange die Polizei noch dort war. Die übrigen Anwohner befragen? Bestimmt würden sie nicht mit Irma sprechen. Nein, es musste doch etwas anderes geben.

Die Möwe auf dem Rasen ließ von dem Gegenstand ab, breitete ihre Flügel aus, hob flatternd vom Boden ab und glitt über den kahlen Wipfel des alten Ahornbaumes Richtung Förde davon.

Irma kam eine Idee. Sie eilte nach oben in ihr Arbeitszimmer. Ihr Laptop lag auf dem ansonsten leeren Schreibtisch. Sie klappte ihn auf, öffnete den Internetbrowser, ging ins Einstellungsmenü, um dort die Liste mit gespeicherten Passwörtern aufzurufen.

Ihr Herz klopfte, während sie herabscrollte.

Ben hatte oft ihren Rechner genutzt, wenn er sie zu ihrem gemeinsamen Abendessen besucht hatte. Meist hatte er E-Mails beantwortet oder nach irgendeinem wissenschaftlichen Kram recherchiert. Das beständige Klackern der Tastatur hatte etwas Beruhigendes gehabt und sie an früher erinnert, als in diesem Haus noch eine richtige Familie gelebt hatte.

»Ha!«

Triumphierend reckte Irma die Arme in die Höhe. Ben hatte sowohl den Nutzernamen als auch das Passwort in ihrem Browser eingespeichert. Rasch rief sie die entsprechende Internetseite auf und loggte sich in sein Konto ein. Als sie die Zahl neben dem Posteingang las, stöhnte sie auf. Über tausend E-Mails. Fünf davon ungelesen. Es würde die ganze Nacht dauern, die alle durchzugehen.

11

ARTHUR

Dienstag, 20. November 2029, 15.10 Uhr

Arthurs Telefon klingelte. Er nahm den Anruf entgegen.

»Moin Arthur, hier ist dein Freund und Helfer bei Computerfragen.«

Arthur erkannte die Stimme als die von Detlef Hillengramm, IT-Mitarbeiter im Landeskriminalamt.

»Moin Detlef, was gibt es?«

»Also, das Handy, das ihr mir hergeschickt habt. Das soll einem gewissen Benjamin Nessau gehören, nicht wahr?«

»Ja?« Arthur horchte auf. »Ist es nicht seines?«

»Nun ... nach dem, was ich darauf gefunden habe, schon irgendwie. Als ich den Provider aufgefordert habe, mir das Anrufverzeichnis zu schicken, fiel mir auf, dass der Vertrag nicht über Benjamin, sondern Irma Nessau läuft.«

»Das ist die Mutter des Opfers.«

»Gut, dachte mir irgendwie, dass es dich interessieren könnte.«

»Es ist auf jeden Fall interessant. Ich kann also demnächst mit der Anruf- und Kontaktliste rechnen? Und was ist mit dem Bewegungsprofil von Josefine Krist?«

»Jo, schicke ich beides gleich rüber.«

»Okay, danke.«

»Gerne doch«, flötete Detlef und legte auf.

Arthur ließ das Smartphone sinken, blickte es einige Sekunden lang nachdenklich an. Dann rief er die Nummer von Irma Nessau auf und tippte auf *Wählen.* Es dauerte fast eine halbe Minute, bis die sie ranging.

»Ja?«

»Frau Nessau, hier Morgenroth. Uns ist gerade aufgefallen, dass die Handynummer, die Benjamin nutzt, über einen Vertrag mit Ihrem Namen läuft.«

»Ja, das ist korrekt.« Sie lachte traurig auf. »Gleiches gilt für seinen Internetvertrag. Auch die Wohnung, in der er lebt, gehört mir.«

»Sie sind die Eigentümerin?«

»Ja, ich habe die Wohnung damals einrichten lassen und ihm den Schlüssel zum Studienbeginn überreicht. Sämtliche Verträge, die die Wohnung betreffen, laufen über mich. Also auch Strom und Wasser, Müll, Telefon, Internet und das alles.«

Ein Genie, aber auch ein Muttersöhnchen.

Ein Schmunzeln huschte über Arthurs Gesicht. Musste nett sein, eine derart wohlhabende Mutter zu besitzen. Er hatte ein bisschen im Internet recherchiert. Sie hatte von ihrem Vater Immobilien und Geld geerbt, welches sie investiert hatte, um eine Eventagentur aufzubauen.

»Frau Nessau, wir werden vermutlich Einsicht in diverse Verträge diese Wohnung betreffend einfordern.«

»Natürlich, gar kein Problem. Wenn es hilft, um ...« Ihre Stimme brach. Arthur hatte Mitleid. Er wusste selbst, wie tief der Schmerz gehen konnte. Außerdem nahm er zur Kenntnis, dass sie überhaupt derartige Emotionen zeigte. Die meisten Menschen, die er kannte, hätten sofort zu *Sonnenscheinbonbons* gegriffen. Frau Nessau offenbar nicht. Das machte sie in Arthurs Augen sympathisch.

»Ich hätte Ihren Ben gern kennengelernt«, sagte er und war selbst überrascht. Vermutlich waren diese persönlichen Worte seiner eigenen Situation geschuldet.

»Danke.« Aus der Leitung drang ein Schniefen. »Haben Sie noch weitere Fragen?«

Ein Anflug von Enttäuschung streifte Arthur. Er schob ihn beiseite, wusste selbst nicht, woher er kam. »Nein, für den Moment nicht. Ich melde mich, sollte sich etwas ergeben.«

»In Ordnung. Auf Wiedersehen.«

»Auf Wiedersehen.«

Mit einem Seufzen legte Arthur sein Smartphone beiseite und musste sich erst sammeln, bevor er sich wieder dem Rechner und seiner Ermittlungsarbeit zuwenden konnte. Er hatte eine Nachricht erhalten. Sie war von Detlef Hillengramm. Arthur öffnete den Anhang und eine interaktive Karte von Norddeutschland öffnete sich. Es war das Bewegungsprofil von Josefine. Arthur ließ es ab Donnerstag abspielen. Ein roter Punkt erschien und flitzte über die Karte. Donnerstagmorgen um sechs hatte Josefine offenbar im Zug von Kiel nach Hamburg gesessen. Dort hatte sie den Tag verbracht, um nach Feierabend zurückzukehren. Um neunzehn Uhr hatte sie ihr Wohnhaus erreicht, wo sie bis zum nächsten Morgen geblieben war. Um kurz nach fünf war sie zum Hauptbahnhof gefahren und offenbar in einen Zug gestiegen, der sie erst nach Hamburg, dann nach Münster gebracht hatte, wo sie das Wochenende und den folgenden Montag geblieben war.

Arthur nahm seinen Stift zur Hand und notierte sich die Angaben.

12

CHARLOTTE

Dienstag, 20. November 2029, 15.25 Uhr

Das neurowissenschaftliche Institut war in einem schmucklosen Backsteingebäude auf dem Gelände des Universitätsklinikums untergebracht. Charlotte stieg bis in die zweite Etage hinauf, wo sie von einer Glastür daran gehindert wurde, einen langgestreckten Flur zu betreten. Sie drückte auf die Klingel und wartete. Hinter ihr surrte der Fahrstuhl und von weiter unten aus dem Treppenhaus vernahm sie Schritte und plappernde Stimmen.

Es roch noch nach Putzmitteln und auf dem Linoleum lag ein feuchter Schimmer. Offenbar war die Reinigungskraft gerade erst durch.

Die Sprechanlage neben der Glastür knackte. »Ja?«

»Kriminalhauptkommissarin Drey. Ich bin mit Professor Bernhard verabredet.«

»Oh. Ja, natürlich.«

Im Flur öffnete sich eine Tür. Eine korpulente Frau kam zu Charlotte und ließ sie herein.

»Es ist wegen Benjamin, oder?«, fragte die Frau. »Ich hatte mitbekommen, dass ihm etwas zugestoßen ist, aber ...« Sie erschauerte sichtlich und sah Charlotte aus großen Augen an.

»Tut mir leid, ich darf mich nicht zu den Details äußern. Wo finde ich Professor Bernhard?«

Die Frau legte sich theatralisch eine Hand auf die Brust. »Wurde er etwa ermordet? Sonst wären Sie doch nicht hier, oder? Ich meine, bei einem Unfall würden Sie doch nicht so ausführlich ermitteln.«

»Ist dort das Büro des Professors?« Charlotte deutete den Flur hinunter, von dem mehrere Türen abzweigten, und setzte sich in Bewegung. Die Frau folgte ihr.

»Ja, gleich dort vorn. Er erwartet Sie schon.« Sie wirkte enttäuscht darüber, dass sie von Charlotte nichts erfahren hatte, geleitete sie aber dennoch in ein langgezogenes und bis unter die Decke vollgestopftes Büro. Ein beleibter Mann mit Halbglatze und dicker Brille sah von den auf dem Schreibtisch ausgebreiteten Unterlagen auf.

Charlotte reichte ihm die Hand und stellte sich vor.

»Frau Drey, nehmen Sie doch Platz.« Er deutete auf einen einfachen Holzstuhl vor seinem Schreibtisch. »Ich vermute, es geht um Benjamin.«

Charlotte lächelte schmal und ließ sich auf dem angebotenen Stuhl nieder. »Genau. Sie kennen Benjamin schon lange?«

Professor Bernhard lachte auf. »Er ist mir schon im Grundstudium aufgefallen. Allerdings weniger durch seine Intelligenz, sondern vielmehr aufgrund seiner Faulheit. Aber schon damals wusste ich, dass ich jemand ganz Besonderen im Vorlesungssaal sitzen hatte. Ein ungeschliffener Diamant, wie man so schön sagt.«

»Ich habe schon von mehreren Leuten gehört, dass er nicht unbedingt durch Fleiß hervorstach.«

Wieder lachte Professor Bernhard. »Nun, Ben brauchte jemanden, der den Forscherdrang aus ihm herauskitzelte. Wenn ich es nicht gewesen wäre, dann jemand anderes. Zum Glück fiel mir diese Aufgabe in den Schoß. Es war mir eine Ehre, einen solchen Studenten wie ihn zu haben.« Der fröhliche Ausdruck in seinem Gesicht verschwand. Bedauern kehrte ein. »Zu gern hätte ich gesehen, wohin ihn das Leben geführt hätte. Ich bin mir sicher, ihm stand Großes bevor.«

»An was hat er gearbeitet? Womit hat er seine Zeit verbracht?«

Der Professor lehnte sich zurück und faltete die Hände vor seinem Bauch. »Wie gut kennen Sie sich mit der Transplantation von Erinnerungen aus?«

»Vor heute Morgen habe ich noch nie davon gehört.«

»Das überrascht mich nicht. Viele halten es noch für Science-Fiction. Es ist ein absolut spannendes Feld, welches eines Tages großen Einfluss auf unsere Gesellschaft nehmen könnte. Stellen Sie sich nur vor, man könnte Monate, wenn nicht sogar Jahre aus dem Gedächtnis eines Menschen kopieren und in das Gedächtnis einer anderen Person einpflanzen. Man bräuchte nicht mehr jahrelang zu studieren, sondern könnte sich an den Erinnerungen einer Person bedienen, die diesen Weg schon gegangen ist.«

»Ist das tatsächlich möglich?« Charlotte ertappte sich dabei, wie sie sich interessiert vorlehnte. Das vom Professor geschilderte Szenario war faszinierend und würde die Menschheit deutlich effizienter machen.

»Noch nicht.« Professor Bernhard rückte die Brille zurecht und grinste schief. »Bis wir derart komplexe Lerninhalte übertragen können, werden wohl noch einige Jahrzehnte vergehen. Bisher sind nur kleine Pakete möglich. Wir haben beispielsweise Rhesusaffen, denen wir Zeichensprache beibringen. Diese Übertragung funktioniert allerdings einwandfrei.«

»Und daran hat Benjamin gearbeitet?«

»An einem Teilaspekt. Im Prinzip forschen wir alle zusammen an einem einzigen Projekt, welches jedoch in verschiedene Unterprojekte gegliedert ist. Benjamin selbst befasste sich mit der Verbesserung der permanenten Implantate. Vermutlich stellen Sie sich darunter einen metallischen Chip vor, den wir in das Gehirn verpflanzen, oder?«

Charlotte nickte.

»Das dachte ich mir.« Der Professor lächelte. »In Wahrheit werden die Informationen jedoch über tausende kleiner Silikonsonden aufgenommen, die über das gesamte Gehirn verteilt sind und Nervensignale auslesen. Neural dust nennt man das. Derzeit liegen die Schwachstellen in der dezentralen Aktivierung und der zentralen Bündelung der aufgenommenen Signale. Hier gibt es noch reichlich Luft nach oben. Damit befasste Benjamin sich, was sicherlich auch ein Grund war, weshalb Neuralcom auf ihn aufmerksam wurde.«

»Sie forschen an einem kontroversen Thema«, stellte Charlotte fest. »Sicherlich gibt es auch Kritiker. Vielleicht sogar Menschen, die Ihnen offen drohen?«

Liberty of Mind wollte sie zunächst nicht zur Sprache bringen, sondern den Namen so lange es ging zurückhalten.

Professor Bernhard sah sie an, während in seinem Kopf die Rädchen ineinanderzugreifen schienen. Schließlich nickte er langsam. »Unsere Forschung eckt durchaus an. Es gibt tatsächlich einige, die sich berufen fühlen, mir ihre Abneigung schriftlich mitzuteilen.«

»So?«

Der Professor machte eine wedelnde Handbewegung, als würde er Fliegen verscheuchen. »Zumeist äußerst dogmatische und wenig differenzierte Ansichten. Ich habe mich nie eingehend damit auseinandergesetzt, sondern sie einfach in einem Ordner abgelegt. Ich kann Ihnen die Mails gern zukommen lassen, vielleicht bringt Sie das ja weiter.«

»Das wäre hilfreich. Wir werden sie eingehend prüfen.« Charlotte machte sich eine Notiz und ging zur nächsten Frage über. »Es war sicherlich nicht angenehm für Sie, dass Benjamin schon bald das Institut verlassen wollte, oder?«

Der Professor zuckte mit den Schultern. »Natürlich hätte ich ihn gern behalten, habe mir jedoch keine Illusionen gemacht. Benjamin war jemand, der hoch hinauswollte. Zudem hatte er seine Doktorarbeit beendet und sein Vertrag lief aus. Ich hätte ihm natürlich einen neuen angeboten, war aber auch nicht überrascht, als er mir von seiner Stelle bei Neuralcom berichtete.«

»Ich möchte Benjamins Arbeitsplatz sehen.«

»Gewiss. Folgen Sie mir.«

Der Professor führte sie aus dem Büro, schwenkte nach links und öffnete nach wenigen Metern eine Tür zu einem weitaus größeren Raum. Vier Schreibtische standen darin. Zwei an der rechten Wand, zwei an der linken. Drei Köpfe wandten sich ihnen zu.

»Dies hier ist Frau Drey von der Mordkommission«, stellte Professor Bernhard sie vor.

Augen wurden aufgerissen. Die Neugierde wich betretenem Schweigen. Blicke senkten sich.

Charlotte deutete auf den einzigen Schreibtisch, an dem niemand saß. »Dort hat er gearbeitet?« Sie wartete keine Antwort ab, sondern ging hinüber und setzte sich auf den Stuhl. Der Schreibtisch war übersät mit zu Haufen gebündelten Papieren. Ein halbes Dutzend Kugelschreiber lagen herum, mittendrin ein Becher mit am Boden eingetrocknetem Kaffee. Am Monitor klebten mehrere Post-its, allesamt mit einer nahezu unleserlichen Handschrift vollgekritzelt.

»Ja, das war sein Arbeitsplatz«, sagte Professor Bernhard mit etwas Verspätung.

»Hm.« Charlotte nahm eines der Blätter zur Hand, überflog den Inhalt. Der Text war in Englisch, doch selbst in Deutsch hätte sie vermutlich kaum ein Wort verstanden. Tabellen und Grafiken sprangen ihr in den Blick. Sie legte den Ausdruck beiseite und sah sich suchend um. »Wo ist sein Rechner? Ich möchte ihn mitnehmen. Unsere Techniker werden sich seinen Inhalt ansehen.«

»Er hat ausschließlich seinen eigenen Rechner genutzt, weil er ihn gern mit nach Hause genommen hat, um von dort aus zu arbeiten.«

»Eine der Freiheiten, die er in Ihrem Institut genoss? Mir wurde gesagt, dass er auch in Bezug auf seine Arbeitszeiten keine Vorschriften hatte.«

Der Professor lachte auf und zog einen freien Stuhl heran, auf den er sich setzte. »Ja, das stimmt. Er hat mehr oder weniger sein eigenes Ding gemacht. Solange die Ergebnisse stimmten, war ich damit einverstanden.«

»Und dem war so?«

»Oh ja! Er war brillant. Hat mich immer wieder überrascht.«

»Wann haben Sie ihn zum letzten Mal hier gesehen?«

»Am Montag hatte ich mit ihm gesprochen. Das letzte Mal hier gesehen wurde er am Mittwoch.« Die Antwort kam wie aus der Pistole geschossen. Vermutlich hatte Bernhard sich darauf vorbereitet. Mit einem Nicken deutete er auf die junge Frau am Nachbarschreibtisch.

Charlotte wandte sich dieser zu. »Wie heißen Sie?«

»Line Bodilsen. Ich arbeite hier als Hiwi.« Die junge Frau rieb sich die Hände und zog die Schultern hoch. Sie wirkte angespannt, was jedoch nichts Ungewöhnliches war. Die meisten Menschen waren nervös, wenn sie mit der Polizei oder sogar der Mordkommission sprachen. Für sie war es ein Riss in ihrer heilen Welt.

Charlotte schrieb sich den Namen auf. »Sie haben am Mittwoch mit Benjamin geredet?«

Die Angesprochene nickte. »Er ist am späten Nachmittag hergekommen. Wir saßen ein oder zwei Stunden zusammen hier, dann habe ich Feierabend gemacht. Ben ist noch geblieben.«

»Ist Ihnen etwas Besonderes aufgefallen?«

Line schüttelte den Kopf und biss sich dabei auf die Unterlippe. »Benjamin war wie immer, hat vor allem über seine Forschung gesprochen. Tut mir leid.«

»Hatten Sie Kontakt zu Menschen, die Ihrer Arbeit kritisch gegenüberstehen? Werden Sie vielleicht sogar bedroht?«

Die beiden anderen Mitarbeiter hatten sich ebenfalls zu ihnen umgewandt und lauschten. Sie waren allesamt in Benjamins Alter. Vermutlich Doktoranden oder Masterstudenten.

Line lachte trocken auf. »Was? Nein, nie im Leben.« Ihre Antwort kam schnell, atemlos. Charlotte musterte sie, woraufhin die junge Frau zur Seite blickte und sich am Hals kratzte.

»Hatten Sie privat Kontakt mit Benjamin Nessau?«

»Nein, außerhalb des Instituts haben wir uns nie gesehen.«

Charlotte richtete ihre Fragen an die beiden anderen, doch die wussten auch nichts zu berichten.

Eine halbe Stunde später verließ Charlotte das Institut mit dem frustrierenden Gefühl, nichts Neues herausgefunden zu haben. Ihre Schritte hallten durch das Treppenhaus, als sie ins Erdgeschoss hinabging. Draußen empfing sie ein kühler Herbstwind, der auf einen eisigen Winter hoffen ließ. Viele klagten über die hereinbrechende Kälte, doch Charlotte mochte diese Jahreszeit. Nachdenklich schritt sie zu ihrem Dienstfahrzeug.

Sie selbst war zwar fasziniert von den technologischen Möglichkeiten, die ihnen die Forschung von Professor Bernhard eröffnen würde, doch vielen erging es mit Sicherheit anders, wie beispielsweise den Enhancer-Kritikern.

Sie stieg in den Wagen und holte ihr Notizbuch heraus. Nach wie vor waren unendlich viele Fragen offen. Charlotte kaute einen Moment auf ihrem Stift, dachte über die nächsten Schritte nach, dann begann sie zu schreiben.

Als Erstes würde sie die hiesige Liberty-of-Mind-Szene weiter unter die Lupe nehmen. Im Institut hatte zwar niemand diese Gruppierung genannt, als Charlotte nach Kritikern oder Drohungen gefragt hatte, dies musste jedoch nicht heißen, dass es eine solche Gruppierung nicht gab. Die sozialen Medien würden Charlotte bei ihrer Recherche helfen. Falls Zeit blieb, würde sie auch Line Bodilsen unter die Lupe nehmen. Sie war sich nicht sicher, ob die Nervosität der jungen Frau gerechtfertigt war oder ob sie etwas zu verbergen hatte.

Sie schaute auf die Uhr ihres Smartphones und seufzte ergeben. Mittlerweile war sie seit annähernd sechsunddreißig Stunden wach. Um weiterhin leistungsfähig zu bleiben, wurde es Zeit, ein paar Stunden Schlaf nachzuholen. In Charlottes Augen eine lästige Zeitverschwendung, aber bisher unumgänglich.

13

ARTHUR

Dienstag, 20. November 2029, 16.20 Uhr

Die Buchstaben und Zahlen der Liste schienen hin und her zu springen. Mit einem Seufzen legte Arthur den Stift beiseite und rieb sich mit Daumen und Zeigefinger der linken Hand über die Augen. Er hatte noch immer den widerlich süßen Geschmack des Energydrinks auf der Zunge, den er eben heimlich auf der Toilette heruntergekippt hatte. Das Koffein schien noch nicht zu wirken.

Er nahm die Hand herunter, verengte die Augen zu Schlitzen und starrte auf den Monitor. Detlef Hillengramm hatte ihm die Anruf- und Chatliste aus Benjamins Handy geschickt. Sie beinhaltete gut drei Dutzend Nummern und Arthur hatte sie nach der Häufigkeit der Kontakte sortiert. Vornan standen Josefine Krist und Benjamins Mutter, was Arthur wenig überraschte. Danach folgte ein gewisser Emil, anschließend weitere Namen.

Mit Emil hatte er vor wenigen Minuten telefoniert, dessen Nachnamen und Adresse in Erfahrung gebracht und einen Vernehmungstermin vereinbart. Arthur würde gleich losfahren müssen. Vorher nahm er das Telefon zur Hand und rief Detlef an, der sich derzeit mit Benjamins Computer und Handy befasste.

Detlef nahm prompt ab. »Moin Arthur, du bist aber ungeduldig heute.«

»Gibt es schon erste Erkenntnisse?«

»Bin noch dabei, aber bisher nichts Auffälliges. Auf dem Rechner waren ziemlich viele Spiele, ein bisschen Musik und dann ... tja, der Gute war so was wie ein Wissenschaftler, oder? Auf jeden Fall liegen da viele Tabellen, englischsprachige Wissenschaftsartikel und derlei Kram herum.«

»Und das Handy?«

»Ebenso unauffällig, aber da bin ich noch nicht durch. Die üblichen Apps, die üblichen Chatprogramme. Inhaltsanalyse der Gespräche läuft noch. Das GPS-Profil ist fertig.«

»Sagt dir Liberty of Mind etwas?«

»Liberty ... Nö, nicht wirklich. Was soll das sein?«

Arthur berichtete ihm von der Gruppierung und fragte: »Hast du irgendeine Verbindung zu denen gefunden? Vielleicht etwas im Verlauf oder so?«

»Nö, da ist mir nichts aufgefallen.«

»Gut, dann schick mir doch bitte das Bewegungsprofil der letzten Woche.«

»Kein Problem, mach ich gleich fertig. Sonst noch was?«

Über die Verbindung hörte Arthur das Klackern einer Tastatur. Er trank einen großen Schluck bitteren Kaffee. »Hast du dir die Bilder auf dem Handy schon angesehen?«

»Nein, noch nicht.« Detlef seufzte schwer. Arthur konnte die Unlust seines Kollegen nachvollziehen. Heutzutage waren auf einem Handy hunderte, wenn nicht sogar tausende von Bildern gespeichert. Meist handelte es sich um belanglose Schnappschüsse. Die alle durchzugehen, erforderte Zeit.

»Okay«, meinte Arthur. »Sag Bescheid, wenn du fertig bist.«

»Klar. Weitere Wünsche?«

»Bisher nicht. Wenn noch was kommt, melde ich mich. Und du rufst mich bitte an, wenn du auf den Geräten etwas zu Liberty of Mind findest, und sei es nur eine Erwähnung.«

»Wird gemacht. Man hört sich.«

»Bis dann.«

Wenige Minuten später erhielt Arthur eine Mail von Detlef mit dem gewünschten Bewegungsprofil. Er öffnete es und auf seinem Monitor erschien eine interaktive Karte, die den Raum Kiel zeigte. Der Verlauf begann fünf Tage vor der Ermordung. Arthur ließ die Anzeige abspielen und ein schnaufendes Lachen entfuhr ihm. Montag, kurz nach Mitternacht, und Benjamin saß im Institut für Neurowissenschaften. Dort verharrte der rote Punkt bis in die frühen Morgenstunden, dann setzte er sich in Bewegung und huschte über die Karte, erst die Feldstraße entlang, dann bog er in die Lornsenstraße ein und kam im Haus zur Ruhe. Am Nachmittag des darauffolgenden Tages kehrte er ins Institut zurück, um dort bis spät in der Nacht zu verharren. Mittwochs wiederholte sich das Spiel. Am Donnerstag blieb er in der Wohnung, lediglich am späten Abend flitzte er kurz in den nahen Supermarkt.

Arthur hielt den Vorlauf an, warf einen Blick auf die vom Programm angegebene Uhrzeit. Kurz nach elf. Er notierte sich die Zahlen, bevor er die Bewegungsdaten weiter abspielen ließ.

Der rote Punkt blieb in der Wohnung und bewegte sich bis zum Montagabend nicht mehr, bis die Spurensicherung das Handy mitgenommen hatte.

»Okay«, brummte Arthur. Am Freitag um elf Uhr hatte Benjamin noch gelebt.

Er lehnte sich zurück, sah aus dem Fenster zum grauen Himmel hinauf, während er mit dem Stift immer wieder auf die Seite seines aufgeschlagenen Notizbuches tippte.

Er fragte sich, was sie bisher herausgefunden hatten, und musste sich eingestehen, dass es noch nicht viel war.

Das plakative Symbol an der Wand wies sie eindeutig Richtung Liberty of Mind, hatte sie aber noch nicht viel weitergeführt. Vielleicht war diese Gruppierung ja gar nicht involviert und das Symbol nur ein Ablenkungsmanöver.

Dann waren da immer noch der Hammer und die Heftigkeit, mit der auf Benjamin Nessau eingeschlagen worden war, was auf eine emotionale Verbindung hindeutete.

Ansonsten: keine Zeugen, keine konkreten Verdächtigen. Nach nur einem Tag Ermittlungen nicht überraschend, doch unangenehm angesichts der potenziell brisanten Verbindung zu Liberty of Mind. Sobald die Öffentlichkeit davon Wind bekam ... Dass Reporter ihnen im Nacken saßen, kam öfters vor und war etwas, mit dem Arthur zu leben gelernt hatte. Früher dank der Hilfe beruhigender Enhancer. Heute ...

Mit einem Seufzen erhob er sich. Sie mussten in Benjamins Umfeld eintauchen und sehen, was sich ergab. Emil Braumeister war seine nächste Adresse, auch wenn sein Körper sich nach einem Bett sehnte. Er hatte dringend Schlaf nötig ... oder eine Lichasil.

Er nahm seine Jacke von der Stuhllehne und machte sich auf den Weg. Die geschlossene Bürotür seiner Kollegin streifte er mit einem kurzen Blick. Vermutlich hatte Charlotte ihre Campingliege aufgestellt.

Dreißig Minuten später holperte sein Dienstwagen über das Kopfsteinpflaster der Hofstraße. Altbauten zogen rechts und links an ihm vorbei. Manche aus Backstein, manche weiß oder grau verputzt. Er befand sich auf dem Ostufer. Im Vergleich zu anderen Kieler Stadtteilen waren die Mieten in Gaarden nach wie vor relativ günstig, was Arthur seiner Umgebung ansah. Graffitis prangten an den Fassaden. Die an der Bordsteinkante parkenden Autos hatten ihre besten Jahre längst hinter sich.

Arthur fand die gesuchte Hausnummer, brauchte jedoch noch weitere fünf Minuten, bis er einen freien Parkplatz entdeckt hatte. Im Auto sitzend leerte er noch eine Dose dieses widerwärtig süßen Energydrinks. Er schaute auf seine Uhr. Zehn Minuten hatte er noch bis zu seiner Verabredung. Daher stellte er den Wecker seines Smartphones, lehnte sich zurück und schloss die Augen. Prompt fiel er in einen Halbschlaf, der viel zu schnell vom Piepen seines Handys beendet wurde.

Gähnend stieg er aus und atmete tief die leicht salzige Luft ein, die von der Förde zwischen den Häuserschluchten herüberwehte. Die abendliche Kälte half ihm, wach zu bleiben. Zu Fuß ging er zu der Wohnung von Benjamins Freund. Über seinem Kopf rauschten die kahlen Zweige der Ahornbäume. Vor dem Haus, in dem Emil wohnte, stand ein alter Sessel. Seine feucht gewordene Füllung quoll aus den Rissen im Polster.

Arthurs Handy piepte. Er blieb stehen und blickte auf das Display. Eine Nachricht von Martha, seiner Schwester. Er verdrehte die Augen, rief sie aber dennoch auf.

Unser Angebot steht immer noch. Das Gästezimmer gehört dir.

Er starrte das Display einige Sekunden an. Bei der Vorstellung, seine Schwester und ihre Familie zu besuchen, ballte sich sein Magen zu einem festen, schweren Klumpen zusammen.

Schnell tippte er eine Antwort.

Macht euch keine Sorgen, ich komme klar. Arbeite jetzt wieder.

Er steckte das Handy weg, schob den Gedanken an Martha und ihre Kinder beiseite und suchte auf dem Klingelschild den richtigen Namen heraus.

Die Gegensprechanlage knackte.

»Ja?«

»Kriminaloberkommissar Morgenroth. Wir haben vorhin telefoniert.«

Der Türöffner summte, Arthur stieg bis ins Dachgeschoss hinauf, wo ihn ein Mann erwartete, der Arthur an Shaggy aus der Serie Scooby-Doo erinnerte. Unsicher blickte Emil ihm entgegen.

»Darf ich reinkommen?«, fragte Arthur.

»Ja, klar. Sorry, ist etwas unordentlich.« Emil zog die Tür auf und ließ Arthur eintreten. Er sah sich in dem chaotischen Flur um und erhaschte durch die offen stehende Tür Einblicke in eine nicht minder unordentliche Küche.

Emil ging mit hängenden Schultern voraus und geleitete Arthur in ein Wohnzimmer aus zusammengewürfelten Möbeln, die aussahen, als hätte er sie aus dem Sperrmüll gefischt.

Das Fenster stand trotz des kalten Wetters auf Kipp, dennoch hing der süßliche Marihuanageruch deutlich im Raum.

Arthur ließ es unkommentiert und setzte sich auf den Sessel. Der vor ihm stehende Couchtisch war übersät mit winzigen Computerbauteilen, Kabeln und allerlei Krimskrams.

»Ich kann es noch immer nicht glauben.« Emil ließ sich auf das Sofa plumpsen und fuhr sich mit beiden Händen durch die langen Haare. »Das alles ist einfach zu krass.«

»Sie kennen Benjamin schon lange?«

Emil nickte fahrig und gab ein trockenes Lachen von sich. Sein Blick hatte sich auf den Boden geheftet. Er wirkte nervös. Seine langen, dünnen Finger zwirbelten an dem ausgefransten Saum seines Pullovers.

Arthur seufzte. »Ich ermittle in einem Mordfall. Ihr Drogenkonsum interessiert mich nicht.«

Mit schreckgeweiteten Augen sah Emil auf, dann grinste er schief. »Ich rauche auch nicht häufig. Aber manchmal, wenn der Stress zu groß wird ... Ist ja irgendwie auch nichts anderes als Enhancer, oder?« Er zuckte mit den Schultern, sprang dann auf und schloss das Fenster.

Arthur lächelte, um seinem Verständnis Ausdruck zu geben, dann wiederholte er seine Frage: »Wie lange kennen Sie Benjamin schon?«

»Ewigkeiten. Gibt es schon einen Verdächtigen? Was genau ist eigentlich passiert?«

»Ich darf Ihnen zu laufenden Ermittlungen keine Auskunft geben.«

»Klar, aber vielleicht wüsste ich dann eher, wie ich weiterhelfen kann. Ich will wirklich helfen, habe aber keine Ahnung, was ich erzählen soll.«

»Wann hatten Sie das letzte Mal Kontakt zu Benjamin?«

»Tja ...« Emil kratzte sich am Ohr, kramte sein Handy hervor und wischte mit dem Daumen über den Bildschirm. »Am Mittwoch haben wir lange gechattet. Am Donnerstag war er dann recht wortkarg, die letzte Nachricht abends gegen sechs. Danach ...« Er ließ das Handy sinken. »Wurde er da umgebracht? Am Donnerstag?«

»Wie haben Sie Ben kennengelernt?«

Emil wirkte zwar enttäuscht, dass Arthur nicht auf seine Frage einging, sprach jedoch weiter. »Tja ... in der fünften oder sechsten Klasse hatten wir beide nachmittags einen Computerkurs besucht. Ben war ein Nerd, wie ich. Warhammer, Shadowrun und so weiter. Das war unsere Welt.«

»Warhammer? Das ist ein Videospiel, oder?«

Ein verächtliches Schnaufen erklang. »Das kann man vergessen. Pen and Paper ist das einzig Wahre!«

»Ach, das ist, wo man nur mit Würfeln, Papier und Stift um einen Tisch herumsitzt und erzählt, was gerade passiert?«

Emil grinste und nickte eifrig. »Genau. Ben und ich haben das schon damals gespielt ...« Er verstummte, presste die Lippen aufeinander und sah aus dem Fenster, das den Blick auf rote Dachziegel und einen immer dunkler werdenden Himmel freigab.

»Er war der Spielleiter unserer aktuellen Kampagne. Jetzt werde ich wohl nie erfahren, wie sie ausgeht.«

»Viele Dinge bleiben unvollendet, wenn der Tod eintritt«, sagte Arthur leise.

Emil dachte einen Moment über seine Worte nach, dann nickte er. »Als mein Vater gestorben ist, war seine Modellbahnanlage noch immer nicht fertig.«

Langsam kam ein Gespräch in Gang. Emil berichtete von sich und Ben, von ihrer Freundschaft. Arthur ließ ihn reden, auch wenn das Wenigste relevant erschien, doch es fügte einige Linien zu dem Bild hinzu, das er sich bisher von Ben gemacht hatte. Irgendwann unterbrach er den Redefluss: »Hatte Ben Feinde?«

Emil sah ihn verblüfft an, dann lachte er auf. »Hey, sicherlich gab es die eine oder andere Unstimmigkeit und nicht jeder war mit uns auf einer Wellenlänge. Aber so richtige Feinde, die Ben ... Nein, so etwas gibt es nicht.«

»Und da sind Sie sich sicher? Was ist mit dem blauen Auge, das Benjamin vor einem Monat hatte? Wo kam das her?«

»Er hat behauptet, er sei im Bad ausgerutscht.« Emil sah zur Seite und wirkte zerknirscht.

»Aber Sie haben ihm nicht geglaubt«, stellte Arthur fest.

Emil zuckte mit den Schultern. Etwas schien ihm durch den Kopf zu gehen. Arthur lehnte sich vor. Seine Müdigkeit war verschwunden. Emil wich seinem Blick aus, begann wieder, am Saum des Pullovers zu friemeln.

Die Stille dehnte sich aus und Emils Zupfen wurde zunehmend frenetisch. »Ben war ein guter Mensch«, murmelte er. »Manchmal mit den Gedanken nicht so ganz im Hier und Jetzt, aber wenn es drauf ankam, konnte man sich auf ihn verlassen.«

»Aber?«

Emil sah ihn flehend an. »Alter, man spricht nicht schlecht über die Toten. Das wäre ... nicht richtig. Außerdem ist es bestimmt nicht wichtig.«

»Auch vermeintlich unwichtige Fakten könnten von Bedeutung sein.« Arthur lehnte sich noch weiter zu Emil herüber.

Bens Freund stieß ein frustriertes Schnaufen aus. »Ich bin mir nicht einmal sicher. Vielleicht irre ich mich ja auch.«

»Erzählen Sie es einfach. Bitte. Vielleicht hilft es, den Mörder zu fassen.«

Emil verzog das Gesicht und fuhr sich erneut durch die Haare. »Nein, ich denke nicht. Aber gut. Ich ... ich glaube, er hat Josefine betrogen.«

Arthur hob eine Augenbraue. »Warum denken Sie das?«

»Ach, das war so eine Zufallsgeschichte. Ich hatte sein Handy in der Hand, um etwas zu googeln, da ploppte ein kleines Fenster auf und zeigte mir die ersten Zeilen einer gerade eingegangenen Nachricht. Sie war von einer Lilly, die fragte, ob er bald wieder vorbeikäme.«

»Haben Sie ihn darauf angesprochen?«

»Ja. Zuerst habe ich mir ja nichts gedacht. Hatte angenommen, das sei jemand von der Arbeit. Dass Ben eine andere Frau ... nee, unvorstellbar.«

»Aber?«

»Tja, dann hat er so seltsam reagiert. Mir das Handy aus der Hand gerissen und gemurmelt, dass es eine Kollegin sei. Aber sein Tonfall war irgendwie komisch und sein Gesicht knallrot.«

»Lilly ...« Arthur ließ den Namen über seine Zunge rollen. »Wann war das etwa?«

»Keine Ahnung. Muss zwei Monate her sein.«

»Hatte Ben viele Frauengeschichten?«

Emil lachte traurig auf. »Josefine war seine erste und einzige ... na, abgesehen von ... wenn das denn überhaupt stimmt. Vielleicht irre ich mich ja auch. Ben war ein kluger Kopf, aber mit den Frauen kam er nicht so gut klar.«

»Hm.« Arthur nickte langsam, sagte aber kein Wort, sondern ließ das Schweigen für sich arbeiten.

»Ich fand ja auch, dass es nicht zu ihm passte«, murmelte Emil. »Aber ... na ja, er benahm sich merkwürdig, blockte total ab, als ich wegen dieser Lilly nachhakte. Kein einziges Wort habe ich aus ihm herausbekommen.«

»Wie lief es denn mit Josefine? War Ben glücklich?«

Emil kratzte sich im Nacken. »Tja, ich denke schon. Ben hat aber auch nie viel erzählt. Gentleman und so. Die beiden waren aber schon irgendwie ein ulkiges Paar. Ben, der Chaot, der andauernd zu spät kam und immer verschiedene Socken trug. Auf der anderen Seite Josefine, die Musterschülerin. Aber wenn die beiden zusammen waren ... Boah, da glühten die Hirnwindungen. Wenn die über ihren Neurokram fachsimpelten, da verstand unsereins kaum noch was.« Emil lachte, dann wurde er abrupt wieder ernst und ein Schatten huschte über sein Gesicht. »Josefine hat ihm echt gutgetan. Ohne sie hätte er die Uni vielleicht nicht geschafft.«

»Ich dachte, Benjamin sei ein Genie gewesen.«

Emil lachte. »Ja, das schon. Aber auch grottenfaul. Er hatte nie Lust, für irgendwelche Fächer zu lernen, die ihn nicht interessierten. Seine Noten waren ... na ja.« Er machte eine kippelnde Bewegung mit der Hand und grinste breit. »Zum Ende des Bachelors musste er richtig reinhauen, damit er seinen Notenschnitt hoch genug bekam, um den Master machen zu dürfen. Josefine hat ihm zusätzlich in den Arsch getreten.«

Arthur nickte. »Kommen wir zurück zu Lilly. Haben Sie je herausgefunden, wer das ist? Vielleicht doch jemand von der Arbeit?«

»Nee, kein Plan. Und glauben Sie mir: Ich habe die Augen offen gehalten.«

14

IRMA

Dienstag, 20. November 2029, 19.35 Uhr

Irmas Armbanduhr piepste. Ohne ihren Blick vom Bildschirm zu lösen, griff sie nach der kleinen Metalldose in ihrem Blazer und angelte zwei Tabletten heraus, die sie trocken schluckte.

Bens Postfach war genauso chaotisch wie sein Arbeitszimmer. Nicht einmal die Werbemails hatte er gelöscht. Alles ballte sich in einem einzigen Ordner, lediglich sortiert nach dem Eingangsdatum. Die wenigsten Absender sagten Irma etwas und so klickte sie sich durch eine Mail nach der anderen. Eine dröge Aufgabe, da sich die meisten Mitteilungen um Bens Arbeit drehten, von der Irma nichts verstand. Viele davon waren zudem auf Englisch. Trotzdem machte sie weiter. Auf dem Blatt, das neben dem Mousepad auf dem Schreibtisch lag, hatte sie inzwischen sechsunddreißig Namen notiert und mit kurzen Anmerkungen versehen, woher Ben diese Personen kannte und wie ihr Verhältnis war. Sämtliche Namen hatte sie googeln müssen und war zum Teil auf Forscher mit wichtig erscheinenden Titeln gestoßen.

Wie lange saß sie nun schon hier? Ihr Rücken tat weh, sie war müde und vom langen Starren brannten die Augen. Trotzdem machte sie weiter, öffnete eine Mail nach der anderen, machte sich Notizen, schloss die Mail, öffnete die nächste. Dann die nächste. Und die nächste. Und die nächste. Englisch. Arbeit. Werbung. Wieder dieser Professor aus den USA. Nächste Mail. Werbung. Nächste Mail.

Als ihr Blick auf den Absender fiel, richtete sie sich kerzengerade auf.

Absender: Manfred Pullmann
Betreff: Kein Betreff

Inhalt: Ich weiß, das hätte nicht so laufen dürfen. Trotzdem bleibe ich dabei.

Irma zuckte zurück und starrte den Bildschirm mit weit aufgerissenen Augen an. Das Zimmer begann sich zu drehen. Seit Jahren, sogar seit Jahrzehnten, hatte sie nicht mehr an diesen Mann gedacht. Sie hatte die Erinnerungen ganz, ganz weit von sich geschoben. Nun kehrten die Bilder zurück, drängten sich mit aller Kraft in ihr Bewusstsein. Sie hörte das tiefe Brummen des Volvos, roch die würzige Luft jenes Sommertages, sah die links und rechts vorbeiziehenden Büsche.

Sie schloss die Augen, atmete tief durch und schob die aufkommenden Erinnerungen beiseite. Dann straffte sie sich und ließ ihre Finger über die Tastatur fliegen.

Da sie mit dem Inhalt der Mail nicht viel anfangen konnte überprüfte sie, ob sich im Postfach eine zweite Mail dieses Absenders befand. Nein, es gab nur diese eine. Also schloss sie das Postfach und gab bei Google den Namen Manfred Pullmann ein.

Sofort wurden Abertausende von Ergebnissen ausgespuckt. Es gab mehrere Männer mit diesem Namen in Deutschland. Irma fragte sich, ob das alles nicht nur ein abstruser Zufall war. Vielleicht hatte Ben mit einem ganz anderen Manfred Pullmann Kontakt gehabt, der nichts mit dieser Sache von damals zu tun hatte.

Sie sah sich die ersten Ergebnisse an. Ein Manfred Pullmann war der Bürgermeister eines Dorfes in Hessen, ein zweiter der CEO irgendeines Konzerns. Der dritte führte einen kleinen Handwerksbetrieb nahe Köln und der vierte …

Irma stockte der Atem, als sie sah, dass es sich um einen Artikel aus den Kieler Nachrichten handelte. Sie klickte darauf.

Auf dem Foto neben dem Text war ein braunhaariger Mann mit ausgeprägten Geheimratsecken zu sehen, der sich lächelnd über ein vielgliedriges Gerät beugte. Die Bildunterschrift lautete: »Manfred Pullmann mit 3-D-Replikator in der Selbsthilfewerkstatt Kiel.«

Rasch überflog sie den Text. Der Artikel berichtete, wie Manfred Pullmann in Kooperation mit der Uni Kiel ein Projekt auf die Beine gestellt hatte, bei dem Menschen mit Prothesen selbstständig Erweiterungen für diese anfertigen konnten. Ein junger Mann, dem eine Hand fehlte, hatte sich beispielsweise eine Prothese erstellt, die grazil genug war, um wieder als Goldschmied arbeiten zu können. Mit einer handelsüblichen Prothese wäre dies nur bedingt möglich gewesen. Es gab zwar Prothesen, die man schlicht als technisches Wunderwerk bezeichnen musste, doch diese kosteten meist mehr, als sich ein einfacher Mensch leisten konnte.

Auch Manfred Pullmann selbst trug eine Prothese. Der Artikel unterrichtete Irma, dass er bei einem Unfall vor vierundzwanzig Jahren sein rechtes Bein verloren hatte.

Bebend wich Irma zurück.

15

ARTHUR

Mittwoch, 21. November 2029, 01.45 Uhr

Nach dem Gespräch mit Emil war Arthur in sein Büro zurückgefahren und hatte sich dem Papierkram gewidmet. Aber irgendwann ging es einfach nicht mehr. Vor Müdigkeit konnte er kaum noch die Augen offen halten. Er teilte Charlotte mit, dass er zu Hause duschen und sich kurz aufs Ohr legen wolle, in vier Stunden jedoch wieder zurück sei.

Als er seine Wohnungstür aufschloss, empfingen ihn Ruhe und Dunkelheit. Er trat ein und knipste die Lampe im Flur an. Seinen Haustürschlüssel warf er in die kleine Schale auf der Kommode. Ein kitschiges Ding. Goldener Rand, lila Blüten und hellblaue Schmetterlinge. In all der Zeit war sie zu einem Bestandteil ihrer Wohnung geworden, den er längst nicht mehr beachtet hatte.

Nun war sie ein Erinnerungsstück.

Jahrelang hatte er seine Schlüssel in diese Schale geworfen, ohne sie bewusst wahrzunehmen. Nun war es ihm unmöglich, an ihr vorbeizugehen, ohne an jenen Sommertag zu denken, an dem Hanna und er sich an den Flohmarktständen vor dem Rathaus vorbeigeschoben hatten. Über ihnen der blaue Himmel, hinter ihnen die glitzernde Oberfläche des Kleinen Kiels, auf dem sich Möwen und Enten treiben ließen.

Arthur wandte sich ab und ging ins Wohnzimmer, kam an einem Dutzend weiterer Erinnerungsstücke vorbei, die vorher keine Bedeutung gehabt hatten, nun jedoch wie Leuchtreklamen um seine Aufmerksamkeit buhlten.

Er ließ sich auf die uralte Eckcouch fallen und spürte erst jetzt, wie angespannt seine Schultern waren. Er versuchte, bewusst seine Muskeln zu entspannen, zwang seine Schultern herabzusinken. Atmete tief ein, atmete aus, atmete ein.

Draußen rollte ein Auto vorbei. Das Scheinwerferlicht glitt über die zugezogenen Gardinen. Aus der Wohnung nebenan drang das Lachen eines Kindes. Über seinem Kopf stakste mal wieder der Nachbar in seinen Anzugschuhen umher. Hanna hatte es fast zur Weißglut getrieben. »Kann der die Dinger nicht mal abends ausziehen?«

Im Hausflur fiel eine Tür ins Schloss. Jemand hastete die Stufen hinab und sprach halblaut, vermutlich in ein Handy. An der Wand des Wohnzimmers tickte die alte Pendeluhr seines Großvaters. Trotzdem war es zu leise. Kein Rascheln von Buchseiten, in denen Hanna sich abends gern verlor. Kein Klappern aus der Küche, wenn Hanna murrend den Geschirrspüler ausräumte und dann doch abwehrte, wenn Arthur ihr helfen wollte. »Du stellst die Sachen immer falsch weg und dann finde ich sie nicht wieder.«

Kein Rauschen aus dem Bad, wenn Hanna mal wieder stundenlang unter der Dusche stand und den Abfluss mit ihren Haaren verstopfte.

Kein Kichern, wenn Hanna von dem neusten Tratsch bei der Arbeit berichtete.

Kein Laut.

Keine Hanna.

Er war allein.

In seiner Brust öffnete sich wieder jenes schwarze Loch. Trauer überschwemmte ihn, drückte ihn tief in das Polster. Es tat weh, so unendlich weh. Und doch war es richtig, diese schmerzhaften Gefühle zuzulassen.

Das Klingeln seines Handys riss ihn aus der Parallelwelt, in die er hineinzurutschen drohte. Verwirrt blinzelnd sah er sich um, griff nach dem Gerät. Ein Stöhnen entwich ihm. Seine Schwester rief an. Kurzerhand schaltete er sein Smartphone stumm. Er hatte jetzt keine Kraft, sich ihrem Drängen entgegenzustellen. Er legte das Handy mit dem Display nach unten auf den Couchtisch, direkt neben die Tablettenschachteln. Fröhliche Gesichter und strahlende Sonnen lachten den Betrachter an. Eine Schachtel war geöffnet, der Blister lag auf dem Tisch. Einige der gelben Tabletten fehlten.

Sonnenscheinbonbons. Nichtsfühler … Verleugner.

Er lehnte sich vor, griff über die Schachteln hinweg nach dem schmalen Buch. Das Papier war angelaufen, der Umschlag zerknickt. Mit dem Daumen fuhr Arthur am Rand entlang, spürte, wie die Seiten über seine Fingerkuppe strichen. Er schlug das Buch auf. Wahllos.

Schläft ein Lied in allen Dingen
die da träumen fort und fort,
und die Welt hebt an zu singen,
triffst du nur das Zauberwort.

Ein wehmütiges Lächeln hob seine Mundwinkel. Er mochte die Gedichte von Eichendorff. Wenige Zeilen, und doch trugen sie eine Wahrheit in sich, die viele Menschen vergessen hatten oder schlicht nicht mehr sehen wollten.

Effizienz. Funktionieren … Sich aufgeben.

Charlotte würde dieses Gedicht nie verstehen. Sie war so ganz anders als Hanna, obwohl sie doch die gleichen Eltern hatten und zusammen aufgewachsen waren. Zauberworte existierten für Charlotte längst nicht mehr. Ergebnisse waren der Ruf, dem sie folgte. Schlaf? Wer brauchte den schon, wenn es Lichasil gab? Konzentrationsschwäche? Her mit dem Itentax. Trauer? Keine Sorge, dagegen haben wir auch etwas.

Das Bittere war, dass auch Arthur in den vergangenen Jahren Teil dieses Gruselkabinetts gewesen war, während die Bücher seines Großvaters im Regal einstaubten.

Bis … bis das Schicksal ein Loch in sein Leben gerissen hatte.

Hanna.

Sie waren ein Team gewesen, eine Einheit, hatten aufeinander aufgepasst. Nun war er allein. Eine Stille umgab ihn, die auch die Sonnenscheinbonbons nicht vertreiben konnten. Auf der Suche nach Zuflucht hatte er vieles versucht und sie letztendlich nur in diesen schlichten Seiten gefunden.

Seine Hand strich über das vergilbte Papier. Er nahm den Geruch des alten Buches in sich auf. Es roch nach Geschichte, nach Leben. Nach Großvaters Lächeln und Haferkeksen.

Arthur blätterte weiter, las hier ein Gedicht, sprang einige Seiten weiter, las ein anderes. Er ließ sich treiben, erlaubte den Gedanken zu schweifen, in Zeiten zurückzukehren, als noch keine Trauer sein Herz auffraß.

Im Hintergrund tickte die Pendeluhr.

16

IRMA

Mittwoch, 21. November 2029, 02.05 Uhr

Irma gab es schließlich auf, sich unruhig im Bett hin und her zu wälzen und doch nicht in den Schlaf zu finden. Ohne Licht zu machen, nahm sie ihren Morgenmantel vom Haken an der Tür, streifte ihn über und schlich nach unten in die Küche. Sie entkorkte eine Flasche Rotwein, schenkte sich großzügig ein, ging wieder hinauf und stellte sich in ihrem Arbeitszimmer vor das Fenster. Über das Dach des Nachbarhauses hinweg konnte sie die Förde sehen. Der Himmel war bewölkt. Kein Mond, der auf den Wellen glitzerte. Im schwarzen Wasser spiegelten sich lediglich die Lichter des gegenüberliegenden Ostufers. Es war ein friedlicher Anblick. Nichts bewegte sich, die gesamte Stadt schien zu ruhen.

Was soll ich nur tun?

Unentwegt dachte sie an diese Mail und versuchte zu ergründen, was sie bedeuten mochte.

Schnaufend schüttelte Irma den Kopf. Unsinn. Die Bedeutung war offensichtlich. Sie wollte es nur einfach nicht wahrhaben. Ein Schauer rann ihr über den Rücken, als erneut die Erinnerungen an jenen Tag vor vierundzwanzig Jahren in ihr aufstiegen. Dieses Mal ließ sie es zu. Sie musste sich dem stellen. Ben zuliebe.

Das tiefe Brummen ihres Volvos kehrte zurück, ebenso die nach Vegetation und Erde duftende Sommerluft. Sonnenlicht fiel durch die grünen Blätter und zeichnete verspielte Muster auf den Asphalt. An diesem Tag war Irma einfach nur glücklich. Ihr Blick glitt zur Seite, auf den Beifahrersitz. Ein Junge saß in seinem Kindersitz und schaute zum Fenster hinaus. Die Sonne glänzte in seinem weißblonden Haar, die kindlichen Augen betrachteten das vorbeiziehende Grün. Er wirkte so unschuldig, so klein. Kaum zu glauben, dass er schon bald eingeschult werden würde.

Sie hatten den Nachmittag auf einem Bauernhof verbracht. Irma hatte mit ihrem Ben Erdbeeren pflücken wollen, doch der Junge hatte sich mehr für den Bagger interessiert, der auf der Nachbarwiese einen Graben ausgehoben hatte. Typisch Ben.

Sie lächelte ihn an und ihr Herz quoll über vor Zuneigung. Lange Zeit hatte sie sich nicht vorstellen können, Mutter zu werden. Doch seit Ben in ihr Leben getreten war, bildete er das Zentrum ihrer Welt.

Eine Bewegung aus dem Augenwinkel, etwas war auf der Straße. Irma stieg auf die Bremse, der Stoß warf sie nach vorn. Ein Knall, ein Schrei. Das Auto ruckelte fürchterlich. Dann Stille.

Japsend saß sie da, ihre Brust hob und senkte sich im schnellen Stakkato. Ein Kind weinte, es war Ben. Sie hatte noch immer nicht begriffen, was gerade geschehen war, tastete jedoch nach ihrem Jungen, redete ihm beruhigend zu. Er war unverletzt, hatte sich offenbar nur erschreckt, sein Gesicht war nass von Tränen. Sie küsste ihn auf den Scheitel, lehnte sich zu ihm und umarmte ihn. Ihr Herz klopfte noch immer. Sie richtete sich auf und sah sich um. Das Auto stand quer auf der Straße und im Seitenspiegel ...

Ein Fahrrad. Daneben lag eine reglose Gestalt. Blut. Ein verbogenes Etwas, das sie erst auf den zweiten Blick als einen auf der Seite liegenden Kinderanhänger erkannte. Grün und schwarz. Das Rad drehte sich in der Luft.

Panik überspülte Irmas Gedanken. Sie schnappte nach Luft, presste sich die Hände vor den Mund, um den Schrei zu unterdrücken, der sich in ihrer Kehle sammelte. Das Rad drehte sich noch immer, sie konnte den Blick einfach nicht abwenden. Lag da ein Kind drin? Hatte Irma soeben …

Ihre Hand packte den Schlüssel, der Motor erwachte zum Leben. Energisch verstellte sie das Automatikgetriebe und stieg auf das Gaspedal. Der Volvo machte einen Sprung nach vorn, wäre beinahe im Gebüsch gelandet. Irma kurbelte am Lenkrad. Im Rückspiegel sah sie die Gestalt und den Anhänger mit dem sich noch immer drehenden Rad. Dann fuhr sie um eine scharfe Kurve und alles war nur noch ein schlimmer, schlimmer Albtraum.

Neben ihr weinte Ben. Sie streichelte ihm beruhigend über den Kopf.

»Alles in Ordnung«, flüsterte sie mit zittriger Stimme. »Alles in Ordnung.«

Das Grün glitt an ihnen vorbei, die Sonne spielte mit den Strähnen seines weißblonden Haars. Alles erschien wie immer. Alles erschien gut.

Natürlich wunderte sich Harald wegen der Delle im Fahrzeug. Auf seine Frage nach der Ursache reagierte sie mit einem verlegenen Grinsen.

»Habe beim Einparken einen großen Stein übersehen.«

Harald grunzte und besah sich den Schaden erneut, während Irmas Handflächen immer feuchter wurden. Schließlich richtete er sich auf und schüttelte fassungslos den Kopf. »Den hast du aber mit Karacho erwischt.«

Irma nahm sich vor, den Zwischenfall zu vergessen. Doch dann schlug sie einen Tag später die Zeitung auf und da war er: der auf der Seite liegende Kinderanhänger in Grün und Schwarz. Auf dem Foto bewegte sich das Rad natürlich nicht, dennoch hatte Irma den Eindruck, als ob es sich drehte. Ihr Blick flog nur für eine Sekunde über den Text, heftete sich dennoch an einen Namen: Manfred Pullmann.

Sie schloss die Zeitung und saß mit rauschendem Puls am Esstisch.

In ihrem Kopf wiederholte sich der Name unaufhörlich, wie eine Schallplatte, die hängen geblieben war.

Manfred Pullmann, Manfred Pullmann, Manfred Pullmann, Manfred Pullmann …

Vierundzwanzig Jahre später stand Irma in ihrem dunklen Arbeitszimmer und umschloss das Weinglas mit bebenden Fingern. Sie hatte es niemandem erzählt und auch ihrem Sohn eingeschärft, niemals darüber zu sprechen. Auch mit ihr nicht. Jeden Versuch hatte sie unterbunden.

Sie schämte sich für das, was geschehen war, vor allem für ihre damalige Reaktion. Fahrerflucht. Ein tiefschwarzer Fleck auf ihrer zwar nicht weißen, aber doch eher hellgrauen Weste. Die Reue presste ihr Herz zusammen. Was, wenn ihr Ben in dem Fahrradanhänger gesessen hätte?

Ruckartig hob sie das Weinglas an und kippte den restlichen Inhalt hinunter. Ihre Emotionen waren in Aufruhr, die Gedanken sprangen ziellos hin und her. Sie dachte an den Polizisten, diesen Morgenroth.

Juristisch hatte sie zwar nichts zu befürchten, Fahrerflucht verjährte nach fünf Jahren, doch die Scham über ihre damalige Tat brannte heiß. Wie sollte sie ihren Verdacht, dass dieser Manfred Pullmann für den Mord an ihrem Sohn verantwortlich sein könnte, begründen, ohne dabei ihre Schuld zu gestehen? Allerdings würde die Polizei früher oder später von selbst auf Pullmann kommen. Vielleicht war genau in diesem Moment schon ein Beamter dabei, die E-Mails durchzugehen.

Vielleicht hatte Irma aber auch noch Zeit, die Sache selbst zu überprüfen.

17

ARTHUR

Mittwoch, 21. November 2029, 09.25 Uhr

Am Morgen strich ein eisiger Wind die Blumenstraße entlang und ließ Arthur die Schultern hochziehen, während er auf den Eingang der Bezirkskriminalinspektion zuhastete. Sein Gesicht glühte. Er war in der vergangenen Nacht nicht mehr ins Büro zurückgekehrt. Er war schlicht auf dem Sofa eingeschlafen. In all den Jahren, seit er als Kriminalkommissar arbeitete, war ihm ein solcher Fauxpas noch nie untergekommen. Und das, wo Charlotte in den Tagen zuvor mehr als einmal seine Konzentration bemängelt hatte. Seine Verspätung würde ihr Übriges dazu beitragen, ihr Misstrauen zu schüren. Er konnte nur hoffen, dass es nicht auch Ziegler aufgefallen war.

Trotz des Schlafes war er nicht richtig wach. Er fühlte sich zerschlagen und gehörte eigentlich zurück ins Bett. Keine Ahnung, wie er den Tag und vor allem die folgende Nacht überstehen wollte. Er würde sich weitere Energydrinks besorgen müssen.

Er betrat das burghaft anmutende Backsteingebäude und eilte die Treppe hinauf. Im Büro empfing ihn die übliche Geräuschkulisse: das Rascheln von Papier, Stimmen, Telefonklingeln. Arthur bremste seine Schritte, wollte nicht durch ungewohnte Eile auffallen. Vor Charlottes Büro blieb er stehen und schaute hinein. Seine Kollegin saß an ihrem Schreibtisch und tippte mit verbissenem Gesichtsausdruck, wandte nun jedoch den Blick vom Monitor ab und richtete ihn auf Arthur.

»Da bist du ja.« Ihre Stimme war ruhig, wie immer. Vor ihr auf dem Schreibtisch lag eine geöffnete Brötchentüte. Er grinste schief, trat ein und schloss die Tür hinter sich. »Wo bist du die ganze Nacht gewesen?«, fragte sie. »Wieso war dein Handy aus?«

»Der Akku war alle, ich hatte es nicht gesehen. Ich bin noch ein paar Notizen durchgegangen und dabei ... eingeschlafen.« Er zuckte entschuldigend mit den Schultern.

Charlotte lachte trocken auf. »Eingeschlafen?«

»Ich habe vergessen, Lichasil zu nehmen. Ich weiß, das war scheiße, und -«

»Verdammt, Arthur. Du weißt selbst, dass das nicht nur scheiße, sondern absolut unverzeihlich ist.«

Kopfschüttelnd lehnte sie sich auf ihrem Stuhl zurück und verschränkte die Arme vor der Brust. »Und dann deine Unkonzentriertheit in den letzten Tagen ... Ich erkenne dich gar nicht wieder.« Sie seufzte und mit einem Mal wurde ihr Blick weich. »Glaub mir, ich verstehe das. Auch ich vermisse meine Schwester. Trotzdem ...« Ratlos hob sie die Arme.

Offensichtlich nicht so sehr wie ich.

Ein wahrer Gedanke und dennoch ungerecht. Charlotte konnte nichts für ihre Gefühlskälte, immerhin war sie bis zum Scheitel vollgepumpt mit Enhancern.

»Ich glaube«, begann sie, »du solltest deinen Sonderurlaub verlängern.«

Arthur stieß ein Schnauben aus. »Tolle Idee. Und mir eine Depression diagnostizieren lassen? Das steht dann in der Akte. Damit kann ich meinen Job bei der Mordkommission an den Nagel hängen.«

Ein Muskel in Charlottes Gesicht zuckte. Arthur konnte nicht bestimmen, was gerade hinter ihrer Stirn vor sich ging.

»Lass wenigstens deinen Cocktail überprüfen«, sagte sie. »Ruf deinen Advisor an. Das ist doch nicht normal, dass du so müde bist. Zumindest dann nicht, wenn du Lichasil nimmst.« Sie lehnte sich ein wenig vor. Ihr scannender Blick suchte seinen.

»Ich muss nur erst wieder in den Tritt kommen«, versuchte er zu beschwichtigen. »Ich war immerhin lange Zeit zu Hause.«

Ein bekümmertes Lächeln hob ihre Mundwinkel. »Zwei Wochen sind nicht lang.«

Nein, sind sie nicht, stimmte er ihr in Gedanken zu. *Aber es fühlt sich an wie eine Ewigkeit. Wie Erinnerungen aus einem anderen Leben.*

Er sah zur Seite und strich sich über das Kinn, merkte erst jetzt, wie stoppelig es war. »Die Bundesärztekammer und die Krankenkassen meinen, dass zwei Wochen vollkommen ausreichend seien, um zu trauern.«

»Ja, ich weiß. Früher war es aber anders. Da hat man noch zwischen Trauer und Depressionen unterschieden. Heute ist es das Gleiche.« Sie machte eine wegwerfende Handbewegung.

Zumindest in den Augen der Pharmaindustrie, dachte Arthur. Laut sagte er: »Gib mir einfach ein paar Tage, okay? Das wird schon wieder.«

»Aber ruf deinen Advisor an.«

Arthur verzog das Gesicht zu einem humorlosen Grinsen. »Gibt es zumindest was Neues im Fall?«

Charlotte seufzte. »Es ist ja nicht so, dass ich es aus menschlicher Sicht nicht verstehen könnte. Seinen Ehepartner zu verlieren ist hart.«

Was weißt du schon? Du modellierst deine Emotionen doch schon seit Jahren mit Enhancern. Wie alle anderen.

»Trotzdem muss ich mich auf meinen Kollegen verlassen können«, fuhr Charlotte fort.

»Das war ein einmaliger Ausrutscher.«

Sie sah ihn lange an. »Aber du hast noch Lichasil, oder?«

Ohne zu antworten, griff er in die Jackentasche, holte ein undurchsichtiges Döschen heraus und ließ seinen Inhalt klappern. Unter Charlottes aufmerksamem Blick schüttelte er eine Tablette heraus und schluckte sie. »Zufrieden?«

Sie sagte noch immer kein Wort und einen Moment lang befürchtete Arthur, dass sie die Hand ausstrecken und nach den Pillen verlangen würde, um selbst eine zu nehmen. Ihr fiele sofort auf, dass es bloß Minzdrops waren.

Sie tat nichts dergleichen, betrachtete ihn nur nachdenklich. »Ruf deinen Advisor an. Das muss am Cocktail liegen.«

»Mach ich. Und nun erzähl mir, was ihr inzwischen herausgefunden habt.«

Wortlos holte Charlotte ihr Smartphone hervor, wischte kurz darauf herum und reichte es Arthur. Es zeigte eine Aufnahme vom Tatort. Benjamin lag auf dem Boden, an der Wand hinter ihm prangte das blutrote Symbol von Liberty of Mind. Erst verstand Arthur nicht, was Charlotte ihm damit zeigen wollte, dann erkannte er, welche App sie aufgerufen hatte: Instagram.

Er schnappte nach Luft. »Scheiße!«

»Du sagst es.«

Anscheinend hatte jemand eine Aufnahme von der Spurensicherung entwendet und im Internet hochgeladen. Halt, nein. Etwas an dem Bild passte nicht. Zunächst konnte Arthur es nicht ausmachen, dann bemerkte er das noch frische Rot des Blutflecks. Dieses Bild war kurz nach der Tat aufgenommen worden.

Entsetzen, aber auch Aufregung prickelten Arthurs Rücken herab. »Das stammt vom Mörder.«

Charlotte nickte. »Das nehmen wir auch an. Es wurde gestern Nachmittag gepostet. Heute Morgen sind wir darauf gestoßen.«

»Weiß die -«, fing Arthur an.

»Ziegler redet schon mit der Pressestelle. Die nächste Konferenz ist für heute Nachmittag anberaumt.«

»Können wir es rausnehmen lassen? So viel Blut, das verstößt doch sicherlich gegen etliche Richtlinien.«

»Schon geschehen. Das hier ist ein Screenshot. Aber wer weiß, wie viele das Bild gesehen und kopiert haben. Den Account selbst lassen wir nicht löschen. Falls der Mörder weitere Aktivitäten vornimmt, wollen wir es wissen. Außerdem wertet die Technik gerade die Abonnenten und die abonnierten Konten sowie die gelikten Bilder aus. Vielleicht ergibt sich darüber etwas, auch wenn ich nicht daran glaube. Der hat bloß fünfzehn Follower und folgt selbst nur einer Handvoll anderer Profile.«

Arthur verzog das Gesicht. »So viel zum Täterwissen, das wir nicht herausgeben wollten. Das mit dem Symbol von Liberty of Mind wird schnell die Runde machen.« Prüfend betrachtete er das Bild. »Der Hammer ist allerdings nirgends zu sehen. Die Technik ist schon dabei herauszufinden, wem das Profil gehört?«

Seufzend griff Charlotte nach der knisternden Papiertüte und zog ein belegtes Brötchen heraus. Prompt meldete sich Arthurs Magen. Er war Hals über Kopf aus der Wohnung gestürzt und hatte noch nicht gefrühstückt.

»Richterliche Anordnung ist auf dem Weg«, meinte seine Kollegin. »Instagram muss die Daten also rausrücken. Allerdings bezweifle ich, dass die uns weiterbringen werden. Bestimmt hat sich der Täter mit falschen Angaben, vermutlich sogar über einen Proxy angemeldet. Trotzdem lassen wir nichts unversucht.«

Arthur wollte herabscrollen, um den Text unter dem Bild zu lesen, was bei einem Screenshot selbstverständlich nicht möglich war. Stattdessen wischte er zur Seite, wo er tatsächlich einen weiteren Shot fand, auf dem Charlotte die Bildunterschrift festgehalten hatte.

Auf Englisch stand dort: *Mein Kopf ist meine Festung. Tod all jenen, die diese Festung korrumpieren wollen.*

»Eine der üblichen Parolen«, erklärte Charlotte mit vollem Mund.

»Seit wann existiert der Account?«

Seine Kollegin wischte sich ein paar Krümel von der Bluse. »Können wir noch nicht feststellen, brauchen dazu die Hilfe von Instagram und die rühren sich natürlich erst, wenn die Verfügung da ist. Wir wissen nur, dass der erste und bisher einzige Beitrag letzten Samstag erstellt wurde.«

»Das wird ein Fest für die Presse.«

»Jap.«

»Gibt es schon Ergebnisse aus dem Labor?«

»Klar.« Charlotte kaute auf ihrem Brötchen. »Die Technik ist mit der Farbe und dem Pinsel durch. Auch mit dem Hammer. Kein einziger Fingerabdruck. Allerdings fiel etwas auf.«

Sie lehnte sich vor und ergriff die Maus. Nach wenigen Klicks erschien auf ihrem Bildschirm ein Foto des Hammers, den sie am Tatort sichergestellt hatten. Ein Maßband lag daneben, um die Größe zu erfassen.

»Siehst du die Blutspritzer?« Charlotte deutete darauf. »Die Rechtsmedizin meint, dass sie nicht zur Tat passen. Das hätte anders aussehen müssen. Diese hier kamen zustande, indem man den Hammer in dem Blut ... nun ja, gewälzt hat. Spritzer fehlen vollkommen, dabei müsste er damit bedeckt sein.«

»Vermutlich hat man den Hammer nach der Tat sorgsam abgewischt und anschließend mit Blut bedeckt, damit die Reinigung nicht auffällt.«

»Genau das denke ich auch.« Charlotte nahm einen erneuten Bissen. »Das bedeutet aber, dass der Mörder Sorge hatte, Fingerabdrücke zu hinterlassen. Bei einem geplanten Mord hätte er vermutlich Handschuhe getragen. Dies wiederum lässt hoffen, dass einer der in der Wohnung festgestellten Fingerabdrücke dem Täter zuzuordnen ist.«

»Passt der Hammer denn zu den Verletzungen?«

»Jap. Laut der Computeranalyse wurde die Tat mit einem solchen Hammer begangen.«

Ihm entging nicht die etwas umständliche Wortwahl seiner Kollegin. »Aber?«, hakte er nach.

»Das ist ein handelsüblicher Hammer. In Kiel gibt es sicherlich Tausende davon. Ich habe selbst einen solchen zu Hause. Du bestimmt auch.«

Arthur verzog das Gesicht. »Das macht die Sache nicht leichter.«

»Immerhin konnte das Labor bestätigen, dass es sich bei dem Opfer tatsächlich um Benjamin Nessau handelt. Die DNA stimmte mit der in der Wohnung gefundenen überein.«

»Okay, das ist gut. Wäre ziemlich kompliziert geworden, wenn er es nicht wäre.«

Charlotte hatte ihr Brötchen fast vertilgt. Die Beulen in der Papiertüte deuteten darauf hin, dass sie noch mehr dabeihatte. Bei dem Gedanken rumpelte es in seinem Magen.

»Die Untersuchung des Proteinabbaus ist auch durch«, berichtete Charlotte. »Sie bestätigt die erste Einschätzung am Tatort: letzten Freitag zwischen elf und vierzehn Uhr. Das steht auch im vorläufigen Obduktionsbericht, der wohl nachher fertig ist.«

»Hm.« Arthur runzelte die Stirn. »Also tatsächlich kurz nach Josefines Aufbruch nach Münster. Zufall oder Absicht?«

»Gute Frage. Für Folter haben wir jedenfalls keine Hinweise gefunden. Auch unsere Vermutung, dass der Täter keine Handschuhe trug, spricht gegen diese Theorie. Zudem habe ich keine Ahnung, was er hätte verraten können. Offenbar gab es in seinem Leben nur die Arbeit, und die war nicht sonderlich geheim.« Charlotte verputzte den letzten Bissen, woraufhin sie sich ein zweites Brötchen aus der Tüte angelte. »Apropos Josefine: Sie hat vorhin die Liste mit Benjamins Freunden geschickt. Habe sie mit der Telefonliste aus Benjamins Handy verglichen und ein paar von denen abtelefoniert. Im Prinzip erzählen sie alle das Gleiche: Ben war ein faules Genie, das sich in seiner Freizeit gern mit Rollenspielen oder anderem nerdigen Kram befasste. Er war zwar ein wenig eigentümlich, aber wirkliche

Feinde hatte er nicht. Und von einem Kontakt zu Liberty of Mind weiß auch niemand etwas.«

»Stand eine Lilly auf Josefines Liste?«

»Lilly? Nein, ich denke nicht. Woher hast du diesen Namen?«

Arthur gab wieder, was Emil berichtet hatte, und Charlotte nickte langsam. »Also wussten weder sein bester Freund noch seine Freundin von dieser Lilly. Hast du mehr über sie herausfinden können?«

»Nur, dass der Name in Benjamins Adressbuch steht und er oft mit ihr geschrieben hat. Offenbar heimlich.«

»Aha? Über was haben sie sich unterhalten?«

»Weiß ich nicht, habe mir die Chats noch nicht angeschaut. Ich werde das nachholen. Danach fahre ich mal bei ihr vorbei.«

»Guter Plan.« Charlotte lehnte sich auf ihrem Stuhl zurück und kaute gedankenverloren. »In jedem Fall scheint er ein Geheimnis um diese Lilly gemacht zu haben. Ein Geheimnis, das er hüten wollte. Vielleicht also ein Geheimnis, an das jemand anderes herankommen wollte?«

»Du denkst wieder an Folter?« Arthur hielt diese Theorie mittlerweile für abwegig. »Keinerlei Abwehrspuren«, erinnerte er. »Benjamin hat nicht einmal die Arme hochgerissen und dabei kamen die Schläge von vorn. Der Täter hat ihn derart überrumpelt, dass er keine Gelegenheit hatte, sich zu wehren. Im Wohnzimmer gab es kaum Versteckmöglichkeiten. Ich denke, Benjamin hat seinem Mörder ins Gesicht geblickt, aber nicht mit einem Angriff gerechnet.«

Charlotte nickte. »Ich frage mich, ob diese Lilly etwas mit Liberty of Mind zu tun hat.«

»Wie kommst du darauf?«

»Keine Einbruchspuren an der Wohnungstür. Entweder hat Benjamin den oder die Mörder hereingelassen, oder sie hatten einen Schlüssel. Zudem wurde Benjamin im Wohnzimmer angegriffen, nicht an der Haustür. Der Mörder hat sich nicht als Briefträger ausgegeben, den lässt du nicht bis in dein Wohnzimmer. Nein, es muss jemand gewesen sein, den er kannte oder der sich selbst Zugriff verschaffen konnte.«

Arthur ließ sich Charlottes Spekulation durch den Kopf gehen. »Und ein enger Kontakt mit einer Person, von der niemand etwas weiß, lässt natürlich hellhörig werden.«

»Genau, schau dir diese Lilly an. Ich werde in der Zeit noch ein paar andere Leute überprüfen. Eine Person habe ich dabei besonders im Blick.« Charlotte tippte auf ihr Notizbuch. »Die Technik hat sich mit den Drohmails an Professor Bernhard befasst. Heraus kamen ganze vierundsechzig Namen. Einer von ihnen stach mir besonders ins Auge. Ein Mads Bodilsen, wohnhaft in Quickborn. Ist der dortigen Polizei schon wegen mehrerer kleinerer Delikte aufgefallen. Schwarzfahren, Sachbeschädigung, Verstöße gegen das Betäubungsmittelgesetz und so.«

»Und was ist an ihm so besonders?«

»Der Nachname. Bodilsen. Dem bin ich gestern schon im Institut begegnet. Eine Studentin, die dort als Hiwi arbeitet, heißt ebenfalls so. Line Bodilsen.«

»Verwandt?«

Charlotte grinste. »Geschwister. Außerdem wirkte sie ziemlich nervös, als ich dort war, um mich nach Kontakten zu Liberty of Mind zu erkundigen. Ich werde wohl noch einmal hinfahren, um ihr auf den Zahn zu fühlen. Aber wir sollten auch die anderen Drohmails nicht außer Acht lassen, vor allem nicht jene aus der näheren Umgebung.«

»Wie viele sind das?«

Charlotte blies die Wangen auf. »Neun von ihnen wohnen in Schleswig-Holstein. Ich werde die Kollegen vor Ort bitten, die Absender der Mails aufzusuchen und deren Alibis zu überprüfen. Dann sehen wir weiter. Entweder ergibt sich etwas Interessantes, oder wir müssen weitere Kreise ziehen.«

»Es könnte hilfreich sein, deren Aktivitäten in den sozialen Netzwerken zu überprüfen.«

Charlotte rümpfte die Nase und dachte einen Moment nach. »Ich werde Ziegler bitten, mir Jonna zur Seite zu stellen. Die ist gut in solchen Sachen.«

»Alles klar.« Arthur rieb sich unternehmungslustig die Hände. »Und ich werde herausfinden, was es mit dieser Lilly auf sich hat.«

»Aber vergiss nicht, deinen Advisor anzurufen.«

Er verzog das Gesicht. »Klar.«

Arthur ging in sein Büro, hängte die Jacke über die Rückenlehne und setzte sich, wobei sein Stuhl wieder einmal protestierend knarzte. Kurz schloss er die Augen und nahm sich ein paar Minuten, um etwas Kraft zu tanken. Anschließend schaltete er den Rechner ein und kontrollierte die eingegangenen Nachrichten. Detlef Hillengramm hatte ihm geschrieben.

Moin Arthur,

die Fotos auf dem Handy entsprechen dem, was zu erwarten war. War anscheinend ein Anhänger von solchen Fantasy-Gesellschaftsspielen. Dann hier und da Schnappschüsse mit seiner Freundin, paar Impressionen aus Kiel. Viele abfotografierte Seiten aus Büchern oder Ausdrucken, scheint mit der Arbeit zu tun zu haben. Aber dieses eine hier fällt raus. Keine Ahnung, ob es wichtig ist. Schau es dir mal an.

Arthur rief den Anhang der Nachricht auf. Das Foto von einem Zimmer mit einem Krankenhausbett füllte den Bildschirm aus. Eine junge Frau lag darin. Um Josefine schien es sich nicht zu handeln, die Haarfarbe passte nicht. Josefine war blond, hier lag jedoch ein schwarzer Schopf auf dem weißen Kissen. Der Fokus des Bildes lag auf dem schlanken, kniehohen Block neben dem Bett, der Arthur entfernt an einen der alten Desktopcomputer erinnerte.

Mit gerunzelter Stirn lehnte er sich zurück. Detlef hatte recht. Auch bei Arthur zupfte dieses Bild an seiner Intuition.

18

IRMA

Mittwoch, 21. November 2029, 10.05 Uhr

Irmas Hände umklammerten das Lenkrad ihres parkenden Volvos. Nervös stierte sie auf die andere Straßenseite, wo ein kleines Einfamilienhaus hinter einer kahlen Buchenhecke kauerte. Die schmutzig gelbe Fassade hatte einen neuen Anstrich dringend nötig. Der Rasen war braun und wies zahlreiche kahle Flecken auf. Hier hatte sich jemand im letzten Hitzesommer keine Mühe mit den Pflanzen gegeben. Das Auto in der schmalen Auffahrt sah aus, als würde sein nächster Weg zum Schrottplatz führen.

Irma war so angespannt, dass sie kaum atmen konnte. Erneut erwog sie, Morgenroth anzurufen. Oder schlicht den Gang einzulegen und nach Hause zu fahren. Früher oder später würde die Polizei auf die E-Mail von Manfred Pullmann stoßen und dieser Spur selbstständig nachgehen …

»Dort hockt vielleicht der Mörder meines Sohnes«, flüsterte sie sich zu. Das war Grund genug, doch zu bleiben, obwohl ihr die Knie schlotterten. Sie hätte ihren Cateringservice niemals zu einer Eventagentur ausbauen können, wenn sie vor jeder Herausforderung zurückschrecken würde. Ein unnachgiebiger Geschäftspartner oder ein verärgerter Kunde waren jedoch kaum vergleichbar mit einem Mann, dessen Leben Irma zerstört und der aus Rache ihren Sohn umgebracht hatte. Das Bild des Hammers, der vor ihren Füßen lag, durchzuckte sie.

Doch war das wirklich so einfach? Wie hatte Manfred Pullmann herausgefunden, dass Irma die Fahrerin war? Und wieso hatte er so lange gewartet? Oder war das alles nur Zufall?

Es gab nur einen Weg, dies herauszufinden. Um diesen zu gehen, müsste sie nur aus dem Auto steigen, die Straße überqueren und an die Haustür klopfen. Wenn er ihren Benjamin kannte, würde Pullmann auch ihr Gesicht identifizieren. Und dann würde er in irgendeiner Form darauf reagieren. Irma wusste, dass es leichtsinnig war. Was würde sie tun, wenn Pullmann sie angriff? Sie war klein und alt, hätte ihm nichts entgegenzusetzen. Nun, dieses Risiko musste Irma eingehen. Sie hielt es für unwahrscheinlich, dass er tatsächlich auf sie losging. Hinter jedem Fenster könnte ein potenzieller Zeuge stehen.

»Los jetzt«, zischte sie.

Mit zusammengepressten Lippen griff sie nach den vorbereiteten Drucken auf dem Beifahrersitz, stieß die Tür auf und eilte auf das Haus zu, ohne weiter über die möglichen Konsequenzen nachzudenken. Als sie ihren Zeigefinger auf den Klingelknopf drückte, ertönte im Haus ein melodisches Zwitschern. Nervös wartete sie ab, während sie mit beiden Händen die Ausdrucke so fest umschlossen hielt, dass das Papier knickte.

Schritte erklangen, die Tür wurde geöffnet und Irma stand dem braunhaarigen Mann aus dem Zeitungsartikel gegenüber.

»Guten -«, begann sie. Ihre Stimme war so belegt, dass sie sich räuspern musste, bevor sie erneut ansetzte. »Guten Tag, entschuldigen Sie bitte die Störung, ich -«

Die Augen ihres Gegenübers weiteten sich und Irma verstummte abrupt. Ihr Herzschlag beschleunigte sich.

Er erkennt mich.

Mehrere Sekunden lang standen sie stumm voreinander und Irma war so angespannt, dass sie kaum atmen konnte.

Pullmanns Kiefer mahlten und die Hand am Türrahmen spannte sich an.

»Ja?«, fragte er. »Kann ich Ihnen helfen?«

Irma war verwirrt. Hatte sie sich getäuscht? Pullmann schien sie doch nicht zu erkennen. Vor Aufregung wurde ihr Gesicht heiß. Da ihr nichts Besseres einfiel, griff sie auf das zurechtgelegte Schauspiel zurück. Sie fingerte ein Blatt aus dem Stapel und reichte es Pullmann. Eine Katze war darauf abgebildet, darüber stand in dicken Lettern, dass dieses Tier entlaufen sei.

»Seit Tagen suche ich meinen Richard«, brachte Irma hervor. »Ich wohne in der Parallelstraße und klappere gerade die Nachbarschaft ab, ob jemand ihn gesehen hat.«

Pullmanns Augen verengten sich zu Schlitzen. Er musterte Irma von oben bis unten und sein Misstrauen war nicht zu übersehen.

Er weiß, wer ich bin, stelle Irma erneut fest. Unwillkürlich wich sie einen halben Schritt zurück.

Er schüttelte den Kopf. »Tut mir leid, mir ist keine Katze aufgefallen.«

»Schade.« Irmas Hand, mit der sie Pullmann noch immer das Suchplakat hinhielt, bebte so sehr, dass das Papier zitterte. Pullmann senkte den Blick, schien Irmas Anspannung zu bemerken, kommentierte sie jedoch nicht. Stattdessen nahm er ihr den Zettel aus der Hand.

»Ich melde mich, falls ich ihre Katze sehe.«

»Danke«, hauchte Irma.

Einen Moment lang sahen sie sich erneut stumm an, dann wich Pullmann zurück und schlug die Tür zu. Auf steifen Beinen stakste Irma zu ihrem Volvo zurück, ließ sich hinter das Lenkrad fallen und startete den Wagen.

Mit klopfendem Puls raste sie Richtung Hauptstraße. Die Welt verschwamm zu einem vielfarbigen Kaleidoskop. Der Schwindel kam.

Nicht jetzt!

Sie erreichte eine Kreuzung. Auf der querenden Straße herrschte zum Glück wenig Verkehr. Sie riss das Lenkrad nach rechts. Schwarze Punkte tanzten am äußersten Rand ihres Gesichtsfeldes, die Welt schien zu kippen.

Ruckartig hielt sie an der Bordsteinkante, schaltete den Motor aus. Nach Atem ringend saß sie da und wartete darauf, dass der Schwindel nachließ. Mit geweiteten Augen starrte sie in den Rückspiegel. Ein einzelnes Auto näherte sich und rauschte an ihr vorbei.

»Verdammt!«

Sie schlug gegen das Lenkrad. Einmal, zweimal, dreimal. Das Beben in ihrer Brust war zurückgekehrt, stärker denn je.

»Ganz ruhig«, flüsterte sie sich selbst zu. »Ganz ruhig.«

Sie zwang sich, die Augen zu schließen, und lehnte sich zurück. Es schien eine Ewigkeit zu dauern, bis ihr Herzschlag langsamer wurde. Irma konzentrierte sich auf die Geräusche ihrer Umgebung, nahm das Rauschen der vorbeifahrenden Autos wahr und den entfernten Gesang einer Amsel. Doch die nervöse, kleine Stimme in ihrem Hinterkopf wollte einfach nicht schweigen und gab ihr das Gefühl, nicht allein zu sein.

Sie schlug die Augen auf, starrte in den Rückspiegel und zuckte zusammen, als sie darin einen näher kommenden Mann erblickte. Erst eine Sekunde danach erkannte sie, dass es sich bloß um einen harmlosen Rentner handelte, der gerade seinen Golden Retriever ausführte.

»Natürlich ist es nicht Pullmann, du tüdeliges Huhn.«

Er wäre ein Idiot, wenn er sie auf offener Straße angreifen würde. Falls er sie umbrächte, dann würde er in ihr Haus einbrechen, genau wie er es bei Ben getan hatte.

Sie war jedoch zu verängstigt, um es tatsächlich darauf ankommen zu lassen. Allein das Wissen, dass sich zwischen ihr und Pullmann nur wenige hundert Meter befanden, ließ ihren Atem schneller gehen. Obwohl ihr Schwindelanfall noch nicht vollends verflogen war, wagte sie, das Auto zu starten. Sie fädelte sich in den lückigen Verkehr ein und fuhr zurück Richtung Innenstadt.

Die Routine beim Autofahren beruhigte Irma. Ab und an blitzte jedoch vor ihr das Nachbild eines auf der Seite liegenden Fahrradanhängers auf, dessen Rad sich noch immer in der Luft drehte. Tiefe Scham krallte sich in ihre Brust, vermischte sich mit ihrer Trauer, aber auch mit Wut und Verwirrung. Irmas Welt war zwar nie wirklich heil gewesen, dennoch hatten Mord oder Rache bisher keine Rolle darin gespielt. Dass sie nun ohne jede Vorwarnung in ihr Leben eingedrungen waren, verstörte sie. Der Gedanke, dass sie soeben jenem Mann gegenübergestanden hatte, der ihren Sohn ermordet haben könnte, fühlte sich an, als entstamme er dem Kopf einer anderen Person. Und doch war es eine Tatsache, der Irma sich stellen musste.

Obwohl sie das Rauchen schon vor mehr als zwei Jahrzehnten aufgegeben hatte, überkam sie nun das unbändige Bedürfnis, eine Zigarette zwischen den Fingern zu halten.

Er hatte sie erkannt, dessen war sie sich inzwischen sicher, auch wenn er versucht hatte, es zu verbergen. Somit war die E-Mail in Bens Postfach kein Zufall gewesen.

Und jetzt?

19

IRMA

Mittwoch, 21. November 2029, 10.55 Uhr

Als Irma zu Hause ankam, führte ihr erster Weg in das Arbeitszimmer. Sie klappte den Laptop auf, setzte sich auf den Stuhl. Doch anstatt ihre Finger über die Tastatur flitzen zu lassen, verharrten sie reglos auf dem Rand der Tischplatte. Irmas Blick wanderte vom Monitor zum Fenster. Winzige Schaumkronen verzierten das blaugraue Wasser. Eine Fähre pflügte auf einen der Anleger am Ostufer zu. Ansonsten war kein anderes Wasserfahrzeug zu sehen. Kein weißes Segel, das selbstvergessen über die Wellen kreuzte. Die Bootsbesitzer hatten ihre Gefährte längst winterfest gemacht.

Sie dachte an Harald, der das Segeln immer geliebt hatte, ganz im Gegensatz zu ihr und Ben. Dennoch hatte ihr Exmann es immer wieder geschafft, seine kleine Familie aufs Meer zu zerren.

Irma sehnte sich nach der Unbeschwertheit und Langeweile jener Tage zurück und bereute, sie nicht mehr genossen zu haben. Damals hatte sie es gehasst, zum Nichtstun verdammt zu sein. Nun wünschte sie sich das zeitlose Treiben jener Segelausflüge zurück. Über sich der blaue Himmel, unter sich das leise Klatschen der Wellen gegen die Bordwand. Neben sich ihr Ben, wie immer tief versunken in irgendeinem Buch.

Jetzt lag Ben nackt auf einem kalten Seziertisch, sein Gesicht zur Unkenntlichkeit zerschlagen.

Ein Zittern erfasste Irma. Sie schlang ihre Arme um den Oberkörper und wandte den Blick von der Förde ab, richtete ihn stattdessen auf den Monitor, wo der Internetbrowser auf eine Eingabe wartete.

Warum saß sie hier überhaupt? Wonach sollte sie recherchieren? Ihr nächster logischer Schritt wäre der Griff nach dem Handy gewesen, um Morgenroth anzurufen und ihm von Pullmann zu berichten. Doch wie sicher war sie sich? Konnte sie tatsächlich allein auf ihr Bauchgefühl vertrauen? Nein, bevor sie jemand anderem gegenüber ihre Schuld eingestehen konnte, musste sie sich ein umfassenderes Bild machen. Irma war keine Frau, die sich nur halb vorbereitet einem schwierigen Gespräch stellte. Es würde ja auch nicht lange dauern, nur eine kurze Recherche im Netz und sie würde -

Das Schrillen der Türklingel ließ sie zusammenfahren. Irma stieß einen kleinen Schrei aus. Prompt beschleunigte sich ihr Puls.

War das Pullmann?

Sie erhob sich, schlich zum oberen Treppenabsatz und spähte in das Erdgeschoss hinab. Ihr Handy lag wie immer auf der Kommode neben der Tür, sie kam nicht heran, um die Polizei zu rufen. Sie musste zurück ins Arbeitszimmer, dort stand ein Festnetztelefon.

Es schrillte erneut. Dann hallte das Knacken eines Schlüssels im Schloss der Haustür zu ihr herauf. Eisiges Entsetzen prickelte Irmas Rücken hinab. Die Tür wurde aufgestoßen.

»Huhu!« Brigittes Stimme trällerte durch das Haus. Absätze klackerten, mischten sich mit fröhlichem Frauengelächter.

Irma stieß den angehaltenen Atem in einem erstickten Lachen aus. Das waren ihre Freundinnen. Sie hatte ihr wöchentliches Treffen ganz vergessen.

Schnatternd eroberten drei Frauen das Wohnzimmer, stellten eine Sektflasche auf den Couchtisch, sahen sich suchend um und brachen in Jubel aus, als Irma die Treppe hinunterstieg. Prompt wurde sie von allen Seiten umarmt.

»Meine Güte, es ist so schrecklich, was passiert ist.«

»Ich mag mir gar nicht vorstellen, wie du dich fühlen musst.«

Irma, die durch ihren Job gelernt hatte, auch bei gedrückter Stimmung ein automatisches Lächeln aufzusetzen, umarmte ihre Freundinnen kurz. Ein Sektglas mit sprudelndem Inhalt wurde ihr in die Hand gedrückt.

»Trink, Schätzchen, trink. Das ist in solchen Situationen das Beste. Alkohol hilft immer.«

Aus Höflichkeit nahm Irma einen winzigen Schluck. »Das ist wirklich lieb, dass ihr vorbeischaut -«

»Kein Aber!« Brigitte hob mahnend einen Finger.

Irma seufzte. »Ich bin wirklich nicht in der Stimmung für Gesellschaft.«

Wahrlich nicht. Sie wollte die drei schnellstmöglich loswerden, um ihre Recherche fortzusetzen.

»Dachte ich mir.« Brigitte nahm Irma am Arm und führte sie zur Couch. »Aber du brauchst Ablenkung. Abwimmeln ist heute nicht.«

Die dralle Marion ließ sich auf den Sessel fallen und streckte die Hand auffordernd in Brigittes Richtung aus. Diese blinzelte irritiert.

»Die Karten.« Marion machte eine lockende Bewegung mit dem Zeigefinger, woraufhin sich Brigittes Wangen röteten.

»Die habe ich vergessen.«

Marion schnaufte amüsiert und zauberte einen Stapel Spielkarten aus ihrer Handtasche. »Irma, du darfst das Spiel bestimmen.«

Wieder seufzte Irma. »Ich würde euch nur die Laune verderben.«

»Kindchen, wir sind nicht hier, um von deiner sonnigen Laune zu parasitieren.« Marion zwinkerte ihr zu. »Wir sind hier, um dich ein wenig abzulenken. In solchen Stunden sollte man nicht allein sein.« Sie begann, die Karten zu mischen.

»Quasi lebendiger Sonnenschein«, ergänzte die spindeldürre Gundel und kicherte.

»Ihr seid wirklich allerliebst.« Irma zwang sich zu einem Lächeln. »Trotzdem bitte ich euch nun höflich -«

»Steck dir deine Höflichkeit sonst wohin.« Marion mischte den Stapel noch energischer. »Also? Welches Spiel?«

Irma fuhr sich mit den gespreizten Fingern über die Augen. Die quirlige Ausgelassenheit der drei Freundinnen bereitete ihr zunehmend Kopfschmerzen.

»Okay.« Marion knallte die Karten auf den Couchtisch. »Da du nichts sagst, entscheide ich. Canasta!«

Marions Ausruf folgte lautstarker Protest und schließlich einigten sie sich auf Doppelkopf, kramten einen zweiten Stapel hervor und Marion sortierte die nicht benötigten Karten aus. Irma saß stumm dazwischen, nippte an ihrem Sekt und nahm das an sie ausgeteilte Blatt entgegen. Jetzt weigerten sich die drei zu gehen, aber wenn Irma eine gewisse Zeit mitspielte, konnte sie die Freundinnen hoffentlich zu einem Aufbruch bewegen.

Marion sortierte ihre Hand, musterte sie mit gerunzelter Stirn und verkündete dann: »Ich bin gesund!«

Brigitte schloss sich an. »Gesund.«

»Gesund«, murmelte Irma.

»Ich bin auch gesund«, rief Gundel. »Okay, meine Hübschen, wir spielen ein Damen-Solo. Wie passend.«

Sie warf eine Karte auf den Tisch. Kreuz-Ass.

Marion schnaufte, suchte in ihrer Kartenhand und fügte einen Kreuz-Buben hinzu.

Das Spiel nahm seinen Lauf. Irma machte lustlos mit, verlor die meisten Spiele, gewann nur durch Zufall hier und da ein paar Karten. Ihre Freundinnen gaben ihr Bestes, um sie aufzuheitern, und irgendwann musste sich Irma eingestehen, dass es tatsächlich guttat, dem oberflächlichen Geplapper zu lauschen und für ein paar Minuten ihren düsteren Gedanken um Ben zu entkommen.

Erneut gewann Gundel. Sie hatte einfach ein Händchen für Doppelkopf. Grinsend klaubte sie die Karten zusammen.

»Welche Tabletten hat dir dein Advisor denn überlassen?« Fragend sah Gundel Irma an, während sie mit flinken Fingern die Karten austeilte.

Irma zuckte mit den Schultern und nahm ihre Karten auf. »Habe nicht draufgeschaut. Auf der Packung ist eine Sonne. Gesund.« Sie fühlte sich leicht beschwipst, obwohl sie höchstens zwei Gläser Sekt getrunken hatte. Trotzdem bereitete es ihr Probleme, sich zu konzentrieren.

Brigitte schmunzelte. »Das trifft auf ungefähr die Hälfte aller Stimmungsaufheller zu. Mir hat man damals Neurosun gegeben. Hat mir wirklich über den Tod meines Vaters hinweggeholfen. Gesund.«

»Ich bin auch gesund«, verkündete Gundel.

Marion nickte gewichtig, ohne von ihrem Blatt aufzusehen. »Dann ... Normalspiel.« Sie knallte eine Karte auf den Tisch.

»Die Neurosun hatte ich damals auch.« Gundel fügte einen Kreuz-König hinzu. »Aber die haben nicht genug geholfen. Hatte trotzdem nächtelang geweint und geweint. Meine Advisorin hat mir dann stärkere gegeben. Die waren der Hammer. Von einem Tag auf den anderen schien plötzlich wieder die Sonne.«

»Sind echte Zauberpillen«, murmelte Marion. »Wenn ich da an früher denke ... Als meine Eltern starben, gab es die noch nicht. Was habe ich damals gelitten.«

»Irma, du bist dran.«

»Hm?« Irma schreckte leicht zusammen, sah auf die zwei Karten auf dem Tisch, durchsuchte fahrig ihr Blatt und warf schließlich eine Herz-Dame in die Mitte.

Gundel lachte auf. »Was machst du denn für einen Unsinn? Da hättest du doch viel Besseres auf der Hand gehabt. Langsam habe ich den Verdacht, du lässt mich mit Absicht gewinnen.«

Irma lächelte schwach. Sie würde Gundel niemals freiwillig den Sieg lassen, doch an diesem Tag war sie einfach nicht bei der Sache.

Brigitte warf Gundel einen amüsiert-mahnenden Blick zu. »Wer schummelt denn schon wieder?«

»Ach komm!« Gundel deutete mit dem ausgestreckten Arm auf Irma. »So wie sie heute ihre Karten hält, müsste ich mich schon anstrengen, um *nicht* hineinzusehen.«

»Da hat sie wohl recht«, sagte Marion, während sie in ihre eigene Kartenhand stierte. »Unsere Irma scheint wirklich nicht auf der Höhe zu sein. So kenne ich sie ja gar nicht. Fast schon so tüdelig wie unsere gute Brigitte.«

Irma entging nicht, wie Brigittes Gesicht kurz gefror, sich dann jedoch zu einem verkniffenen Lächeln verzog.

Sie selbst schob ihre Handkarten zusammen und setzte eine finstere Miene auf. »Die alte Gundel gibt sich aber auch alle Mühe, mich abzufüllen. Scheint ihre neue Strategie zu sein.«

Ihren Worten folgte kreischendes Gelächter. Prompt packte Gundel die Flasche und füllte Irmas halb leeres Glas auf. »Na, wenn das so ist ...«

»Nicht so viel!« Lachend schnappte Irma ihr Glas weg, wodurch der Sekt nun auf den Tisch pütscherte, was erneut Lacher nach sich zog.

Irma stand auf. »Ich hole einen Lappen.«

Sie eilte in die Küche, griff nach dem Tuch am Haken neben der Tür und kehrte zurück. Als sie wieder im Wohnzimmer stand, johlten ihre Freundinnen auf.

»Irma, was willst du denn damit?«

Irritiert starrte sie erst die feixenden Frauen an, dann den Stoff in ihrer Hand. Sie brauchte einige Sekunden, bis sie erkannte, dass sie weder Lappen noch Handtuch mitgebracht hatte, sondern einen Ofenhandschuh.

Schnaufend winkte sie ab. »Ihr albernen Gackerliesen.«

Sie drehte sich auf dem Absatz um und brachte den Ofenhandschuh in die Küche, schüttelte den Kopf über sich selbst.

Irgendwie fühlte sie sich seltsam beschwingt, aber zugleich auch … benebelt. Anscheinend bekam ihr der Sekt nicht gut. Kein Wunder.

Sie hängte den Handschuh an den Haken, griff nach dem Lappen und kehrte ins Wohnzimmer zurück. Rasch wischte sie den Sekt auf und ließ sich auf das Sofa fallen. Gundel reichte ihr augenzwinkernd die Karten, während die anderen glucksten. Offenbar hatten sie gemeinschaftlich hineingelinst.

»Du bist dran«, teilte ihr Marion mit.

Irma warf einen Blick auf die drei gelegten Karten, fingerte eine aus ihrer Hand und warf sie hinzu.

Gundel schüttelte tadelnd den Kopf. »Also wirklich, Irma, mit deinem Karo-König hättest du die Runde für dich entscheiden können. Aber gut, wer nicht will …« Grinsend klaubte sie die Karten zusammen und warf eine neue in die Mitte, während Irma noch ihre Handkarten betrachtete und feststellte, dass Gundel recht hatte.

Wie hatte sie das nur übersehen können? Beunruhigt zupfte sie an der Falte ihrer Hose, während sie sich zu erinnern versuchte, wann sie ihre letzte Tablette genommen hatte. Ihr Mund wurde trocken, als es ihr partout nicht einfallen wollte.

»Irma, alles in Ordnung?« Brigitte hatte sich vorgebeugt und musterte sie besorgt. »Du siehst blass aus.«

»Ich glaube … ich habe meine Tabletten vergessen.« Die Erkenntnis raubte ihr schier den Atem. Wie hatte das nur passieren können? Ihre Uhr hätte doch piepen müssen. Oder hatte Irma es überhört? Oder hatte sie ihre Tabletten genommen, doch sie wirkten einfach nicht mehr? Hatte Irma eine Resistenz aufgebaut? War der Abbau ihres Gehirns mittlerweile zu weit fortgeschritten?

Mit zittrigen Fingern wollte sie die kleine Metalldose aus ihrer Tasche kramen, stellte jedoch entsetzt fest, dass sie nur eine Bluse trug. Ein eisiger Schauer rann ihr über die Arme.

»Wo ist mein … mein …« Ihr fiel das Wort nicht mehr ein. Ihre Finger kribbelten. »Mein … mein … Dingens. Ärmelhose.«

Das Geplapper verstummte. Verwunderte Blick richteten sich auf Irma. Brigitte runzelte die Stirn. »Meinst du … deinen Blazer? Der hängte dort vorn am Stuhl.«

Irma rannte hin, griff in die Tasche, holte die Tablettendose hervor. Sie versuchte, diese zu öffnen, doch als es ihr gelang, zitterten die Finger so sehr, dass ihr das Behältnis aus der Hand rutschte. Es gab ein Scheppern, als das Metall auf das Parkett fiel und sämtliche Tabletten über den Boden rollten, auf und ab sprangen und teilweise unter der Kommode verschwanden. Panik überwältigte Irma.

»Nein, nein, nein!« Jammernd ließ sie sich auf die Knie fallen, griff nach einer weißen und einer blauen, steckte beide in den Mund.

»Meine Güte …« Brigitte kniete sich neben sie. »Was ist denn los?«

Irma beachtete sie nicht, klaubte die Tabletten auf, die ihr jedoch immer wieder aus der Hand fielen.

Brigitte versuchte, sie hochzuziehen, doch Irma riss sich los, sammelte weiter ein. Schließlich half Brigitte beim Aufklauben, während Marion und Gundel auf dem Sofa saßen und nicht zu wissen schienen, was sie tun sollten. Irma war es egal, sie konnte es sich nicht leisten, auch nur eine einzige Tablette zu verlieren. Sie waren lebenswichtig.

Brigitte umfasste ihren Arm, wollte sie auf die Beine ziehen. »Komm, Irma. Setz dich.«

»Nein, ich … ich muss gucken, ob noch eine fehlt.« Irma krabbelte zum Sessel, spähte darunter, fand tatsächlich noch eine blaue, die sie mit bebenden Fingern aufsammelte und in die Dose tat, welche ihr fast erneut entglitten wäre.

Sanft legten sich Brigittes Hände auf ihre. »Ich kümmere mich darum. Komm, setz dich hin.«

»Nein, ich -«

»Setz dich.«

Brigitte zog sie auf die Füße und dirigierte sie zum Sofa. Irma ließ es geschehen.

»Meine Tabletten«, wisperte sie, während sie mit beiden Händen die Dose umklammert hielt, als sei ihr Inhalt der größte Schatz der Welt.

»Ich kümmere mich darum«, wiederholte Brigitte und ließ sich tatsächlich auf die Knie nieder, um unter das Sofa zu spähen.

»Hier.« Gundel stand neben Irma und reichte ihr ein Glas Wasser.

»Ich brauche nichts.« Mit ängstlich geweiteten Augen beobachtete Irma, wie Brigitte den Boden nach weiteren flüchtigen Tabletten absuchte. Mit einem Male war sie sich ihres soeben zur Schau gestellten Verhaltens überdeutlich bewusst. Ihre Wangen wurden heiß.

»Geht bitte einfach.« Irma schaute auf ihre Hände, die noch immer das Döschen umschlossen hielten.

Einige Sekunden lang herrschte betretenes Schweigen.

»Nehmt es mir nicht übel«, hauchte Irma. »Aber das war wohl doch alles etwas zu viel. Wir holen das Kartenspiel ein andermal nach.«

»Möchtest du dich hinlegen?«, fragte Brigitte. »Ich bringe dich hoch.«

Irma schüttelte den Kopf. »Ich brauche nichts.«

»So kann ich dich nicht allein lassen.«

»Verschwinde einfach.«

»Nein, ich bringe dich jetzt hoch.« Brigitte nahm ihren Arm und wollte Irma auf die Beine helfen, doch sie entzog sich ihr mit einem Ruck.

»Haut ab!« Sie wollte nichts mehr, als dass die drei endlich ihr Haus verließen. Sie war ganz durcheinander. Noch immer rauschte das Blut in ihren Ohren. Sie fühlte sich verloren und unendlich verletzlich. So sollte sie niemand sehen.

»Geht schon mal«, hörte sie Brigitte flüstern. »Ich kümmere mich um sie.«

»Und was ist mit dem Aufräumen?«, fragte Marion.

»Das mache ich. Geht.«

Klackernde Absätze entfernten sich. Als die Haustür zufiel, konnte Irma ein bisschen freier atmen. Dennoch spürte sie überdeutlich Brigittes Präsenz.

»Komm.« Ihre Freundin nahm sie erneut am Arm, um sie auf die Beine zu ziehen. »Ab ins Bett mit dir, danach gehe ich.«

Irma war zu erschöpft, um zu protestieren. Sie ließ sich wie eine demente Greisin die Treppe hinaufführen. Ihr Gesicht glühte vor Scham.

»Danke«, murmelte sie, als sie das Schlafzimmer erreicht hatten. Ohne Brigitte anzusehen, griff sie nach der Tür, um diese zu schließen, doch ihre Freundin trat vor und schob einen Fuß in den Spalt.

»Du siehst schrecklich aus.« Die Sorge in ihrer Stimme war unüberhörbar, aber es schwang auch irgendwas anderes mit. »Ich will dich in diesem Zustand nicht allein lassen.«

Irma winkte ab. »Gleich geht es wieder.«

Brigitte bewegte sich nicht. Irma sah kurz in ihr Gesicht. Ihrer Freundin schien etwas auf der Zunge zu liegen. Einen Moment lang kaute sie darauf herum. Schließlich stellte sie fest: »Das waren keine Stimmungsaufheller, oder?«

Irma presste die Lippen aufeinander. »Es ist alles in Ordnung. Und nun lass mich bitte in Ruhe. Tut mir leid, ich bin heute wirklich keine gute Gesellschaft.«

20

ARTHUR

Mittwoch, 21. November 2029, 12.05 Uhr

Dank Detlef Hillengramm hatte Arthur inzwischen den Chatverlauf von Lilly und Ben auf dem Monitor. Zunächst überprüfte er, von wann der erste Eintrag stammte. April dieses Jahres. Die beiden kannten sich noch nicht lange.

Arthurs Mundwinkel hoben sich zu einem bitteren Lächeln. Der Inhalt von Benjamins Computer, vielmehr jedoch der seines Handys, war eines der wenigen Dinge, die noch von Benjamins Existenz zeugten. Sollten das die einzigen Spuren sein, die ein Mensch heutzutage in dieser Welt hinterließ? Getrieben von der Furcht des Vergessenwerdens wurden einst Bücher geschrieben, Gemälde angefertigt oder gar Statuen errichtet. Heute ließ jeder ein Gebirge von Daten hinter sich zurück. Zeugen einer Persönlichkeit, eines Lebens, eines Menschen. Pixel und Bits, die in ihrer Gesamtheit ein deutlicheres Bild hinterließen, als jede Büste und jedes Porträt es vermocht hätten. Und doch waren sie vor allem eines: so vergänglich wie Fußabdrücke im Sand. Nichts als Daten. Nullen und Einsen. Virtuell. Nicht existent. Dieses Memorandum eines Lebens, so persönlich wie ein Tagebuch. Hier einzudringen hatte etwas Intimes. Und doch wurden diese Spuren von Benjamins Leben nun analysiert, durchgekaut und schlussendlich so zerfleddert zurückgelassen, als handle es sich um einen Groschenroman.

Kein Wesen kann zu Nichts zerfallen!
Das Ew'ge regt sich fort in allen,
Am Sein erhalte dich beglückt!
Das Sein ist ewig: denn Gesetze
Bewahren die lebend'gen Schätze,
Aus welchen sich das All geschmückt.

Das Gedicht ging noch weiter, doch an den Rest konnte er sich nicht erinnern. Wer hatte es noch geschrieben? Schiller? Nein, es war Goethe.

Er scheuchte die Gedanken beiseite und widmete sich dem Inhalt des Chats.

Benjamin und Lilly standen sich offenbar sehr nahe, dennoch hatte Arthur nicht den Eindruck, das Gespräch zweier Verliebter zu lesen. Freunde? Ja. Sehr gute sogar. Aber nirgends fand er ein *Ich liebe dich* oder ähnlich Eindeutiges. Zudem fiel ihm auf, dass Benjamin zahlreiche Selfies verschickt hatte, von Lilly jedoch nicht ein einziges Bild zu finden war. Auch sonst war das Gespräch merkwürdig einseitig. Ben erzählte sehr viel, schickte alle naslang irgendwelche Fotos von sich oder von den Orten, an denen er sich gerade befand. Mal stand er vor der Wasserfläche des Kleinen Kiels, auf dem sich das Opernhaus spiegelte. Auf einem anderen posierte er mit Sonnenbrille auf dem Steg eines Fähranlegers. Manchmal waren es auch ganz banale Alltagsbilder wie ein Schnappschuss aus dem Supermarkt, den Benjamin mit *Mist, nur grüne Bananen da* kommentiert hatte. Ein anderes zeigte eine Kiste voller Bücher. *Alles aussortiert, jetzt ist wieder Platz für Neues*. Das nächste eine jener Figuren, die zu Dutzenden in Benjamins Regal standen. *Yeah, mein neuer Spidy!* Je näher der Chatverlauf der Gegenwart kam, umso mehr stand der baldige Umzug nach Kalifornien im Mittelpunkt. Benjamin äußerte sich enthusiastisch, betonte aber auch immer wieder, dass er traurig darüber war, Lilly dann nicht mehr so oft sehen zu können.

Arthur fand jedoch nichts, was eine Geheimhaltung rechtfertigte. Wieso hatte Benjamin seinem besten Freund Emil nichts erzählt und jegliche Fragen abgeblockt? Arthur hatte den Eindruck, hier verbarg sich mehr, als der Chatverlauf den Anschein erweckte.

Am letzten Donnerstag, dem Tag vor seiner Ermordung, hatten Ben und Lilly auch miteinander geschrieben. Danach kamen nur noch einseitige Nachfragen von Lilly, die jedoch nicht mehr beantwortet wurden.

Es war an der Zeit, dieser Lilly einen Besuch abzustatten. Die Adresse hatte er über die Bundesnetzagentur in Erfahrung gebracht. Arthur gab Lillys Wohnsitz in Maps ein. Als er sah, welches Gebäude der kleine Tropfen markierte, rieb er sich nachdenklich das Kinn. Ein Pflegeheim. Ihm kam das Bild auf Benjamins Handy in den Sinn. Die Frau, die im Bett lag, daneben die Gerätschaften. Nun gut, er würde herausfinden, was sich dahinter verbarg.

Er nahm seine Jacke und ging zunächst zu Charlotte rüber, die mit verkniffenem Gesichtsausdruck auf ihren Monitor starrte.

»Wie läuft es?«, fragte er.

Als Antwort erhielt er ein Schnaufen.

Er lächelte schief. »So gut also. Nichts zu Liberty of Mind?«

»Gar nichts. Nicht der kleinste Hauch. Da war bloß mal so eine Lesung von einer, die in ihrem Buch den lockeren Umgang mit Enhancern verurteilt.«

»Vielleicht trotzdem eine Spur«, meinte er. »Schadet nicht, mal mit dieser Autorin zu sprechen.«

»Na ja, war bloß eine Lesung. Die Autorin selbst wohnt in Neubrandenburg.« Sie gab der Maus einen ärgerlichen Schubs, lehnte sich zurück und verschränkte die Arme. »Bitte sag mir, dass es wenigstens bei dir besser aussieht.«

Arthur berichtete von seinen Erkenntnissen über Lilly.

Dann fügte er an: »Der Provider hat als Wohnsitz ein Pflegeheim angegeben.«

»Aha?« Charlotte legte die Stirn in Falten.

Er zuckte mit den Schultern. »Ich gehe kurz was essen, dann fahre ich rüber.«

»Mach das.«

Als er über den Parkplatz schritt, schien zwar die Sonne auf den Asphalt, doch ein kalter Wind strich mit eisigen Fingern über sein Gesicht. In Arthurs Jackentasche klackerte das Döschen mit den Pillen. Er stieg ins Auto, holte die Tabletten hervor und betrachtete sie nachdenklich.

Sollte er eine nehmen? Ein Dutzend Mal hatte er sich diese Frage heute schon gestellt. Ohne Enhancer konnte er nicht die gleiche Leistung erbringen wie seine Kollegen. Nächtelanges Durcharbeiten ohne Lichasil? Undenkbar! Eine innere Stimme schrie ihm zu, dass er ohne Enhancer nicht gut genug sei. Auch seine Müdigkeit vom gestrigen Abend und die Tatsache, dass er einfach eingeschlafen und nicht mehr zur Arbeit zurückgekehrt war, zeigten überdeutlich, dass seine Performance litt. Allerdings erschien ihm seine innere Stimme seltsam ... unpersönlich. Wie das Echo einer Schallplatte, die sich aufgehängt hatte und nun die gleiche Sequenz immer und immer wieder abspielte, obwohl sie schon längst ihren Kontext verloren hatte.

Er bewegte die Pillendose, kippte sie sacht hin und her, ließ die Tabletten von der einen Seite auf die andere rutschen.

Verheißungsvoll. Verlockend ... Drohend.

Er liebte seinen Job, auch wenn er ihm viel abverlangte. Er liebte das Gefühl, einen sinnvollen Beitrag zu leisten. Was er tat, machte einen Unterschied. Er half jeden Tag aufs Neue, die Welt ein klein bisschen besser zu machen. Natürlich war das nicht der einzige Grund, aus dem er diesen Beruf ergriffen hatte. Er war immer gut darin gewesen, Rätsel zu ergründen. Außerdem hatte er sich schon als Kind einer hervorragenden Beobachtungsgabe gerühmt. Inzwischen erinnerte er sich auch wieder an jenen intuitiven Zugang zu anderen Menschen, den er als Jugendlicher und selbst noch als junger

Erwachsener gehabt hatte, bis ... nun ja, bis er angefangen hatte, Enhancer zu nehmen.

Er öffnete das Döschen und schüttete sich eine Tablette in die Hand. Dort lag sie nun. Unschuldig weiß, einst dazu erschaffen, kranken Menschen zu helfen. Jetzt dazu bestimmt, gesunden Personen übermenschliche Konzentration zu verschaffen. Das optimierte Gehirn. Immer leistungsbereit, täglich dazu angehalten, sich selbst zu übertreffen.

Sein Herz sank.

Er wollte diese Scheuklappen nicht länger tragen. Er wollte sich von den kleinen Dingen ablenken lassen, in ihnen die Schönheit der Welt entdecken. Er wollte sich im Sessel zurücklehnen und den Blick über die Zeilen von Rilke oder Eichendorff gleiten lassen, ihre Worte in sich aufnehmen und spüren, wie sie etwas in ihm zum Klingen brachten.

Ihm stellten sich die Nackenhaare auf, wenn er an sein altes Selbst dachte. Damals hatte Arthur geglaubt, sein Bewusstsein zu schärfen, wenn er Enhancer einnahm. Sie ermöglichten ihm stundenlanges Arbeiten, ohne auch nur zu gähnen. Ablenkung und Prokrastination gab es unter ihrer Herrschaft nicht mehr. Bloß pure Konzentration, perfekte Impulskontrolle, maximale Produktivität.

Verrückt, wie selbstverständlich alle diese Pillen einwarfen, die einst zur Unterstützung von Kranken entworfen worden waren. In seiner Schulzeit war Ritalin ein Medikament gewesen, das lediglich hyperaktive Kinder nahmen. Mittlerweile war es die Lerndroge schlechthin, unter deren Einfluss nicht nur Studenten, sondern mittlerweile auch Schüler stundenlang büffelten. Niemand starrte mehr gedankenverloren aus dem Fenster.

Er selbst hatte erst mit dem Eintritt ins Berufsleben Kontakt mit Enhancern gehabt. Damals noch heimlich und hinter verschlossenen Türen, doch schon wenige Jahre später wurden Enhancer offen beworben. Bis zum heutigen Tag hallten die Sprüche und Jingles in seinem Kopf wider.

Itentax, der perfekte Begleiter für Routineaufgaben und Auswendiglerner.

Brauchst du einen klaren Verstand? Nimm Modalin und verfolge jeden einzelnen Faden eines verschiedenfarbigen Wollknäuels von Anfang bis Ende.

Unfassbar, wie schnell die eigentlich missbräuchliche Einnahme von psychoaktiven Substanzen zu etwas Alltäglichem geworden war. Wie normal es mittlerweile war, seine Menschlichkeit mithilfe von Pillen zu verleugnen und sich stattdessen in einen vorbildlichen Arbeitszombie zu verwandeln.

Offiziell galt die Einnahme von Enhancern als optional. Aber das war sie längst nicht mehr. Wer die vom Advisor empfohlenen Pillen nicht schluckte, der lief Gefahr, als faul und egoistisch zu gelten, denn ohne Enhancer war man nicht so leistungsfähig und wälzte sein Arbeitspensum folglich auf die Kollegen ab. Die öffentlichen Medien befeuerten dieses Weltbild und wurden hierbei von der Regierung unterstützt, während die Wirtschaftslobbyisten den Politikern lobend auf die Schultern klopften.

Hinzu kam der finanzielle Anreiz durch die Senkung der Krankenkassengebühren. Diese Strategie hatten die Krankenkassen schon vor fünfzehn Jahren entdeckt und in Form von Bonusprogrammen eingeführt, in denen die Mitglieder Punkte sammelten, wenn sie regelmäßig zur Vorsorge gingen, Sport trieben oder Kurse zur Stressbewältigung besuchten. Diese Punkte können dann gegen Waren- oder Geldprämien eingetauscht werden. Ein nettes Instrument, um die Bevölkerung sanft zu lenken. Mittlerweile fielen auch die Beratungen durch die Advisoren in diese Programme.

Wie mochte die Welt in zehn Jahren aussehen? Würden Toiletten automatisch den Urin analysieren, um zu überprüfen, ob die Bürger auch brav ihre Drogen schluckten?

Arthurs Finger glitten über die glatte Oberfläche des Döschens und ihm kam ein Gedicht in den Sinn: *Der Panther* von Rilke.

Sein Blick ist vom Vorübergehn der Stäbe
so müd geworden, dass er nichts mehr hält.
Ihm ist, als ob es tausend Stäbe gäbe
und hinter tausend Stäben keine Welt.

Der weiche Gang geschmeidig starker Schritte,
der sich im allerkleinsten Kreise dreht,
ist wie ein Tanz von Kraft um eine Mitte,
in der betäubt ein großer Wille steht.

Nur manchmal schiebt der Vorhang der Pupille
sich lautlos auf -. Dann geht ein Bild hinein,
geht durch der Glieder angespannte Stille -
und hört im Herzen auf zu sein.

Er hatte Hanna geliebt. Mit jeder Faser seines Wesens. Doch jetzt, im Nachhinein, fragte er sich, ob er ohne die Scheuklappenwirkung der Enhancer nicht noch zu weitaus tieferen Gefühlen fähig gewesen wäre.

Hannas plötzlicher Tod hatte ihn derart aus der Bahn geworfen, dass er die Enhancer schlicht vergessen hatte. Und dann, als er auf den in die Erde herabgelassenen Sarg blickte, kam ihm zum ersten Mal seit Jahren ein Gedicht in den Sinn. Als er sich in den folgenden Tagen umsah, entdeckte er seine Welt neu. Den Klang. Die Gerüche. Die Farben. All jene Kleinigkeiten, die vorher nur eine Ablenkung von seiner Arbeit dargestellt hatten, formten sich nun zu einem wunderschönen Gemälde.

Vor allem lernte er sich selbst neu kennen. Er war überrascht, wie tief seine Seele mit einem Mal reichte. Er hatte es ganz vergessen.

Arthur ließ die Tablette von seiner Handfläche in das Döschen zurückgleiten, schraubte dieses hastig zu und verstaute es in der Jackentasche. Ein bitterer Kloß saß in seinem Hals.

Er dachte an Hanna, dachte an ihr unverstelltes Lachen und erinnerte sich dann an sein tumbes Selbst, eingelullt von Psychopharmaka.

Effizient. Fokussiert. Fremdgesteuert. Gehetzt. Blind. Taub. Verkrüppelt.

Wie hätte er Hanna ohne Enhancer wahrgenommen? Was hätte er noch alles an ihr entdeckt?

Er ließ den Motor an und lenkte den Wagen vom Parkplatz, während ihn die schreckliche Gewissheit verfolgte, dass er etwas Wunderschönes verpasst hatte, weil er zu effizient gewesen war, um hinzuschauen.

21

IRMA

Mittwoch, 21. November 2029, 12.25 Uhr

Irma erwachte mit dem schrecklichen Gefühl, nicht zu wissen, wo und wann sie sich befand. Ihre Gedanken und Erinnerungen glichen einem durcheinandergewirbelten Puzzle. Die Gardinen waren geschlossen. Durch den handbreiten Spalt in der Mitte sickerte das Licht des Nachmittags.

Stöhnend setzte sie sich auf und rieb sich die Schläfen. So verharrte sie mehrere Minuten, bis sich die Teile in ihrem Kopf zusammengesetzt hatten. Es dauerte erschreckend lange, doch als sie schließlich das Bild vor sich sah, wurden ihre Wangen heiß und sie wünschte sich, sogleich wieder vergessen zu können. Noch nie hatte sie sich derart hysterisch verhalten und es gab sogar Zeugen dafür. Eine solche Blöße vor jemand anderem gezeigt zu haben, erfüllte sie mit tiefer Scham.

Sie horchte in das Haus hinein. Alles war still. Brigitte schien gegangen zu sein. Gut so. Irma hätte es nicht ertragen, ihr in die Augen zu sehen.

Vorsichtig schob sie die Beine über die Bettkante und stand auf. Nicht einmal die Schuhe hatte sie ausgezogen. Sie ordnete das Bettzeug und überprüfte anschließend ihre Kleidung. Der Blazer war in Ordnung, doch Bluse und Hose waren ein wenig knittrig. Da sie jedoch keinen offiziellen Termin hatte, sollte es ausreichen.

Es klopfte an der Schlafzimmertür. Irma fuhr zusammen und stieß einen kleinen Schrei aus.

»Entschuldige.« Brigittes Stimme drang gedämpft durch das Holz. »Ich wollte nur hören, wie es dir geht.«

»Du bist noch da?« Irma legte eine Hand auf ihr polterndes Herz.

»Ich konnte dich doch nicht allein lassen. Darf ich reinkommen?«

Irma hätte sie am liebsten weggescheucht. Aber sie konnte Brigitte nicht einfach vor die Tür setzen. Daher wappnete sie sich innerlich, warf noch einen prüfenden Blick in den Spiegel und strich eine Haarsträhne hinter das Ohr. »Ja.«

Klackend wurde die Klinke herabgedrückt. Mit zögerlichen Schritten betrat Brigitte das Schlafzimmer. Irma wusste nicht so recht, was sie sagen sollte. Peinliches Schweigen senkte sich über den Raum. Mit Irmas Ausbruch hatte ihre Freundschaft eine Ebene der Intimität erreicht, auf die keine von ihnen vorbereitet gewesen war.

Irma räusperte sich. »Hast du zufällig einen Kaffee aufgesetzt?«

Ein kleines Lächeln huschte über Brigittes Züge. »Nein, aber ich kann gern einen machen.«

»Ich wäre dir dankbar.«

Brigitte ging nach unten. Irma suchte das Bad auf und richtete Haare und Gesicht. Vom Schlaf waren Make-up und Mascara leicht verwischt. Als sie die Küche betrat, wehte ihr der Duft frisch aufgebrühten Kaffees entgegen. Sie setzte sich an den Küchentisch.

»Hier.« Brigitte stellte einen Becher vor ihr ab und nahm gegenüber Platz, ihren eigenen Becher mit beiden Händen umschließend. Irma trank einen vorsichtigen Schluck. Im betretenen Schweigen saßen sie voreinander und die Stille dehnte sich von Sekunde zu Sekunde aus.

»Fühlst du dich besser?« Brigitte drehte ihren Becher hin und her. Keramik schabte über Holz. Irma hasste dieses Geräusch, ließ es jedoch unkommentiert. Die Atmosphäre war angespannt genug.

»Klar.« Sie zwang sich ein Lächeln auf. »Wieso bist du eigentlich noch hier? Du hast sicherlich noch woanders Verpflichtungen.«

Brigitte erstarrte leicht, verstand offenbar den Wink. Dennoch machte sie keine Anstalten, sich zu erheben. »Ich habe mir den ganzen Nachmittag für dich freigeschaufelt. Es tut mir wirklich leid, dass wir vorhin so reingeplatzt sind. Ich dachte bloß, dass dir ein wenig Ablenkung guttun würde.«

Irma winkte ab. »Nicht eure Schuld. Ich bin heute einfach seltsam drauf. Die Enhancer scheinen noch nicht ganz aufeinander abgestimmt zu sein. Ich lasse meine Advisorin den Cocktail überprüfen.«

»Ja, das wird wohl das Beste sein.« Brigitte starrte auf ihren Kaffeebecher und kaute unentwegt auf ihrer Unterlippe. Sie wirkte nervös und auch Irmas Anspannung wuchs. Sie fürchtete sich vor eventuellen Nachfragen. Mit Sorge hatte sie beobachtet, dass Brigitte immer mehr Anzeichen dessen aufwies, was auch Irma bei sich beobachtet hatte. Vergesslichkeit, Wortfindungsstörungen, das Ersinnen neuer Begriffe.

Ärmelhose ... Wenn sie nur daran dachte, wurde sie rot.

»Wie geht es deiner Nele?«, fragte Irma.

Brigitte blinzelte, schien überrascht wegen des plötzlichen Themenwechsels. »Gut, ja. Ihr Kleiner bekommt gerade die ersten Zähne.«

»Oh, wie schön. Weiß sie denn schon, wann sie wieder arbeiten will?« Irma gab alles, um ihr Gespräch bei einem für sie unverfänglichen Thema zu belassen.

Ihre Freundin senkte den Blick und ein wehmütiges Lächeln strich über ihr Gesicht. »Nächsten Monat.«

»Ach, das ist ja wunderbar. Ich habe gehört, es ist noch immer nicht einfach, einen Krippenplatz zu bekommen.«

»Ja, da hatte sie wohl Glück«, meinte Brigitte abwesend und strich sich am Hals entlang. Sie hob den Blick, sah Irma an und holte Luft, als ob sie etwas Gewichtiges sagen wollte.

Rasch schob Irma nach: »Ist doch wirklich vorbildlich, wie unser Land die jungen Eltern heutzutage unterstützt, nicht wahr?«

»Sicherlich.« Brigitte lächelte schief. Sie wirkte niedergeschlagen.

»Damals war es für eine Frau schwer, Karriere zu machen. Hach, ich bin echt zur falschen Zeit geboren.«

Brigittes Schultern sackten noch tiefer herab. »Ja, die Welt war damals tatsächlich noch eine andere.« Sie presste die Lippen aufeinander und sah mit einem Male sehr verletzlich aus. Dann fuhr ein Ruck durch ihren Körper. »Ist wirklich alles in Ordnung mit dir?«

Zorn wallte in Irma auf.

Mein Sohn ist tot. Nichts ist in Ordnung.

Statt ihrer Freundin diese Worte an den Kopf zu werfen, schluckte Irma sie herunter und setzte ein Lächeln auf. »Ich bin noch immer ein wenig durcheinander wegen ... Na ja, du weißt schon.«

Brigitte zog die Schultern hoch. »Natürlich, entschuldige. Allerdings ... du warst vorhin so verwirrt und diese Tabletten -«

»Stimmungsaufheller.« Irma verschränkte die Arme vor der Brust.

»Klar, was sonst. Aber ... du bist jetzt wieder klarer, oder?«

»Ich bin bloß fertig wegen Ben.«

»Sie waren weiß und blau. Nicht gelb. Keine Stimmungsaufheller.«

»Sind die wirklich alle gelb? Ich muss gestehen, dass ich gar nicht weiß, was mir meine Advisorin gegeben hat. Bei der Fülle an Enhancern ist allein der Versuch, den Überblick zu behalten, vergebliche Liebesmüh.«

»Sicher, geht mir auch so. Es ist nur ... Es gibt Tage, da bin auch ich schrecklich verwirrt.« Brigittes Augen nahmen einen feuchten Glanz an. »Ich vergesse dann Sachen, an die ich mich eigentlich erinnern sollte. Wo die Schlüssel liegen oder ob ich heute Morgen überhaupt gefrühstückt habe. Und dann diese Wortfindungsstörungen ...«

Irma spürte, wie eine Eiseskälte ihren Nacken herabrann.

Brigitte wischte sich mit dem Handrücken über die Augen. »Es gibt Tage, da bringe ich nicht genügend Konzentration auf, um einen Zeitungsartikel vollständig zu lesen. Ich schaue Nachrichten und weiß am Ende nicht, worum es überhaupt ging. Ach, Irma, ich kenne die Anzeichen doch. Bei meiner Mutter war es genauso.« Sie schluchzte auf, bedeckte hastig den Mund mit der Hand. »Ich habe nun schon so viele Antidementia genommen, aber nichts davon zeigt ausreichend Wirkung. Mein Arzt -«

Abrupt stand Irma auf. »Entschuldige bitte, aber ich bin völlig verschwitzt und würde mich gern unter die Dusche stellen.«

Flehend sah Brigitte zu ihr auf. »Irma, was nimmst du?«

»Nur Itentax und ein paar Aufheller.« Ihre Stimme war rau. »Und das vorhin ... Ich stehe derzeit einfach total neben mir. Wegen Ben.«

Brigitte starrte sie aus feuchten Augen an. Ihr Blick bohrte sich in Irmas, schien ihren Geist nach Lüge und Wahrheit abzutasten. »Wieso willst du mir nicht helfen?«

»Ich würde, wenn ich könnte.« Irma wich zurück, stieß mit dem Rücken gegen den Türrahmen. »Wenn du Geld brauchst oder irgendwas -«

»Wieso weichst du aus? Das ist doch nun wirklich kein Thema, bei dem ...« Plötzlich weiteten sich ihre Augen. Sie stand so energisch auf, dass der Stuhl über die Fliesen scharrte. »Dein Sohn ... er hatte doch bestimmt Zugang zu Medikamenten, die noch nicht im Handel -«

»Nein, du irrst dich. Ben hatte keinerlei Beziehungen in diese Richtung.«

»Blödsinn! Er war ein aufgehender Stern. Für einen wie ihn war es doch sicherlich -«

»Nein, hatte er nicht. Und nun verlass mein Haus!«

Tränen rannen über Brigittes Wangen. »Was bist du nur für eine Freundin?«

»Eine, die gerade ihren Sohn verloren hat. Es tut mir leid, dass du krank bist. Aber im Moment bin ich viel zu sehr mit mir selbst beschäftigt. Komm nächste Woche wieder, dann kann ich dir sicherlich beistehen, aber derzeit …«

Brigitte starrte sie an und ließ ihren Tränen freien Lauf. »Bitte …«

Irma verschränkte die Arme vor der Brust, hatte jedoch nicht die Kraft, ihre Freundin anzusehen, und starrte auf ihre Füße. »Geh einfach.«

Nach einem unendlich langen Moment des Schweigens gab Brigitte auf. Mit hängendem Kopf ging sie an Irma vorüber. Als sie die Haustür öffnete, fiel Irma ein, dass sie Brigitte auffordern sollte, den Schlüssel zu ihrem Haus dazulassen. Das brachte sie dann aber doch nicht über die Lippen. Kurz darauf fiel die Tür ins Schloss.

Zitternd atmete Irma auf.

»Du bist ein fürchterlicher Mensch«, murmelte sie zu sich selbst und wäre beinahe ebenfalls in Tränen ausgebrochen.

22

CHARLOTTE

Mittwoch, 21. November 2029, 12.45 Uhr

Als Charlotte den großen Sitzungssaal im Erdgeschoss betrat, schob sie sich rasch den letzten Bissen ihres Müsliriegels in den Mund. Eben hatte sie mit Roger telefoniert, der zusammen mit Jonna inzwischen fast alle Nachbarn angetroffen hatte, jedoch mit keinen neuen Erkenntnissen aufwarten konnte.

Der Raum war mit gedämpftem Gemurmel und dem Rascheln von Jacken erfüllt. Gespannte Erwartung hing in der Luft. Nahezu alle der aufgestellten Stühle waren mit Pressevertretern besetzt. Charlotte selbst fand nur noch ganz hinten in der Ecke einen freien Platz. Während sie sich dorthin durchschob, schloss sie aus den aufgeschnappten Gesprächsfetzen, dass das Bild auf Instagram längst die Runde gemacht hatte. Vorn am langen Tisch, der das Podium bildete, beugte sich der grimmig aussehende Andreas Ziegler zum Staatsanwalt Hannes Thorald und raunte ihm etwas zu, während die daneben sitzende Pressesprecherin Daniela Eckerfeld ihre Papiere ordnete. Hinter ihnen prangte ein eineinhalb Meter großer Screen. Auf diesem stand: *Pressekonferenz zum Tötungsdelikt am 19. November 2029, Kiel, Lornsenstraße.*

Eckerfeld wandte sich den Journalisten zu und räusperte sich. Das Gemurmel der Reporter wurde abgelöst von dem vereinzelten Klicken der Kameras. Zwei Videokameras richteten ihre Linsen auf die Pressesprecherin. Charlotte hob eine

Augenbraue, als sie das Logo eines französischen Senders erkannte. Normalerweise wohnten einer Pressekonferenz nur die deutschen Medien bei. Dass ein internationaler Sender anwesend war, bezeugte einmal mehr, wie aufsehenerregend eine mögliche Einmischung von Liberty of Mind war.

»So, meine Damen und Herren«, begann Eckerfeld. »Ich begrüße Sie bei der Polizei in Kiel und bedanke mich für Ihr zahlreiches Erscheinen. Wir werden Sie nun über die neusten Erkenntnisse in dem Mordfall zum Nachteil von Herrn N. unterrichten. Ich möchte Sie allerdings schon jetzt darauf hinweisen, dass wir viele Ihrer Fragen aus ermittlungstaktischen Gründen vermutlich nicht beantworten können. Ich bitte um Ihr Verständnis. Trotzdem wollen wir maximal transparent sein, vor allem angesichts der derzeitigen Reaktionen.« Sie ordnete ihre Papiere und schaute in die Runde. »Diese zweite Pressekonferenz wurde so zeitnah nach der ersten einberufen, die ja gestern stattfand, da in den sozialen Medien, genauer gesagt auf Instagram, ein Bild erschienen ist, welches schon jetzt in der Öffentlichkeit für großes Aufsehen gesorgt hat. Und hiermit übergebe ich das Wort an den Leiter des Kommissariats 1, Andreas Ziegler.«

Auf dem Screen erschien eine Aufnahme des besagten Beitrages, wobei der reglose Körper verpixelt war. Noch immer klickten die Kameras unaufhörlich. Einige der Fotografen rutschten hin und her in dem Versuch, einen besseren Blickwinkel zu erhaschen.

Charlotte gefiel es nicht, dass sie schon jetzt so viele Informationen preisgeben mussten, vor allem, da es sich bei einigen Details um Täterwissen handelte. Es hatten jedoch schon zu viele Leute dieses Bild gesehen, somit war ihnen keine andere Wahl geblieben.

Ziegler drehte das vor ihm aufgebaute schlanke Mikrofon ein wenig mehr in seine Richtung. »Auch von meiner Seite herzlichen Dank für Ihr Erscheinen. Das Tötungsdelikt zum Nachteil von Herrn N. hat in der gesamten Stadt für Entsetzen und Fassungslosigkeit gesorgt, welches durch das Erscheinen dieses Bildes auf Instagram noch einmal verstärkt wurde. Dieses Bild stammt tatsächlich vom Tatort, an dem Herr N. ums Leben kam. Der darunter stehende Text besteht aus Parolen der aus Amerika stammenden Vereinigung *Liberty of Mind*. Dies bedeutet nicht - ich wiederhole, es bedeutet nicht, dass wir den Mord tatsächlich dieser Gruppierung zuordnen. Im engen Schulterschluss mit der Staatsanwaltschaft Kiel fahnden wir unter Hochdruck, denjenigen zu finden, der dieses Bild hochgeladen hat. Derzeit gehen wir davon aus, dass es sich hierbei entweder um den Täter oder einen Mittäter handelt. Wir ermitteln in alle Richtungen.« Andreas Ziegler nickte, als habe er damit alles gesagt, und blickte zum Staatsanwalt. Auch dieser fasste die bisherigen Ergebnisse zusammen, bat um Mithilfe aus der Bevölkerung und betonte erneut, dass eine Beteiligung durch Liberty of Mind keineswegs bewiesen sei. Anschließend wurden Fragen der Reporter zugelassen.

»Herr Ziegler, können Sie etwas über das Tatmotiv sagen?«

»Ist die Tatzeit inzwischen bekannt?«

»Erwarten Sie weitere Angriffe?«

Ziegler beantwortete die Fragen mit ruhiger Stimme und versuchte, zu beschwichtigen. »Wir gehen derzeit nicht davon aus, dass noch weitere Menschen in Gefahr sind.«

»Wissen Sie schon, was als Tatwaffe verwendet wurde?«

Ziegler schüttelte bedauernd den Kopf. »Tut mir leid, aus ermittlungstaktischen Gründen behalten wir diese Information für uns.«

»Herr Thorald, hat Instagram schon die IP-Adresse zu dem Profil herausgegeben?«

Der Angesprochene verzog leicht das Gesicht. Offensichtlich war er über diese Frage nicht erfreut. »Zu den aktuellen Ermittlungstaktiken werden wir uns derzeit nicht äußern.«

Eine Reporterin ergriff das Wort. Hinter ihr stand ein Mann mit Fernsehkamera. »Stimmt es, dass Herr N. plante, in die

USA zu ziehen und dort eine Anstellung bei Neuralcom, dem führenden Unternehmen für Neurotechnologie, zu beginnen?«

Ziegler runzelte die Stirn. Wie auch Charlotte fragte er sich offenbar, woher die Reporterin diese Information hatte. »Ja, dies entspricht den uns bekannten Tatsachen.«

Prompt gewann das Gemurmel an Lautstärke. Immer wieder hörte Charlotte den Namen *Liberty of Mind* und konnte sich schon die Schlagzeilen vorstellen. Ein gefundenes Fressen für die Medien. Sie seufzte stumm. So viel Aufmerksamkeit würde ihnen die Arbeit nicht gerade erleichtern. Nicht nur, dass man ihnen ab jetzt unentwegt auf die Finger starrte, zudem würden die Medien ständig neue Erkenntnisse fordern und ihre Arbeit in Frage stellen, sollten sie diese nicht liefern. Charlotte blieb zwar weitgehend unberührt, Ziegler saß hingegen in einem politischen Schützengraben und würde den Druck von oben aufnehmen müssen.

Die Pressesprecherin ergriff das Wort: »Meine Damen und Herren, ich bitte Sie! In den letzten Monaten und Jahren hat sich zwischen uns, der Polizei, und Ihnen, den Pressevertretern, eine konstruktive Zusammenarbeit entwickelt, die von Transparenz und einer fachlichen Berichterstattung geprägt ist. Sicherlich, dieser Fall erscheint aufsehenerregend. Dennoch möchten wir zur Vernunft mahnen. Bis auf die Bildunterschrift und das an die Wand gemalte Symbol gibt es bisher keinerlei Belege, dass hier tatsächlich Liberty of Mind -«

»Wie viele Beweise wollen Sie denn noch?«, rief jemand. »Was versuchen Sie zu vertuschen?«

Zieglers Augenbrauen zogen sich zusammen. Als er sprach, war seine Stimme jedoch so ruhig wie eh und je. »Wir vertuschen gar nichts. Wir haben Ihnen die Fakten dargelegt und das sind keineswegs Beweise, sondern lediglich Hinweise, die von jeder beliebigen Person dort hinterlassen worden sein könnten. Die Ermittlungen laufen noch und wir arbeiten unter Hochdruck an der Rekonstruktion des Tatherganges. Mehr können wir Ihnen derzeit nicht sagen.«

Die Digitalkameras klickten immer hektischer, Kugelschreiber flitzten über Notizblöcke. Weitere Fragen wurden in den Raum geworfen. Man erkundigte sich, ob Liberty of Mind schon zuvor auffällig gewesen sei, ob es erste Verdächtige gebe, ob man Zeugen ausfindig gemacht habe, ob man schon wisse, wie viele Täter beteiligt seien.

Zahlreiche Fragen wurden von Ziegler und Thorald beantwortet, einige jedoch mit der Begründung abgewiesen, dass sie noch keine Informationen zu diesen Themen herausgeben konnten. Irgendwann ebbte die Flut der Fragen ab und wurde zu einem Rinnsal.

Eckerfeld blickte sich um. »Möchte noch jemand etwas wissen?« Als niemand antwortete, nickte die Pressesprecherin. »Gut, dann werde ich es auch nicht weiter hinauszögern. Ich bedanke mich für Ihre Aufmerksamkeit. Sollte es in dem Fall weitere Erkenntnisse geben, werden wir Ihnen dies in einer schriftlichen Pressemeldung mitteilen.«

Stoff raschelte, Stühle rückten über den Boden, Kameras und Unterlagen wurden verstaut.

Charlotte folgte Ziegler in sein Büro. Dieser zog eine Schreibtischschublade auf und stellte eine jener Keksdosen auf den Tisch, in der Charlottes Oma stets ihr Nähzeug aufbewahrt hatte.

»Auch welche?« Ziegler schob ihr die Dose zu. Charlotte nahm sich drei Kekse und setzte sich.

»Ich hasse solche Veranstaltungen«, brummte er, während auch er sich bediente. »Unbefriedigend für beide Seiten. Wir wollen noch so wenig wie möglich bekanntgeben, die wollen so viel wie möglich wissen. Das mit dem Bild auf Instagram macht es nicht einfacher.« Er wiegte den Kopf. »Oder das Bild macht es uns ganz besonders einfach. Wissen wir schon mehr?«

Charlotte verzog das Gesicht. »Nein, aber da ein Tatbestand vorliegt, ist Instagram verpflichtet, die Daten herauszugeben. Ich rechne eigentlich jede Sekunde mit einem Anruf aus der Technik.«

Ziegler nickte. »Aber denkst du wirklich, das bringt etwas? Mittlerweile weiß doch jedes Kind, dass man einen Proxy-Server nutzt, damit man die Daten nicht zurückverfolgen kann.«

»Man weiß nie.« Charlotte schnaufte. »Lass uns einfach hoffen, dass es so ist. Würde uns nämlich sehr viel Arbeit ersparen.«

»Und was hast du jetzt vor?«

»Ins Institut fahren. Ich wollte Line fragen, warum sie mir nicht von ihrem Bruder erzählt hat.«

23

IRMA

Mittwoch, 21. November 2029, 13.10 Uhr

Wieder saß sie an ihrem Schreibtisch, wieder blickte sie auf das Wasser hinaus. Sie bekam Brigittes verzweifelten Blick nicht aus dem Kopf. Irma fühlte sich schrecklich, weil sie ihrer Freundin nicht helfen konnte, hatte jedoch keine Wahl. Sie wusste nicht einmal, ob sie selbst Nachschub erhalten würde, jetzt, da Ben ... Vielleicht waren jene Tabletten die Einzigen, die ihr noch blieben. Sie musste dies unbedingt zeitnah klären. Aber nicht jetzt. Nicht heute oder in den nächsten Tagen. Das wäre pietätlos.

Stattdessen widmete sie sich dem einzigen Halt, der ihr derzeit noch blieb: der Suche nach Bens Mörder.

Sie löste sich vom Anblick der Förde und schüttelte den Kopf, um ihre Gedanken vom unnötigen Ballast zu befreien. Sie musste sich auf die vor ihr liegende Aufgabe konzentrieren.

Bevor sie sich an die Polizei wandte, wollte sie herausfinden, was mit Manfred Pullmanns Kind geschehen war. Das nahm sicherlich nicht viel Zeit in Anspruch und Irma würde sich selbstsicherer fühlen, wenn sie nicht bloß mit ihrem derzeitigen Halbwissen vor Morgenroth trat, um ihm von der dunkelsten Stunde ihres Lebens zu berichten.

Ihre Hand zitterte, als sie die Computermaus ergriff. Vor ihren Augen stand das Bild des umgekippten Anhängers und des sich in der Luft drehenden Rades.

In all den Jahren hatte sie jeden Gedanken an den Unfall verdrängt und wenn sie ehrlich war, dann wollte sie sich auch jetzt nicht damit befassen. Sie rief den Browser auf, gab *Kiel* in das Suchfeld ein und wollte gerade *Pullmann* tippen, als ihr Blick auf die Vorschläge der Suchmaschine fiel: *Kiel Mord Liberty of Mind.*

Mit einem flauen Gefühl klickte sie darauf. Mehrere Ergebnisse wurden ihr angezeigt, das oberste präsentierte ihr sogar ein Foto. Mit einem erstickten Keuchen schlug Irma die Hände vor das Gesicht, als sie Bens Wohnzimmer und den verpixelten Körper erkannte. Mehrere Sekunden starrte sie zwischen ihren Fingern hindurch, dann blinzelte sie und schüttelte den Kopf.

»Konzentrier dich.«

Sie nahm die Hände herunter und zwang sich, genauer hinzusehen. Das blutrote Symbol an der Wand nahm sie zum ersten Mal wahr. Als sie Ben gefunden hatte, war es ihr vollkommen entgangen. Ihr Blick schweifte über das Bild. Obwohl sie dort gewesen war, es mit eigenen Augen gesehen hatte, wirkte es surreal. Zudem erinnerte sie sich daran, dass Morgenroth sie gebeten hatte, keine Einzelheiten vom Tatort preiszugeben. Und nun veröffentlichte die Polizei eine solche Aufnahme? Erst danach las sie, dass der Mörder dieses Bild auf Instagram hochgeladen hatte.

»Zumindest ist der Hammer nicht drauf.« Sie klickte sich weiter und erfuhr, worum es sich bei Liberty of Mind handelte.

Mit gerunzelter Stirn lehnte sie sich zurück. Wie passte das alles zusammen? Was hatte Manfred Pullmann mit einem Verein wie Liberty of Mind zu schaffen? Oder lag Irma am Ende komplett daneben und der Kontakt zu Pullmann war nur ein Zufall?

Es gab nur einen Weg, die Antwort darauf zu finden. Irma legte ihre Finger auf die Tastatur und begann zu recherchieren.

24

JOSEFINE

Mittwoch, 21. November 2029, 13.35 Uhr

Zögernd steckte Josefine den Schlüssel ins Schloss und drehte ihn herum. Es klickte. Sie schob die Tür auf und blickte in den Flur ihrer Wohnung. Dielenholz und helle Wände mit schwarzweißen Bildern. Links ging es in Benjamins Arbeitszimmer, rechts ins Schlafzimmer. Geradeaus in das Wohnzimmer. Die Türen waren zugezogen. Der Geruch von Reinigungsmitteln hing in der Luft. Alles sah aus wie immer.

Aber es fühlte sich nicht so an.

Eine fremde Präsenz hing in den Räumen wie verbrauchte Luft. Als hätten die Polizeibeamten etwas von sich selbst dagelassen. Oder etwas mitgenommen? Irgendwie fühlten sich die vier Wände nicht mehr nach ihrem Zuhause an, das Gefühl der Sicherheit fehlte.

Josefine trat ein und schloss die Tür hinter sich. Die Stille der Wohnung schien alles in sich aufzusaugen. Draußen auf dem Kopfsteinpflaster rumpelte ein Auto vorbei.

Reglos, noch immer in Mantel und Schuhen, blieb Josefine stehen. Sie stellte sich vor, wie Dutzende von Polizisten durch ihre Wohnung gekrochen waren und jedes noch so kleine Stäubchen aufgelesen hatten. Wie sie mit einem Pinsel alle Oberflächen abgepudert hatten, um anschließend die Fingerabdrücke zu sichern. Wie die Mitarbeiter der Spurenbeseitigung durch ihre Wohnung gewirbelt waren, um alles verschwinden zu lassen.

Josefines Blick blieb an der geschlossenen Wohnzimmertür hängen. Sie bekam das Bild nicht mehr aus dem Kopf. Ihr Ben, wie er in dem Blutfleck auf dem Teppich lag.

Prompt hatte sie einen kupfernen Geschmack im Mund und glaubte sogar, es riechen zu können. Aber die Spurenbeseitigung hatte den Teppich inzwischen gesäubert. Oder?

Mit einem Ruck löste sich Josefine aus ihrer Erstarrung, schlüpfte aus den Schuhen und hängte ihren Mantel ordentlich an die Garderobe. Daneben hing Bens Jacke. Josefine betrachtete sie mehrere Sekunden lang, dann wandte sie sich ab, flüchtete in ihr Arbeitszimmer, wo sie die Tür hinter sich zuwarf und keuchend Luft holte.

Vielleicht hätte sie doch noch eine Nacht im Hotel bleiben sollen, aber sie wollte unbedingt wieder an ihren Schreibtisch zurückkehren.

Sie ließ sich auf den Drehstuhl fallen und fingerte ihr Pillendöschen aus der Handtasche, legte sich eine der gelben Tabletten auf die Zunge. Mit einem Seufzen sank sie zurück und schluckte sie herunter. Dann wartete sie ab.

Minuten verstrichen. Vor dem Fenster, das auf den Innenhof des Häuserblocks hinausging, zerrte der Wind an den Zweigen der großen Kastanie. Blicklos starrte Josefine in die Richtung des Baumes, während sie in Gedanken das vor ihr liegende Gespräch durchging und versuchte, alle denkbaren Wendungen vorherzusehen und sich passende Antworten zurechtzulegen. Würde sie keine Enhancer zur Beruhigung nehmen, hätte sie sicherlich vollends die Nerven verloren.

Irgendwann klappte sie den Laptop auf und öffnete Ping, ein Programm für Videokonferenzen. Mit Fingern, die ihr seltsam taub erschienen, scrollte sie durch ihre Kontakte, bis sie den richtigen Namen fand. Sie atmete tief ein und drückte auf *Wählen*, bevor sie es sich anders überlegen konnte.

Es tutete. Einmal, zweimal. Nach dem dritten Mal erschien auf ihrem Bildschirm das Gesicht eines schwarzhaarigen Mannes mit leicht asiatischen Zügen. Ihr Gesprächspartner auf der anderen Seite des Atlantiks strahlte sie an. »Josefine Krist, what a surprise!«

»Hello, Mister Weir.«

»Was kann ich für Sie tun?«, fragte Weir auf Englisch.

Erneut holte Josefine tief Luft, dann berichtete sie jenem Mann, der für ihre und Bens Anstellung bei Neuralcom verantwortlich war, von den jüngsten Geschehnissen.

»Are you joking?« Weirs Gesicht hatte jegliche Farbe verloren.

»Nein, ich mache keine Witze. Anscheinend waren es Anhänger von Liberty of Mind, die für diese schreckliche Tat verantwortlich sind.«

Angespannt starrte sie auf den Bildschirm. Weir blickte ernst zurück. »Das ist eine erschütternde Nachricht.«

Josefine lachte freudlos auf und blinzelte hektisch. »Ich stehe selbst noch unter Schock.«

»Wir hatten schon begonnen, sein Labor einzurichten. Damn! Das ändert alles.« Er seufzte und strich sich die Haare zurück. Dann hielt er inne und schaute Josefine sehr lange an. Sie konnte direkt sehen, wie es hinter seiner Stirn arbeitete.

»Sie wollen jetzt natürlich wissen, welche Auswirkungen das auf Ihre Stelle hat.«

Josefines Puls wurde schneller. »Nun, in erster Linie ging es mir natürlich darum, Sie von diesem Vorfall in Kenntnis zu setzen. Allerdings kann ich nicht verhehlen, dass ich mich tatsächlich frage, wie es um meine Zukunft in Ihrem Unternehmen bestellt ist.«

Weir verzog das Gesicht. »Nun ... wie Sie ja wissen, haben wir Ihre Stelle aus dem Nichts erschaffen, weil Ihr Verlobter dies als eine Bedingung genannt hat, damit er bei uns anfängt. Da er nun -«

»Das mag sein, aber Sie sollten mich nicht unterschätzen. Ich bin nicht nur ein Anhang. Sehen Sie in meine Unterlagen. Meine Abschlussnoten sind tadellos. Summa cum laude. Zudem habe ich in meinem Labor -«

»Ja, schon gut. Ich kenne Ihre Akte.« Weir seufzte schwer und der Laut ging Josefine durch Mark und Bein. Ihre Kehle war wie zugeschnürt.

Oh bitte, bitte, bitte, bitte, bitte, bitte, bitte, flehte sie stumm.

»Ich kann jetzt natürlich keine Entscheidung fällen«, sagte Weir. »Ich muss mich mit meinen Leuten zusammensetzen und sehen, wie wir Ben kompensieren können. Wir melden uns bei Ihnen.«

Unter Josefine tat sich der Boden auf.

»In Ordnung«, presste sie hervor. »See you.«

»See you.« Weir beendete die Verbindung und Josefine starrte auf das rotierende Ping-Icon.

Mit einem frustrierten Laut packte sie den Laptop und schleuderte ihn von ihrem Schreibtisch. Mit einem grässlichen Knacken schlug er auf dem Boden auf.

Josefine kam so schnell auf die Beine, dass ihr Stuhl polternd umstürzte. Ihr Puls raste. Mit geweiteten Augen sah sie sich um, riss die oberste Schublade ihres Schreibtisches auf, griff nach der Pillendose, schluckte hastig zwei Tabletten herunter. Dann sank sie auf den Dielenboden ihres Arbeitszimmers, zog die Knie an den Körper und wiegte sich vor und zurück.

Alles dahin. Selbst es bloß zu denken, schnitt ihr ins Herz.

Es gelang ihr jedoch, ruhig zu bleiben, ihre Verzweiflung im Zaum zu halten. Sie wartete. Und wartete. Und wartete.

Schließlich kam die samtige Wolke. Sie umhüllte ihren Geist, schirmte ihn vor all den störenden Emotionen ab. Ihr Kopf wurde klar, sie konnte wieder normal denken.

Der Vertrag ist längst unterschrieben, dachte sie und ein zähnefletschendes Grinsen zerteilte ihre Lippen. *So schnell werden die mich nicht los.*

Ein Klopfen an der Wohnungstür zerriss die Stille. Josefine fuhr zusammen.

25

ARTHUR

Mittwoch, 21. November 2029, 14.00 Uhr

Arthur lehnte sich in seinem geparkten Dienstwagen vor, um durch die Frontscheibe zu blicken. Die graue Fassade des Gebäudes vor ihm wurde in regelmäßigen Abständen von deckenhohen Fenstern unterbrochen, die mit Geländern gesichert waren. Dahinter hingen weiße Spitzengardinen, hier und da gesellte sich eine Topfpflanze hinzu. Das ganze Gebäude schrie geradezu Altenheim.

Und hier sollte Lilly wohnen? Erneut überprüfte er die Adresse, doch es stimmte. Er wusste nicht so recht, was er davon halten sollte. War Lilly am Ende bloß Benjamins Großmutter?

Arthur atmete tief durch, horchte in sich hinein und spürte die Erschöpfung des Tages, die wie ein bleiernes Gewicht in seinem Magen lag. Ein Gefühl, das in ihm das instinktive Bedürfnis hervorrief, eine Lichasil zu nehmen. Er unterdrückte den Impuls und kramte stattdessen einen Energydrink aus seinem Rucksack. Die Dose knackte beim Öffnen. Als der widerwärtig süße Geschmack seine Kehle hinabrann, schüttelte er sich. Angeekelt stopfte er die leere Dose in die Mülltüte, die im Fußraum des Beifahrersitzes lag. Dann stieg er aus und betrat das Gebäude durch die gläserne Eingangstür.

Er fand sich in einem weitläufigen Flur wieder und wurde von dem typischen Geruch scharfer Reinigungsmittel begrüßt, die jedoch den süßlich-säuerlichen Körpergeruch kaum überdecken konnten, der aus jeder Wandritze zu sickern schien.

Niemand beachtete ihn. Vermutlich hielt man ihn für einen Angehörigen, der einen Bewohner dieses Hauses besuchte. Arthur sprach einen weiß gekleideten Pfleger an, der ihn zunächst verstimmt musterte, dann jedoch die Augen aufriss, als er seinen Dienstausweis vorzeigte. Der Pfleger brachte Arthur ins Büro, wo die Leiterin des Hauses gerade ihre Handtasche schulterte und offenbar Feierabend machen wollte.

»Kriminaloberkommissar Morgenroth«, stellte Arthur sich vor.

Die Frau stellte sich ebenfalls vor. Sie war hager und hatte die Lippen mit einem grellroten Lippenstift betont, was ihr ein seltsam vogelscheuchenhaftes Aussehen gab. »Polizei? Was ist passiert?«

»Ich ermittle in einem Fall und bräuchte hierfür Ihre Hilfe. Ich suche eine Frau mit dem Namen Lilly. Könnten Sie nachschlagen, ob Sie eine Bewohnerin mit diesem Namen haben?«

Ihre Augen wurden groß. »Ist es wegen dieser Liberty-of-Mind-Geschichte? Meine Güte, man hört ja gar nichts anderes mehr. Gruselig!«

»Haben Sie eine Bewohnerin mit dem Namen Lilly?«

»Ja. Ja, natürlich. Lilly Pullmann.«

»Kennen Sie zufällig einen Benjamin Nessau? Es könnte sein, dass er -«

Die Frau schlug sich die Hand vor den Mund. »Ist er es etwa, der ... Ja, den kenne ich. Er besucht Lilly seit ungefähr einem halben Jahr.«

Arthur zog seinen Notizblock hervor und schrieb ein paar Stichworte auf. »Wo finde ich diese Lilly Pullmann?«

»Sie liegt im Zimmer 214. Armes Mädchen. Sie hatte mit zwei Jahren einen schlimmen Autounfall. Seither leidet sie am Locked-In-Syndrom.«

»Locked-In-Syndrom?« Arthur runzelte die Stirn.

Die Leiterin verzog die Lippen zu einem mitleidigen Lächeln. »Fürchterliche Sache. Hierbei sind die Patienten bei vollem Bewusstsein in einen Körper gesperrt, den sie nicht bewegen können. Früher dachte man, sie lägen im Koma.«

»Kann ich denn überhaupt mit ihr sprechen?«

»Sicher.« Ein amüsiertes Funkeln trat in ihren Blick. »Gehen Sie einfach rauf. Lilly ist ein munteres Ding, sie wird sich über Ihren Besuch freuen.« Unvermittelt legte sich ihre Stirn in Falten. »Moment … ich glaube …«

Sie wandte sich dem Monitor zu. Ihre Finger flogen klackernd über die Tastatur. Arthur wartete geduldig und musste mehrmals den Impuls unterdrücken, mit Daumen und Zeigefinger über seine Augen zu reiben. Das Koffein aus dem Energydrink schien noch nicht zu wirken.

»Ja, stimmt«, murmelte sie. »Da gab es diesen Vorfall. Ist etwa einen Monat her. Anscheinend war Lillys Vater hier und hatte eine Auseinandersetzung mit Benjamin.«

»So?« Sein Kugelschreiber kratzte über das Papier. »Was war der Grund?«

»Weiß ich nicht. Keiner der drei wollte es mir verraten. Lilly war danach jedoch sauer auf ihren Vater. Fragen Sie sie am besten selbst.«

»Das werde ich«, murmelte Arthur. »Haben Sie Benjamin zufällig kurz darauf gesehen? Ein paar Tage später oder so?«

Sie legte den Kopf schräg. »Weshalb?«

»Kann es sein, dass er von der Auseinandersetzung ein blaues Auge davontrug?«

Ihr Blick kehrte sich ins Nichts. Sie dachte einige Sekunden lang nach, dann nickte sie heftig. »Ja, das stimmt. Er hatte ein blaues Auge.«

Damit war die Herkunft dieser Verletzung geklärt. Arthur war gespannt, welche Geschichte dahinterstand.

Die Leiterin beschrieb ihm den Weg in Lillys Zimmer, woraufhin sich Arthur bedankte und das Büro verließ. Die Frau sah aus, als wäre sie ihm am liebsten gefolgt, um ihnen zu lauschen.

Im zweiten Stock fand er das genannte Zimmer und klopfte an.

»Ja?«

Der Klang der weiblichen Stimme ließ ihn innehalten. Sie hörte sich nicht ganz menschlich an, mehr wie die Ansage eines Navigationsgeräts.

Arthur runzelte die Stirn. »Darf ich reinkommen?«

»Klar.«

Er drückte die Klinke herunter und trat ein. Vor ihm breitete sich ein behaglich eingerichtetes Einzelzimmer aus, in dessen Zentrum ein breites Bett stand. Arthur sah sich eingehend um. Dies schien tatsächlich jenes Zimmer zu sein, das auf dem Foto auf Benjamins Handy abgebildet war. Selbst der schwarze, desktopgroße Kasten stand dort. Das Kopfende des Bettes war hochgestellt. Eine junge Frau lehnte in den Kissen. Lange, schwarze Haare fielen ihr über die Schultern. Sie hatte die helle Haut eines Menschen, der viel zu selten an die Sonne kam. Zwei Bündel feiner Kabel ragten aus ihrem Scheitel und führten hinter das Kopfende des Bettes, wo sie in dem schwarzen Kasten verschwanden. Aber auch der Rest ihres Anblickes trug dazu bei, dass Arthur seine Schritte verlangsamte. Ihr Körper war schlaff, schien keinerlei Muskelspannung zu besitzen. Das weiße Bettlaken war bis zu ihrer Brust hochgezogen, der Oberkörper steckte in einem hellblauen Pyjama. Einen halben Meter vor ihr flimmerte ein Monitor, der von einem Stahlarm gehalten wurde. Die Augen der Frau waren auf Arthur gerichtet, jedoch ohne ihm das Gesicht zuzuwenden. Zögernd trat er näher. Der Blick folgte ihm, ansonsten zeigte ihre Gesichtsmuskulatur keinerlei Regung. Von der jungen Frau ging eine fremdartige Ausstrahlung aus, die ihn verunsicherte. Als habe sie ihren Körper schon halb verlassen. Wie der Tag, der langsam in die Nacht hinüberglitt und kurz in der blauen Stunde innehielt. Jener

Moment, in dem die Sonne schon hinter dem Horizont verschwunden war und die Nacht heraufzog. Oder war es im Falle der jungen Frau andersherum? Sah Arthur gerade einen Menschen, von dem sich die Nacht zurückzog?

Es ist ein still Erwarten in den Bäumen,
Die Nachtigallen in den Büschen schlagen
In irren Klagen, können's doch nicht sagen,
Die Schmerzen all und Wonne, halb in Träumen.

Von wem war das gleich? Eichendorff, oder?

Er räusperte sich. »Mein Name ist Arthur Morgenroth. Ich bin -«

Ohne jede Vorwarnung klappte der Metallarm mit dem Monitor zur Seite, sodass er jetzt neben dem Bett anstatt vor dem Gesicht der Frau hing. Da Arthur ohnehin leicht angespannt war, zuckte er zusammen. Die junge Frau, Lilly, blinzelte bloß. Dann erklang die weibliche Computerstimme. Lillys Lippen blieben bewegungslos.

»Freut mich. Ich bekomme nicht oft Besuch.«

Mit gerunzelter Stirn sah Arthur sich um. Woher kam die Stimme? Und von wem stammte sie? Von Lilly? Aber wie ... Sein Blick blieb an den aus ihrer Kopfhaut ragenden Kabeln hängen.

Ein weibliches Lachen erklang. »Oje, hat man Sie etwa nicht vorgewarnt?«

»Nein, man hat mir nichts gesagt.«

»Haben Sie schon mal Erfahrung mit Astralreisen gemacht?«

Arthur stieß ein amüsiertes Schnaufen aus. »Astralreisen?«

»Lachen Sie nicht! Ich bin einer der wenigen Menschen, die in der Lage sind, ihren Körper willentlich zu verlassen. Meine Seele schwebt durch die Luft, kann diesem Zimmer entkommen und die Welt erkunden. Na ja, bis zu einem gewissen Grad. Länger als eine Stunde geht es nicht, dann zieht es mich in mein organisches Gefäß zurück. Wirklich lästig.«

Er zog den Besucherstuhl heran und setzte sich, betrachtete das blasse Gesicht und gewahrte dann den kleinen Lautsprecher am Kopfende.

»In einer Stunde kommt man nicht weit«, sagte er. »Müssen Sie denn zu Fuß gehen oder können Sie zumindest fliegen?«

Wieder dieses Lachen. Es kam definitiv aus dem Lautsprecher. Arthur verfolgte mit seinem Blick das Kabel des Lautsprechers bis zu seinem Ursprung. Es endete in dem kleinen Kasten neben dem Bett, in den auch jene Kabel mündeten, die in Lillys Kopf führten.

»Ich bin körperlos«, sagte die Stimme. »Natürlich kann ich fliegen.«

»Aha? Haben Sie denn schon mal versucht, den Weltraum zu erreichen?«

»Selbstverständlich. Ich versichere Ihnen: Es ist ein unvergesslicher Anblick.«

Arthur lächelte. »Das kann ich mir vorstellen.«

Natürlich glaubte er ihr kein Wort, hatte aber seinen Spaß daran, auf ihr Spiel einzugehen.

Die Computerstimme lachte erneut. »Nun gucken Sie doch nicht so. Es gibt mehr zwischen Himmel und Erde, als man sich vorstellen kann.«

»Sicher. Astralreisen halte ich dennoch für äußerst unwahrscheinlich. Aber ich finde Ihre Kopfbedeckung interessant.«

Es war seltsam, mit einem Gesicht zu sprechen, in dem keinerlei Regung zu erkennen war. Als ob er sich in einem jener uralten Computerspiele befände, in denen man aufgrund der damals noch unterirdischen Rechnerleistung komplett auf Gesichtsmimik und Mundbewegungen verzichtet hatte.

Surreal. Abstrus … Faszinierend.

»Die neuste Mode im Schattenreich«, sagte die körperlose Stimme und Lilly blinzelte.

Er nickte anerkennend. »Sehr schick.«

»Wenn Sie nicht an Astralreisen glauben, weshalb sind Sie dann hier?«

Arthur beschloss, die Sache gleich auf den Punkt zu bringen. »Ich bin Kriminalkommissar und wollte Sie fragen, ob Sie einen Benjamin Nessau kennen.«

Auf seine Frage folgten mehrere Sekunden des Schweigens. Sie sah ihn an und blinzelte mehrmals. Er hatte den Eindruck, als ob ihr gleich die Tränen kämen.

»Oh«, drang schließlich aus dem Lautsprecher. »Das ... ja, ich kannte Ben. Sehr gut sogar. Er ist es, oder? Ich habe seit Donnerstag nichts mehr von ihm gehört. In den Onlinemeldungen steht, dass Liberty of Mind etwas damit zu tun hätte. Stimmt das?«

»Ich kann Ihnen zu laufenden Ermittlungen leider keine Auskunft geben«, erwiderte Arthur sanft.

»Ja, natürlich.« Ihr Blinzeln wurde hektischer. »Das sagen die Ermittler in den Serien auch immer.«

Er nickte, ging aber nicht weiter darauf ein. »Sie und Benjamin waren -«

Ein zaghaftes Klopfen an der Tür unterbrach ihn. Er wandte sich um. Jemand drückte die Klinke herab und Arthur blickte in das Gesicht von Irma Nessau.

26

IRMA

Mittwoch, 21. November 2029, 16.15 Uhr

Irma erstarrte mitten im Schritt, während Morgenroth ihr mit gerunzelter Stirn entgegenblickte.

»Frau Nessau. Was machen Sie denn hier?« Der Kommissar erhob sich und kam langsam auf sie zu. Ihr Herz hämmerte.

Also weiß die Polizei bereits von dem Unfall, stellte sie fest und ihre Knie wurden weich. Prompt kehrte der Schwindel zurück, dieser elende Schwindel.

»Frau Nessau, was ist mit Ihnen? Kommen Sie, setzen Sie sich.«

»Alles in Ordnung«, keuchte sie. »Bloß die Nebenwirkungen meiner Enhancer.«

Morgenroth dirigierte sie zu dem Stuhl neben dem Bett, auf dem sie sich schwer niederließ. Ihre Welt schwankte. Schwarze Punkte flimmerten am äußersten Rand ihres Sehfeldes. Es dauerte mehrere Sekunden, bis ihr Kreislauf sich wieder einigermaßen gefestigt hatte.

Schwer atmend schaute sie sich um, sah erst Morgenroth, dann die halb aufrecht im Bett liegende Gestalt an. Ihre Nackenhaare stellten sich auf. War diese junge Frau tatsächlich Lilly Pullmann?

»Ich kenne Sie doch«, sagte eine weibliche Stimme, die jedoch nicht von der Frau kam. Sie klang weniger nach einem Menschen, sondern nach einem Computer. Irritiert sah Irma sich um.

Morgenroth reichte ihr ein Glas Wasser. »Trinken Sie einen Schluck.«

»Danke.« Mit zittrigen Händen nahm sie es entgegen, wagte jedoch nicht, in seine Augen zu blicken. Obwohl sie sich so schwach fühlte, dass sie eigentlich leichenblass sein müsste, spürte sie, wie ihre Wangen heiß wurden.

»Sie sind Benjamins Mutter«, sagte die Computerstimme.

Irma zuckte zusammen, trank dann hastig einen Schluck, um Zeit zu gewinnen. Ihr Blick huschte zwischen Morgenroth und der reglosen Frau im Bett hin und her. Der Kriminalkommissar betrachtete sie interessiert, jedoch ohne Verachtung, wie sie eigentlich erwartet hatte.

Auch die junge Frau sah Irma an. Wenn die Pflegerin sie nicht vorgewarnt hätte, wäre Irma vermutlich irritiert zurückgewichen. So hatte sie sich schon vor dem Betreten des Zimmers für Lillys befremdlichen Anblick wappnen können. Trotzdem musste sie sich zusammenreißen, um Lilly nicht anzustarren. Ihre Reglosigkeit, die Kabel, die von ihrem Kopf wegführten, der Anblick erinnerte Irma an Bens Science-Fiction-Comics. Irmas Gesicht brannte vor Scham. Sie war es, die diesem armen Mädchen ein solches Schicksal aufgebürdet hatte. Wenn sie damals sofort einen Krankenwagen gerufen hätte ...

»Ja, das bin ich«, brachte sie hervor und fragte sich in derselben Sekunde, woher Lilly dies wusste. Steckte sie doch mit ihrem Vater unter einer Decke? Hatte er ihr erzählt, was er plante?

Morgenroth stand noch immer reglos neben ihr und beobachtete stumm die Szenerie. Sein Blick war aufmerksam, fragend, aber auch warm und mitfühlend. Erst jetzt bemerkte Irma, wie müde er aussah.

»Mein Beileid«, sagte die Computerstimme. Lilly blinzelte heftig, dann rollte eine Träne über ihre Wange. Es folgte eine zweite. Plötzlich erklang ein Surren. Irma fuhr zusammen, als sich am Bett ein Roboterarm entfaltete, nach der Schublade des Nachttisches griff und diese aufzog. Die mechanische Hand holte ein Taschentuch hervor, schüttelte es auseinander und tupfte vorsichtig die Feuchtigkeit aus Lillys Gesicht. Irma verfolgte die Szene mit fast schmerzhaft pochendem Herzen.

»Ich kann es kaum fassen«, sagte Lillys Computerstimme. »Als er das letzte Mal hier war ... er war so voller Lebensfreude. Wir haben gelacht. Und jetzt soll er tot sein? Einfach so?«

Darauf war Irma nicht unvorbereitet. Sie spürte, wie tief in ihr wieder jenes Beben erwachte. Ein Schluchzen bahnte sich seinen Weg ihre Kehle hinauf und sie hatte das Bedürfnis, aufzuspringen und davonzulaufen. Stattdessen konzentrierte sie sich auf den Grund, weshalb sie Lilly aufgesucht hatte: Sie wollte herausfinden, wer ihren Sohn umgebracht hatte.

»Das klingt, als seien Sie gut befreundet gewesen«, brachte sie hervor.

Weitere Tränen quollen aus Lillys Augen. Ein seltsamer Ausdruck trat in ihren Blick, den Irma nicht zuordnen konnte.

»Er hat mich oft besucht«, sagte Lilly.

»Das hat er getan?« Irma war erschüttert, weil sie von dieser Seite aus Bens Leben nicht einmal etwas geahnt hatte.

»Ja.« Wieder blinzelte Lilly und obwohl sich in ihrem Gesicht kein Muskel regte, hatte Irma den Eindruck, als würde sie nachdenken. Der Blick zuckte kurz zu Morgenroth, richtete sich dann wieder auf Irma. »Ich glaube, zuerst war es nur das schlechte Gewissen.«

Die Worte trafen Irma wie Hammerschläge.

»Schlechtes Gewissen?«, flüsterte sie. »Wegen ...«

»Ja, wegen des Unfalls. Er hat es mir nicht gleich erzählt, erst nach einigen Wochen.«

Irma saß wie gelähmt auf ihrem Stuhl und starrte in das blasse Gesicht.

»Bist du -« Irma musste sich räuspern und setzte neu an. »Bist du wegen des Unfalls hier drin?«

»Ja. Gebrochenes Genick. Locked-In-Syndrom. Mein gesamter Körper ist gelähmt. Heute kann ich zumindest die Augen bewegen. Früher ging nicht einmal das.«

Irma sah zu Morgenroth. Dieser hatte sich nicht gerührt und folgte dem Gespräch mit wachsamem Blick.

»Ich mache Ihnen keinen Vorwurf«, sagte Lilly. »Es ist lange her und würde mir nichts bringen, irgendwelchen Groll in mir zu tragen. Ich kenne kein anderes Leben als dieses hier.«

»Ich ...« Irma wusste nicht, was sie darauf erwidern sollte. Dieses Gespräch verlief ganz anders, als sie erwartet hatte. In ihrer Brust ballten sich Gewitterwolken zusammen. »Jeden Tag habe ich mich dafür geschämt«, flüsterte sie. »Jeden Tag habe ich -«

»Schon gut. Es war ein Unfall. So was passiert. Eine winzige Sekunde der Unaufmerksamkeit und *Bäm*.«

Ein Schluchzen platzte aus Irma heraus. Erschrocken bedeckte sie ihren Mund mit der Hand. Ein zweites wollte folgen und sie spürte, wie ihr ganzer Körper zitterte.

Lilly sah sie an und blinzelte. »Es ist trotzdem schön, zu sehen, dass Ihnen der Unfall nicht egal ist. Wäre es anders, hätte ich nicht so einfach verzeihen können.«

»Es tut mir leid«, flüsterte Irma. Eine Woge aus Scham, tiefer Schuld, aber auch Dankbarkeit überrollte sie.

»Ben tat es auch leid«, sagte Lilly. »Obwohl er ja rein gar nichts dafür konnte. Trotzdem fühlte er sich verantwortlich und wollte es mit aller Macht wiedergutmachen.«

Irma wischte sich über die Augen. »Ben war ein guter Junge.«

Morgenroth meldete sich zu Wort. »Hat Ben Ihnen dieses Gerät ermöglicht?« Er deutete auf Lillys Kopf.

»Nein, das meiste hatte ich schon. Ich bin ja nicht die Erste mit Locked-In-Syndrom und die Verbindung von Gehirn und Maschine ist zwar noch ausbaufähig, aber durchaus verfügbar. Ben hat jedoch vieles verbessert. Das war nett. Viel besser war aber ... nun ja, dass er einfach Zeit mit mir verbringen wollte.«

Irma nickte hektisch. Wenn sie Lillys Worten Glauben schenkte, dann hatte diese junge Frau keinerlei Grund, Ben schaden zu wollen.

Morgenroth lehnte sich vor und suchte Lillys Blick. »Darf ich fragen, wie Sie kommuniziert haben? Ich meine die Chats. Tippen scheint Ihnen ja nicht möglich zu sein.«

Lilly lachte auf. »Ich habe so ein spezielles Textprogramm, in dem ich nichts schreiben muss, sondern die Wörter einfach nur denke. Ich denke ganz fest an einen Buchstaben, das Programm zeichnet ihn auf und so schreibe ich Wörter und Sätze. Hat mich ziemlich viel Übung gekostet, bis ich damit umgehen konnte.«

Irma schaute in das blasse, reglose Gesicht, dessen dunkle Augen auf Morgenroth gerichtet waren. Äußerlich war diese junge Frau gelähmt, doch unter der Oberfläche geschah unfassbar viel.

Morgenroth sah Lilly interessiert an. »Und wie können Sie die Antworten lesen? Gehen die auch direkt in Ihr Gehirn?«

»Nein, nein«, wehrte Lilly ab. »Das ist eine Einbahnstraße. Die Implantate können nur auslesen, jedoch nichts einfügen. Die Nachrichten, Bilder und Videos von anderen sehe ich mir auf die althergebrachte Weise an.«

Der Monitor neben dem Bett, der bis eben schwarz gewesen war, schaltete sich ein.

»Waren Sie das?«, fragte Morgenroth.

»Wer denn sonst?« Obwohl die Computerstimme emotionslos war, glaubte Irma, Erheiterung darin zu erkennen.

Ein Mauszeiger huschte über den Bildschirm, klickte auf das Icon eines gängigen Chatprogramms, welches sich auftat. Wieder huschte der Mauszeiger umher und ein einzelner Chat öffnete sich. Als Irma das Profilbild von Ben erkannte, wurde ihre Kehle eng.

Eine Melodie erfüllte den Raum. Morgenroth holte ein Handy aus seiner Manteltasche, blickte kurz aufs Display und hielt es sich seufzend ans Ohr.

»Ja?«

Er lauschte dem Gesprächspartner am anderen Ende der Leitung und erstarrte. Seine Augen weiteten sich.

»Bin gleich da.« Er nickte Irma und Lilly knapp zu, dann eilte er ohne weitere Erklärung aus dem Zimmer.

27

ARTHUR

Mittwoch, 21. November 2029, 16.40 Uhr

Arthur raste durch die Stadt und hielt sich gerade so an die Geschwindigkeitsbegrenzung. Schließlich bog er in die Lornsenstraße ein, deren Backstein- und Altbaufassaden von zuckendem Blaulicht erhellt wurden. Wieder drückten sich Gesichter an die Fenster und versuchten, etwas von dem Geschehen zu erhaschen. Da es dieses Mal früher am Tag war als bei Benjamins Auffinden, drängten sich mehr Gaffer zwischen den geparkten Autos. Außerdem war die Presse schon vor Ort. Deutlich zahlreicher als vor zwei Tagen. Er entdeckte sogar zwei Übertragungswagen von überregionalen Fernsehsendern.

Wie beim letzten Mal parkte er den Wagen und betrat das Haus, dessen Tür von einem Polizisten bewacht wurde. Im ersten Stock empfing ihn eine grimmig dreinblickende Charlotte.

»Die Kollegen vom Erkennungsdienst sichern noch die Spuren«, berichtete sie. »Wir können noch nicht rein.«

»Was ist passiert?«, fragte Arthur.

Charlotte sah sich kurz um, wobei sie der Nachbartür einen eisigen Blick zuwarf. Schließlich zog sie Arthur am Ellenbogen einige Stufen hinab.

»Vor einer halben Stunde ging ein Notruf ein.« Charlotte sprach gedämpft, vermutlich, damit der Schall ihre Worte nicht durch das gesamte Treppenhaus trug. »Es war Josefines Nachbar.« Mit einem Kopfnicken deutete sie auf die Tür.

»Er hat Schreie gehört. Gleich drei Streifenwagen wurden herbeordert. Die Kollegen fanden Josefine in der Wohnung vor. Lebend, aber mit Kabelbindern an einen Stuhl gefesselt und mit Schnitten auf der Stirn. Ihr Gesicht war blutüberströmt. Haben gleich den Krankenwagen gerufen.«

»Ist sie noch hier?«, fragte Arthur.

»Nein, das UKSH ist ja keinen Kilometer entfernt. Haben sie mitgenommen und versorgen sie jetzt. Wir können erst nachher mit ihr sprechen.«

Arthur rieb sich den Nacken. »Wie geht es ihr?«

Charlotte zuckte mit den Schultern. »Die Schnitte auf der Stirn sind hässlich, aber nicht lebensgefährlich. Natürlich war sie verstört. Die Sanitäter haben ihr etwas zur Beruhigung gegeben.«

»Okay. Hat sie schon erzählen können, was passiert ist?«

Charlotte verzog das Gesicht. »Wie gesagt, sie war voll neben der Spur. Kein Wunder. Die Kollegen meinten jedoch, sie habe immer wieder geschrien, dass es Liberty of Mind gewesen sei. Hat sie übrigens auch getan, als man sie zum Krankenwagen runtergebracht hat. Ich wette, die Szene kannst du mittlerweile auf allen Sendern sehen.«

»Ziegler wird sich freuen.«

»Jap«, erwiderte Charlotte trocken. »Der ist auch schon auf den Weg hierher, will sich dieses Mal selbst ein Bild machen.«

»Kein Wunder.«

»Die Zeugenbefragungen laufen schon. Außerdem haben wir einen Aufruf ins Netz gestellt, sich zu melden, falls man sich zur Tatzeit in dieser Straße aufgehalten hat. Ich selbst will mir den Tatort gleich ansehen. Die Befragung von Josefine überlasse ich dir.« Dann legte sie den Kopf schräg und sah ihn prüfend an. »Hast du noch genug Lichasil? Du siehst müde aus und uns steht eine lange Nacht bevor.«

Er winkte ab. »Habe genug.«

»Gut.«

Arthur ließ seinen Wagen stehen und ging die achthundert Meter zum Universitätsklinikum zu Fuß.

Eine kurze Nachfrage an der Information ergab, dass Josefine noch in der Notaufnahme behandelt wurde, aber gleich auf die Normalstation käme. Dort könne er mit ihr sprechen.

Arthur bedankte sich und überbrückte die Wartezeit, indem er sich aus dem Automaten im Eingangsbereich einen Kaffee zog. Tee wäre ihm lieber gewesen, aber er brauchte Koffein. Im Rucksack befanden sich zwar noch zwei Dosen seines Energydrinks, die wollte er sich jedoch aufheben.

Seufzend ließ er sich auf einer der gepolsterten Bänke nieder, kippte den viel zu bitteren Kaffee hinunter und massierte sich die Schläfen. Er sehnte sich nach ein paar Stunden Schlaf. Als er sich aufrichtete, klapperte das Pillendöschen in seiner Jackentasche.

Nein, dachte er, doch nicht mehr mit der gleichen Vehemenz wie einen Tag zuvor.

Sein Handy piepte. Er schaute drauf.

Martha hatte ihm eine Nachricht geschickt: *Nimm dir frei. Australien ist herrlich zu dieser Jahreszeit. Und wir könnten dringend einen Helfer gebrauchen. Auf einer Farm gibt es immer viel zu tun.*

Er verdrehte die Augen und steckte das Handy weg, ohne eine Antwort zu tippen. Mit einem Seufzen schloss er die Augen, bemühte sich, jegliche Gedanken an seine Schwester und ihre fröhliche Kinderschar zu verdrängen. Wenn er schon warten musste, konnte er die Zeit auch nutzen. Keiner seiner Kollegen war hier, niemand würde etwas von seinem Nickerchen erfahren. Aber wie lange konnte er diese Scharade noch aufrechterhalten? Ohne Lichasil war es ihm unmöglich, jene Leistung zu erbringen, die von einem Mitarbeiter der Mordkommission erwartet wurde. Sollte er sich versetzen lassen? Auf eine Stelle, die nicht ganz so viel forderte? Aber was sollte das sein? Mittlerweile war es selbst für einen Durchschnittsangestellten normal, Enhancer zu nehmen, um acht Stunden durchzupowern.

»Herr Morgenroth?«

Arthur sah auf. Vor ihm stand eine Krankenschwester.

»Frau Krist wäre jetzt so weit.«

»Gut.« Schwerfällig erhob er sich. Seine Gliedmaßen schienen Tonnen zu wiegen. »Wo finde ich sie?«

»Ich bringe Sie hin.«

»Danke.« Er warf den Pappbecher in einen Papierkorb und folgte der Frau.

Kurz darauf betraten sie einen langgezogenen Flur, der hier und da von Pflanzen aufgelockert wurde. Es herrschte reger Betrieb, anscheinend sammelte man soeben das Geschirr vom Abendessen ein. Schon von Weitem war zu erkennen, in welchem Zimmer Josefine lag: Ein Polizist lümmelte auf einem Stuhl herum und nickte Arthur zu, als dieser hinter der Krankenschwester das Zimmer betrat.

Ein Déjà-vu ereilte ihn. Wieder blickte er auf ein Bett, wieder lag eine junge Frau darin. Diese war jedoch blond, wandte sich ihm zu und hatte außerdem einen blütenweißen Verband um die Stirn.

Die Krankenschwester trat neben das Bett. »Frau Krist? Ein Kommissar ist hier, um Sie zu befragen.«

Ein schwaches Lächeln strich über Josefines Gesicht. Nur wenig war von jener beherrschten Frau übrig, die erst am Vortag sein Büro betreten hatte. Sie sah erschöpft aus. Wie eine feine Porzellantasse, von der das Blattgold abblätterte.

Roh. Wund … Echt.

Die Pflegerin richtete sich auf. »Sagen Sie Bescheid, wenn es Ihnen zu viel wird, ja?«

Josefine nickte. »Mache ich.«

»Gut.« Die Krankenschwester verließ das Zimmer, woraufhin sich Arthur einen der Metallstühle neben das Bett zog.

»Frau Krist, wie geht es Ihnen?«

Ihre Augen wirkten unendlich müde. Lidschatten und Mascara waren verschwunden, die Haut fahl. Sie lächelte schmal. »Ich lebe noch.«

»Worüber ich sehr froh bin. Fühlen Sie sich in der Lage, mir zu berichten, was Ihnen widerfahren ist?«

Schweigen senkte sich über den Raum. Josefine wandte sich von ihm ab und schaute zum Fenster, in dem sie jedoch kaum mehr sehen konnte als ihr eigenes Spiegelbild. Die Nacht hatte sich gesenkt, nur hier und da unterbrochen von erleuchteten Fenstern oder einzelnen Straßenlaternen.

Sekunden verstrichen und wurden zu Minuten.

»Es hat an der Tür geklingelt.« Josefines Stimme war flach, ihr Atem beschleunigte sich. »Ich machte auf und drei Männer …« Ihre Stimme versagte.

»Wie sahen die Männer aus?«

»Ein DHL-Zusteller«, hauchte Josefine. »Er hielt ein Paket in der Hand. Habe mich noch gewundert, hatte ja nichts bestellt. Ist bestimmt für Ben, dachte ich. Er stürmte rein, hinter ihm waren noch zwei andere Männer.« Sie schluckte hart und verstummte.

Arthur wartete einige Sekunden ab, dann fragte er: »Können Sie die Männer beschreiben?«

»Sie … ich weiß nicht. Normal halt. Jeans, Turnschuhe, Jacke. Ich glaube, einer hatte schwarze Haare. Und der, der sich als DHL-Zusteller verkleidet hatte, sah aus wie ein Holzfäller.«

Mit der Hand deutete sie unter dem Kinn einen entsprechenden Bart an.

»Wie alt waren sie?«

»Weiß nicht. Mitte dreißig oder so.«

»Hatten sie sonstige Auffälligkeiten? Kleidung? Tätowierung? Brille? Schmuck?«

Josefine schüttelte den Kopf. »Keiner von ihnen hatte eine Brille. Ob die tätowiert waren, kann ich nicht sagen. Mir ist nichts aufgefallen.«

»In Ordnung, ich schicke gleich einen Phantombildzeichner vorbei. Der geht alles noch einmal mit Ihnen durch.«

»Klar, wenn es hilft.«

»Die drei Männer stürmten also in Ihre Wohnung«, nahm Arthur den Faden wieder auf. »Was geschah dann?«

Josefine erschauerte sichtlich und schloss die Augen. »Einer presste mir seine Hand auf den Mund, sodass ich nicht schreien konnte. Dann knebelten sie mich, schleppten mich ins Wohnzimmer, wo -«

Ein Schluchzen unterbrach ihren Bericht. Sie drehte sich von Arthur weg und wischte sich über die Augen. »Entschuldigen Sie. Die Enhancer lassen nach. Ich bin total aufgelöst.«

Sie streckte sich nach der auf dem Rollnachttisch liegenden Fernbedienung und drückte den blauen Rufknopf. Sie sah Arthur noch immer nicht an, sondern starrte auf ihre schmalen Hände, die sich in die Bettdecke krallten.

»Sie banden mich mit Kabelbindern an einem Stuhl fest und dann ... dann nahmen sie das Messer.« Sie strich über den Verband an ihrer Stirn. »Es tat schrecklich weh. Ich war jedoch geknebelt, außerdem hatten sie den Fernseher aufgedreht. Blut lief über mein Gesicht. Es war der Horror.« Sie atmete tief durch und schien sich zu sammeln. »Dann hielten sie mir das Messer an die Kehle. Ich dachte, das war's. Jetzt sterbe ich. Aber dann meinten sie, ich solle einen Text vorlesen. Wenn ich das mache, dann töten sie mich nicht.«

Zitternd holte sie Luft. Arthur schwieg, wartete geduldig ab, bis Josefine bereit war, weiterzusprechen.

»Ich glaubte nicht wirklich daran, dass sie mich am Leben lassen würden. Trotzdem habe ich es getan, welche Wahl blieb mir schon? Ich las alles vor und sie nahmen es mit einem Handy auf. Als sie fertig waren, packten sie alles zusammen und ließen mich gefesselt zurück. Ich habe geschrien und irgendein Nachbar hat das anscheinend gehört, denn kurz darauf wurde die Wohnungstür aufgebrochen und die Polizei war da.«

»Winkelmann, ihr direkter Nachbar, hat den Notruf gewählt«, erzählte Arthur.

Josefine lächelte schmallippig. »Wer auch sonst? Der bekommt alles mit, was im Haus vor sich geht.«

»Haben Ihre Angreifer irgendwelche Namen genannt?«

Josefine legte den Kopf schräg und dachte einen Moment nach. »Ich bin mir nicht sicher, habe nicht drauf geachtet.«

»Verständlich, Sie waren ja auch in Panik. Wie gingen die Männer vor? Zielstrebig und entschlossen? Oder wirkte die ganze Aktion eher unkoordiniert und chaotisch?«

»Nun ja ... Die wussten ziemlich genau, was sie taten. Zack, zack ging das und dann ...« Sie bedeckte das Gesicht mit den Händen und holte tief Luft.

Jemand klopfte an die Tür und öffnete sie im selben Moment. Eine korpulente Krankenschwester mit grauen Haaren und wogenden Brüsten kam herein. »Brauchen Sie etwas?«

Josefine nahm die Hände herunter. »Ja, zur Beruhigung.«

»Hm.« Die Krankenschwester schürzte die Lippen. »Wir haben Ihnen doch schon etwas gegeben.«

»Ja, aber ich brauche mehr.«

Die Frau stemmte ihre Fäuste in die ausladende Hüfte. »Obwohl es heutzutage Mode ist, sich diese Dinger pausenlos reinzupfeifen, möchte ich -«

Josefines Gesichtsausdruck veränderte sich. Eben noch schwach und blass, nun beherrscht von aufeinandergepressten Kiefern und flackerndem Blick. »Ich brauche meine Tabletten.«

Das Gesicht einer Süchtigen.

Kummer presste Arthurs Brust zusammen. Kummer um eine Gesellschaft und eine Frau, die überzeugt war, rund um die Uhr funktionieren zu müssen, koste es, was es wolle.

Die Krankenschwester sah Josefine mit hochgezogenen Brauen an, dann schnaufte sie und machte auf dem Absatz kehrt.

Josefine stieß ein abgehacktes und viel zu hohes Lachen aus.

Arthur ließ den Vorfall unkommentiert. »Was stand auf dem Zettel, den Sie vorlesen mussten? Können Sie sich an den Wortlaut erinnern?«

Sie rieb mit Daumen und Zeigefinger über ihre Augen. »Er war in Englisch. Es ... ach, keine Ahnung. Davon, dass wir unsere

Gehirne nicht mit Gift vollpumpen sollen, dass es uns verdirbt und so weiter. Der übliche Liberty-Scheiß.«

Arthur setzte die Befragung fort, erfuhr jedoch nichts Relevantes. Josefine wurde zusehends müde und bat schließlich darum, allein gelassen zu werden.

»Natürlich.« Arthur räusperte sich. »Eine letzte Frage noch: Sagt Ihnen der Name Lilly Pullmann etwas?«

»Lilly Pullmann?« Ratlosigkeit stand in Josefines Blick. »Nein. Sollte ich sie kennen?«

»Benjamin war seit einem halben Jahr mit ihr befreundet und hat sie regelmäßig besucht. Lilly leidet am Locked-In-Syndrom und liegt in einem Kieler Pflegeheim.«

»Ah ...« Josefine legte den Kopf schräg. »Hat sie eine Hirn-Computer-Schnittstelle?« Als Arthur sie ratlos ansah, lächelte sie schwach. »Ist ihr Gehirn mit einem Computer verbunden, mit dem sie dann verschiedenste Geräte steuern kann?«

»Ja, genau.«

Sie nickte, als habe sie nichts anderes erwartet. Dann zog hielt sie inne und schien nachzudenken. »Wieso hat er mir nie von ihr erzählt?«

»Das weiß ich nicht«, log Arthur. Die Verbindung zwischen Frau Nessau und Lilly war zu persönlich, als dass er Josefine davon berichten wollte. Er verabschiedete sich und suchte Josefines behandelnden Arzt auf. Er sprach zehn Minuten mit ihm, danach verließ er das Krankenhaus.

Draußen kämpfte die Straßenbeleuchtung gegen die Dunkelheit der Nacht an. Arthur holte sein Handy aus der Tasche und drückte auf Charlottes Nummer.

»Wie lief es?«, fragte seine Kollegin.

Arthur schilderte ihr die Vernehmung, woraufhin Charlotte zunächst einige Sekunden schwieg. »Interessant«, sagte sie schließlich. »Das mit dem DHL-Zusteller. Es könnte sich lohnen, einen Blick auf die Verkehrskameras in der Umgebung zu werfen.« Sie seufzte. »Ich werde Ziegler bitten, dass Thiess sich darum kümmert.«

»Konntest du etwas herausfinden?«, fragte Arthur.

»Spurensicherung ist noch immer dabei. Von den Nachbarn kam bisher noch nichts, aber da wussten wir auch noch nichts von dem Zusteller. Aber selbst dieser Winkelmann hat niemanden gesehen, obwohl er nach eigener Aussage immer darauf achtet, ob sich fremde Personen im Haus befinden. Kurz vor dem Überfall war er sogar noch bei Josefine, um sich nach ihrem Wohlergehen zu erkundigen. Sie hat ihn jedoch weggeschickt.«

»Zu seinem Glück. Wer weiß, was die Täter ihm angetan hätten.«

»Seine Anwesenheit hätte auch zu einem Abbruch führen können.«

»Oder bloß dazu, dass die Täter ihr Vorhaben verschieben. Egal, was gibt der Tatort her?«

»Bisher nichts. Alles Weitere werden wir die Tage erfahren. Das Labor arbeitet noch immer an den Spuren von Benjamin, ich habe jedoch beantragt, dass man die Tatwaffe prioritär behandelt. Das Messer, mit dem Josefine verletzt wurde, lag tatsächlich noch in der Wohnung. Das Tuch, mit dem die Männer sie geknebelt hatten, ebenso. Vielleicht ist da ein wenig DNA drauf.«

»Du klingst nicht gerade hoffnungsvoll.«

»Ich verzichte auf Hoffnung, sondern halte mich an die Fakten. Was mir zudem aufgefallen ist: Seltsam, dass die Männer Josefine ohne Knebel zurückgelassen haben. Bei Benjamin hatten sie ja schon bewiesen, dass sie vor Mord nicht zurückschrecken. Menschlichkeit oder der Wunsch, ihr Opfer nicht zu sehr leiden zu lassen, steht bei denen garantiert nicht im Vordergrund. Offenbar wollten sie, dass Josefine schnell gefunden wird. Aber wieso?«

»Tja.« Arthur kratzte sich am Kinn, konnte sich aber auch keinen Reim darauf machen.

»Was hat eigentlich deine Fahrt ins Pflegeheim ergeben?«

»Vieles. Zum einen können wir davon ausgehen, dass Lilly nicht direkt an der Tat beteiligt war. Sie leidet unter dem

Locked-In-Syndrom und ist ans Bett gefesselt. Ihre Beziehung zu Ben war anscheinend rein platonischer Natur.« Er berichtete von seinen Eindrücken, dann sagte er: »Wirklich interessant wurde es jedoch, als Benjamins Mutter plötzlich ins Zimmer kam.«

»Ach.«

»Es waren viele Emotionen im Spiel. Nessau hatte offensichtlich Schuldgefühle, während Lilly davon sprach, dass sie ihr schon längst vergeben hatte. Und immer wieder wurde von dem Unfall gesprochen, der Lilly in dieses Pflegeheim gebracht hat.«

»Aha. Und was genau -«

»Konnte ich noch nicht herausfinden, da du mich in diesem Moment angerufen hattest. Ich werde mich aber noch heute Nacht dahinterklemmen. Noch was: Ich sprach eben mit Josefines Arzt. Und der hat mir ein Bild von den Schnitten auf ihrer Stirn gezeigt. Moment, ich schicke es dir.«

Arthur wischte über das Display, rief das entsprechende Foto auf und tippte dann auf *Senden*. Am anderen Ende der Leitung sog Charlotte scharf die Luft ein.

Arthur nickte. »Ich weiß.«

Das Bild zeigte eine gereinigte Stirn, die jemand mit rohen Schnitten verunziert hatte. Sie waren jedoch nicht willkürlich, sondern bewusst angeordnet. Sie bildeten ein Symbol: ein liegendes Oval, an dessen rechter Seite ein einzelner Schnitt nach unten bis zur Augenbraue ging. Das Symbol von Liberty of Mind.

28

IRMA

Mittwoch, 21. November 2029, 20.15 Uhr

Vor Irma glitten die Türen des Fahrstuhles auseinander und sie betrat den Krankenhausflur. In den Händen hielt sie einen Blumenstrauß, den sie eben bei der Tankstelle gekauft hatte. Über ihrer Schulter hing eine schmale Reisetasche. Suchend sah sie sich um und strebte schließlich zur Schwesternstation, wo ein junges Ding auf ihrem Handy herumspielte, dieses jedoch rasch beiseitelegte, als sie Irma gewahrte.

»Guten Abend, Sie sind aber reichlich spät«, sagte die Frau. »Die Besuchszeit ist seit fünfzehn Minuten vorüber.«

»Ich beeile mich auch«, sagte Irma und lächelte entschuldigend. »Meine Schwiegertochter in spe wurde vorhin hier eingeliefert. Stellen Sie sich vor, in der eigenen Wohnung hat man sie überfallen. Ich will nur kurz nach ihr sehen und ihr ein paar Sachen dalassen.« Sie zupfte an der Reisetasche.

Die junge Frau sah sie mit großen Augen an. »Doch nicht die, die heute Nachmittag …« Sie unterbrach sich, ordnete ihre Gesichtszüge und versuchte offenbar, nicht allzu neugierig zu wirken. Aus dem Augenwinkel sah Irma, dass auf dem Handy der Krankenschwester ein Bild von der Lornsenstraße prangte. »Sie meinen Frau Krist?«, erkundigte sich die Schwester.

»Ja, genau.«

»Okay.« Sie zögerte. »Tut mir leid, aber da kann ich sie nicht einfach hineinlassen. Sie könnten ja auch von der Presse sein. Wie ist Ihr Name? Dann frage ich Frau Krist eben.«

»Irma Nessau.«

Die junge Frau eilte davon. Irma stand unschlüssig einige Minuten lang neben der Station, bis die Schwester mit einem strahlenden Lächeln zurückkehrte.

»Zimmer 309. Sie finden es leicht, es ist das, wo der Polizist vor sitzt. Frau Krist erwartet Sie.«

»Danke schön.«

Irma eilte in die entsprechende Richtung. Nachdem der Polizist ihre Personalien überprüft hatte, klopfte sie an die Tür.

»Ja«, erklang Josefines Stimme.

Irma holte tief Luft und trat ein. Zwei Betten standen im Zimmer. Das erste war nicht belegt, in dem anderen am Fenster saß Josefine. Das Kopfteil war hochgefahren und sie ruhte halb aufrecht in dem wattigen Kissen und sah Irma ermattet entgegen.

Mit vorsichtigen Schritten Irma zu ihr und setzte sich auf die Bettkante. Den Blumenstrauß hielt sie unschlüssig in einer Hand. »Ich habe gerade erfahren, was passiert ist, und wollte dir ein paar Sachen vorbeibringen, die du vielleicht gebrauchen könntest.« Sie überreichte die Blumen, welche Josefine mit einem müden Lächeln entgegennahm. Die kleine Reisetasche stellte Irma auf dem Fußende des Bettes ab. »Diese Krankenhauskluft ist wirklich unter aller Würde und wenn du entlassen wirst, kannst du schlecht in den Klamotten nach Hause gehen, in denen man dich hergebracht hat. Außerdem habe ich noch das eine oder andere schokoladige Trostpflaster dabei.«

»Du warst in meiner Wohnung?« Josefine wirkte nicht gerade erfreut über diesen Umstand. Verständlich. Irma hätte es auch nicht gemocht, wenn jemand ungefragt in ihrem Kleiderschrank wühlen würde.

»Ja, die Polizei hat mir freundlicherweise erlaubt, ein paar deiner Kleidungsstücke herzubringen.«

»Hast du meinen Laptop eingepackt?«

»Deinen Laptop? Tut mir leid, daran habe ich nicht gedacht.« Sie musterte Josefine. »Bist du schlimm verletzt?«

Josefines Hand zuckte zu dem weißen Verband um ihren Kopf, dann hob ein schwaches Lächeln ihre Mundwinkel, ließ ihre Augen jedoch unberührt. »Halb so wild. Vor zehn Jahren hätte es hässliche Narben hinterlassen, doch die Ärzte sind zuversichtlich, dass in einem Jahr kaum noch was zu sehen ist.«

»Das ist gut. Wissen deine Eltern schon Bescheid?«

Hastig schüttelte Josefine den Kopf, während sie die Blumen auf den Nachttisch legte. »Ich will nicht, dass sie sich Sorgen um mich machen.«

»Kann ich verstehen.«

Josefine räusperte sich. »Ich freue mich über deinen Besuch, aber um ehrlich zu sein, bin ich ziemlich müde.«

Unbeholfen tätschelte Irma ihre Hand. »Kein Wunder, bei dem, was du durchgemacht hast.«

Josefine nickte, wirkte erleichtert. Offenbar erwartete sie, dass Irma nun aufstehen und das Zimmer verlassen würde.

Sie blieb jedoch sitzen. »Erzähl mir, was passiert ist.«

Mit einem Seufzen schloss Josefine die Augen. »Ich wurde überfallen. Man zwang mich, einen Text vorzulesen, dann war alles vorbei.«

»Was waren das für Männer?«

Josefine legte den Kopf schräg. »Du klingst wie die Polizei.«

Statt zu antworten, kramte Irma ihr Handy aus der Tasche, suchte das Zeitungsbild von Pullmann heraus und zeigte es Josefine.

»War er einer der Angreifer?«

Josefine betrachtete das Foto intensiv, schließlich schüttelte sie den Kopf. »Nein. Wieso? Wer ist das?«

»Manfred Pullmann.« Irma beobachtete jedes Zucken im Gesicht von Josefine. Diese zeigte jedoch kein Zeichen von Erkennen, sondern hob nur die Schultern.

»Sagt dir der Name Lilly etwas?«, fragte Irma.

»Nein. Aber der Kommissar hat mich auch schon nach ihr gefragt. Moment, hieß die nicht auch Pullmann?«

Irma nickte. »Sie ist die Tochter von Manfred Pullmann.«

»Ach so ... und weshalb denkst du, dass ihr Vater einer der Angreifer sein könnte?«

»Ich bin verzweifelt und stochere bloß wild herum.« Sie tätschelte Josefines Hand und erhob sich. »Ich will dich nicht länger behelligen. Du brauchst Ruhe.«

»Manfred Pullmann ...« Josefine zupfte an ihrer Unterlippe. »Ich glaube, ich habe den Namen doch schon mal gehört.«

Mitten im Schritt hielt Irma inne und sah Josefine fragend an. Ihr Herz hämmerte in der Brust.

Josefine stieß einen frustrierten Laut aus. »Ich weiß aber nicht wo.«

Irma ging zum Bett zurück und setzte sich wieder auf die Kante der Matratze. »Hat Ben ihn vielleicht mal erwähnt?«

»Ich weiß nicht. Kann sein.«

»Weißt du noch, in welchem Zusammenhang?«

»Ich weiß nicht einmal, ob ich ihn von Ben oder jemand anderem gehört habe. Wer ist dieser Manfred Pullmann?«

»Wie gesagt: Er ist Lillys Vater.« Angespannt blickte Irma in das blasse Gesicht.

»Was macht er außerdem?«

Irma zuckte mit den Schultern. »Nichts Besonderes. Arbeitet als Bürokaufmann, geschieden, hat ein kleines Haus hier in Kiel.«

»Hm.« Josefine sah nachdenklich zur Decke auf. Schließlich verzog sie das Gesicht und schüttelte den Kopf. »Ich kann mich wirklich nicht erinnern, wo ich den Namen schon einmal gehört habe.«

Irma lächelte gezwungen. »Vielleicht fällt es dir ja wieder ein. Schreib mir dann, ja?«

»Natürlich.«

»Jetzt ruh dich aus. Und ich verschwinde lieber, bevor ich noch rausgeworfen werde, weil ich die Besuchszeiten zu weit überschreite.« Sie zwinkerte Josefine zu, die sie ihrerseits aus rot unterlaufenen Augen ansah. Offenbar erwartete sie noch eine andere Frage. Irma lächelte nervös und spürte ebenfalls jene ungesagten Worte, die im Raum hingen. Sie brachte es jedoch noch nicht über sich, sie auszusprechen. Noch nicht. Das wäre pietätlos. Für dieses Gespräch brauchte Irma einen persönlicheren Ort als dieses Krankenhaus. Mit einem fahrigen Winken verließ sie das Zimmer.

29

ARTHUR

Mittwoch, 21. November 2029, 23.40 Uhr

Die Nacht hatte sich über Kiel gesenkt. Arthur stand im Hinterhof des Mehrfamilienhauses, in dem die Wohnung von Benjamin und Josefine lag. Er hatte die Hände in den Taschen seiner Jacke vergraben und ließ den Blick über die Umgebung schweifen. Es war kalt. Sein Atem bildete kleine Wölkchen. Hohe Backsteinfassaden umgaben ihn, ein Haus schmiegte sich an das nächste, vier oder fünf Stockwerke hoch. Das Innere des Häuserblocks war mit Zäunen und Hecken unterteilt, im Zentrum erhoben sich die Schatten von vier großen, kahlen Bäumen. Eine Katze schlich über den Rasen und ließ sich nicht von Arthurs Anwesenheit stören. Es war still. Dank der umliegenden Häuser verkamen die Geräusche der Straße zu einem fernen Rauschen. Arthur konnte sogar das Rascheln des Windes in den Hecken vernehmen. Und doch war er umgeben von Leben. Dutzende von Fenstern waren erhellt. Hinter jedem Fenster ein anderer Mensch, eine andere Familie, ein anderes Leben. Andere Ziele, Wünsche, Hoffnungen, Ängste. Jedes Fenster ein neuer Blick in eine andere Geschichte. Irgendwie glich so ein Häuserblock einem Bücherregal.

Noch während Arthur dort stand, erlosch ein Licht in seinem Blickfeld. Dann ein zweites. Vermutlich gingen die Bewohner gerade ins Bett, legten ihre Köpfe auf ein samtweiches Kissen und zogen die warme Decke bis zum Kinn hinauf.

Arthur beneidete sie. Ihm selbst stand noch eine lange Nacht bevor. Die Hand in der Jackentasche umschloss das Plastikdöschen, das sich hart und kalt anfühlte. Lichasil. Noch im vergangenen Monat hatte er täglich Enhancer genommen und sich gut damit gefühlt. Nächtelang hatte er durchgearbeitet, war ein verlässliches Rädchen im Getriebe gewesen. Nun hakte dieses Rädchen, brachte den Ablauf der Maschinerie zum Stottern. Müdigkeit zerrte an seinen Gliedern. Wenn er weiterhin ein Teil der Maschinerie bleiben wollte, hatte er keine Wahl.

Wieder einmal kam ihm Rilke in den Sinn.

Die Luft ist lau, wie in dem Sterbezimmer,
an dessen Türe schon der Tod steht still;
auf nassen Dächern liegt ein blasser Schimmer,
wie der der Kerze, die verlöschen will.

Sich an diese Zeilen zu erinnern, war wie einem alten Freund aus Kindertagen zu begegnen. Er hörte die kratzende Stimme seines Großvaters, sah den alten Mann vor sich, wie er in seinem Sessel ruhte, den Blick auf das Buch in seiner Hand gerichtet. Er hatte Gedichte nie einfach vorgelesen. Er hat sie vorgetragen. Gewichtig und mit den richtigen Betonungen an den richtigen Stellen.

Arthur, damals vielleicht acht Jahre alt, hatte auf dem abgewetzten Teppich gelegen und gemalt, während das stete Ticken der Pendeluhr die Zeit in kleine Abschnitte teilte.

Von draußen wehte das fröhliche Kreischen seiner drei Geschwister herein. Martha, Thomas und Ethel. Seine Eltern saßen am knackenden Lagerfeuer. Pa zupfte auf seiner Gitarre herum, während Ma die ersten Töne eines Liedes anstimmte. Das gekippte Fenster trug den Geruch von Rauch und Stockbrot in die kleine Hütte. Arthur erhob sich und schloss es.

Sein Opa sah auf und lächelte wissend. Arthur lächelte zurück. Zwischen ihnen bedurfte es nicht vieler Worte. Er griff nach seinen Buntstiften, um das Bild zu vollenden. Die Pendeluhr tickte, sein Stift kratzte über das Papier und die Buchseiten raschelten leise, wenn sein Opa sie umblätterte. Arthur genoss das Schweigen. Seine Geschwister und seine Eltern konnten das nicht, einfach mal still sein. Einer von ihnen musste immer plappern, meist alle auf einmal. Wenn sie zu sechst am Abendbrottisch saßen, herrschte das, was seine Mutter immer als *heimeliges Chaos* bezeichnete.

»Ich denke, das hier wird dir gefallen.« Sein Opa strich die Seite glatt und Arthur richtete sich ein wenig auf. Die Stimme seines Großvaters erklang und trug die Gedanken des damals noch so jungen Arthur fort.

Seufzend zog er die Pillendose hervor. Das Plastik schimmerte im fahlen Licht und erinnerte ihn an die Haut einer Schlange. Er betrachtete die weißen Tabletten, schüttelte die Dose und vernahm das Klappern. Er drehte die Kappe auf, ließ eine Tablette auf seine Handfläche gleiten. Lange sah er auf sie herab. Dann ruckte seine Hand empor und er schluckte die Pille trocken herunter. Sie blieb ihm im Hals hängen. Er musste mehrmals nachschlucken, bis er sie endlich weit genug nach unten befördert hatte, sodass sein Körper den Rest übernahm. Zurück blieb ein bitterer Geschmack auf der Zunge.

Meine Sonnenscheinbonbons. Wie ein Flüstern wehte Hannas Stimme durch seine Gedanken. Er sah ihr Lächeln vor sich, wie sie ihm zuzwinkerte, bevor sie die gelbe Tablette herunterschluckte. Damals hatte er sich noch keine Gedanken gemacht. Jeder nahm Enhancer und Hanna hatte sie gebraucht. All die Arztbesuche, all die Spritzen, all die falsch lächelnden Ärzte, die ihnen versicherten, dass sie sich nur entspannen müssten, dann würde es sicherlich bald klappen.

Es hatte nie geklappt. Monate verstrichen und wurden zu Jahren. Hannas Bauch blieb flach und das Extrazimmer in ihrer Wohnung leer. Hannas Lebensfreude schwand. Mit jedem verstreichenden Tag wurde ihr Lachen seltener, der

Blick glanzlos. Ihr schien es immer schwerer zu fallen, morgens aufzustehen und sich zur Arbeit zu schleppen, die sie bloß noch als Tretmühle bezeichnete.

»Warum mache ich das eigentlich alles? Wer braucht mich schon? Ich bin austauschbar.«

Kopfschmerzen, Übelkeit, Rückenschmerzen, Migräne. Jeden Tag war es etwas anderes. Aber gegen alles gab es Tabletten.

Hanna kam ihm vor wie ein kleines Segelboot, das hilflos durch den Sturm schlingerte und nach einem Hafen suchte. Er hätte dieser schützende Liegeplatz sein müssen. Aber er hatte versagt. Die dämpfende Wirkung all dieser Psychopharmaka hatte ihn versagen lassen.

Das kleine schwarze Loch in seiner Brust öffnete sich. Arthur ließ es zu, empfing die alles überwältigende Trauer mit einer Umarmung. Ein letztes Mal wollte er sie spüren, bevor die Wirkung des Lichasil einsetzte. Er legte den Kopf in den Nacken und blickte zu den in der Kälte flirrenden Sternen hinauf.

Im gleichen Maße, wie Hanna sich im Sturm verlor, stieg der Konsum dieser vermaledeiten Sonnenscheinbonbons und all der anderen Pillen. Bis Arthur eines Tages nach einer sehr, sehr langen Schicht nach Hause kam und seine Frau reglos auf den Badezimmerfliesen vorfand.

Ein Schlaganfall, teilten ihm die Ärzte bedauernd mit. Niemand wusste weshalb. Hanna war doch so jung gewesen. Nach der Beerdigung hatte Arthur recherchiert, war auf zahlreiche kritische Stimmen gestoßen, die den inflationären Gebrauch von Enhancern mit dem Anstieg von Schlaganfällen in den letzten Jahren in Verbindung brachte.

»Arthur?« Charlottes Stimme zerbrach den Frieden und die Dunkelheit.

Er wandte sich um. Licht fiel durch die Fenster des Treppenhauses und erhellte einen Teil der mit grauen Betonplatten ausgelegten Terrasse. Vor dem erleuchteten Rechteck der offen stehenden Tür gewahrte er die Silhouette seiner Kollegin.

»Komme schon.« Er steckte die Plastikdose mit den Tabletten in seine Jackentasche und ging auf sie zu.

»Sei kein Idiot«, zischte sie. Ihre Stimme war eisig wie die Nachtluft.

Verblüfft blieb er stehen. »Was ...«

Sie löste sich von der Türschwelle, stieg die einzelne Stufe in den Garten hinab und kam auf ihn zu. Mit einem Kopfnicken deutete sie auf seine Jackentasche.

»Nimm sie endlich.«

»Ich weiß nicht -«, begann er.

»Natürlich weißt du, was ich meine.« Ihre Stimme war noch immer gedämpft. »Und jetzt sei kein Idiot und nimm endlich dein Lichasil. Es liegen noch viele Stunden vor uns. So einen Patzer wie gestern Nacht, als du einfach nicht zur Arbeit gekommen bist, kannst du dir nicht noch einmal erlauben. Wie wirkt denn das, derart kurz nach einem Mordfall? Da gibt es keine Freizeit. Überhaupt, was soll das? Warum zum Teufel schluckst du kein Lichasil mehr?«

Sie starrte zu ihm auf, verlangte nach einer Antwort. Unwillkürlich wich Arthur einen halben Schritt zurück. Sein Blick strich über die in der Dunkelheit liegenden Hecken, als ob er dort eine Antwort finden würde.

»Gibt es Wechselwirkungen mit deinen Stimmungsaufhellern?«, fragte Charlotte.

»Nein, das ...« Er rieb sich verlegen den Nacken, dann straffte er sich. »Egal, ich habe gerade eine genommen. Alles in Ordnung. Lass uns reingehen.«

Ihr Blick scannte ihn, schien bis in sein Innerstes vordringen zu wollen.

»Wirklich?«, hakte sie nach.

»Ja.«

Groll stieg in Arthur auf. In was für einer Welt lebte er, in der ohne Reue von ihm verlangt werden konnte, dass er irgendwelche Pillen nahm, die sein Denken veränderten? Einer Welt, in der er mithilfe von Medikamenten so eingepasst werden musste, dass er das perfekte Rädchen ergab. Funktionieren bis zur Selbstaufgabe.

»Was?« Charlottes Stimme schnitt durch die Nacht. Offenbar war ihr sein Missfallen nicht entgangen.

Er seufzte müde. »Findest du es wirklich in Ordnung, dass es mittlerweile vollkommen normal ist, eine Leistung von uns zu verlangen, die wir ohne Drogen nicht mehr erbringen können?«

Die Falten in Charlottes Stirn vertieften sich.

»Es sind ja nicht nur wir bei der Polizei«, fuhr er fort. »Oder Ärzte und Sanitäter. Selbst von ganz normalen Büroangestellten wird erwartet, dass sie Enhancer nehmen, damit sie ihre acht Stunden bei vollster Konzentration abarbeiten. Für uns alle sind diese Pillen doch schon so normal, dass wir gar nicht mehr wissen, wie sich unser Kopf ohne anfühlt. Ich -«

Plötzlich erlosch das Licht im Treppenhaus. Dunkelheit umhüllte sie. Charlotte trat vor, legte ihm eine Hand auf den Oberarm. Einen Atemzug lang standen sie stumm voreinander.

»Du hast Hanna geliebt«, flüsterte Charlotte. »Es wäre verständlich, wenn du noch nicht dienstbereit bist.«

»Darum geht es doch nicht.« Er wich zurück. Ihre Hand löste sich von seinem Arm. »Charlotte, gibt es eigentlich noch Tage in deinem Leben, an denen du keine Enhancer nimmst?«

»Nein.« Ihre Stimme war ruhig. »Genauso wenig, wie es früher Tage gab, an denen ich keinen Kaffee getrunken habe.«

»Das ist etwas anderes. Beim Kaffee -«

»Beides nimmt man zu sich, um die Leistungsfähigkeit zu steigern. Vor den Enhancern war es vollkommen normal, seinen Tag mit einem Kaffee zu beginnen, um schneller wach zu werden. Und wenn man ins Mittagstief geriet? Schon damals haben wir Müdigkeit oder Konzentrationsschwächen nicht toleriert und sind mit einer psychoaktiven Substanz dagegen angegangen. Mit Koffein.«

»Es ist trotzdem etwas anderes«, beharrte er.

»Ja. Lichasil macht deutlich wacher als Koffein.« Charlotte verschränkte die Arme vor der Brust. In der Dunkelheit konnte Arthur ihr Gesicht nicht sehen, dennoch spürte er ihren durchdringenden Blick auf sich. »Weshalb diskutieren wir eigentlich?«, fragte sie. »Entweder du kannst die Leistung erbringen, die von dir erwartet wird, oder eben nicht. Es ist verständlich, falls du noch mehr Zeit brauchst, wirklich. Aber wenn du wieder da bist, verlange ich, dass man sich auf dich verlassen kann. Also?«

Seine Schultern sackten herab. »Ich habe die Entscheidung längst getroffen. Ich habe eben wirklich Lichasil genommen.«

»Gut, dann zurück an die Arbeit.«

30

IRMA

Donnerstag, 22. November 2029, 08.30 Uhr

Irma öffnete die Tür und fand Lilly in genau der gleichen Haltung vor wie beim letzten Mal. Die Morgensonne fiel durch den breiten Spalt zwischen den Vorhängen und zeichnete einen hellen Strich über den Boden und Lillys Bettdecke.

»Hallo, Irma. Schön, dich zu sehen.«

Irma lächelte und war bloß eine Sekunde irritiert, als die junge Frau das Lächeln nicht erwiderte, sondern nur blinzelte.

»Wie geht es dir heute?«, fragte Irma.

»Ich habe von Ben geträumt.«

Keine Erläuterung. Lilly ließ die Worte einfach so im Raum stehen. Irma trat an das Bett heran. Der Bildschirm vor Lillys Gesicht schaltete sich aus und der Arm fuhr ihn beiseite.

Irma setzte sich. »Tut mir leid, dass ich gestern so schnell losmusste.«

»Alles gut, kann ich verstehen. Wäre selbst gern hinterher gerannt, als der Kommissar losgefetzt ist, als sei ein Rudel Dämonenhunde hinter ihm her. Stattdessen habe ich das Netz nach den neusten Meldungen durchforstet. Die waren aber alle recht oberflächlich. Was genau ist passiert? Wie geht es Josefine?«

Irma fasste die Ereignisse des gestrigen Nachmittags in knappen Worten zusammen und endete damit, wie sie Josefine im Krankenhaus besucht hatte. »Körperlich ist sie in

Ordnung. Ein paar Schnitte, schmerzhaft, aber vergänglich. Aber sie ist natürlich ziemlich durcheinander.«

Irma blickte auf ihre Finger, die am Saum des Blazers herumnestelten. Sie zwang sich, ihn loszulassen. Nach dem langen und erholsamen Schlaf der letzten Nacht fühlte sich ihr Kopf angenehm frisch an.

»Das ist gut«, sagte Lilly. »Nach dem, was Ben geschehen ist, kann Josefine wohl von Glück sprechen, dass sie überhaupt noch lebt.«

»Ja, vermutlich.«

»Aber du bist nicht hier, um über den Vorfall zu sprechen.«

Irma lächelte verlegen. »Ich wollte fragen, ob du mir vielleicht ein wenig von dem zeigen magst, was Ben dir geschickt hat. Ich hoffe, die Bitte wirkt nicht allzu dreist. Es ist nur: Mit dir habe ich eine Seite in Bens Leben entdeckt, die ich bisher nicht kannte, und plötzlich habe ich den Eindruck ...« Sie lachte traurig auf. »Als hätte ich etwas verpasst. Ich möchte gern mehr über dich und Ben erfahren. Vielleicht hast du ja Lust, mir ein wenig zu erzählen?«

Lilly antwortete nicht gleich, sondern blinzelte Irma an. Reglos lag sie in ihren Kissen mit den Kabeln, die aus ihrem Kopf führten und sie mit der Welt verbanden. »Ben war der wundervollste Mensch, dem ich je begegnet bin. Jahr um Jahr hatte ich in diesem Zimmer vor mich hinvegetiert und mein einziger Freund war der Fernseher. Damals konnte ich ihn nicht einmal selbst umschalten. Bei der kleinsten Handlung war ich auf andere Menschen angewiesen, denen ich mich nur durch Blinzeln mitteilen konnte. Einmal Blinzeln für *Ja*, zweimal für *Nein*. Das funktionierte natürlich nur, wenn mein Gesprächspartner mich auch ansah. Oft genug fegten die Angestellten einfach nur durch mein Zimmer und gingen ihren Aufgaben nach, ohne mich wahrzunehmen.«

»Das klingt furchtbar«, flüsterte Irma, während sie erneut vom schlechten Gewissen überrollt wurde.

»Ich war ein Möbelstück. Ein unheimliches Möbelstück. Als man mir das Brain-Computer-Interface und damit eine Verbindung zum Internet gab, war das, als öffnete sich eine Tür zur Welt. Das war toll und trotzdem war ich nach wie vor ausgeschlossen. Aber als Ben kam ... Er ließ mich an seinem Leben teilhaben wie niemand anderes zuvor. Manchmal stellte er einfach das Handy auf seinen Schreibtisch, während er arbeitete, und ich habe ihn live beobachtet.« Sie lachte auf. »Das klingt langweilig, aber es war einfach nur schön. Ich war nicht allein.«

Ein wattig warmes Gefühl breitete sich in Irmas Brust aus. Sie war stolz auf ihren Jungen. Und in einem war sich Irma sicher: Selbst wenn Lillys Vater für Bens Tod verantwortlich war, dieses Mädchen hatte nichts damit zu tun.

Irma legte eine Hand auf Lillys Unterarm. »Das klingt wundervoll. Dein Vater war sicherlich froh, dass du einen so lieben Freund wie meinen Ben gefunden hast.«

Lilly blinzelte und sagte so lange kein Wort, dass Irma schon fürchtete, irgendwas an den Gerätschaften sei kaputtgegangen. Dann erklang die Stimme wieder: »Ich möchte ehrlich gesagt nicht über meinen Vater sprechen.«

»Entschuldige bitte, ich wollte dir nicht zu nahe treten.« Irma hoffte, dass man ihr die Aufregung nicht ansah. Irgendwas schien zwischen Vater und Tochter vorgefallen zu sein. Dies, in Kombination mit der E-Mail in Bens Postfach, bestätigte Irma, dass sie auf der richtigen Spur war. »Ich hatte auch immer Probleme mit meinem Vater«, erzählte sie. »Er war einer von der alten Garde, ein richtiger Patriarch, der Frauen am liebsten vor dem Herd sah. Väter können manchmal richtig erdrückend sein.«

Sie sah auffordernd in Lillys Gesicht, hoffte auf eine Reaktion. Die junge Frau blinzelte bloß.

Irma seufzte und baute das Schauspiel weiter aus. »Mein Vater hat mir nichts zugetraut. Andauernd bekam ich zu hören, dies oder jenes könnte ich nicht, weil ich doch ein Mädchen bin.«

Irma machte eine Pause, um Lilly die Möglichkeit einer Erwiderung zu geben, doch sie schwieg weiterhin.

»Ich bin mir sicher, dass er mich nur beschützen wollte«, sagte Irma. »Trotzdem war es frustrierend.«

Lächelnd sah sie Lilly an. Diese starrte bloß zurück. Die Stille wurde drückend.

Irma gab auf. Anstatt weiter über Väter zu sprechen, wechselte sie das Thema. »Bens geplanter Umzug in die USA hat dich sicherlich traurig gemacht.«

Erst schien es, als würde sich Lilly auch weiterhin in Schweigen hüllen. Dann erklang die emotionslose Computerstimme. »Es ging. Ich hätte ihn zwar nicht mehr persönlich sehen können, aber dank der modernen Technologie ist die Erde sehr klein geworden. Wir hätten ja trotzdem chatten können und so. Dass ich ihn nun aber gar nicht mehr sehen kann ...«

Eine Träne quoll hervor. Surrend erwachte der Roboterarm zum Leben, holte ein Taschentuch aus der Schublade und tupfte die Träne weg.

Trotz der im Raum hängenden Trauer musste Irma lächeln. »Dieses Ding ist echt bizarr.«

Die Stimme lachte. »Ja, das sagen viele.«

Sie wischte eine weitere Träne weg.

Der Monitor neben dem Bett erwachte zum Leben. Der Chatverlauf mit Ben war zu sehen.

»Diese Nachricht hat mir Ben am Donnerstag geschickt«, sagte Lilly, die aus dem Augenwinkel auf den Monitor stierte.

Irma las: *Sorry, etwas kam dazwischen. Bin beschäftigt.*

»Seine letzten Worte an mich.« In der Stimme eines realen Menschen hätte sicherlich Trauer gelegen. Die Emotionslosigkeit der Computerstimme verursachte Irma eine Gänsehaut.

Gemeinsam gingen sie einige Abschnitte des Chats durch, sahen sich Fotos und Videos an. Es waren alltägliche Situationen: Ben auf dem Weg zur Arbeit, Ben vor dem Computer, Ben, der mit einer Zahnbürste zwischen den Zähnen und Schaum vorm Mund einen tollwütigen Hund mimte.

Immer wieder wischte Irma sich über die Augen und spürte, wie das Beben in ihrem Inneren stärker wurde.

»Mach es bitte aus«, flüsterte sie.

Lilly kam der Aufforderung nach. Der Monitor wurde schwarz.

Zitternd holte Irma Luft. »Danke, dass du deine Erinnerungen an ihn mit mir teilst, aber jetzt brauche ich eine Pause.«

»Kann ich verstehen. Ich warte einfach hier.« Lilly zwinkerte ihr zu, woraufhin Irma schmal lächelte.

31

ARTHUR

Donnerstag, 22. November 2029, 09.00 Uhr

Ziegler betrat den Besprechungsraum. »Okay, dann wollen wir mal schauen, was die Nacht ergeben hat.«

Er trug einen flachen, weißen Karton, den er in der Mitte des ovalen Tisches abstellte. Als er den Deckel öffnete, kamen gut zwanzig belegte Brötchen zum Vorschein. Sofort lehnten sich die anwesenden Kommissare vor und griffen sich jeweils eines. Arthur erwischte ein Brötchen mit Käse und biss herzhaft hinein, obwohl Käse normalerweise nicht sein Fall war. Egal, er war so hungrig, dass er selbst einen rohen Hering heruntergeschlungen hätte. In der letzten Nacht hatte er nur eine Stunde geschlafen, doch dank Lichasil fühlte er sich frisch. Dafür hatte er Hunger. Unfassbaren Hunger. Eine Nebenwirkung der Enhancer: Wenn der Körper viel leistete, brauchte er viel Energie.

Charlotte biss in ihr eigenes Brötchen und gab als Antwort auf Zieglers Frage einen unwilligen Laut von sich. Unter ihren Augen zeichneten sich dunkle Schatten ab. Kein Wunder. In den letzten drei Nächten hatte sie kaum geschlafen. Trotz Enhancer war irgendwann der Punkt erreicht, an dem es einfach nicht mehr weiterging. Charlotte schien gerade mit Höchstgeschwindigkeit auf ihn zuzurasen.

Ziegler wedelte mit einer dünnen Mappe. »Der vorläufige Obduktionsbericht von Benjamin Nessau ist fertig. Leider erbrachte der toxikologische Befund keinerlei Nachweise von Alkohol, Drogen oder irgendeinem Betäubungsmittel.

Übrigens auch von keiner anderen Substanz. Kein Lichasil oder andere Enhancer.« Er hob vielsagend die Augenbrauen. »Hätte seine Freundin ihn nicht noch am selben Morgen gesehen, würde ich annehmen, dass man ihn gefangen gehalten hätte und er deshalb keine nehmen konnte.«

Arthur biss sich auf die Unterlippe, während ihm diverse Gründe auf der Zunge lagen, um auf Enhancer zu verzichten. Selbstverständlich sprach er keinen davon aus.

»Manche wollen halt keine nehmen«, brummte Thiess.

»Er war Neurowissenschaftler.« Charlotte sagte das in einem Tonfall, als ob diese Tatsache Erklärung genug sei.

Von Thiess kam ein Schulterzucken.

Ziegler fasste Jonna in den Blick. »Sprich bitte mal mit Nessaus Advisor. Bestimmt weiß der etwas dazu.«

Ihre Kollegin wirkte unglücklich. »Und die Zeugenbefragungen?«

Ziegler brummte unwillig. »Die sind natürlich wichtiger. Um den Advisor kümmerst du dich danach.« Er wandte sich wieder dem Obduktionsbericht zu und räusperte sich. »Und unter den Fingernägeln waren auch keine Spuren. Benjamin Nessau hat seinem Mörder gegenübergestanden, ohne die Arme zur Abwehr zu heben, ihn zu kratzen oder sonst was zu tun. Auch andere Spuren waren nicht zu finden. Kein Hautabrieb durch Fesseln, keine ungewöhnlichen Blessuren, keine Einstiche. Nichts. Wenn er physisch unter Druck gesetzt worden war, dann auf eine Art, die keine Spuren hinterlässt.« Er hielt inne und trank einen Schluck Kaffee. »Tja, und was haben wir über den Angriff von gestern Nachmittag herausgefunden? Außer der Tatsache, dass drei Männer Josefine Krist in ihrer eigenen Wohnung überfallen und verwundet haben und einer von ihnen sich als DHL-Zusteller ausgegeben hat? Nichts! Niemand hat etwas gesehen oder gehört. Die Untersuchung der Umgebung brachte rein gar nichts. Die in der KTU nehmen sich derweil die Verkehrskameras der Umgebung vor und das Tatmesser liegt auch schon im Labor. Habe eben mit

Becker telefoniert und der meinte, dass auf dem Messer keinerlei Fingerabdrücke zu finden seien.« Mit säuerlichem Gesichtsausdruck nahm Ziegler die Brille von der knochigen Nase und putzte die Gläser mit dem Ärmel seines Hemdes.

Arthur zog Charlottes Tablet zu sich heran und rief die vom Arzt gesendeten Bilder von Josefines Schnittverletzungen auf. Seine Kollegen beugten sich vor. Jonna verzog das Gesicht und Thiess stieß ein Schnaufen aus.

»Die Täter haben Josefine gezeichnet«, erklärte Arthur. »Der Arzt hat uns gestern Abend noch die Dokumentation geschickt. Die Schnitte sind tief, teilweise bis zum Knochen.«

»Autsch«, entfuhr es Jonna. Ihre Hand fuhr hoch und massierte die Stirn.

»Die Schnitte wurden schnell ausgeführt«, berichtete Arthur. »Und das Symbol muss ich wohl niemandem erklären.«

Roger bat stumm um das Tablet und Arthur reichte es ihm.

Thiess stützte sich auf den Ellenbogen ab und sah nachdenklich in die Runde. Er war ein ruhiger Zeitgenosse, der nur selten das Wort ergriff. »Eine Sache erschließt sich mir nicht so ganz«, murmelte er. »Weshalb haben sie Benjamin getötet, aber nicht Josefine? Wäre das Video mit der Nachricht nicht noch effektvoller, wenn die Zuschauer wüssten, dass Josefine im Anschluss ermordet wurde?«

Ziegler nickte gewichtig. »Das habe ich mich auch schon gefragt.«

»Nun ...«, begann Arthur. »Entweder sie hatten einen Grund, Josefine am Leben zu lassen, den wir jetzt noch nicht erkennen. Oder der Hass auf Ben war größer als der auf Josefine. Oder aber: Man wollte Ben nicht ermorden. Irgendwas ging schief.«

»Vermutlich gab es einen Streit.« Thiess strich sich über den Bart, was er immer tat, wenn er nachdachte. Mit seinem in die Ferne gerichteten Blick erinnerte er an einen auf das Meer schauenden Seemann. »Vielleicht hat der Streit schon zuvor stattgefunden. Dann suchte der Täter Benjamin erneut auf, um der

Auseinandersetzung noch etwas hinzuzufügen oder sie zu beenden. Stattdessen packte er den Hammer und tötete Benjamin.«

Roger legte das Tablet beiseite. »Dann muss es erst recht jemand sein, dem Benjamin vertraute. Sonst hätte er den Täter doch nicht in die Wohnung gelassen.«

Arthur, der den Ausführungen seiner beiden Kollegen schweigend gelauscht hatte, gab zu bedenken: »Was ist mit dem Hammer? Hat der Täter ihn mitgebracht? Wenn ja, dann verfolgte er schon beim Betreten der Wohnung eine Tötungsabsicht. Dagegen spricht aber die Theorie, dass er den Hammer anschließend abgewischt hatte, um seine Fingerabdrücke zu entfernen.«

Charlotte schnaufte. »Wie passt das Symbol an der Wand hinein? Eine falsche Fährte, um uns zu verwirren? Hat Liberty of Mind am Ende gar nichts damit zu tun?«

»Bei der Tat selbst«, überlegte Arthur laut, »also Benjamins Ermordung, da waren sehr viele Emotionen im Spiel. Als das Zeichen an die Wand gemalt wurde, war die Hand des Täters jedoch ruhig.«

Missbilligend sah Charlotte ihn an. »Und was genau willst du damit sagen?«

Hass, dachte Arthur. *Frust* …

Die Assoziationskette brach ab. Er spürte jedoch, dass ihm ein letztes Wort auf der Zunge lag, er es aber nicht zu fassen bekam. Er blieb seinen Kollegen eine Antwort schuldig.

»Vielleicht war das Thema des Streits ja Enhancer«, murmelte Jonna und blickte dabei nachdenklich zur Zimmerdecke auf. »Oder Benjamins Forschungen. Vielleicht waren der Anhänger von Liberty of Mind und Benjamin schon lange befreundet und der Anhänger hat versucht, Benjamin auf seine Seite zu ziehen. Als das misslang, ist er … nun ja, durchgedreht.«

»Und der Überfall auf Josefine Krist?« Ziegler schüttelte verärgert den Kopf. »Das passt doch alles vorne und hinten nicht zusammen. Bringt uns die Farbe an der Wand weiter? Wissen wir, woher sie stammt?«

Charlotte verzog das Gesicht. »Sind wir noch nicht zu gekommen.«

»Okay.« Ziegler wandte sich Roger zu. »Du übernimmst das.«

»Klar, Chef.«

Ziegler wandte sich wieder Charlotte zu. »Was machen die Drohmails an diesen Professor?«

Sie wiegte den Kopf. »Von den neun Absendern, die hier in Schleswig-Holstein leben, haben die Kollegen vor Ort die Alibis überprüft. Freitag zwischen elf und vierzehn Uhr ist zum Glück eine angenehme Zeit, wenn es um Alibis geht. Die meisten waren bei der Arbeit. Zwei konnten allerdings kein Alibi vorweisen. Die eine ist arbeitslos, der andere hatte sich krankgemeldet. Bei Letzterem handelt es sich um Mads Bodilsen, der mir zuvor schon aufgefallen ist, da seine Schwester Line eine Kollegin von Benjamin ist.«

»Ach.« Thiess hob die Augenbrauen.

Charlotte nickte Jonna auffordernd zu. Diese blies die Wangen auf und ließ die Luft dann langsam entweichen. »Eine Gemeinsamkeit dieser Leute ist, dass sie online ziemlich aktiv sind und keine Gelegenheit auslassen, ihre Meinung hinauszugrölen.«

Von ihren Kollegen erhielt Jonna ein mitleidiges Lächeln, was sie mit einem schiefen Grinsen quittierte. »Und ich Glückliche habe mich heute Nacht durch zahllose Blogbeiträge und Forumsdiskussionen gequält. Einige der E-Mail-Absender sind vor allem im Bereich Tierschutz unterwegs, manche beschäftigen sich mit dem Gehirnkram. Tatsächlich sind mir die beiden, die kein Alibi haben, durch besonders hohe Aktivität aufgefallen.«

Jonna legte zwei Ausdrucke auf den Tisch. Der eine zeigte eine beleibte Frau, vielleicht Mitte vierzig, die so fröhlich in die Kamera grinste, dass man ihr nicht einmal zutraute, einer Fliege schaden zu können. Offenbar handelte es sich bei dem Foto um ein Profilbild aus den sozialen Medien.

»Elizabeth Bäcker, wohnhaft in Leck, drüben an der Nordsee. Sie ist eindeutig eine Liberty-of-Mind-Sympathisantin und postet andauernd irgendwelche Parolen oder verlinkt auf pseudowissenschaftliche Seiten.«

Sie deutete auf den zweiten Ausdruck. Ein junger Mann blickte ernst in die Kamera. Er wirkte, als hätte er erst letztes Jahr die Schule beendet. »Und das hier ist unser Mads Bodilsen. Wohnt in Quickborn. Hat letztes Jahr eine Lehre als Elektrotechniker begonnen und steht wegen zahlreicher kleiner Delikte in unserer Datenbank. Auch er greift in seinen Beiträgen immer wieder Parolen von Liberty of Mind auf und verhält sich in Diskussionen ziemlich aggressiv. Scheint kein angenehmer Bursche zu sein. Ach ja: Die beiden kennen sich online, zumindest folgen sie dem Instagram-Profil des jeweils anderen. Keine Ahnung, ob das weiterhilft, immerhin folgen sie hunderten von Profilen. Ich habe jedenfalls nicht nachweisen können, dass sie online tatsächlich persönlichen Kontakt hatten. Aber so gut sind meine IT-Kenntnisse dann auch nicht. Die Kollegen von der KTU könnten bestimmt mehr herausfinden. Kontakte zu seiner Schwester habe ich mit meinen Mitteln auch nicht nachweisen können. Um ehrlich zu sein, konnte ich sie gar nicht finden. Wenn sie auf Instagram und Co unterwegs ist, dann mit anonymem Nutzernamen.«

Ziegler zog die beiden Ausdrucke zu sich und betrachtete die abgebildeten Gesichter. »Denen sollten wir mal auf den Zahn fühlen, vor allem diesem Mads. Aber vorher können die Kollegen herausfinden, wer von denen für gestern Nachmittag kein Alibi hat.«

Jonna lehnte sich vor. »Und wir sollten Josefine Krist fragen, ob sie einen erkennt.«

»Das kann ich übernehmen«, bot Arthur an. »Ich wollte nachher ohnehin noch zu ihr. Aber da ist noch eine Sache, die ich mit euch besprechen wollte. Ich war ja gestern bei Lilly Pullmann. Die Familien Nessau und Pullmann scheint ein Unfall zu verbinden, der über zwanzig Jahre zurückliegt.«

Arthur berichtete von seiner Begegnung mit Lilly und wie Irma Nessau in das Zimmer geplatzt war, woraufhin die beiden sehr emotional miteinander gesprochen hatten.

»Ich habe heute Morgen ein wenig dazu recherchiert«, erzählte Arthur. »Bei jenem Unfall, um den es vermutlich geht, wurden Manfred Pullmann und seine Tochter Lilly während eines Fahrradausflugs von einem Auto angefahren. Der Fahrer flüchtete vom Unfallort und konnte nie identifiziert werden. Als Folge des Unfalls verlor Manfred Pullmann sein rechtes Bein, während Lilly seither am Locked-In-Syndrom leidet. Aus dem Gespräch zwischen Lilly und Irma Nessau schließe ich, dass Irma die Fahrerin war und Benjamin Nessau mit im Wagen saß.«

Ziegler lehnte sich mit verschränkten Armen zurück. »Wenn jemand meiner Tochter so etwas antäte ...«

»Rache«, konstatierte Thiess.

»Und die Spur mit Liberty of Mind als Ablenkung.« Rogers Stirn legte sich in Falten. »Und was ist mit Josefine? Was ist mit den drei Angreifern? Wie passt das zusammen?«

»Trittbrettfahrer?«, überlegte Charlotte.

Roger wiegte den Kopf. »Vielleicht ist ja nicht Benjamin der Mittelpunkt dieses Falles, sondern Josefine.«

»Wie meinst du das?«, wollte Ziegler wissen.

Rogers Wangen röteten sich und mit einem Mal wirkte er unsicher. »Nun, ich dachte mir, vielleicht hat Josefine ja einen verrückten Stalker oder so. Der hat Benjamin aus Eifersucht umgebracht. Und als Josefine dann noch immer nichts von ihm wissen wollte, hat er sie gewissermaßen bestraft.«

Ziegler kratzte sich am Kinn und ließ sich die Theorie anscheinend durch den Kopf gehen.

»Ach du Scheiße!« Der Ausruf kam von Jonna. Alle wandten sich ihrer Kollegin zu, doch diese starrte mit weit aufgerissenen Augen auf ihr Smartphone.

»Der Instagram-Account. Ein neuer Beitrag wurde hochgeladen.« Aufgeregt wischte sie über das Display und drehte es dann so, dass die anderen es sehen konnten.

Ein Video lief ab. Die Aufnahme zeigte Josefine, deren Arme und Beine mit Kabelbindern an einen Esszimmerstuhl gefesselt waren. Ihre Augen waren weit aufgerissen, die Wangen feucht. Sie hyperventilierte fast, während sie auf ein Blatt starrte, das auf ihrem Schoß lag.

»Wer sind wir, dass wir es wagen, in die letzte Bastion Gottes heiligster Schöpfung einzudringen?«, las sie mit bebender Stimme auf Englisch vor. »Gottes Schöpfung gipfelt in dem Verstand des Menschen, doch wir maßen uns an -« Sie schluchzte auf.

»Lies weiter!«, befahl eine barsche Männerstimme aus dem Hintergrund.

Josefine zuckte zusammen und schaute verängstigt in Richtung der Kamera, senkte den Blick dann rasch auf ihr Blatt und las weiter vor: »Doch wir maßen uns an, ihn zu manipulieren, zu verändern, zu deformieren. Unser Geist, die letzte Bastion vor den Millionen allsehenden Augen unserer Väter. Wie lange noch, bis die Gedankenpolizei an unsere Haustür klopft?«

Josefines Blick richtete sich auf eine Person neben der Kamera. Mitgefühl überkam Arthur, als er sah, wie sehr sie zitterte.

Angst. Hilflosigkeit …

Die Assoziationskette brach erneut ab.

Josefine öffnete den Mund, um etwas zu sagen, doch in diesem Moment endete die Aufnahme.

»Scheiße«, brummte Ziegler. »Können wir das Video irgendwie aus dem Netz nehmen?«

»Ich hänge mich gleich dahinter«, sagte Jonna.

Charlotte hatte derweil ihr eigenes Handy hervorgeholt und ließ die Aufnahme erneut abspielen. Ihr Scannerblick haftete auf dem Display, während sich ihre Stirn immer mehr in Falten legte. »Kein Hinweis auf die Täter. Nicht einmal ein Schatten.«

»Was ist mit Instagram selbst?«, wollte Ziegler wissen. »Haben die inzwischen die Daten von demjenigen, der dieses Profil erstellt hat, herausgegeben?«

»Ja, haben sie.« Charlotte legte das Handy beiseite und blätterte in ihrem Notizbuch. »Allerdings bringt uns das nicht weiter. Die Anmeldedaten selbst sind gefälscht, was natürlich nicht überrascht. Und die IP-Adresse, von der aus sich der Nutzer angemeldet hat, führt nach Russland.«

Ziegler schnaufte. »Ein Proxy-Server?«

»Genau. Wir gehen davon aus, dass der Nutzer nicht in Russland sitzt, sondern schlicht über einen russischen Server auf Instagram zugegriffen hat, um seine Spuren zu verwischen. Denn bei den Russen laufen wir gegen eine Wand, von denen bekommen wir keine Daten. Die geben einen Fick auf das, was die deutsche Polizei will.«

Von Ziegler kam ein schweres Seufzen. »Also verläuft auch diese Ermittlungsrichtung im Sand?«

»Wir werden beim Video überprüfen, von wo es hochgeladen wurde«, meinte Charlotte. »Wer weiß, vielleicht hat der Täter ja einen Fehler begangen.«

Arthur zupfte an seiner Unterlippe. »Die Sache mit dem Trittbrettfahrer ist damit wohl vom Tisch. Sowohl das Bild von Benjamins Leichnam als auch das Video von Josefine wurden vom selben Account hochgeladen.«

»Leider gibt die Analyse des Profils selbst auch nicht viel her.« Charlotte biss von ihrem Brötchen ab und nickte auffordernd in Rogers Richtung.

»Ich habe mir das heute Nacht angeschaut.« Ihr junger Kollege zuckte mit den Schultern. »Unser Mörder folgt zwar einer Handvoll der großen Liberty-of-Mind-Profile in Amerika, weitere Verbindungen, vor allem zu deutschen Profilen, fand ich jedoch nicht. Die Abonnenten dieses Kontos wirken ebenfalls willkürlich. Viele stammen aus Deutschland und folgen dem Profil erst seit wenigen Tagen. Vermutlich Gaffer, die durch die Medien auf das Profil aufmerksam wurden. Was jedoch interessant ist: Das Konto wurde erst letzten Freitag erstellt. Also nach dem Mord an Benjamin Nessau. Daraus lässt sich schließen, dass es eigens zu diesem Zweck angelegt wurde.«

Ziegler sah mit nach unten gezogenen Mundwinkeln in die Runde. »Wieder so ein Fall, wo die Puzzleteile entweder nicht zusammenpassen oder wir zu viele davon haben. Gut, dann machen wir uns mal an die Arbeit. Ach, diesen Manfred Pullmann werden wir uns auf jeden Fall genauer ansehen.«

32

IRMA

Donnerstag, 22. November 2029, 10.30 Uhr

Unschlüssig blickte Irma das Smartphone in ihrer Hand an. Auf dem Wohnzimmertisch lag die Visitenkarte. Die Nummer hatte sie schon eingegeben. Ihr Daumen schwebte über dem Anruf-Symbol, dann erlosch das Display. Sie hatte zu lange gezögert. Schnaufend stieß Irma die Luft durch die Nase aus.

Jetzt triff eine Entscheidung, dachte sie verärgert, holte das Handy aus dem Schlafmodus und drückte auf *Wählen*.

Es tutete einmal, zweimal, dann wurde ihr Anruf angenommen.

»Kriminaloberkommissar Morgenroth.«

»Hier ist Irma Nessau. Ich wollte noch einmal mit Ihnen sprechen. Ich habe Informationen, die weiterhelfen könnten.«

»Aha?«

»Wäre es möglich, dass Sie vorbeikommen?«

Am anderen Ende der Leitung schwieg Morgenroth. Nervös zupfte Irma die Bügelfalte ihrer Hose zurecht.

»In Ordnung«, sagte er schließlich. »Sind Sie in einer Stunde daheim?«

»Ja, ich werde auf Sie warten.«

»Gut, dann bis später.«

»Bis später.«

Sie legte auf und zu ihrem Erstaunen spürte sie, wie Erleichterung ihren Körper flutete. Schon bald würde sie die Verantwortung über die gewonnenen Hinweise und daraus erschlossenen Theorien nicht länger allein tragen. Zwar graute es ihr vor eventuellen Nachfragen vonseiten Morgenroths, doch auf eigene Faust kam sie nicht weiter. Zudem konnte es sein, dass sie bestimmte Beweise schlicht übersah, da sie nicht alle Details kannte, über die die Polizei verfügte.

Beschwingt stand sie auf und ging in die Küche, um sich einen Tee zu machen. Sie griff nach dem Wasserkocher und hielt ihn unter den Hahn. Im selben Moment schrillte es an der Tür. Irma zuckte zusammen.

Pullmann!

Sie schüttelte über sich selbst den Kopf. Vermutlich handelte es sich bloß um einen Paketzusteller, aber der würde zu ihren Nachbarn gehen müssen.

Trotzdem zitterten ihre Hände, als sie den Wasserkocher wieder auf seinen Fuß stellte.

Es klingelte erneut.

Irma öffnete den Schrank, hinter dem sich ihr Tee verbarg. Ihr Blick glitt über die Beschriftungen der Dosen, da klingelte es noch einmal. Im selben Moment erklang im Flur die Melodie ihres Handys.

Sie runzelte die Stirn. *Zufall?*

Auf Zehenspitzen schlich sie in den Flur. Ihr Handy klingelte weiterhin. Als sie die Kommode erreichte, auf der sie das Smartphone wie immer abgelegt hatte, beugte sie sich vor. Sie las den Namen und verzog das Gesicht. *Brigitte.*

Irma spähte durch den Spalt des zugezogenen Vorhanges am Fenster neben der Tür. Tatsächlich! Ihre Freundin stand auf der Fußmatte und hielt sich das Handy ans Ohr. Die Augen waren rot und verquollen. Sie presste sich die Handtasche gegen die Brust, als habe sie Angst, dass jemand sie stehlen könnte.

Hastig wich Irma zurück, bevor Brigitte sie sehen konnte. Warum stand sie dort und klingelte? Sie hatte doch einen Schlüssel. Allerdings war Brigitte auch eine Person von Anstand, was Irma stets an ihr geschätzt hatte. Vermutlich behagte es ihr nicht, unter diesen Umständen uneingeladen in Irmas Haus einzudringen. Vielleicht wollte sie auch schlicht Irma nicht verärgern. Was auch immer der Grund sein mochte, Irma war froh darüber. Sie schlich in die Küche zurück und ignorierte das weiterhin klingelnde Handy.

Das Wasser kochte inzwischen. Sie entschied sich für einen Früchtetee, hängte den Beutel in die Tasse und goss das Wasser hinein. Die Melodie erstarb. Statt ihrer schrillte die Türklingel.

»Verschwinde einfach.« Irma schluckte hart, während ihre Hände den Becher umschlossen. Immer wieder hallte das Klingeln durch das stille Haus.

»Jetzt geh endlich!« Mit angehaltenem Atem wartete sie auf das Knacken des Türschlosses, sobald Brigitte entschied, doch ihren Schlüssel zu nutzen.

Doch nichts geschah. Der Sekundenzeiger der Küchenuhr schritt voran. Fünf Minuten verstrichen, dann zehn.

Schließlich verstummte das Klingeln vollends. Offenbar hatte Brigitte aufgegeben. Vorerst.

Ich kann dir nicht helfen, dachte Irma.

Und doch hatte sich ein Stahlkorsett um ihren Brustkorb gelegt und machte das Atmen schwer. Sie blieb am Tisch sitzen, nippte an ihrem Tee. Die Zeit strich vorbei und das schlechte Gewissen nagte an ihr. Sie konnte Brigittes Verzweiflung nachvollziehen, hatte sie vor nicht allzu langer Zeit selbst verspürt, als ihr mit plötzlicher Klarheit bewusst wurde, dass ihre Vergesslichkeit jenes Maß überstieg, das die Gesellschaft als normal ansah. Ein lang aufgeschobener Arztbesuch hatte schließlich Gewissheit verschafft.

Alzheimer.

Von allen Krankheiten, die einen im Alter ereilen konnten, hatte Irma diese stets als die schlimmste erachtet. Mit Schmerzen oder einem frühen Tod könnte sie umgehen. Das Gefühl, sich selbst und seinem Gedächtnis nicht mehr trauen zu können, war für Irma eine Horrorvorstellung. Man konnte

Arme und Beine verlieren, dennoch würde niemand an seiner Identität zweifeln. Löste sich jedoch das Gedächtnis auf, endete die Existenz.

Irmas zitternde Hände klammerten sich an dem Becher fest. Den Tee hatte sie längst ausgetrunken.

Sie empfand Brigitte gegenüber tiefstes Mitgefühl, und doch konnte sie nichts für ihre Freundin tun. Jene Tabletten, mit denen Irma ihren Verstand beisammenhielt, waren nicht im Handel verfügbar. Der Wirkstoff war neu, ein vergleichbares Medikament gab es bisher nicht. Übliche Alzheimermittel beschränkten sich darauf, die Gedächtnisleistung zu verbessern, konnten aber nichts gegen den fortschreitenden Zerfall tun. Irmas Mittel war anders. Es zielte auf die eigentliche Ursache des Abbaus. Nicht bloß Symptombehandlung, sondern eine tatsächliche Heilung.

Aber ob sie in Zukunft weiterhin darauf zurückgreifen konnte, war ungewiss.

Josefine.

Alles hing von ihr ab. Solange Ben lebte, hatte sie aus Gefälligkeit ihm gegenüber die Tabletten besorgt. Irma hätte damals nie darum gebeten, sie wusste nicht einmal, womit genau sich Josefine in ihrem Job beschäftigte. Ben schon. Irma hatte bis heute keine Ahnung, wie Ben seine Freundin überzeugt hatte, bei ihrer Arbeit heimlich Tabletten einzustecken, die eigentlich für demenzkranke Versuchstiere bestimmt waren. Sie hegte jedoch den Verdacht, dass es Ben einiges gekostet hatte. Mit Sicherheit war ein Teil davon jene Forderung an Neuralcom, dass das Unternehmen eine Stelle für Josefine erschaffen sollte.

Irma war nicht stolz darauf, dass ihr erster Gedanke, als Ben ihr von den Umzugsplänen berichtet hatte, ihren Tabletten gegolten hatte. Würde Josefine ihr die auch weiterhin liefern können? Keine Sorge, hatte Ben ihr versichert. Josefine kennt die Zusammensetzung, sie könnte die selbst herstellen.

Doch nun, da ihr Ben tot war, nun, da es nichts mehr gab, was man Josefine anbieten konnte …

Plötzlich hallte erneut das Schrillen der Türklingel durch das Haus. Irma zuckte zusammen. Ihr Blick flog zur Uhr. Fast eine Stunde war vergangen. Das dürfte Morgenroth sein.

Irma stemmte sich hoch. Ihre Gliedmaßen schienen Tonnen zu wiegen. Als sie sich zur Haustür schleppte, war es fast, als bewege sie sich gegen einen unsichtbaren Widerstand an. Behutsam spähte sie durch den Vorhang neben der Tür. Es war tatsächlich der Kommissar. Irma drehte den Schlüssel herum und öffnete die Tür.

Er nickte ihr zu. »Frau Nessau.«

»Kommen Sie.« Irma trat beiseite und bedeutete Morgenroth einzutreten. Sie schloss die Tür hinter ihm und führte ihn ins Wohnzimmer, wo sie Platz nahmen.

Er beugte sich vor und stützte die Ellenbogen auf den Knien ab. Der Blick seiner dunklen Augen ruhte auf Irma. Erwartung stand darin geschrieben. Irma suchte vergeblich nach jener Wärme, die sie bei den vorherigen Begegnungen darin gesehen hatte. Sie war ein wenig enttäuscht, straffte aber die Schultern und setzte ihr geschäftliches Lächeln auf. »Vielen Dank, dass Sie so schnell herkommen konnten.«

»Sie sagten, Ihnen wäre noch etwas eingefallen?«

Irma lachte nervös. »So würde ich es nicht unbedingt bezeichnen. Es ist eher so, dass ich auf etwas gestoßen bin.«

Die Augenbrauen des Kommissars zogen sich zusammen. Rasch erklärte Irma: »Ich wollte nicht in Ihre Arbeit hineinpfuschen. Es war eher so, dass ich versucht habe, Ben nahe zu sein. Ich habe mir seine Sachen angesehen, die Mails gelesen ...«

Irma ertappte sich, wie sie wieder an der Bügelfalte ihrer Hose herumzupfte, und zwang sich, es bleiben zu lassen.

Auf Morgenroths Zügen breitete sich ein Lächeln aus, das seine Augen jedoch nicht erreichte. »Auf was sind Sie denn gestoßen?«

»Wissen Sie ...« Irma seufzte und sah auf ihre Hände herab. »Vermutlich sind Sie selbst längst darauf gekommen, immerhin waren Sie anwesend, als Lilly und ich miteinander gesprochen haben.«

Morgenroth nickte, woraufhin Irmas Wangen heiß wurden. Sie wandte sich ab und sah aus dem Panoramafenster. Die Wipfel der Bäume wiegten sich im Wind. Dahinter zog eine dunkle Wolkenfront auf, die von einem baldigen Regenguss kündete.

Ohne den Blick abzuwenden, holte sie tief Luft. »Vermutlich werden Sie mir gleich vorwerfen, dass ich Ihnen das schon früher hätte erzählen müssen. Damit haben Sie natürlich recht, aber Sie werden auch verstehen, dass dies keine Geschichte ist, mit der man hausieren geht.« Irma verzog das Gesicht zu einem freudlosen Lächeln. »Es ist keine schöne Geschichte. Ich habe einen Fehler begangen, einen schrecklichen, der mich bis heute verfolgt. Ich ...« Sie hielt inne, räusperte sich und schielte zu Morgenroth hinüber. Dieser saß unbewegt auf dem Sessel. Seine Augen musterten sie kalt.

Irma holte ein letztes Mal tief Luft, dann berichtete sie von dem Unfall vor vierundzwanzig Jahren sowie von ihrer panischen und wenig rühmlichen Flucht. Seine Aufmerksamkeit wich nicht eine Sekunde von ihr. Irma schien es, als würde er nicht nur jedes ihrer Worte aufsaugen, sondern auch jede Geste, jedes Zucken in ihrem Gesicht analysieren. Unter seinem scannenden Blick fühlte sie sich unangenehm nackt. Sie schaute auf ihre Knie und ertappte sich ein weiteres Mal, wie sie an der Falte ihrer Hose herumknibbelte.

Morgenroth lehnte sich vor. »Das alles habe ich mir schon zusammenreimen können.«

Irma schluckte. »Das dachte ich mir. Wovon Sie jedoch nicht wissen ist, wie Pullmann reagiert hat, als ich unangemeldet vor seiner Haustür stand.«

Nun weiteten sich die Augen des Kriminalkommissars. »Bitte, was?«

Irma nickte. »Ich wollte herausfinden, ob er mich erkennt. Und ... er hat es zwar zu überspielen versucht, aber ich bin mir sicher, dass er wusste, wer ich bin.« Bei dieser Erinnerung lief ihr ein Schauer über den Rücken.

»Woran haben Sie das erkannt?«

»An seiner ganzen Art. Er war erschrocken und angespannt. Seither schließe ich doppelt ab und nachdem das mit Josefine ... Ich nehme nicht einmal mehr Pakete an.«

»Wann waren Sie bei Herrn Pullmann?« Morgenroth zog ein Notizbuch hervor und blätterte darin.

»Dienstag. Gegen halb elf.«

Morgenroths Kugelschreiber huschte über das karierte Papier, dann blätterte er erneut durch die Seiten. In seinem Kopf schien es zu arbeiten. Irma wartete angespannt. Schließlich sah er auf.

»Frau Nessau, vielen Dank, dass Sie diese Information nun doch noch mit mir geteilt haben. Trotzdem, Sie hätten mir gleich von Anfang an davon berichten müssen.«

Irma senkte den Blick. »Ja, ich weiß. Es ist nur -«

»Das verstehe ich. Sie haben damals Mist gebaut. Dafür schämen Sie sich. Trotzdem ...« Er seufzte. »Wie dem auch sei. Gut, dass Sie es mir jetzt erzählt haben. Gibt es sonst noch etwas, das Sie mir berichten wollen?«

Irma starrte auf ihre Knie und fühlte sich in die Kindheit zurückversetzt, wenn sie etwas falsch gemacht hatte und ihr Vater sie dafür ausschimpfte. Trotzig kämpfte sie das Gefühl nieder und schüttelte den Kopf.

Morgenroth blätterte in seinem Notizbuch. »Was können Sie mir über die Arbeit Ihres Sohnes erzählen?«

»Arbeit?« Im ersten Moment überraschte Irma die Frage, dann wurde ihr klar, worauf sie abzielte. »Ob er wegen seiner Arbeit ein Ziel für Liberty of Mind sein könnte? Nun, dafür weiß ich zu wenig über diesen Verein.«

»Und was wissen Sie über seine Arbeit?«

Irma zuckte mit den Schultern, unsicher, was der Kommissar von ihr hören wollte. »Sie arbeiten mit Affen und daran, die Erinnerungen von einem Tier auf ein anderes zu übertragen.

Ben sprach immer sehr begeistert davon, aber ich habe ehrlich gesagt wenig verstanden. Ich weiß nur, dass es anscheinend funktioniert.«

»Hat er von Freunden oder Bekannten erzählt, die seiner Arbeit skeptisch gegenüberstanden?«

»Puh ...« Irma blickte zur Zimmerdecke hinauf. »Da kann ich mich jetzt an keinen Vorfall erinnern. Sein bester Freund, der Emil, der fand das alles ziemlich cool. Ansonsten ... ich habe nicht viel mit Benjamins Freunden zu tun gehabt. Emil kenne ich ja noch, weil die beiden seit der Schulzeit unzertrennlich waren. Die ganzen anderen Leute waren meist solche Rollenspieler, mit denen er sich immer wieder traf. Sie wissen schon, das mit den Würfeln und so. Warhammer, wenn ich mich recht entsinne.«

»Er hat nie davon gesprochen, dass er sich über jemanden ärgern würde, weil derjenige schlecht über seine Forschung spricht?«

Irma schüttelte den Kopf. »Nein, hat er nie.«

»Okay.« Morgenroth schrieb etwas auf. »Falls Ihnen doch etwas in dieser Richtung einfallen sollte, rufen Sie mich bitte umgehend an. Jederzeit.« Er hob den Blick. »Und keine Alleingänge mehr, klar?«

Sie lächelte schief. »Natürlich.«

»Gut.« Morgenroth erhob sich und steckte sein Notizbuch weg. »Danke für Ihre Zeit. Ich muss dann wieder los.«

Er ging zur Haustür und Irma folgte ihm.

»Was werden Sie jetzt tun?«, fragte sie.

»Die Ermittlungen fortführen.«

»Suchen Sie Pullmann auf?«

»Wird sich zeigen.« Morgenroth drückte die Klinke herab und zog die Tür auf, dann hielt er inne. »Bleiben Sie den Ermittlungen fern. Verstanden?«

»Natürlich.«

33

ARTHUR

Donnerstag, 22. November 2029, 12.00 Uhr

Kaum hatte Arthur den Fußweg erreicht, hielt er sich sein Smartphone ans Ohr. Der Himmel über seinem Kopf war grau. Wolken dämpften das Mittagslicht und ließen einen baldigen Regen erwarten. Der Wind hatte zugenommen und trieb einzelne braune Blätter über den Asphalt.

Charlotte nahm umgehend ab. »Und? Was wollte Frau Nessau?«

»Mir die Sache mit dem Unfall gestehen.«

»Nun, davon wissen wir ja inzwischen schon. Also Zeitverschwendung.«

»Nicht ganz.« Arthur wandte sich nach rechts, wo sein Dienstwagen einige Meter entfernt am Bordstein parkte. »Sie war bei Lillys Vater, Manfred Pullmann. Und dieser hat zwar so getan, als kenne er Frau Nessau nicht, ihrer Aussage nach hat er jedoch gelogen.«

»Vertraust du ihrer Einschätzung?«

»Ich bin mir nicht sicher. Sie selbst schien davon überzeugt zu sein. Pullmann ist inzwischen zur Vernehmung einbestellt?«

»Ja. Heute Nachmittag, fünfzehn Uhr. Du fährst jetzt zu Josefine?«

Arthur hatte seinen Wagen erreicht und kramte in der Jackentasche nach dem Schlüssel. Seine Finger stießen nur auf das Plastikdöschen mit den Tabletten. Er wechselte das Handy ans andere Ohr und suchte in der rechten Tasche. »Genau.

Ich möchte sie fragen, ob sie jemanden kennt, der Benjamins Arbeit mit Skepsis oder sogar Ablehnung gegenüberstand. Frau Nessau konnte hier nicht weiterhelfen.«

»Vergiss nicht, ihr das Bild von Mads Bodilsen zu zeigen.«

»Natürlich.« Endlich ertasteten seine Finger das Metall eines Schlüssels.

Charlotte beendete die Verbindung. Arthur steckte das Handy weg, öffnete die Autotür und ließ sich schwer auf den Fahrersitz fallen. Kurz schloss er die Augen und spürte in sich hinein. Er war hungrig. Und etwas schlapp. Es wurde Zeit für die nächste Tablette. Seine Abneigung gegen diese Pillen manifestierte sich fast körperlich. Er hatte das drängende Bedürfnis, das Fenster herunterzulassen und sie weit von sich zu schleudern. Oder zur Förde zu fahren und sie, mit einem Stein beschwert, im Salzwasser zu versenken. Er tat jedoch nichts dergleichen. Ihm blieb keine Wahl. Schon jetzt spürte er, wie die Müdigkeit herankroch und ihre schwarzen Tentakel nach ihm ausstreckte.

Er drückte den Deckel der Pillendose auf, der sich mit einem leisen *Plopp* löste. Widerwillig schüttelte er eine Tablette auf die Handfläche und legte sie auf die Zunge. Sie schmeckte so bitter, dass sich sein Magen zusammenballte. Als er sie trocken herunterschluckte, blieb sie ihm im Hals stecken. Er räusperte sich, schluckte mehrmals, doch sie bewegte sich nicht. Aus dem Handschuhfach kramte er eine Wasserflasche und spülte nach.

Dann lehnte er sich zurück, starrte durch die Frontscheibe auf die Straße hinaus, wo ein paar Krähen Nüsse auflasen. Arthur hatte den Spätherbst schon immer gemocht. Diese Jahreszeit hatte etwas Melancholisches an sich. Es erinnerte ihn an die Vergänglichkeit des Seins. In seinem Gedächtnis kramte er nach einem passenden Gedicht.

Minutenlang saß er einfach nur da, starrte auf die kahlen Bäum und fühlte bloß eine seltsame Leere. Ja, ihm kamen diverse Zeilen in den Sinn. Aber irgendwie wollte nichts davon zur Stimmung passen.

Mit einem frustrierten Schnauben drehte er den Zündschlüssel herum und der Wagen setzte sich in Bewegung. Leichter Nieselregen benetzte die Frontscheibe mit winzigen Tröpfchen.

Als er zwanzig Minuten später Josefines Krankenzimmer betrat, saß diese angezogen und mit erwartungsvollem Blick auf der Kante ihres Bettes. Erst richtete sie sich auf, verzog dann aber das Gesicht und sackte mit herunterhängenden Schultern in sich zusammen. Um ihren Kopf prangte noch immer ein Verband und so würde es sicherlich noch sehr lange bleiben. Die drei Männer hatten sie nicht einfach nur verletzt. Sie hatten sie gebrandmarkt.

Arthur schloss die Tür hinter sich. »Sie haben mit jemand anderem gerechnet?«

»Mir wurde schon beim Frühstück gesagt, dass der Arzt gleich vorbeischauen würde. Ich will raus hier. Wenn er nicht bald auftaucht, gehe ich einfach so, ohne Entlassungspapiere.«

Schmunzelnd zog sich Arthur den Besucherstuhl heran. »Ich frage gleich mal für Sie nach. Aber wo wollen Sie denn hin? In Ihre Wohnung können Sie im Moment nicht, da ist noch die Spurensicherung.«

»Da will ich auch gar nicht hin.« Sie schlang die Arme um ihren Körper, als wäre ihr kalt. »Was, wenn die Männer zurückkommen?«

»Ihnen steht selbstverständlich Polizeischutz zu. Auch dann, wenn Sie in ein Hotel gehen.«

Sie schüttelte den Kopf und wischte sich müde über das Gesicht. Irgendwie hatte Arthur den Eindruck, eine andere Frau vor sich zu haben als während ihres ersten Gespräches in seinem Büro. Die Josefine von Dienstag war aufrecht und beherrscht gewesen, obwohl in ihrem Inneren ein Orkan getobt hatte. Inzwischen hatte ihre Fassade zu bröckeln begonnen, was angesichts der Ereignisse nicht überraschte. Diese Josefine trug ihre Gefühle deutlich offener zur Schau, was sie in seinen Augen sympathischer machte.

Er räusperte sich. »Sind Sie bereit, mir noch ein paar Fragen zu beantworten?«

»Klar. Immer raus damit.«

Wieder musste Arthur schmunzeln. Er holte sein Handy heraus, auf das er vorhin die Bilder der Verfasser jener Drohbriefe ans Institut geladen hatte.

»Erkennen Sie eine dieser Personen?« Er reichte ihr das Gerät. Sie wischte durch die Bilder, betrachtete jedes von ihnen eingehend. Bei Mads Bodilsen schien sie zwei Sekunden länger zu verweilen, wischte dann jedoch weiter. Schließlich zuckte sie mit den Schultern. »Nein, leider nicht. Was sind das für Männer?«

Arthur steckte das Handy weg, holte stattdessen seinen Notizblock hervor und schlug eine leere Seite auf. »Wir schauen uns derzeit Benjamins Umfeld noch einmal an. Kannten Sie viele seiner Freunde?«

Josefine legte den Kopf schräg. »Sein Umfeld? Wieso das denn?«

»Kennen Sie Emil Braumeister?«

»Klar, der ist doch schon seit der Grundschule mit Ben befreundet.« Sie hielt inne. »War«, korrigierte sie sich.

»Hatte er noch andere Freunde?«

»Ich hatte Ihnen doch die Liste gegeben.«

»Ja, aber ich möchte gern von Ihnen hören, was Sie von den Freunden halten. Benjamin traf sich oft zum Rollenspiel?«

»Ab und zu mit seiner Warhammer-Gruppe. Claudia, Dario, Aaron und so. Aber die habe ich nie kennengelernt. Rollenspiele sind nicht so mein Ding.« Ein wehmütiger Zug strich über ihr Gesicht.

»Wissen Sie, ob Ben mit seinen Freunden über die Arbeit sprach? Mit wem hatten Sie Kontakt und wer von ihnen ist lediglich ein Name ohne Gesicht?«

»Wieso fragen Sie das? Denken Sie, dass jemand von denen mit Liberty of Mind zu tun hat? Also mit den Rollenspielleuten hatte ich nie Kontakt. Haben Sie Fotos von ihnen? Vielleicht gehörte einer von denen zu den Angreifern.«

»Eventuell kommen wir noch darauf zurück. Wie sieht es in Ihrem Bekanntenkreis aus?«

»Meinem?« Josefine sah ihn irritiert an.

»Haben Sie Freunde, die mit Liberty of Mind sympathisieren?«

Sie lachte auf. »Nein, ganz bestimmt nicht.«

»Kennen Sie jemanden ...« Arthur hielt inne und suchte nach den richtigen Worten. »Gibt es jemanden, der sich Ihnen unangenehm aufdrängt?«

Ratlosigkeit stand in Josefines Blick.

»Einen abgewiesenen Liebhaber«, erklärte Arthur. »Oder einen Stalker?«

Ihre Mundwinkel zuckten nach oben, als habe er sie etwas besonders Albernes gefragt. Sie schüttelte entschieden den Kopf.

»Wirklich niemanden?« Er schaute der jungen Frau eingehend ins Gesicht, um nach Anzeichen einer Lüge zu suchen. Vielleicht war sie fremdgegangen und wollte dies verständlicherweise für sich behalten. »Eventuell hält er sich im Hintergrund, oder er -«

»Nein, da gibt es niemanden.« Sie lächelte schmal, zeigte ansonsten aber keine Veränderung ihres Verhaltens, die darauf hindeuten könnte, dass sie ihm etwas verschwieg.

»Okay.« Er machte sich eine Notiz. »Gibt es jemanden in Ihrem oder in Bens Freundeskreis, der sich gegenüber Enhancern und Bens Arbeit ablehnend geäußert hat?«

Josefine lachte auf. »Ben selbst war doch der größte Kritiker, wenn es um Enhancer ging.«

»Aha?«

»Er meinte immer, die Enhancer würden ihm die Tiefe seiner Gedanken rauben.« Sie schnaufte und verdrehte die Augen, als ob diese Aussage der größte Schwachsinn sei, der ihr je zu Ohren gekommen war. Arthur hingegen verstand sehr gut, was Ben damit gemeint hatte, und fühlte eine Woge der Sympathie zu diesem jungen Mann, den er nie kennengelernt hatte. Wäre sicherlich interessant gewesen, sich mal mit ihm zu unterhalten.

»Dann hatte er bestimmt Gleichgesinnte in seinem Umfeld«, vermutete Arthur.

»Nicht, dass ich wüsste. Na ja, bis auf Professor Bernhard natürlich. Der war ja genauso drauf wie Ben. Vermutlich haben die beiden sich auch deshalb von Anfang an blendend verstanden.« Ein bitterer Zug schlich sich in ihr Gesicht.

»Dann hat Professor Bernhard ähnlich denkende Menschen um sich geschart?«

Josefine schüttelte den Kopf. »Hätte er bestimmt gern, aber Leute wie er und Ben sind Raritäten. Ich kenne sonst niemanden, der freiwillig auf Enhancer verzichtet. Gerade im Institut nicht. Hatte da während des Studiums als studentische Hilfskraft gearbeitet und kenne daher die meisten.«

»Wie ist es inzwischen um Ihre berufliche Zukunft bestellt?«, erkundigte sich Arthur.

Josefine lächelte gequält. »Für mich hat Neuralcom sich keine Sekunde interessiert. Mein Vertrag kam nur zustande, weil es Bens Bedingung war, eine Stelle für mich zu erschaffen.«

Ihre Wangenmuskulatur zuckte und Arthur sah, wie sie kurz die Nase rümpfte.

Abscheu, stellte er fest. *Abscheu wovor?*

Sie seufzte schwer und wich seinem Blick aus. »Nun, da Ben tot ist ... Den Mietvertrag für unsere Wohnung in Kalifornien sollte ich lieber heute als morgen kündigen.«

Arthur hob eine Augenbraue. »Neuralcom hat Ihre Stelle gestrichen?«

»Offiziell noch nicht.« Sie presste die Lippen aufeinander.

»Was wäre Ihre Aufgabe bei Neuralcom gewesen?«

Josefine lachte freudlos auf. »Wen interessiert das noch?«

»Eine junge, talentierte Wissenschaftlerin wie Sie hat doch sicherlich noch mehr Eisen im Feuer.«

»Ich habe den Vertrag vor eineinhalb Monaten unterschrieben. Danach habe ich mich von allen übrigen Eisen verabschiedet. Neuralcom ist wie ein heiliger Gral. Wer einmal dort war, kann anschließend überall anfangen.« Ihr Mund verzog sich zu einem Grinsen, das zur Grimasse geriet. Sie blinzelte hektisch, schniefte und wischte sich über die Augen. »Entschuldigen Sie bitte. Ich darf meine Enhancer nicht nehmen, von wegen Wechselwirkung und so. Scheiße, ich fühle mich gar nicht mehr wie ich selbst.«

Arthur wühlte in seinen Taschen, fand nichts, sah sich suchend um und entdeckte eine Packung Taschentücher auf dem Nachttisch. Er friemelte eines heraus und reichte es Josefine. Diese wischte sich die Tränen weg, doch schon folgten die nächsten.

»Was soll ich denn jetzt machen?« Mehrere Schluchzer erschütterten ihren Körper. »Den Job in Hamburg habe ich doch längst gekündigt. Und noch groß damit geprahlt, dass ich ins Silicon Valley ziehe. Da kann ich doch jetzt nicht hin und sie bitten, mich zurückzunehmen. Scheiße! Ich dachte, mit meiner Karriere geht es nun aufwärts, stattdessen dieser Absturz. Ich sehe schon die enttäuschten Gesichter meiner Eltern vor mir. Wie soll ich ihnen das bloß erklären?«

Josefine putzte sich lautstark die Nase, dann sah sie Arthur aus tränennassen Augen an. »Würden Sie bitte gehen? Wir können ein andermal weitersprechen.«

»Sicher.« Arthur erhob sich. »Ich kann Sie auf Ihrem Handy erreichen?«

Josefine nickte stumm, hatte den Blick aber schon abgewandt und starrte aus dem Fenster.

Arthur verließ das Krankenzimmer.

34

CHARLOTTE

Donnerstag, 22. November 2029, 14.05 Uhr

Charlotte stierte auf den Monitor, wo soeben der Bericht über die Spuren vom Tatort Benjamin Nessau eingegangen war.

Noch auf dem letzten Bissen des Müsliriegels kauend, öffnete sie das Dokument. Angespannt überflog sie die Seiten, hielt immer wieder inne, um sich Notizen zu machen und Handlungsanweisungen aufzuschreiben.

Das Team der Spurensicherung hatte an Benjamin Nessau selbst lediglich zwei unterschiedliche DNA-Profile nachgewiesen. Zum einen das von Josefine Krist, was nicht überraschend war. Bei dem zweiten DNA-Nachweis handelte es sich um einen einzelnen Hautpartikel auf Benjamins Ärmel. Dieser konnte bisher keiner Person zugeordnet werden und auch die Datenbanken ergaben keinen Treffer. Die erweiterte DNA-Analyse hatte jedoch gezeigt, dass es sich um einen Mann europäischer Herkunft zwischen fünfundvierzig und fünfzig Jahren handelte, der braune Haare und blaue Augen besaß.

Auch in der Wohnung wurde umfangreiches genetisches Material gesichert. Das meiste stammte von Benjamin und seiner Freundin. Es wurden jedoch auch Haare, Hautpartikel und sogar abgeknipste Fingernägel von sechzehn weiteren Personen gefunden. Letzteres ließ Charlotte angeekelt die Nase rümpfen. Wer hinterließ seine Fingernägel in der Wohnung eines Freundes?

Charlotte überflog die Liste der erweiterten Analyse. Die Verursacher der meisten Proben waren europäischer Herkunft, manche stammten aus dem Nahen Osten, weitere aus slawischen Gebieten. Die Altersspanne umfasste Mitte zwanzig bis Mitte sechzig, wobei die meisten um die dreißig waren. Eine Person konnte aufgrund der Verwandtschaftsanalyse als Benjamins Mutter identifiziert werden. Interessant war zudem, dass jene DNA-Spur auf Benjamins Ärmel nicht erneut in der Wohnung nachgewiesen wurde. Dies konnte alles bedeuten oder auch nichts. Vielleicht war der Verursacher bloß ein Arbeitskollege, der Benjamin gestreift hatte, als dieser am Mittwoch im Institut gewesen war.

Charlotte seufzte schwer. Um die Herkunft der übrigen DNA-Nachweise zu klären, würden sie den Bekanntenkreis des Paares bemühen müssen. Das Problem war, dass sie ohne hinreichenden Verdacht niemanden zwingen konnten, eine Speichelprobe abzugeben. Dies geschah allein auf freiwilliger Basis. Charlotte konnte also nur hoffen, dass sich der Bekanntenkreis von Josefine und Benjamin als kooperativ erwies.

Trotzdem war unwahrscheinlich, dass sich alle Spuren zuweisen lassen würden. Auch Handwerker betraten Wohnungen, vielleicht hatte ein Freund der beiden eine flüchtige Liebschaft mitgebracht, welche inzwischen längst von dannen gezogen war. Aber irgendwo mussten sie ansetzen.

Und vielleicht, mit ganz viel Glück, würden sie einen der DNA-Nachweise Manfred Pullmann zuordnen können. Sie planten, ihn während der Vernehmung um eine Speichelprobe zu bitten. Die könnte er zwar verweigern, doch allein das wäre auffällig. Charlotte war ohnehin gespannt, wie die Vernehmung verlaufen würde. Sie hatte ein wenig über Pullmann recherchiert und sah ihn nicht unbedingt als ein Mitglied von Liberty of Mind. Aber vielleicht war diese Fährte ja tatsächlich nur zur Ablenkung gelegt worden.

Interessant würde es zudem werden, wenn der Spurenfundbericht zu dem Überfall auf Josefine fertig war. Sollten nach dem Angriff neue DNA-Profile zu finden sein, würden diese vermutlich den Tätern gehören. Aber obwohl die Mitarbeiter der KTU Nachtschichten einlegten, lagen bisher keine Ergebnisse vor.

Charlotte machte sich eine entsprechende Notiz und widmete sich wieder dem Bericht. Während der Spurensicherung hatte man im Badezimmer am Waschbecken sowie am Rand der Badewanne und am Duschvorhang winzige Blutspritzer festgestellt. Das war nicht verwunderlich, vermutlich war der Täter voller Blut gewesen und hatte sich reinigen müssen, bevor er sich wieder auf die Straße wagen konnte.

Charlotte lehnte sich zurück und blickte mit brennenden Augen zum Fenster hinaus. Die Müdigkeit fraß sich in ihre Knochen. Aber es gab noch zu viel zu tun, sie konnte sich keine Pause leisten. Trotzdem wandte sie sich nicht ab, sondern betrachtete versonnen die ineinander verschlungenen Muster herabrinnender Tropfen. Ein beständiger Landregen hatte eingesetzt, scheuchte die Menschen in das Innere ihrer Häuser und färbte die Stadt dunkel und grau. Schwer wie eine Daunendecke hingen die Wolken über den Ziegeldächern.

Charlotte hatte dieses Wetter schon immer gemocht. Sonnenschein lud dazu ein, seine Zeit mit Nichtstun zu verplempern: mit Grillen im Park oder einem Ausflug zum Strand. Darüber hinaus hasste Charlotte Hitze. Der letzte Sommer war eine Qual gewesen. Bei Regen machte es einem hingegen nichts aus, sich seiner Arbeit zu widmen. Damals hatte Charlotte sich an solchen Tagen am besten konzentrieren können.

Heutzutage besaß das Wetter natürlich keinen großen Einfluss mehr auf ihre Konstitution. Die Enhancer halfen ihr, jener Mensch zu sein, den sie schon immer angestrebt hatte. Effizient und konzentriert. Ihr Geist war stets willig gewesen, zu leisten, was sie von ihm forderte. Nur ihr Körper hatte nie mithalten können. Müdigkeit und Erschöpfung, die Geißeln eines Lebens ohne perfekt abgestimmte Enhancer, gehörten für Charlotte Drey der Vergangenheit an. Und sie war glücklich darüber. Sie liebte die innere Ruhe und die Art, wie die Pillen ihr Denken fokussierten. Nur mit ihnen konnte Charlotte annähernd jene Performance erreichen, die sie von sich selbst erwartete. Wie in einem Tunnel wurde der Blick auf das Wesentliche gelenkt. Dass Charlottes Gedanken in diesem Moment derart schweiften, deutete darauf hin, dass sie eine neue Tablette brauchte.

Sie sah auf die Uhr. Nein, erst in etwa einer Stunde. Ihr Advisor hatte sie ermahnt, die Abstände nicht weiter zu verkürzen. Charlotte stieß ein tiefes Seufzen aus. Sie wusste, was der Grund für ihre mangelhafte Konzentration war: Sie musste endlich mehrere Stunden am Stück durchschlafen. Am besten eine ganze Nacht. Selbst mit Enhancern war ihre Performance noch immer nicht perfekt.

Eine Böe trieb einen Regenschauer gegen das Fenster. Lautstark schlugen die Tropfen an die Scheibe und vermittelten Charlotte ein Gefühl von Heimeligkeit.

Hanna hatte Regen nicht gemocht. Sie war ein Sonnenscheinkind gewesen.

Ein Gedanke, der tief in Charlotte an etwas rüttelte, das sie fest verschlossen hatte. Sie spürte, wie er dennoch etwas zum Erbeben brachte, dann aber langsam verebbte und nichts außer dem Wissen zurückließ, dass da eigentlich noch viel mehr war.

Müde schüttelte sie den Kopf. Sie wusste, wie sich Trauer anfühlte, und hatte keinerlei Bedürfnis, derartige Emotionen erneut zu durchleben. Sie warfen einen nieder, ließen an der eigenen Existenz zweifeln und verdammten zur Unproduktivität. Und wenn sich ihr Würgegriff endlich lockerte, hatte man nichts gewonnen. Nur Lebenszeit verloren.

Aus dem Augenwinkel nahm sie eine Bewegung in ihrer offen stehenden Bürotür wahr. Jemand klopfte mit den Knöcheln gegen das Holz des Türrahmens. Ziegler sah sie aus halb zusammengekniffenen Augen an.

»Du siehst scheiße aus.«

Charlotte schnaubte. »Das Kompliment kann ich zurückgeben.«

»Verschieb den Papierkram auf morgen«, meinte er. »Gönn dir ein paar Stunden Schlaf.«

»Sicher.« Charlottes Blick huschte zur Uhr in der rechten unteren Ecke des Monitors. Noch nicht einmal halb drei. Lächerlich, jetzt schon an Feierabend zu denken.

»Pullmann kommt gleich vorbei«, erklärte sie. »Heute Abend gehe ich aber tatsächlich nach Hause und lege mich ins Bett.«

»Na, wie du meinst.« Ziegler gähnte ungeniert.

Charlottes Telefon klingelte. Sie nahm ab.

»Werdich hier, aus Quickborn«, sagte die Frau am anderen Ende der Leitung. Charlotte benötigte ein paar Sekunden, um sie als jene Polizistin zu identifizieren, die am Vortag das Alibi von Mads Bodilsen überprüft hatte, einem der Absender der an Professor Bernhard gerichteten Drohmails und der Bruder von Line Bodilsen, die ebenfalls im Institut arbeitete. Charlotte hatte sie gebeten, Bodilsen erneut aufzusuchen, und in Erfahrung zu bringen, wo sich dieser während des Angriffs auf Josefine aufgehalten hatte.

»Frau Werdich, gut, von Ihnen zu hören. Haben Sie mit Herrn Bodilsen gesprochen?«

»Nein, konnten wir leider nicht. Er war nicht anzutreffen. Wir haben daraufhin mit seinen Kollegen gesprochen und einer von ihnen meinte, dass Bodilsen gestern nach Kiel gefahren sei.«

Charlotte richtete sich auf. »Wie bitte?«

Ziegler, der noch immer in der Tür stand, hob eine Augenbraue.

»Dachte mir schon, dass Sie das interessieren wird«, meinte Werdich. »Habe schon das Kennzeichen seines Wagens herausgesucht.«

»Ja, das ist tatsächlich ziemlich interessant. Vielen Dank, wir werden dem sogleich nachgehen.«

Werdich gab das Kennzeichen durch, Charlotte bedankte sich ein weiteres Mal und legte auf.

Ziegler sah sie fragend an und sie erklärte: »Bodilsen ist anscheinend in Kiel.«

»Hm. Welch ein Zufall.«

»Zur Fahndung ausschreiben?«

»Aber bitte doch.«

35

ARTHUR

Donnerstag, 22. November 2029, 15.00 Uhr

Charlotte steckte den Kopf ins Büro und klopfte auf einen schmalen Hefter. »Pullmann ist jetzt hier.«

»Gut, komme.«

Arthur schaltete den Monitor aus und folgte seiner Kollegin zum Vernehmungsraum im ersten Stock.

Manfred Pullmann saß kerzengerade auf seinem Stuhl. Er war sichtlich nervös. Nichts Ungewöhnliches, wenn man zu einer Vernehmung eingeladen wurde. Die meisten Leute hatten zwar nichts zu verbergen – jedenfalls nichts wirklich Schlimmes –, dennoch waren sie angespannt.

Charlotte zog einen Stuhl vom Tisch und setzte sich. »Herr Pullmann, vielen Dank, dass Sie hergekommen sind.«

Er lächelte gezwungen. »Hatte ich denn eine Wahl?«

Arthur nahm ebenfalls Platz und ließ seinen Blick über Pullmann schweifen. Er hatte sich eben noch die Ergebnisse der erweiterten DNA-Analysen der am Tatort gefundenen genetischen Spuren angeschaut. Jener Hautpartikel an Benjamins Ärmel gehörte zu einem Mann in Pullmanns Alter. Auch Haar- und Augenfarbe passten.

Charlotte legte die Unterlagen vor sich ab und erwiderte Pullmanns Lächeln. »Sie wurden für die Vernehmung als Zeuge eingeladen. Wir versuchen derzeit, das Gesamtbild um das Ableben von Benjamin Nessau zu ermitteln.«

Bei der Nennung des Namens erstarrte Pullmann für einige Sekunden und seine Pupillen weiteten sich.

»Hierbei könnten Sie uns helfen, ein paar Lücken zu füllen«, fuhr Charlotte fort. »Okay, zuerst der juristische Kram. Alles, was Sie sagen, kann vor Gericht verwendet werden. Diese Vernehmung wird als Video aufgezeichnet. Darüber hinaus informiere ich Sie an dieser Stelle, dass Sie sich jederzeit auf das Auskunftsverweigerungsrecht berufen können. Dies beinhaltet das Recht, die Beantwortung einer Frage zu verweigern, wenn Sie sich damit selbst in Gefahr brächten, sich der Strafverfolgung auszusetzen. Ansonsten sind Sie vor dem Gesetz verpflichtet, die Wahrheit zu sagen. Sollten Sie lügen oder uns etwas verschweigen, könnten Sie sich strafbar machen. Haben Sie das verstanden?«

»Ja.« Pullmann nickte fahrig und kaute auf seiner Unterlippe.

»Schön, also weiter. Wir haben heute Donnerstag, den zweiundzwanzigsten November 2029. Es ist jetzt fünfzehn Uhr fünf. Ich bin Kriminalhauptkommissarin Charlotte Drey, der Vernehmung wohnt Kriminaloberkommissar Arthur Morgenroth bei. Als Zeuge vernommen wird Manfred Pullmann zum Mord zum Nachteil von Benjamin Nessau.«

Sie wandte sich dem sichtlich blassen Mann zu.

»Ihr Name?«

»Manfred Pullmann.«

»Geboren?«

»Sechsundzwanzigster Juli 1978 in Neumünster.«

»Beruf?«

»Bürokaufmann«

»Ihr aktueller Wohnort?«

»Wiesenkrog 36 in Kiel.«

»Sie leben allein?«

»Ja.«

»Waren aber verheiratet?«

Er nickte. »Haben uns vor fünfzehn Jahren getrennt. Sie ist mit Luise, unserer zweiten Tochter, nach Hamburg gezogen.«

Charlotte blätterte in ihren Unterlagen und hielt dann inne. »Sie betreiben eine Selbsthilfewerkstatt, in der Menschen eigenständig ihre Prothesen erweitern können.«

Irritiert sah Pullmann von einem zum anderen. »Was hat das mit Benjamin Nessau zu tun?«

Charlotte lächelte. »Nichts, ich finde es bloß spannend. War sicherlich nicht einfach, so etwas aufzubauen. Kamen Sie durch Ihre eigene Prothese auf diese Idee?«

Arthur entging nicht, wie Pullmann leicht zusammenzuckte. Charlotte hatte mit der Nennung der Prothese eine sogenannte Reflexfrage gestellt, um eine unbewusste Reaktion bei Pullmann zu provozieren. Da jenes Unglück über zwei Jahrzehnte zurücklag, hätte die bloße Nennung keinen großen Effekt auf Pullmann haben dürfen. Da er aber bereits wusste, dass es bei dieser Vernehmung um Benjamin Nessau ging, gab ihnen Pullmanns Reaktion einen Hinweis darauf, dass diesem sehr wohl bekannt war, dass Benjamin an dem Unfall beteiligt gewesen war.

Nach kurzem Zögern hob Pullmann die Schultern. »Ich habe nie wirklich geplant, etwas Großes daraus zu machen. Es hat sich mit der Zeit einfach entwickelt.«

Charlotte lehnte sich scheinbar interessiert vor. »Wie kam es dazu?«

Nirgends sah Arthur seine Kollegin derart oft lächeln wie in diesem Vernehmungsraum. Nicht, weil ihr das Gespräch mit Zeugen oder Beschuldigten so viel Spaß machte, sondern weil eine freundliche Ausstrahlung den Befragten eher dazu brachte, Details zu verraten. Niemand öffnete sich einem miesepetrigen Vernehmer. Stattdessen galt es, Vertrauen aufzubauen. Geständnisse kamen leichter über die Lippen, wenn man glaubte, sein Gegenüber sei einem wohlgesinnt.

Unsicher blickte Pullmann von einem zum anderen. Er schien nicht zu wissen, wie er diese Situation bewerten sollte. Arthur lächelte und nickte auffordernd.

Im ersten Teil der Vernehmung ging es darum, den Verdächtigen bei neutralen Themen zum Sprechen zu bringen und ihn dabei zu beobachten. Die Wahrscheinlichkeit war hoch, dass er hier die Wahrheit sagte, sodass man sein Verhalten mit jenem vergleichen konnte, das er an den Tag legte, wenn es tatsächlich um die Tat ging.

Pullmann redete, blieb jedoch zunächst reserviert und einsilbig, als erwarte er jederzeit eine Fangfrage. Nervös wippte sein Knie auf und nieder. Aber nach und nach ließ seine Anspannung zumindest ein wenig nach.

Arthur ließ seine Kollegin die Fragen stellen und hielt sich zurück. Er ließ Pullmann keine Sekunde aus den Augen. Dieser knibbelte nervös an der Haut seiner Fingernägel, zuckte einmal zusammen, als er ein Stück davon abzog und ein kleiner Blutstropfen hervorquoll. Fahrig wischte er darüber und verschmierte ihn, schien es jedoch kaum zu bemerken.

Irgendwann nickte Charlotte und schaute auf die vor ihr liegenden Unterlagen. Arthur kannte seine Kollegin gut genug, um zu wissen, dass sie nun in die zweite Phase der Vernehmung überging.

»Okay. Herr Pullmann, Sie wissen ja schon, weshalb wir Sie zu uns eingeladen haben.«

Der Angesprochene setzte sich unwillkürlich auf, wirkte geradezu erleichtert, dass sie nun endlich auf das eigentliche Thema zu sprechen kamen. »Es geht um Benjamin Nessau.«

Aufmerksam, dachte Arthur. *Nervös* …

Wieder verschwand der letzte Teil seiner Gedanken im Nebel und ließ ein Gefühl frustrierender Leere zurück.

»Woher kennen Sie ihn?«, fragte Charlotte.

Pullmann lachte atemlos auf. Sein Blick zuckte hin und her. »Können wir dieses Vorspiel nicht einfach lassen?«

»Es besteht keine Veranlassung, nervös zu sein. Wir interessieren uns bloß für die Wahrheit. Bitte erzählen Sie uns, woher Sie Benjamin Nessau kennen.«

Diese Beteuerung schien Pullmanns Anspannung bloß zu schüren.

»Er hat sich mit meiner Tochter angefreundet. Lilly.« Wieder zupfte er an seiner blutigen Fingernagelhaut. »Ich fand es von Anfang an seltsam. Ich meine, Lilly ist ein blitzgescheites Mädchen, trotzdem tut sich doch niemand freiwillig eine Freundschaft mit ihr an. Sie wissen schon, was ich meine.« Er hob müde die Schultern.

Arthur nickte verstehend, obwohl er Pullmanns Wortwahl und Tonfall als abfällig gegenüber Lilly empfand. Aber auch für den Vater war es sicherlich nicht einfach und immerhin war er noch an der Seite seiner Tochter, während Lillys Mutter hundert Kilometer weit weggezogen war.

»Dann erfuhr ich, wo er arbeitet«, berichtete Pullmann, »und dachte mir, dass er sie für irgendwelche Forschungen benutzen will. Daraufhin habe ich ihm auf den Zahn gefühlt. Er war verlegen, wollte erst nicht antworten. Aber ich kann hartnäckig sein, vor allem, wenn es um meine Lilly geht. Und dann ... tja, dann kam die Wahrheit ans Licht. Benjamin erzählte, dass er den Unfall nie vergessen konnte, seine Mutter aber nicht darüber sprechen wollte. Irgendwann hatte er selbst recherchiert und war so auf mich und Lilly gestoßen.«

»Sie reden von dem Unfall von 2005, oder?«, hakte Charlotte nach. »Dem, bei dem Sie Ihr Bein verloren haben und Lilly so schwer verletzt wurde, dass sie seither am Locked-In-Syndrom leidet.«

»Welchem denn sonst?«, knurrte Pullmann. Er starrte auf die hölzerne Tischplatte. Schweiß glänzte auf seiner Stirn. »Der Täter beging damals Fahrerflucht. Tja, und nun musste ich erfahren, dass dieser Benjamin damals im Auto saß und dass seine Mutter es fuhr.« Er stieß die Luft zwischen zusammengepressten Zähnen aus und fuhr sich durch die Haare. Innerhalb weniger Sekunden huschten verschiedenste Emotionen über sein Gesicht. Trauer, Wut und zuletzt: Scham.

Irgendwas schien sein Gewissen zu belasten. Arthur tauschte einen kurzen Blick mit Charlotte. Offenbar war auch ihr dieser Ausdruck nicht entgangen. Sie wandte sich wieder Pullmann zu, doch bevor sie eine Frage stellen konnte, sprach er von sich aus weiter.

»Was soll ich denn machen? Tag für Tag liegt sie da in ihrem Zimmer, und seit ihre Mutter weggezogen ist, bin nur noch ich da, der sich um sie kümmert. Aber auch ich habe ein Leben, auch ich -« Er verstummte abrupt und fuhr sich über das Gesicht. »Ich kann einfach nicht mehr jede freie Minute an ihrer Seite verbringen und werde gleichzeitig vom Wissen verfolgt, dass sie einsam ist. Ich weiß, der Junge konnte nichts für das, was seine Mutter uns angetan hat. Wie alt war er damals? Drei? Vier?« Fragend sah er Charlotte an.

»Sechs«, erwiderte sie ruhig.

Er schnaufte. »Sechs.« Ein Kopfschütteln folgte. »Natürlich kann er nichts dafür, dennoch habe ich es nicht ertragen, zu wissen, dass er meine Tochter besucht. Und dabei hat er sie so glücklich gemacht. Sie war nicht mehr so einsam. Ich hätte froh sein sollen und stattdessen ... Ich war ein egoistisches Arschloch.«

Er schwieg, faltete die Hände auf der Tischplatte und senkte den Kopf. Charlotte und Arthur warteten ab. Meist war es das Beste, jemanden einfach sprechen zu lassen. Doch die Sekunden verstrichen und nichts geschah.

»Was ist passiert?«, fragte Charlotte.

Pullmann war inzwischen rot angelaufen. Er seufzte, rieb sich über das Gesicht, dann brachte er hervor: »Ich habe ihn weggeschickt, konnte einfach nicht ertragen, dass ausgerechnet er Lilly besucht. Und seither hasst mich meine Tochter.«

Arthur nickte. »Ich kann Ihre Gefühle nachvollziehen. Immerhin war Benjamins Mutter schuld an allem.«

Überrascht sah Pullmann ihn an, dann lächelte er zaghaft. »Ja, genau.«

Arthur erwiderte das Lächeln. Auch Charlottes Mundwinkel zuckten in die Höhe. »Verständlich. Wenn jemand meiner Tochter ...« Sie schüttelte den Kopf. »Ich wäre jedenfalls nicht ruhig geblieben.« Sie ballte die Hand zur Faust und deutete einen Schlag gegen ihr Gesicht an, womit sie auf Benjamins blaues Auge anspielte. Prompt senkte Pullmann den Blick. Offenbar verstand er die Andeutung, wollte es jedoch nicht zeigen.

Er druckste einen Moment herum. »Na ja. Ob ich wirklich ruhig war … Kann sein, dass ich schon ein wenig laut wurde. Das tat mir im Nachhinein auch leid und über die E-Mail-Adresse, die im Institut angegeben war, habe ich mich dann bei ihm entschuldigt, aber auch betont, dass ich ihn nicht noch einmal bei meiner Tochter sehen will.«

Arthur behielt seinen freundlichen Ausdruck bei. »Wer wäre das nicht?«

Charlotte blätterte in den Unterlagen und nickte, als bestätige Pullmann bloß einen Fakt, der ihr ohnehin längst bekannt war. »Im Pflegeheim hatte man uns schon erzählt, dass es eine Auseinandersetzung zwischen Ihnen und Benjamin Nessau gab.« Sie hob den Blick und sah Pullmann direkt an. »Danach hatte er ein blaues Auge.«

Mehrere Sekunden verstrichen, in denen Pullmann sie anblinzelte und fieberhaft nach einer möglichen Erwiderung zu suchen schien. »Also, das … Nein, warum sollte ich denn so etwas tun?«

Arthur schmunzelte. Ausflüchte waren die typischen Reaktionen eines Schuldigen.

Charlotte sah Pullmann verständnisvoll an. »Nach all dem, was seine Mutter Ihrer Familie angetan hat, ist ein blaues Auge doch nun wirklich nicht der Rede wert.«

Pullmann verschränkte die Arme vor der Brust. »Was wollen Sie mir unterstellen? Dass ich in seine Wohnung eingebrochen bin und ihn ermordet habe, nur weil er meine Tochter nicht in Ruhe lässt?«

Charlotte hob eine Augenbraue. »Sie drehen mir ja das Wort im Mund herum. Herr Pullmann, uns geht es lediglich darum, die Herkunft von Benjamins blauem Auge restlos zu klären. Dank den Aussagen des Personals im Pflegeheim wissen wir schon grob Bescheid, aber ich möchte sichergehen, dass wir nichts übersehen haben.«

Pullmann knallte die flache Hand auf den Tisch. »Scheiße, was erwarten Sie denn? Ich war stinksauer!« Im nächsten Moment schien er sich zu besinnen und atmete tief durch. »Ja, das blaue Auge habe ich ihm verpasst. Mit dem Mord habe ich jedoch nichts zu tun. Ich mochte ihn nicht, wollte nicht, dass er ständig bei meiner Tochter rumhängt. Aber er konnte ja nichts dafür, war damals noch ein Kind. Ich bin kein Mörder. Darüber hinaus lebt die Mutter noch. Worüber reden wir hier eigentlich?«

Charlotte ignorierte Pullmanns Ausbruch und legte die ineinander gefalteten Hände auf den geöffneten Ordner. »Nein, natürlich trägt der Junge keinerlei Schuld. Er konnte nichts dafür, dass er im Auto dieser kaltherzigen Frau saß. Ich frage mich immer noch, wie abgebrüht jemand sein muss, um einfach weiterzufahren.« Scheinbar fassungslos schüttelte sie den Kopf. »Wenn sie damals nur gleich einen Krankenwagen gerufen hätte ... Irma Nessau hat Ihnen und vor allem Ihrer Tochter großes Leid zugefügt. Sie hat Ihnen nicht nur ein Bein genommen. Allein das war ein schwerer Schicksalsschlag. Aber dass sie auch das Leben Ihrer Tochter zerstört hat ... Ich bin selbst Mutter. Ich würde mein Leben geben, wenn ich dadurch das meines Kindes retten könnte. Ohne Zögern. Jede Mutter und auch jeder normal denkende Vater würde das tun.«

Arthur nickte bestätigend, obwohl ihn die Vorstellung, dass er wohl niemals dieses Gefühl verspüren würde, tief ins Fleisch schnitt. Er schob den Gedanken jedoch beiseite. Jetzt war keine Zeit dafür. Stattdessen konzentrierte er sich auf Pullmann. Dieser hatte die Kiefer fest aufeinandergepresst. Sein Blick huschte hin und her. »Was wollen Sie damit andeuten? Dass ich, um die Mutter zu bestrafen, einen unschuldigen Kerl umbringe?«

Pullmann wurde immer aufgebrachter. Das war schlecht. Zorn ging Hand in Hand mit Misstrauen und führte dazu, dass ein Befragter dichtmachte. Wenn es Charlotte nicht gelang, Pullmann zu beruhigen, konnte sich dies äußerst negativ auf die weitere Vernehmung auswirken.

Tatsächlich hob sie beschwichtigend die Hände und lachte auf. »Das klingt wie das Drehbuch zu einem Hollywoodfilm. Was halten Sie davon, wenn wir zunächst klären, wo Sie zur Tatzeit waren? Was haben Sie letzten Freitag gemacht?«

Pullmann stutzte. Nervös kaute er auf der Unterlippe, schien abzuwägen.

»Wann genau?«, fragte er schließlich.

»Schildern Sie uns einfach Ihren ganzen Tag.«

Pullmann lehnte sich zurück. Sein Blick zuckte nervös zwischen ihnen hin und her. »Morgens bin ich gegen Viertel vor acht zur Arbeit gefahren. Das werden Ihnen meine Kollegen bestätigen können. Dann um zwölf habe ich wie immer Feierabend gemacht und bin nach Hause ...« Er verstummte, seine Mundwinkel sackten herab. »Und ab da war ich bis Samstag allein.«

»Berichten Sie dennoch, was Sie getan haben«, bat Arthur. Benjamin wurde zwischen elf und vierzehn Uhr ermordet. Theoretisch hätte Pullmann gleich nach der Arbeit hinfahren können.

»Puh. Also zuerst habe ich mir was zu essen gemacht. Dann bin ich aufs Sofa und habe ein bisschen gestreamt. Und das war's dann halt auch. Bin irgendwann gegen elf oder zwölf ins Bett.« Pullmann seufzte und fuhr sich müde übers Gesicht. »Sie können gern bei mir vorbeikommen und den Computer überprüfen.«

Arthur lächelte bedauernd. »Die Experten können sagen, ob auf Ihrem Rechner den ganzen Nachmittag Serien liefen, jedoch nicht, ob Sie auch davorsaßen.«

»Gibt es vielleicht Zeugen?«, schlug Charlotte vor. »Nachbarn? Paketzusteller?«

Pullmann lachte schnaufend. »Der Zusteller hat die Pakete der halben Straße mal wieder bei der alten Frau Dräger abgegeben. Die ist schon ein wenig dement und nimmt immer alles an. Wir kriegen dann nur eine Benachrichtigung, dass wir nicht zu Hause gewesen seien. So ein fauler Sack.«

»Wann haben Sie Ihr Paket abgeholt?«, fragte Charlotte.

Pullmann kratzte sich am Kinn. Die Schweißflecken unter seinen Armen waren größer geworden. »Am Samstag.«

Charlotte notierte sich etwas, dann blickte sie auf. »Gut, dann fassen wir mal zusammen: Sie hatten eine Auseinandersetzung mit Benjamin Nessau und besitzen zum Tatzeitpunkt kein Alibi.«

Unwillkürlich spannte sich Arthur an. Charlotte begann, den Druck auf Pullmann zu erhöhen, doch dafür war es viel zu früh. Am liebsten hätte er seiner Kollegin gegen das Schienbein getreten.

Prompt lief Pullmanns Gesicht rot an. »Ich war es trotzdem nicht!«

»Wären Sie bereit, eine DNA-Probe abzugeben?«, fragte Charlotte.

Pullmann wich auf seinem Stuhl sitzend zurück. »Wieso?«

»Am Tatort konnten wir verschiedenstes Genmaterial sicherstellen. Wenn Sie nicht vor Ort waren, können wir Sie ganz einfach anhand einer Probe ausschließen.«

Eine steile Falte bildete sich zwischen Pullmanns Augenbrauen. »Und was wäre, wenn nun Material von mir auf die Jacke von Benjamin gelangt ist und er sie mit nach Hause genommen hat?«

»Unwahrscheinlich, Ihre Auseinandersetzung ist schon einen Monat her.«

»Da braucht nur ein Haar an seiner Jacke haften geblieben zu sein und schon stehe ich als Mörder vor Gericht.« Pullmann schüttelte heftig den Kopf. »Nein, ich gebe keine Probe ab. Ich weigere mich.«

»Herr Pullmann«, begann Charlotte, »wenn Sie nicht am Tatort waren, dann haben -«

»Sie können mich nicht zwingen«, zischte er. »Dafür brauchen Sie einen richterlichen Beschluss.«

Sie breitete die Arme aus, als sei sie ein gütiger Priester, der die Beichte seiner Schäfchen empfangen wollte. »Das ist eine reine Formsache, den werde ich Ihnen in weniger als einer Stunde vorlegen können. Und falls wir dann tatsächlich ein Haar von Ihrer Auseinandersetzung im Pflegeheim an seiner Kleidung finden, wird Ihre jetzige Weigerung ein sehr schlechtes Licht auf Sie werfen. Wenn Sie aber kooperieren, dann zeugt das von -«

»Nein, das ist eben keine Formsache«, rief er aufgebracht. »Um eine DNA-Probe zu erzwingen, brauchen Sie schon eine verdammt gute Begründung.«

»Wie ein Motiv und ein fehlendes Alibi?«, fragte Charlotte viel zu forsch für Arthurs Geschmack.

Pullmanns Gesicht wurde kreidebleich.

Charlotte lehnte sich vor. Pullmann wich auf seinem Stuhl zurück, um die räumliche Distanz beizubehalten. Arthur war sofort klar, dass sie ihn verloren hatten.

»Ich will einen Anwalt«, verkündete Pullmann.

Charlotte versuchte es weiter, sprach davon, wie sehr eine Kooperation zu seinen Gunsten sprach, selbst wenn der unwahrscheinliche Fall eintrat, dass sie ein Haar von ihm fanden, und welch negative Folgen seine Verweigerung haben würde. Aber es hatte keinen Zweck. Pullmann schwieg. Schließlich blieb ihnen nichts anderes übrig, als sich zu verabschieden.

Charlotte klappte den Ordner zu, klemmte ihn sich unter den Arm und verließ den Vernehmungsraum mit einem gezwungenen Lächeln. Arthur nickte dem Mann kurz zu, dann folgte er seiner Kollegin.

»Und?«, fragte er, kaum dass die Tür hinter ihnen zugefallen war.

Charlotte stieß ein Schnaufen aus, legte den Kopf in den Nacken und schloss die Augen. Sie sah erschöpft aus. Diese Schauspielerei, das ständige Lächeln beim Verhör fiel ihr schwer, das wusste Arthur. Vermutlich hätte sie Pullmann am liebsten am Kragen gepackt und so lange durchgeschüttelt, bis er die Wahrheit endlich ausspuckte. Doch mit Druck und Gewalt erhielt man keine Geständnisse.

»Wir werden sehen«, murmelte sie. »Wenn er unschuldig ist, wird er einknicken. Wenn er sich aber weiterhin verweigert …« Sie zuckte mit den Schultern.

36

CHARLOTTE

Donnerstag, 22. November 2029, 16.30 Uhr

Mit wachsendem Unmut kurvte Charlotte durch den Stadtteil Ravensberg. Parkplätze in der Innenstadt waren rar, besonders nach Feierabend.

Sie hatte sich zwar vorgenommen, nach Hause zu fahren und ins Bett zu fallen, doch diese eine Sache musste noch erledigt werden. Gegen den Rat ihres Advisors hatte Charlotte doch noch eine Lichasil genommen. Nur noch ein paar Stunden, dann würde sie sich auch ganz bestimmt hinlegen. Aber bis dahin musste sie leistungsfähig sein.

Endlich fand sie einen freien Platz an der Bordsteinkante, quetschte ihren Wagen hinein und ging zur Straße zurück, in der Line Bodilsen wohnte. Da ihr Bruder zur Fahndung ausgeschrieben war, hatte es Charlotte keine großen Probleme bereitet, an die Adresse seiner Schwester zu gelangen.

Endlich erreichte sie das Mehrfamilienhaus, vor dem ein gutes Dutzend Fahrräder an der Backsteinfassade lehnte. Charlotte suchte das Klingelschild ab und fand schließlich Bodilsen. Ein zweiter Name stand gleich daneben, vermutlich lebte Line in einer Wohngemeinschaft oder mit ihrem Freund zusammen. Bevor Charlotte klingeln konnte, ging die Haustür auf und ein junger Mann eilte an ihr vorbei. Charlotte nutzte die Chance und schlüpfte ins Haus, bevor die Tür wieder zufallen konnte.

Line wohnte in der vierten Etage, doch schon auf halber Höhe vernahm Charlotte gedämpfte, zornige Stimmen. Sie hielt inne und lauschte. Die Worte konnte sie nicht verstehen, doch es handelte sich eindeutig um einen Mann und eine Frau. Charlotte stieg höher. Die Stimmen wurden lauter. Auf der vierten Etage erkannte sie, dass sie aus der Wohnung kamen, in der Line wohnte. Wortfetzen drangen in den Hausflur.

»... spinnst doch vollkommen, das ist ...«, rief die Frau, bei der es sich vermutlich um Line handelte.

»Nun hör aber auf!« Das war der Mann. Er klang zornig.

»Garantiert nicht, du kannst doch nicht einfach ...«

Charlotte eilte eine Etage hinab und rief in der Einsatzzentrale an, um mitzuteilen, dass sie vermutlich Mads Bodilsen gefunden hatte und Verstärkung benötigte. Danach ging sie wieder hinauf. Die Stimmen waren lauter geworden, aggressiver. Etwas krachte. Der gellende Schrei einer Frau schnitt durch die Luft. Charlotte blieb keine Zeit, um auf weitere Polizeibeamte zu warten. Da sie nach den bisherigen Hinweisen davon ausgehen mussten, dass Mads Bodilsen zu Liberty of Mind gehörte, war dies eine eindeutige Situation von Gefahr im Verzug. Es könnte sein, dass er genau in diesem Moment mit einem Hammer in der Hand vor seiner Schwester stand.

Charlottes Puls schoss in die Höhe. Sie zog ihre Dienstwaffe, trat einen Schritt beiseite, um nicht in der direkten Schusslinie zu sein, falls Mads Bodilsen über eine Waffe verfügte. Energisch hämmerte sie gegen die Tür.

»Aufmachen! Polizei!«

Prompt verstummte das Geschrei im Inneren der Wohnung. Charlotte lauschte und vernahm flüsternde Stimmen. Vermutlich beratschlagten die Anwesenden, was nun zu tun sei.

»Machen Sie auf! Hier ist die Polizei!«

Erneut wartete sie ab. Irgendwo im Treppenhaus knarrte etwas. Vermutlich ein aufgescheuchter Nachbar, der in den Hausflur spähte.

In Lines Wohnung waren Schritte zu vernehmen. Ein Schlüssel klimperte, das Schloss knackte und dann wurde die Tür geöffnet. Charlotte hielt den Atem an und spannte sich.

Sie blickte in die erschrockenen Augen von Line. Die junge Frau wirkte aufgebracht, ihr Gesicht war gerötet. Ansonsten schien ihr nichts zu fehlen.

»Frau Bodilsen, ist bei Ihnen alles in Ordnung?«

»Ach, Sie sind es. Die Polizistin.« Line lächelte steif.

»Ich habe Schreie vernommen.« Charlotte bemühte sich um einen besorgten Gesichtsausdruck. »Eine Streife ist schon auf dem Weg hierher. Was ist passiert?«

Die junge Frau lachte nervös. »Nur ein Streit mit meinem Freund.«

»Ach so. Könnte Ihr Freund vielleicht ebenfalls zur Tür kommen, damit ich mich überzeugen kann, dass alles in Ordnung ist?«

»Ähm ...« Line schluckte. »Der ist gerade auf Toilette.«

»Auf Toilette. Soso. Frau Bodilsen, wissen Sie, dass nach Ihrem Bruder gefahndet wird?«

»Gefahndet?« Line riss die Augen auf. »Das ... aber ...«

»Frau Bodilsen, befindet sich Ihr Bruder derzeit in dieser Wohnung?«

Fahrig strich sich Line die Haare zurück und mied ihren Blick. »Mads? Wie kommen Sie denn darauf?«

Sie war eine schlechte Lügnerin. Charlotte hatte jedoch nichts dagegen, dieses Spiel in die Länge zu ziehen. Es wäre unklug, die Wohnung allein zu betreten. Sie wollte lieber auf die Unterstützung ihrer Kollegen warten. Daher fragte sie: »Wenn er nicht hier ist, wissen Sie denn zufällig, wo sich Ihr Bruder gerade aufhält? Laut Aussage seiner Kollegen wollte er nach Kiel fahren.«

Line schüttelte den Kopf. »Wie gesagt, ich habe seit Monaten nicht mit ihm gesprochen.«

»Sehr schade. Aber könnten Sie mir vielleicht den Gefallen tun und ihn anrufen? Eventuell finden wir so seinen derzeitigen Aufenthaltsort heraus.«

»Mein Handy ... das habe ich bei der Arbeit vergessen, wollte gerade los und es holen.«

»Wir können gern gemeinsam hinfahren. Ich bringe Sie.«

»Nein, ich ... ich habe noch nicht geduscht und stinke fürchterlich.«

Charlottes Smartphone klingelte und ließ Line zusammenfahren.

»Das dürften meine Kollegen sein«, erklärte Charlotte freundlich. »Würden Sie bitte auf den Türöffner drücken?«

Die junge Frau presste die Lippen aufeinander, tat aber, worum sie gebeten wurde. Ein Summen erklang, die Haustür wurde aufgestoßen. Schritte kamen herauf und zwei Beamte in Uniform erschienen. Eine Frau mit blondem Pferdeschwanz, gefolgt von einem Kollegen mit zurückweichendem Haaransatz und breitem Kinn. Fragend sahen sie Charlotte an.

Sie nickte ihnen zu. »Vielen Dank, dass Sie so schnell herkommen konnten.« Sie wandte sich wieder Line zu. »Wo bleibt Ihr Freund? Wir gehen erst, wenn wir ihn gesehen haben. Es gab offensichtlich einen Streit und ich möchte mich überzeugen, dass er unversehrt ist.«

Line stieß einen spitzen Lacher aus. »Dass er unversehrt ist? Denken Sie wirklich, dass ich -«

»Es ist unsere Pflicht, alle Eventualitäten in Betracht zu ziehen. Dürfen wir kurz reinkommen?«

Die beiden Kollegen traten näher an Charlotte heran. Lines Blick huschte zwischen ihnen hin und her. Anspannung erfüllte die Luft und Charlotte hielt unwillkürlich den Atem an.

»Warten Sie.« Line verschwand im Inneren der Wohnung. Die Tür ließ sie halb offen stehen, dennoch blieb Charlotte, wo sie war. Unter den derzeitigen Umständen hatten sie keine juristische Befugnis, diese Wohnung zu betreten. Weder schien derzeit Gefahr im Verzug zu sein, noch brauchten sie zu befürchten, dass Mads Bodilsen aus dem vierten Stock fliehen könnte.

Charlotte vernahm leise Stimmen, kurz darauf kehrte Line mit verkniffenem Gesichtsausdruck zurück und zog die Tür ganz auf. »Kommen Sie rein.«

Charlotte bat ihre Kollegen, sich den Rest der Wohnung anzusehen, während sie der jungen Frau in ein bunt zusammengewürfeltes Wohnzimmer folgte. Auf der dunkelblauen Eckcouch saß ein Mann, den Charlotte als Mads Bodilsen erkannte. Sie blieb stehen, hatte die Waffe jedoch nach wie vor gesenkt. Mads lächelte schwach und hob andeutungsweise die leeren Hände.

Line baute sich neben ihrem Bruder auf. »Er hat nichts mit der Sache zu tun!«

Die beiden Streifenpolizisten stießen zu ihnen. »Niemand hier«, teilte ihr die Frau mit, was Charlotte mit einem knappen Nicken zur Kenntnis nahm, das Geschwisterpaar dabei jedoch nicht aus den Augen ließ. Mit den Kollegen im Rücken und der defensiven Haltung von Mads wagte sie jedoch, die Waffe in das Holster zurückzustecken.

»Herr Bodilsen, es freut mich, Ihnen persönlich zu begegnen. In den letzten Tagen habe ich mich intensiv mit Ihren Online-Aktivitäten befasst. Interessante Theorien, die sie dort zum Besten geben.«

Mads verschränkte die Arme vor der Brust. »Schon mal etwas von Meinungsfreiheit gehört?«

»Sicherlich. Sie dürfen sagen, was Sie wollen, das kann Ihnen niemand verbieten. Körperverletzung und Mord sind hingegen Straftaten.«

Trotzig schob er das Kinn vor. »Ich habe nichts getan.«

»Und was machen Sie dann in Kiel?«

Line trat dazwischen. »Er macht sich Sorgen um mich.«

»So?« Charlotte hob eine Augenbraue und sah sie fragend an.

»Ich arbeite am selben Institut wie Ben. Und nachdem nun auch seine Verlobte angegriffen wurde, die ja auch im gleichen Bereich tätig ist …«

»Ja, ich bin ein Sympathisant«, platzte Mads heraus. »Mit den Theorien von Liberty of Mind, aber nicht mit deren Methoden. Und bei all dem, was in den letzten Tagen passiert ist, muss man doch damit rechnen, dass wieder Blut fließen wird.« Zorn schwang in seiner Stimme mit. Plötzlich wirkte er nicht mehr defensiv, sondern höchst aggressiv. Aus dem Augenwinkel nahm Charlotte wahr, wie sich ihre beiden Kollegen anspannten. Sie bedeutete ihnen mit einer Geste, ruhig zu bleiben.

Mads lehnte sich vor und sein Zeigefinger stach in Charlottes Richtung. »Dabei wäre es Ihre Aufgabe, für den Schutz meiner Schwester zu sorgen!«

Charlotte blieb gelassen. »Herr Bodilsen, irgendwie kommt der Verdacht auf, dass Sie mehr über die Pläne der hiesigen Liberty-of-Mind-Szene wissen, als wir es tun.«

Der Arm mit dem ausgestreckten Zeigefinger sackte herab, während sich der restliche Körper kerzengerade aufrichtete. »Alter, Sie können mir gar nichts anhängen. Ich habe immer noch Rechte!«

»Sicherlich. Und ich habe das Recht zu fragen, wo Sie sich gestern Nachmittag aufgehalten haben.«

Wieder ging Line dazwischen. Ihr Gesicht war hochrot. »Er war hier in meiner Wohnung.«

»Können Sie das bezeugen?«, fragte Charlotte. »Oder waren Sie zu diesem Zeitpunkt im Institut?«

»Nein, ich war zu Hause.« Mit einer Mischung aus Zorn und Verzweiflung starrte Line sie an.

»Sind Sie sich da ganz sicher?«, fragte Charlotte. »Als nahe Verwandte haben Sie zwar das Recht, eine Aussage zu verweigern, eine Falschaussage ist dennoch ein Straftatbestand.«

Line zögerte, dann trat Entschlossenheit in ihren Blick. »Ich war hier!«

Mads legte seiner Schwester eine Hand auf den Unterarm. »Ganz ruhig. Die können mir gar nichts.« Er wandte sich an Charlotte. »Ich bin hergekommen, um meine Schwester nach Hause zu holen, weil es in Kiel nicht mehr sicher für sie ist.«

Line warf ihm einen bitterbösen Blick zu. »Darüber reden wir noch.«

Mads Augen verengten sich zu Schlitzen. »Ja, das tun wir.«

Die Wut in den Blicken des Geschwisterpaares war echt. Charlotte schätzte es als authentische Reaktion ein. War dies der Grund für den eben gehörten Streit? Trotzdem war sich Charlotte nicht sicher, wie sie die Situation bewerten sollte, denn Line schien bei der Bestätigung von Mads' Alibi gelogen zu haben.

»Herr Bodilsen, es wäre hilfreich, wenn wir die GPS-Daten Ihres Smartphones einsehen und außerdem eine Speichelprobe entnehmen können.«

Mads lachte schnaufend. »Aber Ihnen ist schon klar, dass Sie mich nicht zwingen können, oder?«

Er grinste breit. Charlotte fühlte sich an Pullmann erinnert, der ebenso gut über seine Rechte Bescheid wusste wie Bodilsen. Zufall?

»Zwingen kann ich Sie nicht«, stimmte Charlotte zu. »Aber wenn Ihnen wirklich daran gelegen ist, Ihre Schwester zu schützen, dann werden Sie uns helfen, den Mörder zu fassen - und sei es auch nur indirekt, indem Sie verhindern, dass wir unsere Zeit mit Ihnen, einem Unschuldigen, verschwenden.«

Mads schob die Unterlippe vor. Einige Sekunden lang schien er mit sich zu ringen, dann stieß er ein Schnaufen aus. »Meinetwegen. Was muss ich tun?«

Charlotte war überrascht, dass der junge Mann so schnell einlenkte. Sie hatte mit viel mehr Gegenwehr gerechnet und brauchte einen Moment, um sich auf die neue Situation einzustellen. »Sie warten einfach hier. Ich lasse einen Mitarbeiter vom Erkennungsdienst vorbeikommen, der Ihnen eine Speichelprobe entnimmt.«

37

IRMA

Donnerstag, 22. November 2029, 17.55 Uhr

Die Klingel schrillte erneut. Als Irma die Hand nach ihrer Haustür ausstreckte, kam es ihr vor, als würde sie gegen einen inneren Widerstand ankämpfen. Das Metall der Klinke fühlte sich so eisig an, dass sie beinahe zurückgezuckt wäre. Dennoch drückte sie sie herab, zog die Haustür auf und ein automatisches Lächeln hob ihre Mundwinkel.

Harald stand vor ihr.

Er war alt geworden. Die Falten um seine Augen und Mundwinkel hatten sich noch tiefer in die Haut gegraben. Nicht nur seine Schultern, sondern alles an ihm schien herabzuhängen, als ob ihn ein tonnenschweres Gewicht zu Boden zöge. Sein Anblick ließ etwas in Irma aufflackern, das sie an die Zuneigung jener Zeit erinnerte, in der sie noch verheiratet gewesen waren.

»Komm rein.«

Harald zögerte, als habe er mit einer anderen Reaktion gerechnet, kam dann jedoch der Aufforderung nach. Irma nahm ihm den Mantel ab und hängte ihn an die Garderobe.

»Entschuldige die Verspätung«, sagte er.

»Kein Problem, Josefine ist auch erst seit wenigen Minuten hier. Bist du gut durchgekommen?«

Er seufzte. »Lass das, Irma.«

»Was denn?«

»Diese ...« Er wedelte mit den Händen in ihre Richtung.

»Diese seltsame Nummer hier. Ich bin kein Kunde, den du um den Finger wickeln musst.«

Sie verdrehte die Augen und das Mitleid mit ihrem Exmann verpuffte. Stattdessen kamen die Erinnerungen an unzählige Diskussionen und Streitigkeiten zurück. »Das nennt man Smalltalk und es erschien mir angenehmer, sich über banale Dinge zu unterhalten, als in drückendes Schweigen zu verfallen.«

Mit traurigen Augen sah er sie an. »Aber es wäre ehrlicher.«

Sie schnaufte. »Wir sind zu lange geschieden, als dass es sich lohnen würde, diese Diskussion wieder aufzuwärmen. Wenn du es erlaubst, dann bevorzuge ich einen unverbindlich-distanzierten Umgang.«

Mit einem Ruck wandte sie sich um und eilte ins Wohnzimmer zurück, wo Josefine auf dem Sofa saß und ihnen höflich entgegenlächelte. Harald stockte kurz und starrte den weißen Verband an, der sich um ihre Stirn schlang. Dann hatte er sich wieder im Griff, begrüßte sie und sprach ihr sein Mitgefühl für den Verlust und den erlittenen Schrecken bei dem Überfall aus.

Als alle saßen, holte Harald eine schwarze Mappe hervor, die von einem weißen Band zusammengehalten wurde. »Dies habe ich vom Bestattungsinstitut. Wir können aus den Angeboten wählen, aber auch eigene Vorstellungen äußern.«

Während Harald redete und diverse Prospekte mit Beispielsträußen und Särgen herumreichte, schweiften Irmas Gedanken ab. Ihr war es vollkommen egal, ob Ben in einem dunklen Eichen- oder hellen Kiefernsarg liegen würde, ob dieser mit Rosen oder Lilien geschmückt war. Am Ende wurde ohnehin alles verbrannt. Zeitverschwendung, sich damit zu befassen. Sie spielte bloß Harald zuliebe mit. Viel drängender als die Auswahl der Kirchenlieder war die Frage: Wer hatte ihren Ben ermordet?

Sie seufzte frustriert, was ihr einen mitfühlenden Blick von Harald einbrachte, der ihren Laut offenbar falsch deutete. Zu ihrem Glück ließ er ihn unkommentiert und kam stattdessen auf die Urne zu sprechen.

Irma nahm sich vor, Morgenroth nachher aufzusuchen. Vielleicht wusste ja die Polizei etwas Neues. Bestimmt hatten sie schon Pullmann unter die Lupe genommen.

»Irma, was meinst du?«

Sie zuckte zusammen, blinzelte auf die Ausdrucke, die ihr Harald entgegenhielt. Urnen. Eine elegant in Mitternachtsblau, die andere mit Raumschiffen, welche eher zu einem Kind passten.

Sie zwang sich zu einem Lächeln, betrachtete die Bilder und hatte Mühe, nicht die Augen zu verdrehen. »Ich weiß nicht. Welche gefällt dir denn?«

Harald schien enttäuscht. Er schürzte die Lippen, und aus Erfahrung ihrer jahrelangen Ehe wusste sie, dass er sie durchschaut hatte. Einige Atemzüge verstrichen, dann wandte er sich Josefine zu. »Möchtest du etwas dazu sagen?«

Josefine besah sich die Ausdrucke und zuckte mit den Schultern. »Sind beide hübsch.«

Mit einem Mal wirkte Harald noch geschlagener als zuvor. »Habt ihr denn überhaupt keine Meinung? Ist euch die Beerdigung vollkommen egal?«

Josefine senkte den Kopf, schaute auf ihre im Schoß gefalteten Hände. »Tut mir leid. In meinen Augen sind solche Kleinigkeiten tatsächlich nicht relevant.«

Er knallte die Prospekte auf den Couchtisch. »Was machen wir hier eigentlich? Ich dachte, wir besprechen das zusammen!«

Irma erhob sich. »Lasst uns eine Pause machen und durchatmen, ja? Uns allen fällt das nicht leicht. Möchte jemand einen Tee oder Kaffee?«

»Gern einen Kaffee«, sagte Josefine.

Harald sackte noch mehr in sich zusammen.

»Und du?« Irma sah ihren Exmann an. Dieser begann seufzend seine Unterlagen zusammenzuschieben.

»Danke, kein Bedarf. Wenn ihr nichts dagegen habt, werde ich einfach aufbrechen. Es tut weh zu sehen, wie egal euch Ben ist.«

Irma presste die Lippen aufeinander. Wut flackerte in ihrer Brust, zu wild und zu aufbrausend, um jetzt den Mund zu öffnen. In einem solchen Zustand konnten ihr unverzeihliche Worte entwischen. Stumm sah sie zu, wie Harald die Papiere in die Mappe schob, aufstand und ging. Erst als er die Jacke vom Haken nahm, stieß sie ein frustriertes Schnaufen aus und eilte ihm nach.

»Ben ist mir nicht egal und das weißt du!«

Er sah sie nur traurig an. »Wir sehen uns bei der Beerdigung.« Er trat hinaus in den leichten Nieselregen.

Irma rief ihm nach: »Dass du so von mir denkst, zeigt mir einmal mehr, wie wenig du mich kennst!«

Harald drehte sich nicht um, ging einfach zu seinem an der Straße parkenden Wagen, warf die Unterlagen auf den Rücksitz und stieg ein. Irma beobachtete, wie sein Auto davonrollte, und knallte die Haustür zu.

In der Küche blubberte die Kaffeemaschine und die auf dem Sofa sitzende Josefine sah Irma mit hochgezogener Augenbraue an.

»Was?«, bellte Irma.

Josefine zuckte mit den Schultern. »Nichts. Mich hat das alles auch nicht wirklich interessiert. Ben wäre es ebenfalls nicht wichtig gewesen.«

Ihre Worte legten sich versöhnlich auf Irmas aufgebrachtes Herz. »Danke.«

Sie eilte in die Küche und holte zwei Becher aus dem Regal. Ihre Hände zitterten leicht. Sie war nervös. Nun, da Josefine und sie allein waren, nahte der Moment, jenes Thema anzusprechen, das ihr schon so lange auf der Seele lag. Ein Gespräch, von dem Irmas Zukunft abhing.

»Trinkst du mit Milch und Zucker?«, rief sie ins Wohnzimmer.

»Nur Milch. Danke.«

Irma schenkte zwei Becher ein, kehrte ins Wohnzimmer zurück und reichte Josefine ihren Kaffee. Diese nahm ihn entgegen und nippte daran. Irma umklammerte den eigenen mit beiden Händen, setzte sich und holte tief Luft.

»Da ist etwas, worüber wir reden müssen.«

Josefine nickte gelassen, als habe sie mit dieser Ankündigung gerechnet. »Deine Tabletten.« Sie trank einen Schluck, dann sah sie Irma ruhig an, wartete offenbar darauf, dass sie den ersten Schritt machte. Diesen Blick hatte Irma schon zuvor immer mal wieder bei ihrer Schwiegertochter in spe aufblitzen sehen. In Wahrheit interessierte sich Josefine einen Scheißdreck für die Schicksale anderer Menschen. Stattdessen schien sie abzuwägen, welche Vorteile sie aus einer Situation ziehen konnte.

Irma seufzte. »Wie du dir denken kannst, wäre es mir sehr viel wert, wenn ich meine Tabletten auch weiterhin von dir beziehen könnte. Sehr viel.«

Josefines Mundwinkel hoben sich und Irma verabscheute die Hilflosigkeit ihrer Situation. Die junge Frau konnte einfach ihre Sachen nehmen, zur Tür hinausspazieren und Irma den Rücken kehren. Innerhalb kürzester Zeit wäre Irma ein seniles Wrack, das nicht einmal den eigenen Namen wüsste.

»Wenn du in Kiel bleiben willst«, fing Irma an, »steht dir die Wohnung weiterhin zur Verfügung. Selbstverständlich kostenfrei. Oder vielleicht kann ich dich bei etwas anderem unterstützen?«

Ein Funkeln trat in Josefines Blick. »Ich will sie besitzen.«

»Bitte?« Irma sah sie irritiert an.

»Die Wohnung. Verkauf sie mir. Für hundert Euro.«

Irma schluckte. »Die ist ziemlich viel wert.«

»Du wohnst in einem Haus in Düsternbrook.« Josefine lehnte sich vor. Sie musterte Irma. »Du besitzt mehrere Immobilien und mit deiner Eventagentur hast du gutes Geld verdient.«

Irma starrte die jüngere Frau an und erkannte, dass diese ihr Spiel genoss.

Dies ist also dein wahres Wesen.

Josefine rieb sich das Kinn und schien nachzudenken. Dann grinste sie. »Nein, vergiss es. Ich will sechs Wohnungen.«

Angesichts dieser Dreistigkeit blieb Irma die Luft weg. Sie sprang so schnell von ihrem Sessel auf, dass ihr prompt schwindelig wurde. Sie taumelte und hielt sich an der Rückenlehne fest.

»Noch immer diese Nebenwirkungen?«, fragte Josefine. »Aber vermutlich besser, damit leben zu müssen als mit der Alternative, oder?«

»Wie kann jemand nur so undankbar sein? Du konntest jahrelang mietfrei wohnen.«

Lächelnd schlug Josefine die Beine übereinander. »Das ändert nichts an der Gegenwart.«

»Wärst du nicht mit meinem Sohn zusammen gewesen, hätte man dir niemals die Stelle bei Neuralcom gegeben.«

Josefines Lippen wurden zu einem schmalen Strich. Irma hatte einen Nerv getroffen. Purer Hass blitzte aus den Augen der jungen Frau. Irmas Wut wurde abgelöst durch Irritation. Ihr kam ein schrecklicher Gedanke. »Warst du es?«

»Was?«

»Hast du ihn umgebracht?«

Josefines Augenbrauen zogen sich zusammen. »Wirken deine Tabletten nicht mehr oder wie kommst du auf eine solch hirnrissige Idee? Ich war nicht einmal in Kiel, als Ben angegriffen wurde. Und außerdem hat man auch mich überfallen.« Sie deutete auf den Verband, der sich um ihren Kopf schmiegte.

»Du bist trotzdem ein Biest«, zischte Irma.

»Mal abgesehen davon, fehlt auch jedes Motiv«, redete Josefine einfach weiter, ohne auf Irmas Beleidigung einzugehen. Ihr Tonfall war der eines Menschen, der endlich jene Worte aussprechen konnte, die er sich schon unzählige Male im Kopf zurechtgelegt hatte. »Sein Tod hat mir nur Nachteile gebracht. Ohne Ben ist meine Stelle bei Neuralcom passé. Ich bin arbeitslos, meine Karriere liegt in Trümmern. Ich hatte jedenfalls keinen Grund, mit einem Hammer auf ihn loszugehen.«

Dass Josefine es derart unverblümt aussprach, traf Irma mitten ins Herz. Wieder sah sie das Wohnzimmer vor sich und spürte, wie sie mit dem Fuß gegen den Hammer stieß.

Der Hammer!

Sie erinnerte sich daran, wie Morgenroth sie am Montag gebeten hatte, Stillschweigen über die Details des Tatortes zu bewahren. Auch in den Berichten hatte sie nie etwas über einen Hammer gelesen, er war nicht einmal auf dem Bild auf Instagram zu sehen gewesen.

Irma kam es vor, als würde sich ein Stahlkorsett um ihren Brustkorb legen. Sie starrte Josefine an, die zunehmend die Stirn runzelte.

Aber das konnte doch nicht sein. Es stimmte doch, dass Josefine durch Bens Tod nur Nachteile hatte. Oder? Aber woher wusste sie von dem Hammer? Hatte Irma in den Berichten etwas übersehen? Wusste Josefine das mit dem Hammer von der Polizei? Ja, so musste es sein. Vermutlich hatte die Polizei sie gefragt, ob sie so einen Hammer besäßen oder ob der Mörder ihn mitgebracht hatte.

Trotzdem war Irmas Mund so trocken, dass sie kaum schlucken konnte. In Josefines Blick schlich sich Verwirrung, dann plötzlich Erkenntnis. Ihre Augen weiteten sich in Panik. Sie stürmte nach vorn und riss ihren Kaffeebecher hoch. Irma wich schreiend zurück, stolperte, stürzte auf den Teppich. Josefine war über ihr, der Becher zischte durch die Luft. Kaffee spritzte. Schmerz.

Irmas Hand zuckte zu ihrer Stirn. Warm rann es herab. Vor ihr stand die schwer atmende Josefine, in ihrer Hand ein gesprungener Becher. Ihre Blicke trafen sich, Josefine riss den Arm erneut hoch. Irma hob abwehrend die Hände und kniff die Augen zu …

Doch der Schlag kam nicht.

Irma öffnete die Augen, sah zu Josefine auf. Die junge Frau war erstarrt, die Hand mit dem Becher zum Schlag erhoben. Ihr ganzer Körper zitterte.

»Wieso?«, hauchte Irma. Es war das einzige Wort, das sie über die Lippen bekam.

Wieso hast du ihn umgebracht?

Josefines Blick flackerte, als habe Irmas Stimme einen Schalter umgelegt. Sie schrie auf, der Becher sauste auf Irma nieder. Schmerz, Schwindel.

Um Irma wurde es schwarz.

38

ARTHUR

Donnerstag, 22. November 2029, 18.25 Uhr

Arthurs Schritte hallten im Eingangsbereich wider, als er ins Erdgeschoss hinabstieg. Gähnend rubbelte er sich durch das Gesicht. Sein Plan war, nach Hause zu fahren, kurz zu duschen und sich eine oder zwei Stunden aufs Ohr zu legen.

Er trat hinaus. Es hatte zu nieseln begonnen. Arthur zog die Schultern hoch und ging zu den Fahrradständern. Er wollte das Rad gerade losschließen, da klingelte sein Telefon. Er blickte auf das Display und seufzte.

Martha.

Er erwog, den Anruf ins Leere gehen zu lassen. Schlussendlich obsiegte doch sein Pflichtgefühl ... oder das Wissen, dass sie es ohnehin erneut versuchen würde. Er stellte sich unter ein Vordach und nahm den Anruf an.

»Hallo.«

»Hallo, mein Bruderherz. Wie geht es dir?«

Er seufzte. »Alles bestens.«

»Na, was sollst du auch sonst sagen, hm?«

Arthur schwieg. Seiner Ansicht nach erübrigte sich jegliche Erwiderung. Schließlich ergriff Martha erneut das Wort: »Wie ich höre, bist du immer noch die gleiche kleine Labertasche wie früher. Pass auf, falls es die Kosten für den Flug sind, die dich davon abhalten herzukommen, können wir das irgendwie regeln. Ein Tapetenwechsel würde dir bestimmt guttun. Raus aus dem grauen Kiel, rein ins australische Outback.«

Sie lachte und der altvertraute Laut versetzte ihn zurück in seine Kindheit und Jugend. Das Herz wurde ihm schwer.

»Martha, das ist lieb von dir, aber -«

»Ja, ich weiß, du nimmst nicht gern Hilfe an. Dafür haben wir aber auch eine Lösung: Du arbeitest es einfach ab. Hier auf der Ranch gibt es wirklich mehr als genug zu tun, da können wir jede helfende Hand gebrauchen.«

Arthur schmunzelte. »Und du bist dir sicher, dass du diese Einladung wirklich nur mir zuliebe aussprichst und nicht, weil jede neue Arbeitskraft sofort Reißaus nimmt, wenn sie die schäbige Ranch deines Mannes sieht?«

Wieder lachte Martha auf. Glockenhell wurde der Laut über mehrere Funktürme und Satelliten fast fünfzehntausend Kilometer über den Globus getragen.

»Ma und Pa kommen auch vorbei«, erzählte sie. »Und wenn ihr drei schon hier seid, kann ich sicherlich auch Ethel und Thomas überreden, herzukommen. Das wäre doch fantastisch, endlich mal wieder die ganze Familie zusammen. Es muss mehr als zehn Jahre her sein, als wir zuletzt gemeinsam an einem Lagerfeuer saßen. Schon verrückt, wie wir uns inzwischen in alle Winde verstreut haben, oder? Nur du sitzt noch im piefigen Deutschland.«

Arthurs Laune sank. »Ich habe meine Gründe.«

Auch Martha wurde mit einem Schlag ernst. »Ja, ich weiß. Entschuldige.« Sie seufzte. »Willst du denn wirklich weiterhin dortbleiben? Jetzt, da Hanna ...«

An Marthas Ende der Leitung erklang gellendes Kinderkreischen. Der Laut brachte etwas in Arthur zum Klingen. Eine tiefe Trauer über das, was er und Hanna sich gewünscht hatten, aber niemals erleben konnten.

Martha stöhnte auf und deckte offenbar das Telefon mit der Hand ab, denn nun hörte er sie gedämpft auf Englisch mit den Kindern schimpfen.

Schweigend beobachtete Arthur, wie die Tropfen an der Frontscheibe hinabrannen.

»Und? Was meinst du?«, fragte seine Schwester mit wieder klarer Stimme.

»Ich weiß nicht«, murmelte er ausweichend. Er wollte ihr nicht zum wiederholten Male erklären müssen, dass er seinen Beruf als Kriminalkommissar tatsächlich liebte und dass er Deutschland daher nicht verlassen wollte.

»Na ja, denk einfach drüber nach, in Ordnung? Hier hätten wir auf jeden Fall immer ein Plätzchen für dich frei. Aber zu Besuch kommst du doch, oder?«

»Ich denke drüber nach«, sagte er, obwohl er seine Antwort schon kannte.

»Hm. Okay. Wir hören voneinander, ja?« Enttäuschung schwang in ihrer Stimme mit.

»Versprochen. Grüß Owen und die Kleinen.«

»Mach ich. Ach, übrigens, Nummer fünf ist im Anmarsch.«

Er lachte auf und spürte einen Stich. »Und das erzählst du mir einfach so zwischen Tür und Angel? Glückwunsch! Wann ist es denn so weit?«

»Im März. Wird übrigens ein Mädchen. Ich will sie Philippa nennen, Owen ist eher für Joyce, was ich jedoch schrecklich finde, also wird es eine Philippa.«

»Du lässt ihm auch wirklich keine Chance, was?«

»Würde ich ja, wenn er denn endlich mal mit einem guten Vorschlag ankäme. Aber die Namen, die er sich immer wünscht, so kann man doch kein Kind nennen.«

»Ihr macht das schon. Wir hören dann voneinander.«

»Bye Arthy, und lass den Kopf nicht allzu sehr hängen, ja? Das Leben ist manchmal hinterhältig, aber es geht immer weiter.«

»Klar. Bye.«

Zehn Minuten später schloss er sein Fahrrad ab, betrat das Mehrfamilienhaus, in dem seine Wohnung lag, und stieg die Treppe hinauf. *Nur kurz duschen, dann gleich wieder los.*

Von oben vernahm er eine fluchende Stimme. Als er sein Stockwerk erreichte, gewahrte er die Nachbarin Dagmar, die an ihrer geschlossenen Wohnungstür lehnte und sich ein Telefon ans Ohr hielt. Sie trug wie so oft eine knallbunte Hose und einen nicht minder farbenfrohen Mantel.Neben ihr auf der Fußmatte stand ein breiter, etwa kniehoher Karton, der ziemlich ramponiert aussah. Dem Aufdruck nach war einst eine Klimaanlage darin gewesen. Durch den halb offenstehenden Deckel sah Arthur, dass der Karton mit Kleidungsstücken gefüllt war.

»Ah, hallo, Claudia«, rief Dagmar erleichtert in ihr Smartphone. »Kann es sein, dass mein Schlüssel ... Oh, Mist. Na, zumindest weiß ich jetzt, wo er ist. Gut, ich komme gleich vorbei. Ja, das wäre super. Danke.«

Arthur stellte sich vor die eigene Wohnungstür und wollte gerade den Schlüssel ins Schloss stecken, als seine Nachbarin an ihn herantrat. »Entschuldige, darf ich dich um einen Gefallen bitten?«

Eigentlich wünschte Arthur sich nichts sehnlicher, als endlich die Wohnungstür hinter sich zu schließen und die Welt auszusperren, doch seine Nachbarin sah so müde und verzweifelt aus, dass er nachgab. »Natürlich.«

Sie lächelte. »Ich habe meinen Schlüssel bei der Arbeit vergessen und muss noch einmal hin. Könntest du so lange auf die Sachen aufpassen?« Sie deutete mit einem Kopfnicken auf den großen Karton. »Ich möchte das Zeug nicht noch einmal quer durch die Stadt schleppen.«

»Kein Problem. Ich nehme ihn einfach mit in meine Wohnung.« Er zögerte einen Moment. »Ich könnte dir aber auch die Tür öffnen.«

Sie sah ihn aus großen Augen an. »Wirklich?«

Er zwinkerte ihr zu, schloss die eigene Wohnungstür auf, trat an die Kommode und musste kurz in den Schubladen suchen, bis er das kleine Etui fand, das er schon seit Monaten nicht mehr angerührt hatte. »Das haben wir im Nullkommanichts.«

Er kniete sich vor die Tür der Nachbarin, begutachtete das Schloss, nahm zwei der mittleren Dietriche aus dem Etui und führte sie behutsam in das Schlüsselloch ein. Er war nicht in Übung und brauchte fast fünf Minuten. Dann knackte es und die Tür schwang auf. Arthur erhob sich und machte eine einladende Handbewegung. »Bitte sehr.«

»Was bist du noch mal von Beruf? Einbrecher?« Grinsend hob Dagmar ihren Karton auf. »Vielen Dank! Hab noch einen schönen Abend.«

»Du auch.«

Arthur ging zu seiner Wohnung, doch auf der Türschwelle hielt er inne, sah zurück. Irgendwas zupfte an seiner Intuition, doch er kam einfach nicht darauf, was es war. Dagmar schloss die Tür und Arthur gab auf, einen Gedanken fassen zu wollen, der ihm unentwegt entschlüpfte.

Er schloss die Tür hinter sich. Dunkelheit empfing ihn, einzig erhellt von den Straßenlaternen vor dem Wohnzimmerfenster.

Seine Hand fand den Lichtschalter, über seinem Kopf erstrahlte die Lampe. Er schälte sich aus der Jacke, warf die Schlüssel auf die Kommode und war schon halb im Wohnzimmer, als er bemerkte, dass er der kleinen Schale vom Flohmarkt keinerlei Beachtung geschenkt hatte. Er war einfach vorbeigegangen, ohne mit bittersüßem Schmerz im Herzen an jenen Nachmittag mit Hanna zu denken. Er wandte sich um, betrachtete die Schale und fragte sich, ob dies ein gutes oder ein schlechtes Zeichen war. Natürlich musste das Leben weitergehen, doch war es nicht zu früh, um Hanna schon vollends loszulassen?

Die Frage hallte durch seinen Geist, fand jedoch nichts, woran sie sich festhalten konnte, und verschwand stumm in der Dunkelheit.

Aus dem Kühlschrank holte er ein alkoholfreies Bier, das er mit ins Bad nahm, wo er sich unter die Dusche stellte und der heiße Wasserstrahl die schlimmsten Verspannungen aus seinen Schultern herausmassierte. Anschließend öffnete Arthur den Erste-Hilfe-Schrank. Ohne darüber nachzudenken, schluckte er eine Schmerztablette und ein Muskelrelaxans. Erst, als die zweite Tablette schon seinen Hals hinabrutschte, wurde ihm bewusst, was er da gerade tat: Obwohl sein Körper um eine Pause bettelte, trieb er ihn mit irgendwelchen Tabletten dazu, einfach weiterzumachen. Aber nun, da er wieder auf Lichasil zurückgriff, war das vermutlich auch egal.

Er zog sich an, ging in die Küche, schob eine Pizza in den Ofen und stellte die Eieruhr auf zwanzig Minuten. Zurück im Wohnzimmer ließ er sich auf das Sofa fallen. Er hatte das Licht nicht eingeschaltet und lehnte sich nun in der Dunkelheit zurück und schloss die Augen. Sanft tickte die große Pendeluhr. Arthur rief sich seinen Großvater ins Gedächtnis und dessen trauriges Lächeln. Seine vom Leben gezeichneten Hände, mit denen er die vergilbten Buchseiten umblätterte. Wie er mit seiner knorrigen und doch irgendwie melodischen Stimme Gedichte rezitierte. Rilke, Eichendorff, Goethe, Heine, Hesse, Kleist und wie sie alle hießen.

Vor dem Haus rumpelte ein Auto auf dem Kopfsteinpflaster vorbei. Das Licht der Scheinwerfer strich über Gardinen und Decke. In der Küche tickte die Eieruhr hart und fordernd. Es klang, als wolle sie ihn antreiben.

Los! Los! Los! Los! Los! Los!

Er versuchte, das Geräusch auszublenden, und fragte sich, ob dieses verdammte Ding schon immer derart aggressiv geklungen hatte. Immer wieder schob sich das Ticken in sein Bewusstsein. Arthur dachte an seinen Großvater, fahndete nach Zeilen, die ihn trösten konnten. Er fand *Der Mensch* von Matthias Claudius.

Empfangen und genähret
Vom Weibe wunderbar
Los! Los! Los! Los! Los! Los!
Kömmt er und sieht und höret
Und nimmt des Trugs nicht wahr
Los! Los! Los! Los! Los! Los!

Gelüstet und begehret
Los! Los! Los! Los! Los! Los!

Arthur gab auf. Es hatte keinen Sinn. Die Zeilen schwangen zwar in seinem Geist nach, doch sie hinterließen ... nichts.

Vor nicht einmal einer Woche hatte er auf Couch liegend an die Zimmerdecke geblickt und das von der Straßenlaterne geworfene Licht betrachtet, während ebendiese Zeilen etwas tief in seiner Seele berührten.

Jetzt war der Zauber fort. Nur aneinandergereihte Buchstaben, mehr nicht. Das Einzige, was er empfand, war ein allumfassendes Gefühl des Verlustes.

»Nicht jedes Gedicht bedeutet einem etwas«, hatte sein Großvater gesagt. »Aber manche bringen etwas in dir zum Leuchten. Du verstehst die Bedeutung vielleicht nicht sofort, aber du spürst sie.«

Arthur verstand die Botschaft des Gedichts, zumindest intellektuell. Aber das Gefühl fehlte. Das Echo in seinem Inneren.

Er hatte den Eindruck, dass er eigentlich weinen sollte. Seine Augen blieben jedoch trocken.

Mit einem Seufzen lehnte er sich zurück, schloss die Augen und versuchte, sich Hanna in der Küche vorzustellen. Wie sie an der Arbeitsfläche stand und ihre heißgeliebten Cornflakes in eine Schale kippte. Er konnte fast das leise Klimpern und Rascheln hören, gefolgt von dem Knacken, mit dem Hanna die Milchpackung öffnete. Gluckernd füllte sie die Schale, in der die Flakes leise aneinander schabten. Dann das Klirren, wenn der Esslöffel auf die Schale traf, und das laute Knuspern, mit dem ihre Zähne die Flakes zermahlten.

Unerbittlich tickte die Eieruhr.

Los! Los! Los! Los! Los! Los! Du musst zur Arbeit, du musst noch den Bericht abtippen, du musst noch mit Detlef sprechen, du musst noch mal die Zeugenaussagen durchgehen, du musst dir noch mal die Beweismittel anschauen, du musst, du musst, du musst!

Mit einem Ruck stand er auf, eilte in den Flur und zerrte das Pillendöschen aus der Jackentasche. Er schraubte es auf, hastete ins Bad, klappte den Klodeckel hoch und ließ den Inhalt des Döschens in die Schüssel klimpern. Gehetzt drückte er die Spülung, als ob die Tabletten zum Leben erwachen und aus der Toilette herausspringen könnten. Wasser rauschte. Als sich die Oberfläche langsam wieder beruhigte, waren die Tabletten verschwunden. Mehrere Atemzüge verstrichen, in denen er einfach nur auf das sich noch kräuselnde Wasser starrte.

Habe ich das gerade wirklich getan? Ein trockenes Lachen erklang.

»Du Idiot.« Er fasste sich an die Stirn und schüttelte den Kopf. Die vergangenen Tage hatten bewiesen, dass er Lichasil brauchte, wenn er mit seinen Kollegen mithalten wollte. Was war nur in ihn gefahren?

Er wandte sich ab, schlurfte ins Wohnzimmer zurück und sagte sich, dass er bei einer Apotheke halten würde, wenn er gleich ins Präsidium zurückfuhr.

In der Küche tickte die Eieruhr.

Los! Los! Los! Los! Los! Los!

39

JOSEFINE

Donnerstag, 22. November 2029, 18.50 Uhr

Schwer atmend starrte Josefine auf den reglosen Körper, der vor ihr auf dem Boden lag. Irmas Augen waren geschlossen. Blut rann ihre Stirn herab, tropfte auf den Teppich und wurde von den hellen Fasern aufgesogen. Rot auf Weiß. Wieder einmal. Josefine starrte darauf und erwartete, in Panik auszubrechen. Doch nichts geschah. Ihr Kopf war leer.

Was nun?

Sie kniete sich neben die alte Frau und streckte die Hand nach ihr aus. Sie zögerte. Ihre Finger schwebten wenige Zentimeter vor der faltigen Haut am Hals und bebten leicht.

»Nun stell dich nicht so an«, zischte Josefine und gab sich einen Ruck. Sie berührte die weiche, nachgiebige Haut, tastete darüber, bis sie einen schwachen Puls spürte. Irma lebte.

Josefines Hand zuckte zurück, als habe sie eine heiße Herdplatte berührt. Sie schwitzte. Unter den Achseln und den Brüsten klebte ihr Shirt an der Haut.

Scheiße!

Mit beiden Händen fuhr sie sich durch das Gesicht, atmete tief durch.

Was soll ich tun?

Nun, die Antwort war einfach. Wenn sie Irma am Leben ließ, war alles vorbei.

Josefines Blick zuckte umher, erfasste den Becher. Er lag neben Irmas Kopf. Ein langer Riss zog sich über das Blumenmotiv. Blut klebte daran. Sie hob ihn weit über den Kopf. Ihr Arm zitterte, der Atem ging stoßweise. Sie starrte auf das schlaffe Gesicht, auf die geschlossenen Augen.

Du hast keine Wahl.

Trotzdem wollte sich ihr Arm nicht bewegen. Ihre Finger umklammerten den Becher, das Zittern wurde stärker. Ein Knacken erklang. Josefine zuckte zusammen, etwas schnitt in ihre Hand. Scherben fielen zu Boden. Sie hatte so fest zugedrückt, dass der Becher zerbrochen war.

Mit einem frustrierten Japsen starrte sie auf ihre Finger. Stammte das Blut von Irma oder von ihr? Tränen traten ihr in die Augen. Nicht vor Schmerz, sondern vor Frust und Hilflosigkeit. Sie wollte das alles nicht, sah aber keinen Ausweg. Wenn Irma erwachte, wenn sie mit jemandem sprach, wäre Josefines Leben zerstört.

Sie ließ sich auf die Knie sinken, atmete tief ein und wandte den Blick von Benjamins Mutter ab, um einen klaren Kopf zu bekommen.

Als sie durch die Panoramafront in den Garten schaute, machte ihr Herz einen Satz. Zwar war draußen momentan niemand, aber es musste bloß ein neugieriger Nachbar durch die Büsche spähen und er hätte freie Sicht in das Wohnzimmer. Panisch sprang Josefine auf die Beine und zerrte die Vorhänge zu.

Sie sah sich um. Wenn jemand durch das Fenster in der Küche lugte …

Sie sprintete los, verdunkelte auch dieses Fenster, anschließend alle anderen im Erdgeschoss. Danach kehrte sie ins Wohnzimmer zurück. Irma hatte sich nicht gerührt.

Was mache ich nur mit dir?

Ein Hammer. Sie brauchte einen Hammer! Josefine stolperte zur Abstellkammer, durchsuchte alle Regale. Die Uhr tickte, die Sekunden verflogen. Immer wieder hielt sie inne und lauschte, linste ins Wohnzimmer, um zu sehen, ob Irma noch bewusstlos war. Die alte Frau rührte sich nicht.

In der Abstellkammer fand Josefine nur Besen, Handfeger und andere Putzutensilien, jedoch kein Werkzeug. Dafür gelbe Einweghandschuhe. Fahrig streifte sie sich das Paar über und setzte die Suche in der Küche fort, getrieben von der Angst, dass Irma jeden Moment erwachen könnte.

Erfolglos, auch in der Küche war kein Werkzeug. Unschlüssig betrachtete Josefine den Messerblock und zog schließlich die größte Klinge heraus. Damit könnte sie etwas anfangen. Unschlüssig drehte sie das Messer, steckte es aber wieder ins Holz zurück. Sie wollte die Vorgehensweise nicht verändern. Ein Hammer wäre die bessere Wahl, falls sie jedoch keinen fand, würde das Messer reichen.

Der Keller. Dort nachzusehen erschien ihr am erfolgversprechendsten. Sie zögerte, Irma unbeobachtet liegen zu lassen, hatte jedoch keine Wahl, musste dieses Risiko eingehen. Sie flog die Kellertreppe hinab und stöhnte auf, als sie sich in einem langgezogenen Flur wiederfand, von dem mehrere Türen abzweigten. Sie riss eine nach der anderen auf, spähte in die Räume dahinter. Dann endlich, im vierten fensterlosen Raum, fand sie eine schmale Werkbank. An der Lochwand darüber hingen mehrere Schraubenzieher, eine Säge und ein Hammer. Josefine atmete auf. Sie schloss die gelb behandschuhten Finger um den Griff. Der Hammer wog schwer, das Metall des Kopfes glänzte matt. Eine Gänsehaut überzog Josefines Arme.

Du hast keine Wahl.

Sie wandte sich um und stieg mit entschlossenen Schritten die Treppe hinauf. Halb erwartete sie, Irma wach und auf den Knien zu sehen. Aber die alte Frau war noch immer ohne Bewusstsein. Langsam ging Josefine auf sie zu. Der rote Fleck auf dem Teppich schien größer geworden zu sein, sie war sich jedoch nicht sicher.

Sie hob den Hammer, sah auf den reglosen Körper, atmete tief durch.

Sei kein Feigling.

Sie stellte sich vor, wie der Hammer herabsauste, wie das Metall auf Haut und Knochen traf. Dieses Knacken … sie bekam es einfach nicht mehr aus dem Kopf. Vor ihrem inneren Auge blendete das Bild von Bens zerstörtem Gesicht auf. Die rohe Gewalt hatte sie zutiefst verstört.

Ihre Hand schloss sich fester um den Griff.

Tu es.

Ihr Herz hämmerte schmerzhaft gegen die Rippen. Ihr Arm zitterte.

Tu es endlich!

Ein Schluchzen brach aus ihrer Kehle hervor. Sie wich zurück. Der Hammer fiel mit einem dumpfen Laut auf den Teppich. Tränen strömten über ihre Wangen.

Sie ging so weit rückwärts, bis ihr Rücken gegen die Wand stieß. Schwer atmend ließ sie sich daran herabsinken, zog die Knie an den Körper und brach in ein haltloses Schluchzen aus.

Sie konnte nicht sagen, wie lange sie so dasaß, hätte nicht einmal erklären können, warum sie weinte. Als der Fluss der Tränen endlich versiegte, fühlte sie sich leer und kraftlos.

»Ich kann es nicht.«

Oder vielleicht doch? Sie suchte in ihrer Hosentasche, fand ihre Tabletten. Sie öffnete das Döschen und fischte erst ein Itentax, dann ein Antidepressivum heraus. Hoffentlich halfen die Tabletten, diese unproduktiven Hemmungen zu vertreiben.

Sie steckte das Döschen zurück und erstarrte mitten in der Bewegung. Die Pillen!

Wenn man Irma fand, würde die Polizei auch ihr Blut untersuchen? Dort würde man die Reste der Alzheimertabletten feststellen, mit denen Josefine sie versorgt hatte. Würde man sie zuordnen können? Über Irmas Advisor konnte die Polizei sicherlich erfahren, welche Enhancer sie nahm, und die Rückstände damit abgleichen.

Scheiße!

Josefine konnte nicht bestimmen, wie hoch die Wahrscheinlichkeit war, dass sie aufgrund der Rückstände in den Focus der Ermittlungen geriet. Aber wenn herauskam, dass sie Irma mit einem nicht freigegebenen Medikament von ihrer Arbeitsstelle versorgt hatte, wäre ihre Karriere endgültig dahin. Dann könnte sie sich auch gleich erschießen.

Sie stieß einen Fluch aus, lehnte sich vor und presste die Finger gegen die Stirn.

Denk nach, Josi, denk nach!

Ihr entfuhr ein trockenes Lachen, als ihr bewusst wurde, dass sie vor acht Tagen ähnlich verzweifelt dagesessen und nach einer Lösung gesucht hatte.

Josefine kniff die Augen zusammen und schüttelte den Kopf, um die entsetzliche Erinnerung loszuwerden. Schniefend wischte sie die Tränen weg. Bens Mutter hatte sich noch immer nicht bewegt. Josefine kroch näher, streckte einen Arm aus und überprüfte den Puls. Sie lebte noch immer.

Zum Glück.

Leider.

40

IRMA

Freitag, 23. November 2029, 00.15 Uhr

Irma schlug die Augen auf. Schwärze umgab sie. Es war kalt. Eiskalt. Sie lag auf einer steinharten Unterlage. Als sie sich bewegte, sandte jede Faser ihres Körpers Schmerzen aus. Hinter ihrer Stirn drückte der Kopf, als sei der Schädel zu klein für ihr Gehirn geworden. Irma versuchte zu schreien, brachte jedoch nur einen dumpfen Laut hervor. Ein Knebel steckte in ihrem Mund und erstickte jeden Laut. Ihre Bemühungen, sich aufzurappeln, wurden von strammen Stricken um ihre Hand- und Fußgelenke verhindert. Sie war gefesselt. Ihr Herz begann zu hämmern. Die Dunkelheit um sie herum war vollkommen. Sie konnte die sprichwörtliche Hand vor Augen nicht sehen. Panik stieg in ihr auf und nahm ihr die Luft. Ihr Atem ging schnell und flach. Staubiger Kellergeruch stieg ihr in die Nase, unter sich spürte sie nackten Beton.

Wo war sie nur? Was war geschehen? Sie hatte Schwierigkeiten, ihre Gedanken zu sortieren. Harald war da gewesen und … Plötzlich stürzten die Erinnerungen auf sie ein.

Josefine!

Eisiger Schrecken durchfuhr sie, gepaart mit Unglauben. Wieso hatte Josefine das getan? Irma traute ihr viel zu, jedoch keinen Mord.

Oh, Ben …

Irma schniefte, schüttelte den Kopf und zwang sich zur Konzentration. Sie musste hier raus.

Vermutlich befand sie sich in einem der fensterlosen Kellerräume ihres eigenen Hauses. Mit Gewissheit konnte sie dies jedoch nicht sagen. Dennoch war es die naheliegendste Vermutung. Weshalb hätte Josefine das Risiko eingehen und sie aus dem Haus schleppen sollen?

Die Hauptfrage war jedoch, weshalb Irma überhaupt noch lebte. Josefine hatte bewiesen, dass sie kaltblütig genug war, Bens Gesicht mit einem Hammer zu zertrümmern, obwohl sie seit sechs Jahren das Bett mit ihm teilte.

Wieso? Was war zwischen ihnen vorgefallen? Josefines Karriere war der Dreh- und Angelpunkt in ihrem Leben und hing von Ben ab.

Durch ihre Kleidung hindurch spürte sie die Kälte. Verzweiflung überkam sie.

Wieso lebte sie noch? Was plant Josefine? Und was ist mit Liberty of Mind? Mit Pullmann? Wie passt das alles zusammen?

Angst flutete ihren Verstand. Angst und hilflose Wut. Josefine hatte Ben getötet. Kein Grund der Welt konnte dies rechtfertigen.

Sie zerrte an den Stricken, die sie hielten, versuchte zu schreien. Vergeblich. Sie brachte nur erstickte Laute hervor und die Anstrengung ließ sie schneller atmen, der Knebel verhinderte jedoch, dass sie genügend Luft bekam. Irmas Lunge brannte, Adrenalin flutete ihren Körper und erfüllte sie mit Todesangst. Tränen rannen ihre Wangen herab, während panische Gedanken durch ihren Kopf sprangen.

Sie musste sich beruhigen. Ein unbändiges Bedürfnis nach ihren Tabletten überkam sie. Im nächsten Moment zuckte sie zusammen. Ihre Pillen! Sie spürte deutlich, dass die Tasche ihres Blazers leer war.

41

JOSEFINE

Freitag, 23. November 2029, 05.25 Uhr

Unruhig ging Josefine in Irmas Wohnzimmer auf und ab. Ihre Schuhe klackten auf dem Parkett. Den Teppich hatte sie noch am Abend zusammengerollt und vorläufig in den Keller verfrachtet.

Sie hatte das Gefühl, als stände ihr Inneres unter Druck. Als sei sie ein Ballon, den jemand so stark aufgepumpt hatte, dass er zu platzen drohte. Sie wollte schreien. Frust, Angst und das Gefühl, nichts wert zu sein, wirbelten in ihrer Brust, versuchten hervorzubrechen. Eine Empfindung, die sie seit ihrer Kindheit kannte, doch nie zuvor war der Drang so stark gewesen wie jetzt. Selbst die Enhancer halfen kaum noch.

Manchmal kam es ihr vor, als würde sie einen Hundert-Meter-Lauf bestreiten. Doch mit jedem Schritt, den sie tat, verlängerte sich die Bahn um zwei weitere Schritte. Schweiß rann ihr über Stirn und Rücken, die Lunge pumpte, die Muskeln brannten, und doch kam das Ziel einfach nicht näher. Ihre Schritte fraßen die Meter, dicht hinter sich spürte sie die anderen Läufer, hatte ihren Atem schon im Nacken. Sie musste schneller laufen, schneller und schneller und schneller und schneller, nur nicht aufgeben, das Ziel im Blick und immer schneller und schneller und schneller, noch mehr aus sich herausholen, endlich über sich hinauswachsen.

Tief in ihrem Inneren hatte sie schon immer gewusst, dass sie nicht ewig so weitermachen konnte. Irgendwann würde sie den

Punkt erreichen, an dem es einfach nicht mehr ging. Sie hatte sich immer vorgestellt, dass sie einfach zusammenbrechen würde und mit Blaulicht ins Krankenhaus käme. Schlaganfall oder so. Das wäre für sie in Ordnung. Wer kämpfte, konnte verlieren. Zumindest hätte sie dann nachweislich alles gegeben.

Dass es jedoch auf diese Weise geschah und sie auch noch jemand anderen damit verletzte, das hatte sie nicht erwartet und auch nie gewollt.

Irgendwann, vielleicht nach zwei oder drei Jahren Beziehung, hatte Josefine plötzlich erkannt, dass Ben sie an ihren Bruder Frederik erinnerte. Wie ein Blitz hatte es sie durchzuckt und ein seltsames Gefühl der Scham hinterlassen.

Der schlaue Frederik, dem es immer so leichtgefallen war, hervorragende Noten nach Hause zu bringen. Jahrgangsbester und das ganz ohne Mühen. Der Stolz aller Eltern und ein großer Bruder, der einen langen Schatten warf.

Wieso kann ich nicht mehr so sein wie er?

Das hatte Josefine sich schon in der Grundschule gefragt.

Sie wusste, dass auch ihren Eltern diese Frage unzählige Male durch den Kopf gegangen war. Natürlich hatten sie es nie laut ausgesprochen, doch irgendwann hatte Josefine zwischen den Zeilen lesen können.

»Josefine, das reicht einfach nicht aus.«

»Kind, du musst dich mehr anstrengen.«

»Eine Zwei? Wie konnte das denn passieren?«

Wenn Freunde oder Verwandte zu Besuch kamen, berichteten ihre Eltern mit leuchtenden Augen von Frederiks Leistungen.

»Nur Einsen und er hat kaum dafür gelernt.«

»Inzwischen kann er sogar uns etwas beibringen.«

»Wir sind unfassbar stolz auf ihn.«

Josefine hatte danebengestanden und war sich unendlich wertlos vorgekommen.

Inzwischen hatte Frederik natürlich längst einen Professorentitel erlangt und wurde ähnlich hofiert und umworben wie Ben. Ihre Eltern ließen keine Gelegenheit aus, damit zu prahlen.

Als Josefine ihren Eltern gebeichtet hatte, dass sie bloß als Forschungsassistentin arbeitete, hatte ihre Mutter ihr aufmunternd auf die Schulter geklopft. »Jeder fängt mal klein an. Das ist nur vorübergehend.« Dabei war Josefine jedoch nicht der missbilligende Zug um ihre Mundwinkel entgangen.

Aber wie hatten die Augen ihrer Eltern geleuchtet, als sie von dem Vertrag bei Neuralcom berichtet hatte. »Oh, Josefine, wir wussten, dass du es irgendwie schaffen wirst. Du warst schon immer eine Kämpferin.«

Zum ersten Mal war es Josefines Erfolg, der im Freundes- und Familienkreis anerkennendes Nicken hervorrief. Ihr ganzes Leben lang hatte sie sich nach einem solchen Moment gesehnt. Sie hätte sich gut fühlen müssen, doch das Einzige, was sie empfand, war Scham. Das Lob fühlte sich falsch an, immerhin war der Vertrag nur als eine Bedingung von Ben entstanden und nicht aufgrund ihrer eigenen Leistungen.

Sie blieb stehen und rieb sich den verspannten Nacken, unter dem sie schon seit ihrer Grundschulzeit litt. In der letzten Zeit war es schlimmer geworden, strahlte bis in ihren Kopf und den Rücken aus. Zusätzlich zu den Enhancern schluckte sie Schmerzmittel, um irgendwie durch die Tage zu kommen. Sobald dieser ganze Mist vorbei war, würde sie in ein Massagestudio gehen und sich einmal richtig durchkneten lassen. Vorher hatte sie jedoch einiges zu erledigen.

Irma …

Josefine brauchte noch immer eine Idee, einen Plan. Sie musste die Polizei auf eine Spur bringen, ihnen am besten irgendeinen Verdächtigen liefern, um von sich selbst abzulenken. Es machte sie nervös, dass Morgenroth unentwegt um sie herumschwirrte. Er sollte sich endlich auf jemand anderen konzentrieren.

Sie setzte sich wieder in Bewegung, vom Wohnzimmer zum Flur, wo sie an der Kellertür lauschend stehen blieb, jedoch nach wie vor keinen Laut vernahm. Ihr Blick schweifte durch den Raum, suchte nach einer Inspiration und blieb schließlich an Irmas Handy hängen.

42

ARTHUR

Freitag, 23. November 2029, 07.00 Uhr

»Okay.« Ziegler sah die versammelten Kommissare müde an. »Dann mal los. Charlotte, du zuerst.«

Wie jeden Morgen saßen sie an dem ovalen Tisch des Besprechungsraums und trugen die Informationen des Vortags zusammen. Auf der Toilette hatte Arthur noch einen Energydrink heruntergekippt, dennoch fühlten sich seine Arme und Beine schwer an. Trotzdem würde er kein Lichasil mehr nehmen. Ja, ohne diesen Enhancer brauchte er mehr Schlaf und hatte keine Ahnung, wie er dieses Bedürfnis vor seinen Kollegen verbergen sollte. Doch dafür gehörte sein Kopf wieder ihm allein. Seine Gedanken konnten fließen, ohne von störenden Scheuklappen eingeschränkt zu werden.

Charlotte lehnte sich mit einem Schnaufen auf ihrem Stuhl zurück. »Pullmann hat inzwischen einer DNA-Probe zugestimmt. Das Labor sitzt dran, ich erwarte jede Sekunde einen Anruf. Aber er hätte wohl kaum eingewilligt, wenn er tatsächlich der Mörder wäre. Dann hätte er sich so lange verweigert, bis wir tatsächlich mit einem Gerichtsbeschluss vor seiner Nase wedeln.«

»Wer weiß. Vielleicht ...« Ziegler kratzte sich am Nacken. »Ach, egal, was gibt es noch?«

»Das Labor meldet, dass sie in der Wohnung keinen einzigen neuen Fingerabdruck gefunden haben. Wer auch immer diese drei Männer waren, sie müssen Handschuhe getragen haben. Die Überprüfung der DNA-Spuren läuft noch. Vielleicht haben wir Glück und einer hat ein Haar verloren. Die Probe von Mads Bodilsen ist ebenfalls im Labor.«

»Wieso hat die Schwester eigentlich nichts gesagt, als du im Institut warst?«, wollte Roger wissen. »Dieser Bodilsen hat doch nichts weiter verbrochen, als eine dumme E-Mail zu schreiben.«

Charlotte lächelte schmal. »Das habe ich sie gestern auch gefragt. Sie wurde rot und meinte, dass sie ihrem Bruder keinen Ärger machen wollte. Sie wusste, dass er ein Liberty-Anhänger ist, konnte sich aber nicht vorstellen, dass er etwas mit dem Mord zu tun hätte.«

Ziegler verdrehte die Augen. »Wäre sie gleich damit rausgerückt, hätten wir nicht unnötig Zeit verloren. Egal. Roger, bist du mit Farbe und Pinsel weitergekommen?«

»Tja.« Ihr junger Kollege sah unglücklich drein. »Handelsübliche Marken, wie man sie in vielen Baumärkten bekommt. Innerhalb der letzten Wochen wurden in den Läden, die ich abgeklappert habe, insgesamt elf Dosen mit genau dieser Farbe verkauft. Allerdings nicht ein einziges Mal mit genau dem Pinsel.«

Ziegler rieb sich die Stirn. Er wirkte angespannt, wie immer. Arthur fragte sich, was für Enhancer ihr Chef wohl nahm, abgesehen von den üblichen Mittelchen, um wach und konzentriert zu bleiben. Mit Sicherheit hatte ihm sein Advisor auch etwas gegeben, um seine Stimmung aufzuhellen. Etwas, um die Anspannung zu mildern. Vielleicht etwas Angstlösendes. Ziegler wirkte auf Arthur wie der Typ für N-Methylamphetamine.

»Hast du trotzdem ein paar Namen?«, brummte ihr Chef.

»Noch nicht.« Roger ließ die Schultern hängen. »Richterlicher Beschluss zur Herausgabe der Daten ist aber auch schon in Arbeit. Morgen wissen wir mehr.«

Arthur sah seinen Kollegen nachdenklich an. Was Roger wohl nahm, abgesehen von dem allseits beliebten Lichasil?

War auch er schon auf Stimmungsaufheller angewiesen, die ihm halfen, mit dem Leistungsdruck bei der Arbeit umzugehen und gleichzeitig mit der Erwartung, auch zu Hause stets präsent zu sein? Arthur hatte gehört, dass viele mit einer Nase Kokain nachhalfen.

»Was ist mit diesem Instagram-Account?« Zieglers Blick strich über die anwesenden Kommissare und blieb schließlich wieder bei Charlotte hängen.

Charlotte. In ihrem Team nahm mit Sicherheit niemand so viele Enhancer wie sie. Es musste Jahre her sein, dass sie ihrem Gehirn einen Tag ohne Doping gegönnt hatte.

Ihre Nasenflügel blähten sich. »Der Instagram-Account führt noch immer ins Leere. Auch das Video wurde über einen Server in Russland hochgeladen. Sackgasse.«

Roger lehnte sich vor. »Und andersherum? Wenn wir theoretisch den Rechner oder das Handy des Täters hätten, könnte man darüber nachweisen, dass er sich über diesen VPN-Zugang bei Instagram eingeloggt hat?«

Jonna zuckte mit den Schultern. Ähnlich wie Ziegler wirkte auch sie immer leicht angespannt. Bei ihr waren mit Sicherheit eine ganze Menge Antidepressiva oder Betablocker mit im Cocktail. War Arthur wirklich der Einzige an diesem Tisch, dessen Gehirn nicht von irgendwelchen Psychopharmaka beeinflusst wurde? Und war es richtig, dass er damit ein Außenseiter war? Jemand, der sich unnormal verhielt?

»Tja ... kommt drauf an«, meinte Jonna. »Die Router in Privatwohnungen speichern die Logdateien etwas vierundzwanzig bis achtundvierzig Stunden. Ob man etwas auf dem Rechner selbst findet, hängt davon ab, wie viel Ahnung unser Täter hat. Und da er einen VPN-Client benutzt, scheint er nicht ganz verblödet zu sein. Könnte sich trotzdem lohnen, auf Pullmanns Rechner nachzusehen.«

Ihr Chef schüttelte den Kopf. »Wenn der DNA-Test negativ ausfällt, bekommen wir niemals eine Hausdurchsuchung. Augenzeugen konnten wir bisher auch nicht auftreiben, oder?«

»Niemand hat etwas gesehen oder gehört.« Jonna seufzte.

Arthur hatte sich auf seinem Stuhl zurückgelehnt und strich sich nachdenklich über das Kinn. Er dachte an die aufrechte Josefine. Sie hatte ein stichfestes Alibi. Die Kollegen aus Münster hatten das Ehepaar Krist befragt, zudem hatte Arthur ihr Bewegungsprofil überprüft. Eltern konnten zwar lügen, Geokoordinaten jedoch nicht. Allerdings waren diese nicht an eine Person, sondern an ein Gerät gebunden.

Ziegler rieb sich die Stirn, als hätte er Kopfschmerzen. »Und die verdammten Verkehrskameras haben auch nichts gebracht.«

Thiess schüttelte betrübt den Kopf.

Arthur lehnte sich vor. »Wie sicher ist sich die Rechtsmedizin mit dem Todeszeitpunkt?«

Alle Blicke richteten sich auf ihn. Charlotte rümpfte die Nase. »Wie kommst du denn jetzt darauf?«

Er zuckte mit den Schultern. »Wir kommen einfach nicht voran. Vielleicht hilft es ja, wenn ich noch mal alles ganz von vorn durchgehe.«

»Meinetwegen.« Mit halb zusammengekniffenen Augen sah Ziegler in die Runde.

Die Besprechung setzte sich fort. Aufgaben wurden verteilt, dann wurde der noch immer ungelöste Brandt-Fall besprochen. Arthur saß derweil stumm daneben und spürte, wie ein diffuser Gedanke an sein Bewusstsein klopfte.

43

IRMA

Freitag, 23. November 2029, 09:45 Uhr

In der Ecke des Raumes war ein Fenster. Dahinter saß ein Mann. Irma kannte ihn. Es war Morgenroth. Er aß Cornflakes, grinste breit und hob grüßend die Hand.

Irma presste die Augenlider aufeinander, atmete tief durch die Nase ein und wieder aus. Dann öffnete sie die Augen. Morgenroth war noch immer da.

Bloß eine Halluzination.

Irma schüttelte den Kopf, bis ihr schwindlig wurde. Als sie erneut in die Richtung des Fensters sah, streckte Morgenroth ihr die Zunge raus.

Sie hatte gehört, dass man in absoluter Dunkelheit begann, Geräusche und Bilder wahrzunehmen, die gar nicht da waren. Zumindest hoffte Irma, dass allein die Finsternis Ursache für die Streiche war, die ihr die Augen spielten. Sie wusste nicht, wie lange sie nun schon hier unten festsaß. Eine Zeitlang hatte sie unruhig geschlafen und dadurch jegliches Zeitgefühl verloren. Der Magen knurrte und sie hatte entsetzlichen Durst. Ihre Hose war nass. Sie hatte den Urin nicht länger halten können. Es war kalt und sie fühlte sich dreckig und gedemütigt.

Sie schätzte, dass mehr als zwölf Stunden vergangen waren. Sicher war sie sich jedoch nicht. Ohne ihre Tabletten würde ihr Geist bald in die Dunkelheit stürzen. Sie hatte schon jetzt Probleme, sich zu konzentrieren.

Sie fürchtete sich. Wenn sie nicht bald ihre Pillen bekam, würden die Veränderungen in ihrem Gehirn nicht mehr rückgängig zu machen sein. Und je weiter es fortschritt ... Sie sah sich selbst, wie sie sabbernd und mit leerem Blick im Bett irgendeines Altersheimes lag. Nur noch eine Hülle ihrer selbst, vergessen von der Welt.

Tränen rannen über ihre Wangen. Irma ließ es zu. Es waren nicht die ersten und niemand war hier, der sie sehen konnte. Niemand, außer dem Cornflakes essenden Morgenroth, der sie interessiert beobachtete.

Sie kaute auf ihrem Knebel herum und hatte tatsächlich den Eindruck, dass er sich lockerte. Oder war auch das nur Einbildung?

44

ARTHUR

Freitag, 23. November 2029, 11.15 Uhr

Arthur nahm die Jacke von der Rückenlehne seines Stuhles und verstaute Handy und Portemonnaie darin. Als er auf den Flur trat, rief Charlotte aus ihrem Büro: »Mittagspause?«

Er brummte zustimmend. Ja, er war hungrig. Vor allem hatte er aber das Gefühl, in Ruhe nachdenken zu müssen. Seit der Besprechung schien etwas in seinem Hinterkopf zu gären, doch er bekam es einfach nicht zu fassen. Ständig wurden seine Gedanken von einem klingelnden Telefon oder einem Kollegen unterbrochen, der kurz in sein Büro schaute. Er musste raus, den Kopf freibekommen. Das Wetter bot sich an. Nach dem morgendlichen Schauer hatten sich die schweren Regenwolken verzogen. Der Himmel war noch immer bedeckt, doch laut dem Regenradar würde der nächste Guss noch einige Stunden auf sich warten lassen.

»Soll ich dir etwas mitbringen?«, fragte er Charlotte.

»Das wäre nett.« Sie wandte sich schon wieder dem Monitor zu.

Er wusste, dass ihr relativ egal war, was sie zu Mittag bekam. Hauptsache, es war irgendwas einigermaßen Nahrhaftes. Arthur wagte nicht, zu schätzen, wie viele Kalorien diese Frau am Tag zu sich nahm. Viele, was man ihrer Figur jedoch nicht ansah.

Er stieg ins Erdgeschoss hinab, trat hinaus, zögerte kurz, dann ging er doch zu seinem Dienstwagen, um mit ihm die knapp zwei Kilometer durch die Stadt bis zur Förde zurückzulegen. Er stellte seinen Wagen im Parkhaus neben dem Nordlicht-Einkaufscenter ab, ging zum Wasser hinüber und kehrte in das Restaurant neben dem Schifffahrtsmuseum ein. An einem der rustikalen Holztische fand er einen Fensterplatz, von dem aus er auf das Wasser blicken konnte. Um diese Uhrzeit war es hier noch relativ leer. Er bestellte zwei Matjesfilets mit Bratkartoffeln. Während er auf sein Essen wartete, blickte er mit aufgestützten Ellenbogen und unter dem Kinn gefalteten Händen hinaus. Die Weite der Förde gab seinen Gedanken Raum zum Kreisen. Vor dem Restaurant befand sich ein weißer Pier. Historische Wasserfahrzeuge wiegten sich am Anleger. Ein Tonnenleger ruhte neben einem Feuerlöschboot, dahinter der kleine Seenotrettungskreuzer. Möwen hockten auf den Pfählen. Von der Bahnhofsbrücke kommend pflügte eine Personenfähre auf den Anleger zu.

Inzwischen boten sich ihnen zwei unterschiedliche Ermittlungsrichtungen dar: Liberty of Mind und Pullmann. Letzterer hatte zwar inzwischen einer DNA-Probe zugestimmt, doch selbst wenn sie kein Material von ihm am Tatort sichergestellt hatten, bewies dies nichts. Dann war da noch der Überfall jener drei jungen Männer auf Josefine. Dies deutete eher in Richtung Liberty of Mind, denn Josefine hatte nichts mit dem Unfall vor vierundzwanzig Jahren zu tun. Oder hingen die Ermittlungslinien doch zusammen? Irgendwie erschien ihm beides jedoch viel zu distanziert. Er erinnerte sich an den Anblick von Bens Leichnam, an dessen zerstörtes Gesicht.

Gewalt. Zorn … Verzweiflung.

Dann jenes Symbol von Liberty of Mind, das mit einer ganz anderen Handschrift verfasst worden war als der Mord selbst. Der Gedanke daran war wie ein Juckreiz, der ihn einfach nicht losließ. Genauso wie Josefine. Irgendwas an ihr ging ihm unter die Haut. Sein Bewusstsein schwirrte um sie herum wie eine

Motte um eine Lampe. Sie hatte jedoch ein unwiderlegbares Alibi. Zudem war sie selbst ein Opfer.

Sein Essen kam. Der Fisch und die knusprigen Bratkartoffeln rochen köstlich. Hungrig aß er und nahm sich vor, Charlotte nachher einen Döner mitzubringen.

Nachdem Arthur seine Matjes aufgegessen hatte, zahlte er und verließ das Restaurant, um am Wasser entlang Richtung Kiellinie zu gehen. Der Wind strich über die Förde. Kleine Schaumkronen tanzten auf den Wellen. Er kam am Ostseekai vorbei, wo ein großes Kreuzfahrtschiff darauf vorbereitet wurde, bald wieder aufzubrechen.

Josefines Beziehung zu jemandem wie Benjamin war Arthur von Beginn an seltsam vorgekommen. Schon als er die Wohnung der beiden betreten hatte, war ihm klar gewesen, dass hier zwei höchst unterschiedliche Seelen zusammenlebten. Zum einen der chaotische, aber gleichzeitig geniale Ben, der seine Tage mit einer Mischung aus Neurowissenschaften, Comics und Videospielen verbrachte, aber auch Zeit für Menschlichkeit fand und Kontakt zu Lilly hielt. Auf der anderen Seite Josefine. Strebsam, stets die Haltung wahrend. Arthur hatte sie als eine überkorrekte Frau erlebt, deren Impulskontrolle tief in ihrem Geist verankert war.

Was fand so jemand wie Josefine an einem wie Ben? War es die Sehnsucht nach etwas Leichtigkeit im Leben? Hatte sie seine Genialität bewundert? Oder war es reine Berechnung, weil sie hoffte, von seinem Erfolg zu profitieren?

Arthur schüttelte den Kopf. Wie er es auch drehte und wendete: Es fehlten Josefine sowohl die Möglichkeit als auch ein Motiv.

Während des Mordes war sie nicht einmal in Kiel gewesen. Sowohl ihre Eltern als auch das Bewegungsprofil ihres Handys bestätigten, dass sie zum Zeitpunkt des Mordes in Münster gewesen war.

Etwas kratzte an Arthurs Bewusstsein. Das Wissen, dass er etwas übersehen hatte. Er dachte an seine lächelnde Nachbarin, die mit einem großen Karton im Arm vor ihrer Wohnung stand. Er erkannte jedoch nicht, was seine Intuition ihm damit sagen wollte. Es machte ihn halb wahnsinnig. Und dennoch kam er nicht darauf und wandte sich mit einem frustrierten Schnaufen dem nächsten Thema zu: der Tatsache, dass Josefine keinerlei Motiv besaß. Ihr Traumjob war sogar an Benjamins Stelle gekoppelt und nun bangte sie um ihre Zukunft.

Wieder war da dieses Jucken. Ein Gedanke, der kurz davor war, sich zu bilden. Etwas lag Arthur auf der Zunge. Eine Erkenntnis, die -

Das Smartphone in seiner Jackentasche summte. Verärgert über die Störung holte er es hervor und erwartete, Charlottes Namen auf dem Display zu lesen. Aber nicht seine Kollegin rief ihn an.

Es war seine Mutter.

Mehrere Atemzüge lang blieb er stehen und starrte auf das vibrierende Handy. Dann steckte er es in die Tasche zurück.

Er ging weiter, doch der unerwartete Anruf hatte ihn aus seiner Konzentration gerissen. Frustriert trat er nach einem Kieselstein. Als sein Handy zehn Minuten später erneut klingelte, nahm er den Anruf an.

»Hallo, Ma. Ist was passiert?«

Sie lachte auf. »Na, du bist mir einer! Meldest dich seit Tagen nicht und wunderst dich dann, dass ich dich irgendwann selbst anrufe. Ich wollte nur hören, wie es dir geht.«

Er seufzte, wägte die möglichen Antworten ab und entschied sich für eine, die halbwegs der Wahrheit entsprach. »Ich komme zurecht.«

»Ja, es ist schwer, jemanden zu verlieren, der einem so wichtig war.« Ihre Stimme hatte sich geändert, war nun voller Mitleid. »Du, ich habe gestern mit deiner Schwester gesprochen. Martha. Wir alle fänden es wundervoll, wenn die ganze Familie ein paar Wochen auf der Farm verbringen könnte.«

Arthur dachte an das Kinderlachen, das er durch das Telefon gehört hatte. Sein Magen zog sich zusammen.

»Ich weiß nicht. Mal sehen.« Gleichzeitig wusste er, dass er garantiert keinen Fuß in Marthas Haus setzen würde. Er könnte es nicht ertragen, sie inmitten ihrer Großfamilie zu sehen. Allein das Telefonat hatte ausgereicht, um sich noch einsamer zu fühlen.

»Ach, Arthy, überleg es dir doch bitte, ja? Es würde dir guttun, mal herauszukommen und die Welt zu bereisen. Außerdem, sobald Marthas Nummer fünf da ist, wird sie jede Hilfe brauchen können.« Seine Mutter kicherte.

Er räusperte sich. »Mir ist nicht so nach Reisen.«

Sie lachte leise. »So warst du schon immer, solltest es aber wirklich mal ausprobieren. Nichts ist so inspirierend, wie neue Kulturen und Menschen kennenzulernen.«

»Grüß Pa von mir. Ich muss jetzt wieder arbeiten.«

»Arthy, du solltest dringend mal rauskommen. Pack deine Sachen, flieg zu Martha. Du weißt, du bist willkommen.«

»Ich weiß. Danke. Man hört voneinander.«

Sie seufzte. »Mach's gut, Arthy. Pass auf dich auf.«

Er beendete das Telefonat und steckte das Smartphone weg. Reglos stand er da und schaute auf das graue Wasser hinaus. Die Karabiner an den Seilen der Segelboote schlugen klirrend gegen die Masten. Kleine Wellen schwappten an den Fuß der Promenade. Die kalte Luft tat gut. Er brauchte keine australische Hitze.

Arthur setzte sich wieder in Bewegung. Der schlendernde Gang war einem zielstrebigen Marsch gewichen, als versuche er, vor etwas zu flüchten. Er zog die Schultern hoch und vergrub die Hände in den Taschen. Der Wind fand dennoch jede noch so kleine Lücke in seiner Kleidung und strich mit eisigen Fingern über die Haut an seinem Hals und den Handgelenken.

Er schnaufte, versuchte, den Gedanken an Martha und ihre Rasselbande sowie an seine Familie im Allgemeinen zu entkommen. Was er jetzt brauchte, war ein klarer Kopf und keine Verwandtschaft, die ihm ihr Familienglück unter die Nase rieb.

Während er mit ausgreifenden Schritten am Wasser entlangstrebte, versuchte er, sich zu erinnern, welche Erkenntnis ihm kurz vor dem Anruf im Kopf herumgespukt war.

Wieso war Josefine mit jemandem wie Ben zusammen? Er stellte sich die beiden vor. Der lebensfrohe Ben, der endlich seinen Platz in der Welt gefunden hatte und dem alle eine glänzende Zukunft prophezeiten. Dann die strebsame Josefine. Zielorientiert. Konsequent. Diszipliniert. Was empfand eine solche Frau in der Gegenwart eines wahren Genies, dem alles mit Leichtigkeit in den Schoß fiel?

Bewunderung. Selbstzweifel … Neid.

Abrupt blieb er stehen.

45

JOSEFINE

Freitag, 23. November 2029, 12.05 Uhr

Die Straße besaß keinen Fußweg, nicht einmal einen Mittelstreifen. Vereinzelte Autos parkten am Straßenrand, schmiegten sich an die blattlosen Hecken, hinter denen kleine Einfamilienhäuser kauerten. Josefine brauchte zehn Minuten von der Bushaltestelle bis zu Pullmanns Haus. Nach wie vor wusste sie nicht, wieso Irma ihr ein Bild dieses Mannes gezeigt und danach gefragt hatte, ob er einer der Angreifer gewesen war. Aber Bens Mutter würde schon ihre Gründe gehabt haben. Irgendwie war Pullmann in diese ganze Sache verstrickt und offenbar hatte auch schon seine Tochter die Aufmerksamkeit der Polizei erregt. Josefine war verzweifelt genug, um nach Strohhalmen zu greifen und darauf zu hoffen, dass sie mit ihrem Plan die Ermittlungen auf eine falsche Fährte brachte. Sie improvisierte, was schlecht war, keine Frage, und sie hasste es, in diese Situation gebracht worden zu sein. Normalerweise war sie jemand, der alles tagelang durchdachte und erst handelte, wenn er alle Optionen ausführlich abgewogen hatte. Ihr kam es vor, als würde sie über einen gefrorenen See laufen, dessen Eisschicht mit jedem Schritt dünner wurde. Sie musste sich besser absichern, konnte nicht einfach so darauf vertrauen, dass alles gutgehen würde.

Ein Windstoß zerrte an Josefines Mütze, unter der sie ihre Haare hochgesteckt hatte. Zudem trug sie Irmas Mantel und hatte sich deren schwarze Lederhandschuhe übergestreift.

Als sie schließlich vor Nummer sechsunddreißig stand, stockte sie kurz, zwang sich jedoch weiterzugehen. Die Auffahrt war leer. Kein Auto. Offenbar war Pullmann nicht da. Josefine holte zitternd Luft und sah sich um, während ihre Füße sie weitertrugen. Bei jedem Schritt schlug die große Handtasche gegen ihre Hüfte.

Nicht die beste Gegend von Kiel, aber auch nicht die schlechteste. Vor den Grundstücken standen in die Jahre gekommene Familienkutschen und neuere Kleinwagen. Die Häuser waren alt, hier und da musste eine Fassade gestrichen werden, sie sahen aber nicht heruntergekommen aus. In einigen Gärten standen Schaukeln und Rutscheautos, die Fenster anderer Häuser waren mit altmodischen Spitzenvorhängen verziert, welche Josefine von ihrer Oma kannte. Das beunruhigte sie. Rentner hatten oft Langeweile und waren viel zu neugierig. Ihr Nachbar Winkelmann war das beste Beispiel. Vermutlich saß auch hier irgendein Opa rauchend am Fenster, oder eine Oma beobachtete mit klappernden Stricknadeln die Umgebung.

Fünf Minuten später hatte Josefine das Ende der Straße erreicht und war keinem Menschen begegnet. Sie wandte sich um und ging entschlossenen Schrittes zurück, hoffte, dass sie niemandem aufgefallen war, konnte dies jedoch nicht nachprüfen. Sie musste es einfach wagen.

Dieses Mal bog sie in Pullmanns Einfahrt ein, hielt auf die Haustür zu und klingelte. Sie wartete mit klopfendem Herzen. Der Wind raschelte in der Hecke zum Nachbargrundstück, irgendwo sang eine Amsel. Josefine klingelte erneut. Sie hörte das weit entfernte Rauschen der Hauptstraße. Im Haus tat sich jedoch nichts.

Okay.

Sie atmete tief durch, sah sich verstohlen um, dann ging sie am Haus vorbei in den Garten. Aus dem Augenwinkel behielt sie die Fenster des Nachbarhauses im Blick, konnte jedoch keine Bewegung wahrnehmen. Dann stand sie auf dem Rasen.

Es sah genauso aus, wie sie es sich nach einem Blick auf das Satellitenbild bei Google Maps vorgestellt hatte. Im hinteren Bereich, gleich neben einer Gruppe hüfthoher Sträucher, stand tatsächlich ein Gartenschuppen. Josefines Herz galoppierte. Nach einem schnellen Blick auf ihre Umgebung eilte sie über die mit braunen Blättern gesprenkelte Rasenfläche. Die Holztür des Häuschens war nicht abgeschlossen. Sie schlüpfte hinein. Drinnen war es dunkel und roch muffig. Durch das kleine, dreckige Fenster drang nur wenig Licht. Sie sah allerlei Gartengeräte, an denen eingestaubte Spinnenweben hingen. Sie überprüfte kurz ihre Handschuhe, schließlich wollte sie an der zukünftigen Mordwaffe keine Fingerabdrücke hinterlassen. Sie fand eine Schaufel, mehrere verrostete Harken, zerfaserte Besen. Alles nicht das, was sie brauchte. Sie suchte die Regalbretter ab und zuckte zurück, als eine dicke Spinne hastig das Weite suchte. Mit spitzen Fingern öffnete sie die angegammelten Pappkartons, untersuchte ihr Inneres. Sie fand kleinere Handwerkzeuge, einige davon konnten sicherlich fiese Wunden verursachen, doch es war mühsam, jemanden damit töten zu wollen. Josefine betrachtete eine Handschaufel und legte sie seufzend zurück.

Schließlich hatte sie alles durch. Ihre Schultern sackten herab, sie drehte sich ein letztes Mal im Kreis in der Hoffnung, etwas übersehen zu haben.

Tatsächlich! An der Innenseite der Tür hing an zwei gebogenen Nägeln eine Axt. Sie war nicht groß, der Stiel in etwa so lang wie Josefines Unterarm.

Sie grinste. *Perfekt!*

Aus der Handtasche fischte sie einen Leinenbeutel, stopfte die Axt hinein und beides zurück in die Handtasche.

Dann öffnete sie die Tür und spähte hinaus. Noch immer wirkte alles wie ausgestorben, dennoch ließen die vielen Fenster der Nachbarhäuser ihr Herz schneller schlagen. Sie hatte jedoch keine Wahl, also setzte sie sich in Bewegung. Geduckt und dicht an der Hecke entlang huschte sie zurück.

46

ARTHUR

Freitag, 23. November 2029, 12.20 Uhr

»Endlich!« Charlotte riss ihm den in Alufolie eingepackten Döner aus der Hand. Schmunzelnd beobachtete er, wie sie die Verpackung aufriss und ihre Zähne in Brot, Gemüse und Fleisch versenkte. »Du hast ja ewig gebraucht«, murrte sie mit vollem Mund.

»Wie es aussieht, bin ich in allerletzter Sekunde gekommen, um dich vor dem Hungertod zu bewahren.«

Sie schnaufte durch die Nase und schluckte den Bissen hinunter. »Wo warst du so lange?«

»Ich musste nachdenken.«

»Oha. Es ist nie ein gutes Zeichen, wenn jemand ein Gespräch mit diesen Worten beginnt.«

Er lächelte schmal. »Ich weiß, wer der Mörder ist.«

Charlotte hielt beim Kauen inne und hob eine Augenbraue.

Arthur setzte sich auf den Stuhl vor ihrem Schreibtisch und holte tief Luft. »Josefine.«

Der abfällige Blick seiner Kollegin drückte deutlich aus, was sie von seiner Hypothese hielt.

Er rieb sich den Nacken. Sie von seiner Theorie zu überzeugen, würde nicht einfach werden, aber damit hatte er gerechnet und sich entsprechend vorbereitet.

»Beim Mord an Benjamin waren starke Gefühle im Spiel«, begann er.

Charlotte nickte knapp. So weit war sie mit ihm einer Meinung. An ihrer Oberlippe klebte ein wenig Soße. »Und aus welchem Grund soll sie das getan haben?«

»Neid.«

Sie ließ sich das einen Moment durch den Kopf gehen, dann verzog sie das Gesicht. »Ohne Ben wird ihre Stelle bei Neuralcom gestrichen.«

»Es war nicht geplant. Eine Affekthandlung.«

»Ja, unser Mädchen sieht auch wirklich aus, als leide sie unter mangelnder Impulskontrolle.«

»Sie reißt sich zusammen, aber unter der Oberfläche brodelt es. Da hatte sich etwas entladen. Etwas, das sich über lange Zeit angestaut hatte. Das war nicht einfach nur eine intellektuelle Meinungsverschiedenheit. Das war persönlich.«

»Die Anhänger von Liberty of Mind nehmen die Sache verdammt persönlich. Die reden, als habe man ihre Mutter angegriffen.«

Er schüttelte den Kopf. »Das Symbol an der Wand spricht eine andere Sprache als der Mord. Der Pinsel wurde mit einer ganz anderen Emotion geführt. Bedacht. Durchgeplant. Meine Theorie ist, dass das Zeichen zwei oder drei Stunden nach dem Mord an die Wand gemalt wurde.«

»Aha? Was lässt dich zu dieser Annahme kommen?« Ihr scannender Blick ruhte unverwandt auf ihn, während sie erneut in ihren Döner biss.

»Der Mord selbst geschah im Affekt«, wiederholte Arthur. »Es war nicht geplant. Die beiden hatten gestritten und während dieser Auseinandersetzung verlor Josefine die Kontrolle über sich. Sie griff nach dem Hammer, der ohnehin bereitlag. Dann schlug sie wie von Sinnen auf Benjamin ein, ließ all ihren Frust heraus.«

»Sie war zur Tatzeit gar nicht in Kiel.«

»Ich habe eben mit ihrem Chef gesprochen. Josefine hat sich am Freitag überraschend krankgemeldet, was für sie höchst ungewöhnlich war.«

Charlotte wiegte den Kopf. »Das ist in der Tat etwas seltsam.«

»Außerdem habe ich auch mit den Eltern gesprochen. Sie waren zunächst recht verschlossen, aber ich habe dennoch aus ihnen herausbekommen, dass Josefine eigentlich abgesagt und das Geburtstagsgeschenk für ihren Vater schon per Post geschickt hatte. Als sie dann plötzlich doch vor der Tür stand, war das eine ziemliche Überraschung. Und findest du es nicht auch interessant, dass der Angriff ausgerechnet wenige Stunden nach ihrer Abreise stattfand?«

Seine Kollegin schürzte die Lippen. »Das hatten wir doch schon. Die Täter haben abgewartet, bis Benjamin allein war.«

»Wir haben keinerlei Anzeichen für Folter gefunden.«

»Okay, ist ja alles gut und schön. Aber wie soll sie ihn umgebracht haben, wenn sie sich zum Mordzeitpunkt schon in der Bahn nach Münster befand?«

»Benjamin Nessau starb am Abend zuvor.«

»Du behauptest also, unser Rechtsmediziner hat den Todeszeitpunkt falsch bestimmt?«

»Nein, ganz und gar nicht.« Arthur faltete die Hände vor dem Bauch und lächelte zufrieden. »Anhand der ihm zur Verfügung stehenden Indizien hat er die richtigen Schlüsse gezogen. Allerdings waren diese Indizien verfälscht.«

Ihn traf ein giftiger Blick. »Dir scheint dieses Spiel ja richtig Spaß zu machen. Jetzt spuck's schon aus!«

»Das Badezimmerfenster.« Arthur grinste seine Kollegin an. Diese runzelte zunächst die Stirn, die Kiefer mahlten, dann schüttelte sie den Kopf. »Was ist mit dem verdammten Fenster?«

»Ein Nachbar hatte beobachtet, dass es auf Kipp stand. Das tat es nicht ohne Grund. Und es war vermutlich auch nicht das einzige. Ich wette, sämtliche Fenster zum Hinterhof standen offen. Die Heizungen waren ausgeschaltet, in der Wohnung war es eiskalt.«

Charlotte lachte schnaufend. »Du willst doch nicht allen Ernstes behaupten, dass sie den Leichnam gekühlt hat, oder?«

»Doch, genau das denke ich.« Eigentlich hätte er schon während der ersten Dienstbesprechung, als das offen stehende Fenster erwähnt wurde, erkennen müssen, was dahintersteckte. Sein Unterbewusstsein hatte es anscheinend abgespeichert und ihn darauf aufmerksam machen wollen, als er seine Nachbarin und den Karton mit dem Aufdruck einer Klimaanlage gesehen hatte. Diese Geräte sollten einen Raum kühlen – genauso, wie es die offen stehenden Fenster getan hatten.

Seine Kollegin kräuselte die Oberlippe. »Das klingt wie aus einem Film.«

»In der Nacht von Donnerstag auf Freitag war es ziemlich kalt. Um ein Grad herum. Die Temperaturen hätten vollkommen ausgereicht, um die Abbauprozesse im Körper des Leichnams beträchtlich zu verlangsamen. Durch die Kälte werden sowohl die Autolyse als auch die Verwesung verzögert, was auch den Abbau der Muskelproteine verlangsamt. Und über diesen Abbau wird die Leichenliegezeit bestimmt. Als Josefine um fünf Uhr die Wohnung verließ und zum Bahnhof fuhr, schloss sie die Fenster.«

Charlotte schüttelte den Kopf, schien nicht glücklich mit seiner Herleitung. »Und das reicht aus, um eine Verschiebung des Todeszeitpunktes um mehr als zwölf Stunden zu simulieren?«

»Das habe ich mich auch gefragt und deshalb mit Pfeiffer aus der Rechtsmedizin telefoniert.«

»Und was sagt er?«

»Nein, es reicht nicht aus. Hätte Josefine bloß die Fenster offen gelassen, dann hätte die Proteinabbaubestimmung einen Todeszeitpunkt früh am Freitagmorgen ergeben müssen.«

»Hat sie aber nicht.« Mit einem süffisanten Lächeln biss Charlotte erneut von ihrem Mittagessen ab. Soße rann ihr über das Kinn, sie wischte sie mit dem Handrücken weg.

»Josefine hat noch etwas anderes getan.« Arthur lächelte seinerseits, was Charlotte die Stirn runzeln ließ.

»Und was?«, fragte sie.

»Ist dir aufgefallen, dass sie in der Wohnung Heizthermostate haben? Damit lässt sich programmieren, wie warm eine Heizung sein soll. Die meisten lassen sich sogar von unterwegs über eine App steuern. Als Josefine gegangen ist, standen die Heizungen auf null. Die Kälte blieb in der Wohnung. Natürlich stiegen die Temperaturen schon bald an, da die übrigen Wohnungen im Haus beheizt wurden. Aber sagen wir mal, in Benjamins Wohnung haben fünfzehn Grad geherrscht. Und das über dreißig Stunden. Das ist nicht viel, nur fünf Grad weniger als die von der Rechtsmedizin angenommene Raumtemperatur. Trotzdem reicht es aus, den Abbau der Muskelproteine so weit zu verlangsamen, um eine Verschiebung des Todeszeitpunktes von Donnerstagabend auf Freitagmittag zu simulieren.«

»Mir schwirrt der Kopf.«

»Nach dreißig Stunden schickte Josefine von Münster aus über die App das Signal an ihre Heizungen, die Wohnung auf zwanzig Grad zu temperieren.«

Charlotte rieb sich die Stirn. »Lass es mich kurz zusammenfassen: Erst hat Josefine Benjamins Leichnam mithilfe der offen stehenden Fenster gekühlt.«

»Genau. Dadurch fiel die Temperatur auf etwa drei, vier oder fünf Grad.«

»Anschließend verließ sie die Wohnung, die Heizung blieb jedoch aus. Daher herrschten in der Wohnung keine zwanzig Grad, sondern nur fünfzehn. Das ist kein großer Unterschied und trotzdem reicht es aus, um den Abbau der Muskelproteine zu verlangsamen.«

»So ist es.«

»Sie fuhr nach Münster zu ihren Eltern. Nach etwa dreißig Stunden drehte sie die Heizungen aus der Ferne wieder auf. Als wir dann eintrafen, herrschte eine Raumtemperatur von zwanzig Grad und der Rechtsmediziner ging davon aus, dass diese seit dem Todeszeitpunkt mehr oder weniger konstant war.«

»Du hast es erfasst.«

»Puh.« Charlotte ließ den winzigen Rest ihres Döners sinken. »Ist er nicht am Donnerstagabend noch mal zum Supermarkt gegangen?«

»Wir wissen nur, dass Benjamins Handy gegen elf im Supermarkt war. Es hätte auch in der Tasche von Josefine liegen können, die damit eine weitere falsche Fährte gelegt hat.«

»Woher hat sie Farbe und Pinsel?«

»Der nächste Baumarkt ist zwei Kilometer entfernt. Dort kam die Farbe her. Beim Pinsel bin ich mir nicht sicher, vermute aber, dass sie einen in der Wohnung vorrätig hatten.«

»Laut dem Bewegungsprofil ihres Handys hat sie die Wohnung erst wieder verlassen, als sie zum Bahnhof aufgebrochen ist.«

»Als sie zum Baumarkt fuhr, hat sie das Smartphone in der Wohnung gelassen.«

»Und was ist mit dem Angriff auf sie selbst? Woher kommen die drei Männer, die sie überfallen haben?«

»Außer Josefines Aussage und der Stimme im Video haben wir keinerlei Belege dafür, dass diese Männer tatsächlich existieren. Niemand hat sie gesehen, selbst der Nachbar nicht. Auf den Verkehrskameras ist nichts drauf. Das Video zeigt nur Josefine, niemanden sonst.«

»Und die Stimme?«

»Kam vom Band. Vielleicht von ihrem Smartphone. Sie brauchte nur einen Timer sichtbar ablaufen zu lassen. Bei null wurde dieser einzelne Satz abgespielt. Fünf Sekunden vorher musste Josefine bloß an einer beliebigen Stelle im Text ins Stocken kommen, damit der Befehl, dass sie weiterlesen solle, passte.«

»Puh.« Charlotte strich sich mit beiden Händen die Haare zurück und wirkte leicht überfordert. »Willst du etwa behaupten, dass sie sich selbst in die Stirn geschnitten hat?«

»Ja, genau das nehme ich an.«

»Aber man kann doch erkennen, ob solche Schnitte fremdverursacht sind oder ob sich das Opfer selbst verletzt hat. Schnittwinkel und Schnitttiefe unterscheiden sich.«

»Ich glaube nicht, dass der Notarzt in dem Moment darauf geachtet hat. Das ist ihm schlicht entgangen. Außerdem waren die Schnitte tatsächlich tief. Ich vermute, dass ihr Entschlossenheit, aber vor allem Enhancer geholfen haben, jedwede Zurückhaltung zu überwinden.«

»Und diesen ganzen verschachtelten Plan soll sich Josefine auf die Schnelle ausgedacht haben?«

»Dumm ist sie nicht, und es passt alles zusammen«, beharrte er.

»Aber nur mit ganz viel Phantasie.« Charlotte schüttelte den Kopf und sah nachdenklich zum Fenster hinaus. Arthur schwieg und ließ ihr Zeit, über seine Theorie nachzudenken. Aus den Büros der anderen Kommissare wehten Papierrascheln und Rogers Stimme herüber, der offenbar telefonierte. Irgendwo fiel eine Tür ins Schloss.

Schließlich wandte sich Charlotte ihm wieder zu. »Nehmen wir mal an, du hast recht. Wie willst du ihr das nachweisen?« Sie schob sich den Rest ihres Döners in den Mund.

Arthur lehnte sich vor. »Da für das Hochladen auf Instagram ein Server in Russland benutzt wurde, kommen wir hier nicht weiter. Der Router in ihrer Wohnung hingegen hat mit ganz viel Glück noch die Logdaten gespeichert, die beweisen, dass von diesem Anschluss aus das Video hochgeladen wurde.«

Charlotte runzelte die Stirn und schluckte den Bissen herunter. »Die Logdaten dürften inzwischen gelöscht sein, die achtundvierzig Stunden sind vorbei.«

»Da hast du recht.« Arthur grinste vielsagend, woraufhin seine Kollegin die Augen verdrehte.

»Nun rück schon raus, du ach so großer Detektiv. Welches Ass hast du noch im Ärmel?«

»Die Heizungsthermostate. Entweder hat Josefine sie programmiert, sodass sie nach dreißig Stunden wieder anspringen, oder sie hat von unterwegs mithilfe einer App darauf zurückgegriffen. In beiden Fällen hat es elektronische Spuren hinterlassen, die unsere Techniker vielleicht auswerten können.«

»Theoretisch eine gute Idee. Aber da kommst du nicht ran. Die Spurensicherung ist abgeschlossen und die Wohnung freigegeben. Einen Durchsuchungsbeschluss bekommen wir auf Grundlage deiner Theorie bestimmt nicht.«

Dieses Problem hatte Arthur tatsächlich ziemliche Kopfschmerzen bereitet und ihn sogar kurzzeitig in Erwägung ziehen lassen, Josefine zur Vernehmung ins Kommissariat einzubestellen, um dann mit dem Schlüssel von Irma Nessau heimlich in die Wohnung einzudringen. Natürlich hatte er dieses Vorhaben sogleich wieder verworfen, da illegal erlangte Beweismittel vor Gericht keinen Wert hatten.

Er lächelte. »Rate mal, unter wessen Namen sämtliche Verträge dieser Wohnung laufen.«

Seine Kollegin verdrehte die Augen. »Sind wir in einer Quizshow oder was?«

»Irma Nessau. Alles, was mit dieser Wohnung zu tun hat, läuft auf ihren Namen. Internet, Telefon, Strom, Wasser und so weiter. Ich bin mir nicht einmal sicher, ob Josefine über einen Mietvertrag verfügt. Ich fahre bei Frau Nessau vorbei und bitte sie um Einsicht in die Logdaten. Sie wird mit Sicherheit nichts dagegen haben. Wenn die Logdaten schon gelöscht wurden, müssen wir einen anderen Weg finden, um an die Thermostate oder an Josefines Handy ranzukommen.«

47

JOSEFINE

Freitag, 23. November 2029, 13.05 Uhr

Das tiefe Brummen des Busses beruhigte ihre Nerven. Josefine lehnte sich an das kühle Fenster und beobachtete, wie Kiel an ihr vorbeizog. Schwer ruhte die Handtasche auf ihrem Schoß. Josefine rührte keinen Finger, doch ihr Herz polterte. War ihr irgendwo ein Fehler unterlaufen? Der Plan, die Sache mit Liberty of Mind, der Account auf Instagram ... Es hatte alles so schnell gehen müssen. Wenn sie nun doch etwas übersehen hatte, wenn die Polizei vielleicht genau in diesem Moment auf ein Indiz stieß, das sie unweigerlich auf Josefines Spur bringen würde ...

Immer wieder fragte sie sich, ob Irma noch im Keller lag oder ob es ihr irgendwie gelungen war, die Fesseln zu lösen.

Tausend Gedanken schwirrten ihr durch den Kopf, schoben und drängten sich, jeder von ihnen verlangte nach Aufmerksamkeit. Allen voran die Frage: Hatte sie auch wirklich alles bedacht?

Vor dem Fenster zog der Hauptbahnhof vorbei. Menschen mit hochgezogenen Schultern stiegen am ZOB in die wartenden Busse. Ein alltäglicher Anblick, der so gar nicht in Josefines Realität passen wollte.

Letzte Woche Mittwoch war noch alles in Ordnung gewesen. Am Abend hatte sie im Wohnzimmer gestanden und mit halb zusammengekniffenen Augen die Wand betrachtet, um einen Platz für das neue Bild zu finden. Sie hielt den collegeblockgroßen Rahmen in den Händen und strich mit den Daumen über die glatte Oberfläche.

»Meinst du, das ist wirklich noch nötig?« Ben lag langgestreckt auf der Couch und beobachtete sie über den Rand des zerknitterten Comics.

»Es sind noch zwei Monate bis zum Umzug«, hielt sie dagegen. »Und ohne wäre die Wand unvollständig.«

Er lachte auf. »Du bist zwanghaft.«

»Vielleicht.« Sie hielt das Bild gegen die Wand und ließ den Eindruck auf sich wirken.

Sie wünschte, der Herausgeber der Zeitschrift hätte die Überschrift des Artikels ein wenig größer gemacht. So kam er kaum zur Geltung. Aber das Gesamtbild des Fotoarrangements an der Wand passte einigermaßen, daher nickte sie zufrieden.

»Ich habe mir schon als Kind eine Wand gewünscht, an der alle Erfolge präsentiert werden«, murmelte sie.

Allerdings hatte sie sich dabei vorgestellt, ihren eigenen Namen öfter auf der Wand zu sehen, als es bisher der Fall war. Derzeit bestand sie vor allem aus Bens Errungenschaften.

»Okay.« Seine Stimme klang seltsam. Sie wandte sich um und begegnete einem nachdenklichen Blick.

»Was?«

Er grinste verlegen und zuckte mit den Schultern. »Nichts. Es ist bloß ... Weißt du, andere Paare hängen Fotos von sich an die Wand. Von ihren Reisen und so.«

Sie schnaufte. »Wer interessiert sich schon für Urlaubsbilder?« Sie legte den Rahmen beiseite, nahm einen kleinen Nagel aus der Schachtel und griff nach dem Hammer.

»Ich hätte gern ein paar«, murmelte Ben.

Sie sagte nichts darauf, da sie wusste, dass er das niemals ernst meinen konnte, auch wenn er immer wieder das Gegenteil behauptete. Diesen Vorschlag machte er mit Sicherheit nur ihr zuliebe, damit ihr nicht jeden Tag vor Augen gehalten wurde, wie wenig Raum sie an der Wand einnahm. Von ihr hing dort nur eine Masterurkunde. Ansonsten schien sie nicht existent zu sein. In all ihren Lebensjahren hatte sie noch immer nichts erreicht, um ihr Dasein zu rechtfertigen.

Auch der neuste Artikel trug Bens Namen. Der Anblick schnürte ihr die Kehle zu. Sie schob den aufkommenden Neid beiseite und redete sich ein, dass sie es vielmehr als Ansporn sehen sollte. Sie musste eben noch härter an sich arbeiten, um sich endlich ihren Platz an der Wand und in der Welt zu verdienen.

Trotzdem wollte der bittere Geschmack in ihrem Mund einfach nicht verschwinden. Allein die Tatsache, dass sie sich so ins Zeug legen musste, machte ihr deutlich, wie groß der Graben zwischen ihr und Ben war ... und Frederik.

Die Eieruhr in der Küche klingelte. Grinsend warf Ben sein Comicheft beiseite und sprang auf. »Essen ist fertig.« Er eilte in die Küche.

Noch immer mit dem Hammer in der Hand starrte sie auf das zerfledderte Heftchen. Während sie schon seit Jahren keine Freizeit mehr besaß, jede Minute mit Arbeiten oder Lernen verbrachte, ließ Ben sich einfach treiben. Und trotzdem waren seine Leistungen überragend. Genau wie Frederik fiel auch ihm alles in den Schoß. Und das ganz ohne Enhancer.

Josefine hingegen ... Sie verheimlichte ihrer Umwelt und vor allem ihren Eltern, wie viele Pillen sie tatsächlich nehmen musste, um zumindest einigermaßen mithalten zu können. Es war beschämend.

Plötzlich erschien ihr der Hammer unendlich schwer. Sie wollte das Bild nicht mehr an die Wand bringen. Nicht noch ein Zeugnis von Bens mühelosem Erfolg und ihrem Versagen. Seufzend legte sie den Hammer ins Bücherregal.

Selbst als sie am nächsten Morgen in der Bahn nach Hamburg saß, starrte sie nur dumpf aus dem Fenster, anstatt sich in das neue Lehrbuch zu vertiefen, das sie sich am Vortag auf den Reader geladen hatte. Sie war so frustriert, dass ihr selbst die Enhancer kaum helfen konnten, sich zu konzentrieren. Nebel lag auf den Wiesen. Schwarzbunte Milchkühe suchte man vergebens, nur hier und da standen einzelne der zotteligen Robustrinder auf ihren Weiden.

Ein dumpfer Schmerz ballte sich in ihrer Brust zusammen.

Auf der Arbeit erwartete sie die übliche Routine. Die Versuchsdaten eines neuen Derivats ihres Alzheimermittels mussten ausgelesen und aufbereitet werden. Josefine tat, was man von ihr verlangte, fühlte sich jedoch wie immer unterfordert und fehlbesetzt. Außerdem war ihr Chef wieder mal angespannt und ließ dies an seinen Mitarbeitern aus. Am nächsten Tag würde sich entscheiden, ob ihr Medikament endlich für eine klinische Studie bereit war. Das setzte ihm natürlich zu.

Am späten Nachmittag ging es zurück nach Kiel. Wieder zwei Stunden im Zug. Zwei Stunden verschenkte Lebenszeit. Sie wollte sich dem Lehrbuch widmen, konnte sich jedoch noch immer nicht konzentrieren. Frustriert schluckte sie ein Itentax und starrte auf den Bildschirm des Readers, bis ihre Augen brannten. Unzufriedenheit mahlte in ihrer Brust und zerrieb jeglichen Gedanken zu Staub.

Die Straßenlaternen zeichneten Lichtkreise auf den Asphalt, als Josefine endlich die Haustür aufschloss und mit schweren Beinen in den ersten Stock hinaufstieg. Sie fand Ben auf dem Sofa lümmelnd vor, in der Hand eine halb volle Müslischale. Er trug noch immer die Boxershorts und das Shirt vom gestrigen Tag.

Sie schnaufte. »Bist du jetzt erst aufgestanden?«

Ein Gähnen ließ seinen Kiefer knacken. »Die ganze Nacht habe ich am Paper gearbeitet. Habe Roland versprochen, dass es nächste Woche fertig ist.«

Roland … er nennt Professor Bernhard sogar schon beim Vornamen.

»Du könntest tagsüber arbeiten wie jeder normale Mensch auch«, schnappte sie und eilte ins Schlafzimmer. Sie legte Jeans und Bluse ab und zog etwas Bequemes an. Ihr nächster

Weg führte sie in die Küche und ihre sich ohnehin im Tiefflug befindliche Stimmung stürzte endgültig ab. Auf der Arbeitsfläche über der Spülmaschine stapelten sich dreckige Kaffeebecher und benutzte Teller. Warum räumte er seinen Kram nie weg? Warum blieb immer alles an ihr hängen?

»Haben wir etwas zum Essen da?«, rief sie, obgleich sie die Antwort schon kannte.

»Bin noch nicht dazu gekommen.«

Wieder schnaufte sie und riss das Tiefkühlfach auf. Kräuterpackungen und Gemüse starrten ihr entgegen.

»Pizza ist auch alle?«

»Oh, stimmt ja. Hab heute Nacht die letzte gegessen.«

Es raschelte, als er sich vom Sofa aufrappelte und in den Flur schlurfte. »Bevor du jetzt wieder austickst: Ich gehe ja schon einkaufen.«

»Gut.« Sie rauschte an ihm vorbei in ihr Arbeitszimmer und nahm jene Ausdrucke zur Hand, die sie schon am Vortag vorbereitet hatte. Sie wollte einige Passagen erneut durchgehen.

Die Badezimmertür schlug zu. Eigentlich hatte Josefine erwartet, dass er sich anzog und sofort losging. Ihr Magen knurrte. Stattdessen rauschte die Dusche ... und rauschte ... und rauschte. Irgendwann verstummte sie, kurz darauf öffnete sich die Badezimmertür und Ben schlurfte nackt an ihrem Arbeitszimmer vorbei und ins Schlafzimmer. Die Kleiderschranktür klapperte. Sein Handy klingelte.

»Ja? Oh, hello! I didn't expect -«

Josefine spitzte die Ohren. Ben lachte, wirkte locker.

Mit wem zum Teufel telefoniert er?

Nach fünf Minuten legte er auf. Anstatt jedoch zur Wohnungstür zu gehen und in Jacke und Schuhe zu steigen, tappte er ins Wohnzimmer. Josefine knallte ihre Ausdrucke auf den Tisch und folgte ihm.

»Wer war das?«, verlangte sie zu wissen.

»Bryden Asher. Neuralcom. Er hatte mir gestern noch einige Unterlagen geschickt.« Ben griff sich den Pullover, der über der Armlehne des Sofas hing, schnupperte daran und schlüpfte hinein.

»Neuralcom? Aber wieso? Wir fangen doch erst in zwei Monaten dort an.«

»Ja, ist auch nichts Offizielles. Hatten zwischendurch gechattet. Okay, ich gehe dann mal los. Soll ich dir was Bestimmtes mitbringen?«

Für mehrere Sekunden war es Josefine schier unmöglich zu atmen. Natürlich war es in Ordnung, so kurz vor Antritt eines neuen Jobs mit dem zukünftigen Arbeitgeber zu chatten. Aber wieso hatte man sie nicht mit einbezogen? Sie fühlte sich betrogen ... übergangen.

»Wer ist das überhaupt?«

Er winkte ab. »Erzähle ich dir nachher, ja? Ich will jetzt erst mal los. Ich könnte ja auf dem Rückweg einen Döner holen. Lust?«

Josefine ballte die Fäuste und ermahnte sich, ruhig zu bleiben, obwohl sie ihn am liebsten angeschrien hätte. »Ja, wieso nicht? Und bring mir doch bitte auch noch eine Packung Lichasil mit.«

»Schon wieder? Mensch, Josi, wie viele von den Dingern schluckst du mittlerweile?«

»So viele, wie nötig sind«, zischte sie. »Bringst du mir jetzt welche mit oder nicht?«

Er schwieg und sah sie mit einem seltsamen Blick an. »Vielleicht solltest du mal eine Pause machen, Josi. Du siehst nicht gut aus.«

»Dann hole ich mir eben selber welche. Vielen Dank auch!«

Ben verdrehte die Augen. »So habe ich das doch nicht gemeint. Ich mache mir Sorgen um dich. Du bist in letzter Zeit noch verbissener als früher. Das kann doch nicht ewig so weitergehen. Diese ganzen Enhancer ... Hey, nun sei nicht gleich eingeschnappt.«

»Eingeschnappt?« Am liebsten hätte sie Ben eine Ohrfeige verpasst. »Du hast doch keine Ahnung!«

Sanft umfasste er ihre Oberarme. »Ich kann nicht mehr mit ansehen, wie du dich kaputtmachst. Du schuftest den ganzen Tag und verbringst die halbe Nacht mit irgendwelchen Papern und Büchern, schläfst kaum noch. Ohne Enhancer wärst du längst zusammengeklappt.«

Sie wich zurück, stieß gegen das Bücherregal.

»Josi, du brauchst eine Pause. Nur einen Tag oder vielleicht zwei, in denen du mal ausschläfst, dich einfach zurücklehnst, vielleicht mal ne dumme Serie guckst oder so.«

Er näherte sich erneut, sie stieß ihn weg. »Ich habe keine Zeit, mich auszuruhen!« Ihre Stimme war ein kraftloses Fiepen. »Nicht jedem fällt alles in den Schoß, so wie dir!«

Er sah sie gequält an. »Ideen kann man nicht erzwingen. Man kann ihnen bloß einen Nährboden bieten und dann hoffen, dass sie darin keimen. Aber das braucht Zeit.«

»Ich habe nun mal keine Zeit.«

»Nein, du *lässt* dir einfach keine Zeit. Das hat man selbst deiner Abschlussarbeit angemerkt.«

»Was willst du mir damit sagen?«

Ben seufzte und strich die mal wieder viel zu langen Haare zurück. »Jetzt sei nicht gleich so garstig. Du selbst sagst doch immer, dass man nur besser werden kann, wenn man bereit ist, Kritik anzunehmen.«

»Red nicht drumherum.«

Verlegen zupfte er einen Fussel von seinem Ärmel. Er fühlte sich sichtlich unwohl. Vermutlich wünschte er sich gerade, einfach die Klappe gehalten zu haben.

»Josi, ich habe schon immer bewundert, wie sehr du dich in deine Arbeit kniest. Bevor du eine Hausarbeit anfängst, liest du dich tagelang in das Thema ein. Und wenn ich mir deine Liste an Quellen anschaue, wird mir ganz schwindelig. Ich selbst muss mich echt anstrengen, damit ich auf ein Drittel davon komme. Deine Ausarbeitung ist stets präzise und die von dir ausgewählten Zitate aussagekräftig.«

»Aber?«

Ben rieb sich den Nacken und blickte aus dem Fenster. »Aber inhaltlich kratzt du dennoch immer nur an der Oberfläche. Du gehst nicht in die Tiefe, übersiehst die sich daraus ergebenden Schlüsse und kannst -« Er brach ab und grinste schief, während ihm Josefine am liebsten ins Gesicht gesprungen wäre.

»Hey, ich sage nicht, dass du schlecht bist«, versicherte er. »Da würden mir deine Noten und auch jeder Prof widersprechen. Trotzdem. Jeder Mensch hat nun mal seine Grenzen. Das muss man akzeptieren.«

»Was willst du damit sagen?«

Er hob beide Hände. »Komm schon, du bist unfassbar fleißig, da macht dir niemand etwas vor, aber ... ach, Josi, bitte hasse mich jetzt nicht. Aber Fleiß allein reicht nun mal nicht.«

Josefine starrte ihn an. *Klack.* In ihrem Kopf legte sich ein Schalter um, der Raum verschwamm. Sie sah ihre Eltern vor sich, wie sie ihrem Bruder Frederik anerkennend auf die Schulter klopften, für Josefines Leistungen jedoch nur ein mitleidiges Lächeln übrig hatten. »Ja, da warst du wirklich fleißig.«

Mit einem Mal fühlte sich Josefine seltsam leer. Sie sah, wie sich Bens Mund öffnete und schloss. Worte tanzten durch ihren Verstand, ergaben jedoch keinen Sinn. Sie blickte zur Wand, zu den Bildern. Ein Zittern stieg tief aus ihrem Inneren empor, erfasste ihre Glieder, ihre Gedanken.

Bens Mund schloss sich, er legte den Kopf schräg. Mitleid stand in seinem Blick. Seine Hand näherte sich ihrem Gesicht, strich über ihre nasse Wange.

Schluchzend wich sie zurück, stieß mit dem Rücken gegen das Regal. Bücher polterten zu Boden. Ihre Hand fuhr über die hölzerne Oberfläche, streifte die Pappschachtel mit den Nägeln, strich über den Griff des Hammers.

»Sei still!« Ihre Stimme überschlug sich.

Sie packte den Griff, riss den Arm hoch. Ben sah sie überrascht an. Blut spritzte. Josefine wimmerte. Schlug zu. Immer und immer wieder.

Es knackte, gurgelte. Arme und Beine zuckten. Dann war er still. Trotzdem konnte sie nicht aufhören. Immer wieder und wieder sauste der Hammer herab. Immer und immer wieder.

48

ARTHUR

Freitag, 23. November 2029, 13.15 Uhr

Arthur stellte den Dienstwagen an der Straße vor dem Grundstück von Frau Nessau ab und folgte dem gepflasterten Weg bis zur Haustür. Er klingelte und wartete ab. Der Wind trieb Blätter über den Asphalt. Irgendwo krächzte eine Krähe. Er klingelte erneut, doch nichts regte sich.

Mit gerunzelter Stirn nahm er sein Handy zur Hand und rief Frau Nessau an. Es tutete und im selben Moment vernahm er eine leise Melodie. Er lauschte. Sie kam aus dem Inneren des Hauses. Er beendete das Telefonat und im nächsten Moment wurde es still. Als er ein zweites Mal anrief, hob die Melodie erneut an.

Arthur steckte das Handy weg und klingelte. »Frau Nessau?«

Er dachte an jene Schwindelattacken, die er am Abend von Benjamins Auffinden und bei Lilly im Pflegeheim miterlebt hatte. Irma hatte es abgetan und gesagt, das käme von den Tabletten. Offenbar war sie solche Anfälle gewohnt. Trotzdem. Ein ungutes Gefühl machte sich in seinem Magen breit. Frau Nessau war nicht mehr die Jüngste. Was, wenn sie hingefallen war und sich den Kopf gestoßen hatte?

Immer und immer wieder klingelte Arthur an der Tür, gab aber schließlich auf. Er ging fünf Schritte rückwärts und betrachtete das Wohnhaus. Zwischen der Hauswand und der Hecke zum Nachbargrundstück führte ein schmaler Weg nach hinten.

Er ging an der Außenwand entlang, bis der Pfad sich zu einem Garten öffnete. Eine auf dem Rasen sitzende Möwe breitete ihre Flügel aus und glitt durch die Luft davon. Der Wind rauschte in den umstehenden Bäumen, es roch nach Gras und Erde. Arthur trat auf den Rasen und besah sich das Haus. Er klopfte gegen das Panoramafenster, spähte ins Wohnzimmer und rief ihren Namen. Weder dort noch hinter den anderen erreichbaren Fenstern konnte er ein Lebenszeichen von Frau Nessau entdecken. Zu dieser Jahreszeit stand natürlich auch keines der Fenster offen oder zumindest auf Kipp, ansonsten hätte er sich darüber Zutritt verschaffen können.

Er ging wieder nach vorn und zu den Nachbarn, um sich zu erkundigen, ob dort jemand Frau Nessau gesehen hatte oder vielleicht einen Schlüssel zu ihrem Haus besaß. Leider ohne Erfolg. Schließlich kehrte Arthur zu Frau Nessaus Haustür zurück und überlegte, welche Schritte er nun vornehmen sollte. Bei einer vermuteten Notlage des Bewohners eines Hauses wäre der übliche Modus Operandi, die Feuerwehr anzufordern, damit diese eine Notfalltüröffnung vornahm. Die vagen Hinweise reichten jedoch nicht als Ermächtigungsgrundlage aus. Frau Nessau könnte schlicht zu einem Spaziergang ohne Handy aufgebrochen sein.

Arthur beschloss, selbst nach dem Rechten zu schauen, auch wenn diese Vorgehensweise alles andere als gesetzeskonform war und er im schlimmsten Fall einen Dienstverweis bekäme. Mit diesem möglichen Worst-Case-Szenario könnte er jedoch eher leben als mit der Gefährdung eines Menschenlebens aufgrund seines Zögerns.

Er kramte in seiner Jackentasche und lachte auf, als er tatsächlich das Dietrichset darin fand. Vor der Haustür ging er in die Knie, besah sich das Schloss mit einem prüfenden Blick und machte sich an die Arbeit. Kurz darauf schwang die Haustür auf.

»Hallo? Frau Nessau?« Er stand auf und trat zögernd ein.

Stille. Arthur sah nach links, den langen Flur hinab, der in das große Wohnzimmer und die Küche führte. Auf der Kommode neben der Tür lag ein Smartphone. Er rief Frau Nessau an, um sicherzugehen. Das Display leuchtete auf. Wieder erklang die Melodie.

Arthur schloss die Tür hinter sich. »Frau Nessau? Entschuldigen Sie, dass ich einfach so reinkomme.«

Nichts regte sich. Er betrachtete die Garderobe gegenüber der Haustür. Drei Mäntel hingen daran und er konnte unmöglich sagen, ob einer von ihnen fehlte, ob Frau Nessau vielleicht das Haus verlassen hatte.

Er suchte ein Zimmer nach dem anderen ab. Wohnzimmer, Küche, Gästetoilette, Abstellkammer. Dann ging er nach oben. Schlafzimmer, Arbeitszimmer, Bad, Gästezimmer. Nichts. Anscheinend war Frau Nessau rausgegangen und hatte schlicht ihr Handy vergessen. Er ging wieder nach unten und wollte das Haus verlassen. Als er gerade die Hand nach der Klinke ausstreckte, hielt er inne. Sein Blick lag auf einer weiß gestrichenen Holztür. Links von ihr war die Garderobe, rechts die Stirnwand des Flures. Hier hatte er noch nicht nachgesehen. Er zog die Tür auf. Vor ihm führte eine Treppe in die Dunkelheit hinab. Der Keller. Da war Frau Nessau bestimmt nicht.

»Frau Nessau?«, rief er, nur um sicherzugehen. Er wartete ein paar Sekunden und wollte die Tür gerade schließen, als er eine heisere Stimme vernahm.

»Tut mir leid, die Cornflakes sind alle.«

49

IRMA

Freitag, 23. November 2029, 13:30 Uhr

Hatte dort wirklich jemand gerufen? Irma war sich nicht sicher. Es war schlimmer geworden. Sie spürte es, hatte den Eindruck, als würde ihr Kopf nur noch mit fünfzig Prozent seiner üblichen Kapazität laufen.

»Geht das wirklich so schnell?«, murmelte sie in die Dunkelheit hinein. Ihr war es tatsächlich gelungen, den Stoffknebel loszuwerden.

Oder war das Einbildung? Irgendeine Form von … von … Placebo, nur halt andersherum. Dafür gab es doch auch ein Wort, oder? Eines, das so ähnlich klang.

Der Begriff sprang vor Irma auf und ab, doch jedes Mal, wenn sie danach greifen wollte, entzog er sich ihr erneut. Es war fürchterlich, als hätte sie einen Kratzer am Gaumen und könnte nicht aufhören, ihn mit der Zunge zu betasten.

»Nicht Placebo. Das andere. Es fängt mit N an.«

Irma kaute auf ihrer Unterlippe, während sie angestrengt in die Finsternis stierte und versuchte, sich an dieses eine verdammte Wort zu erinnern.

»Norebo oder so.«

Nein, das war es auch nicht. Nicht ganz. Aber es kam dem nahe. Immer stärker nagte sie an der Lippe, schmeckte inzwischen sogar Blut, konnte aber einfach nicht aufhören. Sie wusste nicht, ob die Dunkelheit sie verrückt werden ließ oder ob es die fehlenden Tabletten waren. Nein, es musste die

Dunkelheit sein. Ihr Gehirn konnte doch nicht derart schnell versumpfen. Oder? Wirklich sicher war sie sich dessen nicht. Tränen rannen ihr über die Wangen.

Oh, Ben …

Das Fenster mit dem Cornflakes essenden Morgenroth war verschwunden. Stattdessen sah Irma auf das Wasser hinaus. Weiße Segel kreuzten unter dem strahlend blauen Himmel. Auf dem Boot waren zwei Gestalten. Sie konnte sie aus dieser Entfernung nicht erkennen, wusste jedoch, dass es sich um Ben und Harald handelte. Außerdem hörte Irma Schritte und eine Stimme, die immer wieder ihren Namen rief.

»Frau Nessau?«

Sie kannte die Stimme. Das war dieser Kommissar. Der arme Kerl, jetzt, wo das Fenster weg war, suchte er es vermutlich. Die Schritte näherten sich. Durch den Spalt zwischen Kellertür und Betonboden sickerte Licht herein. Die ungewohnte Helligkeit brannte in den Augen. Ein Schatten strich vorbei.

»Gehen Sie nach Hause.« Ihr Hals war ganz trocken. Sie hustete.

»Frau Nessau?«

»Es sind keine Cornflakes mehr da.«

Jemand rüttelte an der Klinke. Der Schein unter der Tür war noch immer da. Dafür verblassten das Meer und das Boot. Mit schwerem Herzen beobachtete Irma, wie die Konturen verwischten, wie ihr Ben ein weiteres Mal in die Dunkelheit entschwand.

»Frau Nessau!«

Die Tür krachte auf. Greller Lichtschein fiel herein. Irma kniff die Augen zusammen. Starke Hände umfassten ihre Schultern. Sie wimmerte und wandte sich von der schmerzenden Helligkeit ab.

»Wer hat Sie hier eingesperrt?« Morgenroth machte sich an den Fesseln um ihre Handgelenke zu schaffen.

Irma schluchzte auf und war nicht in der Lage, auch nur ein Wort herauszubringen. Ihre Hände waren frei. Sie stöhnte erleichtert auf. Kurz darauf hatte er auch den Strick um ihre Waden gelöst. Stoff raschelte, ein gemurmelter Fluch erklang.

»Kein Empfang. Frau Nessau, ich bin gleich zurück.«

Rennende Schritte entfernten sich.

50

ARTHUR

Freitag, 23. November 2029, 13.32 Uhr

Arthurs Blick war auf das Display seines Handys geheftet, als er die Treppe hinaufeilte, immer zwei Stufen auf einmal nehmend. Vor ihm war das helle Rechteck der offen stehenden Tür. Erst als er die oberste Stufe erreichte, sprang der Empfang von null auf drei Balken. Er trat in den Flur, hob seins freie Hand, um über die Zentrale Unterstützung zu rufen. Plötzlich nahm er von rechts eine Bewegung wahr. Er wandte den Blick, sah gerade noch, wie eine Axt in die Höhe gerissen wurde. Das gellende Kreischen einer Frau durchschnitt die Luft. Arthurs Puls schoss in die Höhe. Er wich zurück, prallte gegen die offen stehende Kellertür. Die Axt sauste hernieder.

Schmerz!

Sein Smartphone fiel klappernd zu Boden. Er taumelte Richtung Haustür, schrie gepeinigt auf. Sein rechter Oberschenkel stand in Flammen. Er stürzte zu Boden, blickte zu der vor ihm aufragenden Gestalt empor.

Josefine.

Panik stand in ihrem Blick. Ihr ganzer Körper zitterte, dennoch hielt sie den Griff der blutigen Axt mit beiden Händen fest umschlossen. Er war wehrlos, zumindest für den Moment. Sie müsste nur erneut ihre Waffe hochreißen und die Klinge auf ihn niedersausen lassen, dann wäre alles beendet.

Doch sie tat es nicht.

Mehrere keuchende Atemzüge lang starrten sich Arthur und die junge Frau an, bis sie wimmernd einen halben Schritt zurückwich. Tränen rannen ihr über die Wangen. Mit weit aufgerissenen Augen sah sie ihn an.

»Ich wollte das doch alles nicht.«

Arthur begriff, dass er recht gehabt hatte. Josefine war keine kaltblütige Mörderin, die ihre Tat geplant hatte. Eine Affekthandlung hatte sie dazu getrieben, ihren langjährigen Freund zu ermorden.

»Frau Krist, legen Sie die Axt weg«, brachte er hervor. Der Schmerz in seinem Bein war grässlich. Er wagte nicht hinzusehen, spürte jedoch, wie das Blut warm herabrann.

»Ich wollte das nicht.« Noch immer umklammerten ihre Hände den Stiel, doch sie schien zu schwanken. Das weckte in Arthur die Hoffnung, dass er diese Situation mit Worten auflösen konnte.

»Das glaube ich Ihnen«, brachte er hervor.

Josefine war kaum zwei Schritte von Arthur entfernt. Wenn er nach seiner Dienstwaffe griff, wäre sie auf jeden Fall schneller. Mit dieser verdammten Axt konnte sie ihm den Schädel spalten. Trotzdem schob sich seine Hand zur linken Hüfte und verharrte in der Nähe des Holsters. Ja, er würde es vorziehen, keine Gewalt anwenden zu müssen, aber wenn er gezwungen war, würde er um sein Leben kämpfen.

»Sein Tod hat mir nur Nachteile gebracht«, flüsterte Josefine. Es klang wie ein auswendig gelernter Satz, den sie schon viel zu oft aufgesagt hatte. Ihre Arme zitterten, sie ließ die Axt ein wenig sinken.

Arthur nickte verständnisvoll. »Es hat Sie Ihre Stelle bei Neuralcom gekostet.« Er warf einen schnellen Seitenblick auf sein Bein. Es sah übel aus. Eine klaffende Wunde und der Stoff seiner Hose war dunkel vor Blut. Ihm blieb nicht mehr viel Zeit, bis ihn der Blutverlust zu sehr schwächte, um sich zu wehren.

»Es ist einfach so passiert.« Ein Schluchzen brach aus ihrer Kehle empor. Die Arme mit der Axt sackten weiter herab und

Josefine machte noch einen halben Schritt nach hinten. Sie sah geschlagen aus, als wäre sie kurz davor, ihre Niederlage zu akzeptieren.

»Ich bin nun einmal nicht Frederik«, flüsterte sie.

Arthur starrte sie irritiert an. *Wer zum Teufel ist Frederik?*

»Das verlangt auch niemand«, sagte er.

Etwas in ihrem Blick glomm auf. Angst. Verzweiflung. Trauer. Sie presste die Lippen zu einem schmalen Strich aufeinander und der Griff ihrer Hände spannte sich.

»Frau Krist«, versuchte Arthur noch, das Ruder herumzureißen. »Was geschehen ist, das kann -«

»Doch«, hauchte sie. »Doch. *Sie* verlangen es. Aber es ist unmöglich.« Das Zittern, das ihren Körper erfasst hatte, wurde stärker. Die Axt hob sich. »Und jetzt?« Sie stieß ein Wimmern aus. »Meine Karriere ist dahin, mein Leben ist so oder so vorbei.«

»Nein, Frau Krist, da irren Sie sich. Es gibt vieles -«

Sie stieß ein hysterisches Lachen aus. »Gar nichts gibt es mehr. Alles ist kaputt. Alles. Ich bin wertlos!«

Ihr Blick veränderte sich. Verzweiflung wich der Entschlossenheit. Arthur rann es kalt den Rücken herab. Für eine Sekunde war es gespenstisch still. Er vernahm sogar das Knirschen der Lederhandschuhe, als sich ihr Griff um die Axt verstärkte.

Josefine stürzte vor, er riss das Holster auf, wollte nach seiner Dienstwaffe greifen. Zu langsam. Schon war sie über ihm, Zähne gefletscht und die Augen weit aufgerissen. Kein Laut kam über ihre Lippen. Die blutige Axt sauste durch die Luft. Arthur warf sich beiseite und wäre fast die Kellertreppe hinabgestürzt. Die Schneide knallte gegen die Wand. Er kam unglücklich auf seinem verletzten rechten Bein auf. Ein greller Schmerz schoss durch seinen Körper und ließ ihn aufschreien. Neben ihm schnaufte Josefine.

Arthur, noch halb benebelt vom Schmerz, tastete nach seiner Waffe. Aus dem Augenwinkel sah er, wie Josefine zwei Schritte nach hinten stolperte und gegen die Kommode stieß.

Mit beiden Händen umschloss sie den Stiel der Axt. Ihre Muskeln spannten sich. Er packte seine Dienstwaffe, riss sie aus dem Holster und richtete sie auf die junge Frau.

»Stopp!«, befahl er. »Frau Krist, lassen Sie die Axt fallen. Sofort!«

Josefine blickte auf Arthur und die Waffe in seiner Hand herab. Ihre Nasenflügel blähten sich.

»Frau Krist, fallen lassen oder ich schieße.«

Reglos stand sie vor ihm. Ihre Kiefer mahlten.

»Legen Sie die Axt weg.« Arthurs Hand zitterte. Er lag ungünstig, der Schmerz pulsierte durch seinen Körper. Aber Josefine stand genau vor ihm. Unmöglich, sie zu verfehlen.

Die Türklingel schrillte.

Arthur zuckte zusammen. Josefine stieß einen erschrockenen Laut aus. Ihr Kopf ruckte herum und richtete sich auf die Haustür.

»Polizei!«, brüllte Arthur dem Unbekannten draußen zu. »Gehen Sie weg!« Er konnte jetzt nicht noch eine unbeteiligte Person gebrauchen.

Im Fenster neben der Tür erschien das Gesicht einer grauhaarigen Frau. »Polizei? Herrgott, was ist denn -«

Josefine stürzte sich auf Arthur. Er konnte nicht anders, seine Reflexe übernahmen die Kontrolle. Er drückte ab.

Der Schuss knallte, die Axt zischte durch die Luft.

Gleißender Schmerz schoss durch seinen Körper. Er brüllte auf. Etwas riss an seinem Arm, intensivierte die Pein auf ein nie zuvor gekanntes Maß. Er rollte herum, versuchte, seinen linken Arm zu schützen. Etwas stimmte nicht, das erkannte er sofort. Alles war voller Blut. Als er einen Blick auf seinen Arm warf, wurden seine Schmerzenslaute zu einem gequälten Stöhnen. Kurz über seinem Handgelenk klaffte eine schreckliche Wunde. Sie war so tief, dass seine Hand einfach zur Seite wegklappte.

Eine dünne weibliche Stimme drang an sein Ohr. »Mist.«

Er sah auf. Josefine war von ihm zurückgewichen. Auf dem

Pullover breitete sich in Bauchnabelhöhe ein dunkler Fleck aus. Arthur war sofort klar, was dies bedeutete.

Ein Bauchschuss war tödlich, wenn er nicht innerhalb kürzester Zeit behandelt wurde. Aber noch lebte Josefine. Noch hatte sie genug Kraft, um aufrecht zu stehen und ihre Waffe festzuhalten.

Sie wandte den Blick von dem immer größer werdenden Blutfleck ab und richtete ihn auf Arthur. Ihr Gesicht verzog sich zu einem irren Grinsen. »Da werden meine Eltern was zu erzählen haben.«

Mit der behandschuhten Rechten hielt sie den Griff der Axt umschlossen. Der Arm baumelte hin und her.

»Frau Krist, legen Sie die Waffe weg«, brachte Arthur keuchend hervor. »Sie brauchen einen Notarzt.«

»Und dann? Flickt er mich zusammen, damit ich für den Rest meines Lebens weggesperrt werde? Ich sollte …« Sie schniefte. »Ich hätte Wissenschaftlerin werden sollen.«

»Frau Krist, es ist vorbei. Lassen Sie endlich die Axt los. Wer auch immer gerade vor der Tür steht, hat mit Sicherheit schon den Notruf gewählt.«

Josefine schüttelte den Kopf. Polternd fiel das Beil zu Boden. Arthur atmete auf.

Suchend sah sie sich um. Dann trat sie einen Schritt zur Seite, bückte sich und hob etwas Schwarzes auf.

Seine Dienstwaffe.

51

JOSEFINE

Freitag, 23. November 2029, 13.39 Uhr

Als sie die Hand nach der Pistole ausstreckte, schoss ein scharfer Schmerz durch ihren Bauch. Ansonsten tat es interessanterweise kaum weh. Josefine hatte immer gedacht, dass man sich bei einer solchen Verletzung wimmernd zusammenkrümmen würde. Klar, es brannte schon irgendwie, aber sie nahm es kaum wahr. Stand sie unter Schock? Das war die einzig logische Erklärung für ihren derzeitigen Zustand.

Sie sah erneut an sich herab. Der Blutfleck war größer geworden. Sie spürte, wie sich ihre Hose vollsaugte. Es fühlte sich an, als habe sie hineingepinkelt. Das erinnerte sie daran, wie sie es tatsächlich mal mit fünf oder sechs Jahren nicht mehr rechtzeitig auf die Toilette geschafft hatte. Mamas angeekelten Blick hatte sie bis heute nicht vergessen.

Mama ... Wie würde sie wohl reagieren, wenn man Josefine festnahm? Sie konnte es sich bildlich vorstellen. Die gekräuselte Oberlippe, die gerümpfte Nase und die vor der Brust verschränkten Arme. Ein sachtes Kopfschütteln würde ihre Enttäuschung ausdrücken.

Josefine, was hast du nur getan?

Papa seufzte schwer, seine Schultern hingen herab.

Ach, Josefine, wieso kannst du nicht mehr wie dein Bruder sein?

Du hast uns enttäuscht. Ihre Mutter wischte sich über die Augenwinkel.

Wieso nur, Josefine? Wieso? Was hast du dir nur dabei gedacht?

Erkläre uns das, Josefine. Erkläre es uns!

Aber das konnte sie nicht. Sie öffnete den Mund, doch kein Laut kam heraus. Das mit Ben, das war einfach geschehen. Sie hatte es nie gewollt, hatte immer alles getan, damit ihre Eltern stolz sein konnten.

Sie schüttelte den Kopf, schniefte. Vor ihr lag der Kommissar und schwamm in seinem eigenen Blut. Die Wunde an seinem Oberschenkel war tief, die an seinem linken Arm noch schlimmer. Der Schlag hatte fast die gesamte Hand abgetrennt. Morgenroth hatte bestimmt nicht mehr lange, wenn ihm niemand zur Hilfe kam. Er redete noch immer mit ihr, forderte sie zum tausendsten Mal auf, die Waffe wegzulegen. Sie hörte gar nicht hin, blickte bloß auf das kalte, schwarze Metall in ihrer Hand.

Sirenengeheul näherte sich.

Wieso, Josefine? Wieso hast du uns nur derart enttäuscht?

Wir haben wirklich mehr von dir erwartet.

Ist dir klar, dass dein Verhalten auch auf deinen Bruder zurückfällt? Wieso machst du das?

Wieso?

Erkläre es uns!

Josefine war sich bewusst, dass sie nicht die Kraft hatte, ihren Eltern jemals wieder gegenüberzutreten. Sie hatte versagt. War durchgefallen. Wertlos.

Sie atmete tief durch. Sammelte sich, drehte die Waffe in der Hand, umschloss den Griff. Als sie den Zeigefinger an den Abzug legte, durchfuhr sie ein Schauer.

»Frau Krist, es ist vorbei, nun legen Sie endlich die Waffe weg.«

Das stroboskophafte Blitzen von Blaulicht zuckte durch das Fenster neben der Tür, erhellte die gegenüberliegende Wand.

Josefine sah Morgenroth an und lächelte traurig. »Ja, es ist vorbei. Jetzt bin ich wirklich nichts mehr wert.«

Sie hob die Waffe, presste die Mündung an ihre Schläfe und drückte ab.

52

CHARLOTTE

Freitag, 23. November 2029, 14.45 Uhr

Blaulicht huschte über die geruhsame Straße mit ihren allein stehenden Häusern und den teuren Autos. Direkt vor dem Haus stand ein Krankenwagen. Einsatzkräfte des polizeilichen Dauerdienstes waren soeben dabei, den Tatort mit rotweißem Band abzusperren. Die Haustür stand offen. Zwei Sanitäter hievten eine Rolltrage die wenigen Stufen hinunter. Eine grauhaarige Frau stolperte neben ihnen her.

Charlotte hielt am Straßenrand, stieg aus und rannte auf die Rolltrage zu, erkannte jedoch von Weitem, dass es nicht Arthur war, der auf ihr lag. Es war Frau Nessau. Um ihren Kopf prangte ein Verband, ansonsten schien sie unverletzt zu sein. Ihr Gesicht war der anderen Frau zugewandt, die nun ihre Hand ergriff. Ihre Lippen bewegten sich, doch erst als Charlotte nur noch wenige Schritte entfernt war, konnte sie die Worte verstehen.

»Meine Tabletten«, hauchte Irma. »Du musst mir meine Tabletten holen.«

Die andere Frau presste die Lippen fest aufeinander. Charlotte hatte den Eindruck, als stände sie vor einem Zwiespalt. Im Moment hatte Charlotte jedoch keine Zeit dafür.

Sie wandte sich an einen der Sanitäter. »Wo ist Kommissar Morgenroth?«

»Im Krankenhaus«, erwiderte der Mann, während die Trage zum bereitstehenden Krankenwagen ratterte. »Dürfte jetzt im OP liegen. Er hat ziemlich viel Blut verloren.«

Ein Teil von Charlotte schien zu Eis zu erstarren. Sie ließ es sich nicht anmerken, schob jegliche aufkommenden Gefühle beiseite und konzentrierte sich auf das, was getan werden musste.

»Frau Nessau.« Charlotte wandte sich der grauhaarigen Frau zu. Diese blinzelte und sah irritiert auf.

»Wer sind Sie?«

»Kriminalhauptkommissarin Drey, wir hatten uns noch nicht kennengelernt. Ich arbeite mit Kriminaloberkommissar Morgenroth zusammen.«

»Ah, Morgenroth.« Ihr Blick entschwand, richtete sich auf einen weit entfernten Punkt. »Die Cornflakes sind alle.«

»Frau Nessau, können Sie mir berichten, was geschehen ist?«

»Das Schiff. Es ist fort. Verschwunden in der Dunkelheit. Oh, Ben ...«

Charlotte wandte sich an den älteren Sanitäter. »Was hat sie?«

»Äußerlich nur eine Platzwunde und ein paar Abschürfungen. In der Klinik werden weitere Untersuchungen stattfinden.«

»Und Sie sind?«, wollte Charlotte von der anderen Frau wissen.

»Brigitte Holmredder. Ich bin Irmas Freundin und war zufällig hier.« Sie schluckte schwer. »Zum Glück.«

Sie hatten den Krankenwagen erreicht. Charlotte trat einen Schritt zurück, damit die Sanitäter die Trage hineinschieben konnten. Als diese nach den Türen griffen, um sie zuzuschlagen, hielt Charlotte sie auf. »Einen Moment noch.«

Der Sanitäter sah sie missbilligend an. »Sie muss behandelt werden.«

»Es geht schnell.« Ohne eine Erwiderung abzuwarten, kletterte Charlotte hinein und rutschte bis an das Kopfteil der Trage.

»Frau Nessau, wer hat Sie angegriffen?«

»Warum hat sie das nur getan? Oh, mein Ben ... Brigitte, hast du meine Tabletten geholt? Sie sind im Spiegelschrank, oben im Bad.«

»Ich hole sie gleich, Irma. Dann bringe ich sie dir.« Charlotte meinte, einen bitteren Unterton zu vernehmen, kümmerte sich aber nicht weiter darum.

»Wer hat das getan?«, hakte Charlotte nach. »Josefine?«

»Der Hammer …«, flüsterte Frau Nessau, brach dann aber ab. Ihre Augen füllten sich mit Tränen. »Oh, Ben, mein Ben.« Sie begann hemmungslos zu schluchzen und Charlotte hielt es für das Beste, weitere Befragungen auf später zu verschieben.

Der Krankenwagen fuhr ab, raste mit Blaulicht und Sirene die Straße entlang, bog an der nächsten Kreuzung ab und verschwand aus ihrem Sichtfeld. Er würde Frau Nessau ins UKSH bringen, wo Arthur vermutlich schon im kalten Licht eines Operationssaales lag. Die Vorstellung schnürte Charlotte den Hals zusammen, was ihr ein unwilliges Schnauben entlockte. Mit einem Kopfschütteln verscheuchte sie das Bild und wandte sich stattdessen Frau Holmredder zu. »Kommen Sie. Ich möchte hören, was hier passiert ist.«

Die Spurensicherung nahm ihre Arbeit auf, sicherte DNA, Fingerabdrücke und sonstige Spuren. Akribisch untersuchten sie den Flur sowie den reglos daliegenden Leichnam, durchsuchten den Keller und den restlichen Teil des Hauses. Kein Zentimeter wurde ausgelassen. Ziegler traf ein und übernahm die Koordination. Kurz darauf entdeckte man in einem der Kellerabteile einen zusammengerollten Teppich, auf dem ein großer Blutfleck prangte. Er würde ins Landeslabor kommen, wo man anhand einer DNA-Untersuchung feststellen wollte, von wem das Blut stammte. In einem weiteren Kellerabteil roch es nach Urin und lose Stricke lagen auf dem nackten Betonboden. Josefines toter Körper wurde von einem Rechtsmediziner untersucht und dann abtransportiert.

Erst zwei Stunden später entschied Charlotte mit einem knappen Nicken, dass sie den Rest der Beweissicherung getrost den Kollegen überlassen konnte. Sie setzte sich in ihr

Fahrzeug und fuhr zum UKSH rüber. Dort teilte man ihr mit, dass Frau Nessau keine ernsthaften Verletzungen hätte.

»Derzeit ist sie noch nicht aussagefähig«, erklärte ihr der Arzt.

Charlotte suchte sie dennoch auf. Es war tatsächlich nicht einfach, von der alten Frau zusammenhängende Informationen zu erhalten. Ihre Erinnerungen schienen hin und her zu springen. Dennoch gelang es Charlotte, sich ein ungefähres Bild von den Ereignissen des frühen Nachmittags zu machen.

Als sie das Krankenzimmer verließ, lehnte sie sich mit einem Seufzen gegen die Wand. Überrascht stellte sie fest, dass sie hundemüde war. Sie holte ihr Smartphone heraus und blickte auf die Uhr. Es war schon nach fünf. Charlotte hatte ganz vergessen, ihr Lichasil zu nehmen. Sie kramte das Döschen hervor, schluckte eine Tablette hinunter. Dann straffte sie sich und strebte der nächsten Schwesternstation zu.

»Entschuldigen Sie.« Charlotte zeigte ihren Dienstausweis vor. »Ich suche meinen Kollegen, Arthur Morgenroth. Er wurde vorhin hier eingeliefert.«

Die Frau tippte auf der Tastatur. »Der ist noch im OP.«

»Ist das gut oder schlecht?«

Die Schwester hob bedauernd die Schultern. »Das weiß ich leider nicht.«

»Wo finde ich ihn?«

»Nach der OP wird man ihn sicherlich auf die Intensivstation verbringen«, sagte die Schwester und beschrieb den Weg zum Wartebereich.

»Danke.« Charlotte verabschiedete sich mit einem knappen Nicken, folgte der Anweisung und ließ sich schließlich auf einer gepolsterten Bank nieder.

Die Zeit verstrich.

Es fühlte sich seltsam an, einfach so dazusitzen und die Hände in den Schoß zu legen. Normalerweise hatte sie immer etwas zu tun, selbst zu Hause fand sie so lange keine Ruhe, bis sie irgendwann vollkommen ausgelaugt ins Bett fiel.

Sie wusste plötzlich nicht wohin mit ihren Händen, strich fahrig über ihre Oberschenkel und sah sich suchend um. Von weit her hörte sie Schritte, die jedoch rasch wieder verklangen. Es war nahezu gespenstisch ruhig und mit der Stille kamen die Gedanken. Unstet wirbelten sie in Charlottes Kopf, wie Blätter im Herbstwind. Es machte sie nervös. Sie brauchte einen Fokus, etwas, worauf sie sich konzentrieren konnte. So einfach in der Leere zu schweben und den Gedanken nachzuhängen, das brachte doch nichts.

Sie erhob sich. Überhaupt, was sollte sie hier? Arthurs Schicksal lag allein in den Händen der Ärzte. Sie, Charlotte, konnte keinen Einfluss nehmen, egal ob sie hier saß und angespannt auf das Ende der Operation wartete, oder ob sie ins Bezirkskriminalamt fuhr und sich dem Papierkram widmete.

Sie ging zum Fahrstuhl und drückte auf den Rufknopf. Dieser Papierkrieg war ohnehin ein Graus. Selbst wenn ein Fall gelöst war, hielt er sie in Form von Protokollen und Abschriften wochenlang im Bann. Papiertechnisch begann die eigentliche Arbeit sogar erst, wenn der oder die Täter festgenommen worden waren. Eine lückenlose Dokumentation ihrer Ermittlungen war die Grundlage für ein erfolgreiches Gerichtsverfahren. Kein Grund also, ihre wertvolle Zeit mit Herumsitzen und Nichtstun zu verplempern.

Die Fahrstuhltüren glitten auseinander. Sie stieg ein und drückte auf den Knopf für das Erdgeschoss. Die Türen schlossen sich. In der Lücke sah sie den Flur, den man Arthur nach der OP entlangrollen würde. Plötzlich krampfte sich ihr Magen zusammen. Ihr Arm schoss vor, hielt die Türen davon ab, sich zu schließen. Geräuschlos glitten sie auf. Charlotte verließ den Fahrstuhl und setzte sich wieder auf die Bank.

53

IRMA

Mittwoch, 28. November 2029, 13.15 Uhr

Fünf Tage hatte man sie im Krankenhaus behalten. Es war seltsam, wieder zu Hause zu sein. Der Flur sah aus wie immer. Die Spurenbeseitigung hatte jegliche Blutflecken entfernt, wodurch Irma die Ereignisse noch mehr vorkamen wie ein surrealer Traum. Allein der fehlende Teppich war Beweis, dass das alles tatsächlich passiert war.

Irma saß auf dem Sofa, drehte den warmen Kaffeebecher in den Händen hin und her und starrte auf das Parkett zu ihren Füßen. Sie brauchte einen neuen Teppich. Ohne ihn wirkte das Wohnzimmer nackt und kalt.

»Wie geht es dir?« Brigitte sprach leise. Sie klang unsicher. Eine seltsame Anspannung hing im Raum. Irma hatte stets die oberflächliche Leichtigkeit ihrer Freundschaft geschätzt. Nun musste sie sich wohl damit anfreunden, dass es ab jetzt anders war.

»Gut«, erwiderte Irma, und das stimmte auch. Zumindest körperlich und kognitiv, wenn man es so ausdrücken wollte. Nachdem Brigitte ihr die Tabletten gebracht hatte, war der Nebel in ihrem Kopf rasch verflogen. Allerdings musste sie sich nun der Tatsache stellen, dass der Vorrat ihres Medikaments nicht nur endlich war, sondern sich zudem halbiert hatte. Brigitte besaß nun die Hälfte. Im Grunde eine Frechheit, aber Irma nahm es ihr nicht übel. Sie wurde noch immer vom schlechten Gewissen geplagt, weil sie ihrer Freundin das

Medikament vorenthalten hatte. Ihre Entscheidung war verständlich gewesen und trotzdem falsch. Genauso wie Brigittes Diebstahl, also waren sie quitt.

»Und nun?«, fragte Brigitte.

Irma atmete tief ein und stieß die Luft mit einem Seufzen aus. Das war eine gute Frage. Zumindest für heute Nachmittag hatte sie einen konkreten Plan: Sie wollte Morgenroth im Krankenhaus besuchen. Gestern hatte man ihn von der Intensiv- auf die Normalstation verlegt. Er würde vermutlich noch einige Zeit brauchen, um wieder in Ordnung zu kommen, aber er lebte.

Josefine hingegen war tot. Es wurmte Irma, dass sich Bens Mörderin ihrer Verurteilung einfach so entzogen hatte und damit auch jeder Möglichkeit, sie nach dem Grund für ihre Tat zu befragen. Die Polizei behauptete, dass Neid sie dazu gebracht hatte, Ben umzubringen. Irma schüttelte noch immer fassungslos den Kopf, wenn sie an diese Erklärung dachte.

Aber das meinte Brigitte nicht.

»Na ja.« Irma seufzte. »Nun fallen wir beide dem Vergessen anheim. Josefine hat mir die Tabletten besorgt und ohne sie …«

Irma zuckte mit den Schultern und schwieg. Auch ihre Freundin sagte nichts. Zuerst saß Brigitte stumm da, dann holte sie ihr Handy heraus und begann, über den Bildschirm zu wischen.

»Josefine hat bei Vilma gearbeitet, oder?«

Irma runzelte die Stirn. »Ja … weshalb?«

»Ich hatte da letztens etwas gelesen. Ah, hier!« Brigitte blinzelte auf das Display und las vor: »Vilma plant klinische Studie mit neuem Alzheimermittel. Etwa fünfzig Millionen Menschen leiden weltweit an Alzheimer. Der Pharmakonzern Vilma hat verkündet, ein neues Medikament herauszubringen, das auf einem vollkommen neuen Wirkstoff beruht und nicht bloß die Symptome von Demenz lindert, sondern dem Fortschreiten dieser Krankheit gezielt entgegenwirkt. Vorklinische Studien haben bislang herausragende Ergebnisse erzielt. Bla, bla, bla ... warte mal ...« Sie scrollte runter.

Irma saß wie vom Donner geschlagen auf dem Sofa und starrte ihre Freundin an. »Das ... bedeutet es das, was ich denke?«

»Dass sie Probanden für ihre Studie suchen?« Brigitte nickte. »Und wir zwei werden dabei sein.«

»Aber wie?«, brachte Irma hervor. »Darauf bewerben sich sicherlich Tausende.«

Brigitte grinste sie nur an.

Irma runzelte die Stirn. »Du denkst, dass es denen von Vilma peinlich sein könnte, dass Josefine jahrelang Mittel aus ihrem Labor entwendet hat?« Sie schüttelte den Kopf. »Ich kann mir nicht vorstellen, dass sich ein so großer Konzern von zwei alten Frauen einschüchtern lässt.«

Brigitte zuckte mit den Schultern. »Lass es uns herausfinden. Wir wollen ja nicht viel. Bloß Teil dieser Studie sein.«

54

ARTHUR

Freitag, 21. Dezember 2029, 13.15 Uhr

Fast vier Wochen waren vergangen. Arthur stieg aus dem Taxi und zog die Schultern hoch, als ein feiner, aber eiskalter Sprühregen sein Gesicht benetzte. Die Kälte krabbelte durch seine Kleidung und verursachte ein leichtes Ziehen in der noch nicht ganz verheilten Wunde in seinem rechten Oberschenkel.

Gemächlichen Schrittes, um das Bein zu schonen, überquerte er den Parkplatz und hielt auf das burgartige Backsteingebäude der Bezirkskriminalinspektion 1 zu. Er nahm den Anblick in sich auf. Die Schwere des Gebäudes, die symmetrisch angeordneten Fenster mit ihren weißen Streben.

Er trat ein, ließ den Dezemberregen hinter sich. Es fühlte sich seltsam an, wieder hier zu sein. Die Zeit im Krankenhaus war ihm wie eine Ewigkeit vorgekommen. Sein Bein hatte den Ärzten hierbei weniger Sorge bereitet. Die Wunde war zwar tief, würde jedoch heilen. Anders sah es mit seiner Hand aus. Die Klinge des Beils hatte zu viel zerstört. Der linker Arm endete nun kurz über dem Handgelenk in einem Stumpf.

Seine Schritte hallten in der hohen Eingangshalle wider, als er die steile Treppe hinaufstieg. Tannenzweige und anderer Weihnachtsschmuck zeugten vom nahenden Fest. Er hörte die üblichen Geräusche eines betriebsamen Vormittags: das Klingeln von Telefonen, Gesprächsfetzen. Es kam ihm vor, als käme er nach Hause, was es Arthur nur noch schwerer machte, seinen Weg fortzusetzen. Über seiner rechten Schulter hing der Rucksack. Er war nahezu leer, bis auf eine Brieftasche, sein Smartphone und den schmalen Umschlag. Trotzdem spürte er das Gewicht bei jedem Schritt.

Er erreichte den zweiten Stock und hielt auf Zieglers Büro zu.

»Arthur«, hörte er Jonna erfreut ausrufen. Er zwang sich zu einem Lächeln, winkte ihr zu, eilte aber weiter.

Die Tür zu Zieglers Büro war geschlossen. Arthur atmete tief durch, hob die verbliebene rechte Hand und klopfte an.

»Ja?«, kam es in dem üblichen brummigen Tonfall zurück. Arthur drückte die Klinke herunter und trat ein.

Ziegler wandte sich vom Monitor ab und als er ihn erkannte, lachte er freudig auf.

»Arthur, was machst du denn hier? Komm, setz dich.«

Er ließ sich auf dem Stuhl vor dem Schreibtisch nieder. Ein begutachtender Blick glitt erst über sein Bein und blieb dann dort hängen, wo einst seine linke Hand gewesen war. Ziegler sagte jedoch nichts, stattdessen schob er ihm eine kleine Schale mit krummen Keksen zu.

»Hat meine Tochter gebacken«, erzählte er und grinste breit.

Pflichtschuldig nahm Arthur einen Keks, obwohl er so angespannt war, dass sein Magen sich zu einer bleiernen Kugel zusammenballte.

»Wie ich sehe, hat man dich endlich rausgelassen.« Ziegler bediente sich seinerseits aus der Schale und kaute auf einem Mond herum. Mit einem Nicken deutete er auf den Stumpf. »Wann bekommst du eine Prothese?«

»Bald. Erst muss alles abheilen.«

»Hm. Gut. Lass dir bloß nicht eines von den billigen Dingern andrehen. Zahl zur Not was drauf.«

»Klar.« Arthur nahm seinen Rucksack auf den Schoß, öffnete den Reißverschluss umständlich mit der verbliebenen rechten Hand und kramte den Umschlag hervor, den er zwischen ihnen auf den Schreibtisch legte.

»Was ist das?«, brummte Ziegler.

Arthur musste schlucken. »Meine Kündigung.«

Ziegler zog eine Augenbraue in die Höhe und sah ihn zweifelnd an. »Kündigung?«

»Ja.«

»Wieso? Wegen der Verletzung? Klar, das braucht Zeit, aber deshalb gleich kündigen?«

»Nein, nicht deshalb.« Arthur seufzte. »Ich bin einfach nicht mehr bereit, tagtäglich Enhancer in mich hineinzuschaufeln. Aber ohne kann ich die geforderte Leistung nicht erbringen. Ich bin keine Maschine. Niemand von uns sollte das sein. Wir machen uns jedoch dazu.«

»Puh.« Ziegler lehnte sich zurück und kratzte sich am Kinn. »Wie wäre es denn mit Innendienst? Da findet sich sicherlich ein netter Schreibtisch für dich.«

Arthur lächelte freudlos. »Selbst dort wird erwartet, dass du acht Stunden am Stück hundert Prozent bringst. Auch das geht nicht ohne Lichasil.«

»Tja. Und was hast du dann vor?«

»Ich habe da schon einen Plan.«

»Und der wäre?«

Anstatt zu antworten, erhob Arthur sich und reichte seinem ehemaligen Chef die Hand. »Es war eine gute Zeit. Vielen Dank dafür.«

Verdattert schüttelte Ziegler die Hand. »Tja, ähm, das finde ich auch. Dir alles Gute, was auch immer du jetzt vorhast.«

»Danke.«

Arthur verließ das Büro und ging den Flur entlang, nickte in die Dienstzimmer der nun ehemaligen Kollegen. Seine Schritte fühlten sich seltsam leicht an. Er stieg die Treppe hinab ins Erdgeschoss und trat durch die mittlere der drei Türen hinaus.

Der sanfte Nieselregen empfing ihn. Arthur blieb stehen und atmete tief ein, sog die kühle Luft in die Lungen. Klitzekleine, eiskalte Tropfen sprenkelten seine Haut. Es roch nach nassem Asphalt. Der Wind trieb einzelne Blätter die Blumenstraße hinab. Über ihm zogen graue Wolken entlang.

Arbeitslos, dachte er. *Ankerlos … Frei.*

NACHWORT

Und jetzt? Wie geht es mit Arthur weiter? Was ist sein Plan? Darauf, lieber Leser, wirst du in naher Zukunft eine Antwort finden. Zwar war Betäubter Wille ursprünglich als Einteiler angedacht, doch schon während des Schreibens wusste ich, dass ich Arthur noch nicht gehen lassen konnte.

Das Schreiben dieses Buches hat mir übrigens unfassbar viel Recherche abverlangt. Mit Polizeiarbeit hatte ich bisher noch nicht viel Kontakt. Ich hoffe, es ist mir gelungen, alles einigermaßen realistisch darzustellen.

Übrigens: Manch ein Krimileser wird vielleicht während der Obduktionsszene eine Augenbraue hochgezogen haben. Derzeit ist es nämlich nicht möglich, den Todeszeitpunkt derart genau zu bestimmen, wie ich es dargestellt habe.

Noch nicht. Natürlich steht die Forschung nicht still. Die von mir geschilderte Proteinabbaurate ist tatsächlich eine Methode, die man vielleicht in einigen Jahren verwenden wird. An dieser Stelle richte ich meinen herzlichen Dank an Peter Steinbacher, der sich die Zeit genommen hat, meine Fragen zu seinen Forschungen zu beantworten.

Aber auch die anderen, in diesem Buch beschriebene Technologien, sind nicht aus der Luft gegriffen, wie die Gehirn-Computer-Schnittstelle von Lilly oder die Forschungen von Ben (wobei hier derzeit noch mit Ratten gearbeitet wird).

Und auch die Enhancer gibt es ebenfalls: Ritalin, Modafinil, Adderall und wie sie alle heißen, werden schon heutzutage missbräuchlich verwendet. Aber der Einsatz von Pillen zur Leistungssteigerung ist nichts Neues. Schon im Zweiten Weltkrieg wurde Pervitin eingesetzt, um Soldaten leistungsfähiger zu machen und ihre Angst zu unterdrücken.

Die erste Idee zu dieser Geschichte hatte ich, als ich im Netz über einen kleinen Artikel stolperte, in dem beschrieben wird, dass in den USA um 2015 herum eine Anpassung bei dem *Diagnostischen und statistischen Leitfadens psychischer Störungen* vogenommen worden war. Hierbei wurde die angemessene Zeitspanne für Trauer nach dem Verlust eines Angehörigen von zwei Monaten auf zwei Wochen verkürzt. Wer mehr Zeit braucht, ist von nun an depressiv und muss behandelt werden. Die kurzen zwei Wochen, die Arthur zur Trauer um Hanna vergönnt waren, sind keine Erfindung.

Du siehst, lieber Leser, mein Buch mag Fiktion sein. Aber allzu unwahrscheinlich ist dieses Szenario dann doch nicht. Übrigens: Falls du wissen möchtest, wie es mit meinem nächsten Buch vorangeht, hierfür biete ich meinen kostenlosen Newsletter an, zu finden unter www.annalenadiel.de. Wenn du mich außerdem unterstützen möchtest, dann freue ich mich über eine Bewertung auf einem der gängigen Portale, wie Amazon Hugendubel, Thalia, Lovelybooks etc. Als Selfpublisherin, ohne Verlag im Rücken, sind Rezensionen besonders wichtig für mich.

Nun zu der Danksagung. So ein Buch schreibt man nicht allein, man hat viele Helferchen, die einem mit Rat und Tat unter die Arme greifen. So auch hier wieder meine gute Alica: Testleserin und Ansprechpartnerin für alle Fragen, die eine verzweifelte Autorin so umtreibt. Auch vielen Dank an meine beiden anderen Testleser Hanna und Jürgen, deren zahlreiche Anmerkungen geholfen haben, die Geschichte noch besser zu machen. Und auch an all jene Freunde, die ich immer wieder mit meinen zahlreichen Frage maltätiere und sie um ihre Meinung bitte, wie Suse, Rike und Carina.

Weiter geht es mit meiner Lektorin Jessica und ihrem unbestechlichen Blick fürs Detail. Alter Falter, hat sie mich wieder schwitzen lassen!

Vielen Dank auch an Frau Gumpert, die ich mit meinen Fragen zur Rechtsmedizin löchern durfte.

Herzlichen Dank auch an Claudia Müller, die dieses atemberaubende Cover entworfen hat.

Und ohne die Unterstützung meiner Familie wäre dieses Buch niemals entstanden. Tausend Dank an meine Eltern, Petra und Jürgen, die mir stets den Rücken gestärkt haben, ganz egal mit was für einer Schnapsidee ich nun wieder ankam. Vielen Dank auch an meinen Mann Slava, ohne dessen Unterstützung ich niemals die Zeit gehabt hätte, meine Geschichten zu schreiben.

Vielen Dank euch allen!

Ich trinke dann mal meinen Kaffee aus, und mache mich daran, das nächste Buch zu schreiben. Denn, wie wir ja nun wissen, wer rastet, der rostet.

Eure Anna

Über die Autorin

Anna Lena Diel, geboren 1986, studierte in Kiel Agrarwissenschaften und vertiefte sich in Umweltwissenschaften. Im Anschluss arbeitete sie als freiberufliche Biologin. Inzwischen hat sie nicht nur zahllose Laufkäfer bestimmt, sondern auch (vergeblich) versucht, im Raum Schleswig-Flensburg die seltene Birkenmaus nachzuweisen. Das Schreiben von Geschichten war schon immer Teil ihres Lebens. Es begann in der Grundschule und begleitete sie durch das Studium. Ihr erster Roman »Wunschkynd« erschien Anfang 2020. Weitere Bücher sind in Vorbereitung.

Weitere Infos unter:
www.annalenadiel.de

Autorenphoto: T. Faust, Faust-photowork

Noch mehr Spannung von Anna Lena Diel:

Wunschkynd

ISBN: 978-3750410060
324 Seiten

EINE STRASSE,
ZWEI HÄUSER
UND EIN WUNSCH, DER ALLES ZERSTÖRT.

Paula und ihr Mann haben sich über die Jahre auseinandergelebt und die achtzehnjährige Tochter ist nur noch selten zu Hause. In ihrer Einsamkeit hört Paula die biologische Uhr umso lauter ticken. Sie weiß jedoch, dass sie kein weiteres Kind bekommen sollte, denn in ihrer DNA schlummert eine Erbkrankheit.

Als Genetikingenieurin wäre es für Paula ein Leichtes, das Genom von im Reagenzglas gezeugten Embryonen zu verändern. Sie hat diese Technologie tausendfach bei Zuchtrindern angewandt. Allerdings ist der Einsatz beim Menschen aus ethischen Gründen verboten.

Dies kann Paula nicht von ihrem Vorhaben abbringen. Bei der Umsetzung benötigt sie jedoch Hilfe. Zufällig lebt auf der anderen Seite des Gartenzaunes genau jene Person, die sie für ihren Plan benötigt. Eine Lüge folgt auf die nächste und Paula ist nicht die Einzige, die geheime Ziele verfolgt …

Weitere Einblicke in eine nahe Zukunft:

Homo Digitalis
Zwischen den Welten

ISBN: 978-3-96741-051-8
448 Seiten

Wie weit würdest du gehen, um dein Kind zu retten?

Die Diagnose „Gehirntumor" bei der achtjährigen Esme reißt Oskars Welt aus dem Gleichgewicht. Trotz fortschrittlicher medizinischer Versorgung ist ihr Tod unausweichlich.
Hilfe verspricht der Platz in einem Sanktuarium. Eine Einrichtung, die einen unterbrechungsfreien Aufenthalt in der virtuellen Welt der zweiten Realität ermöglicht. Aber die Behandlung ist unerschwinglich für die Familie und brächte ohnehin nur etwas Zeit, aber keine Heilung.
Oskar setzt alle Hebel in Bewegung und stößt auf eine revolutionäre Möglichkeit. Eine Chance, Esme zu retten – und sie gleichermaßen zu verlieren.